知音动漫图书 · 漫客小说绘
ZHI YIN COMIC BOOK 以梦想之名 点燃阅读

小说绘

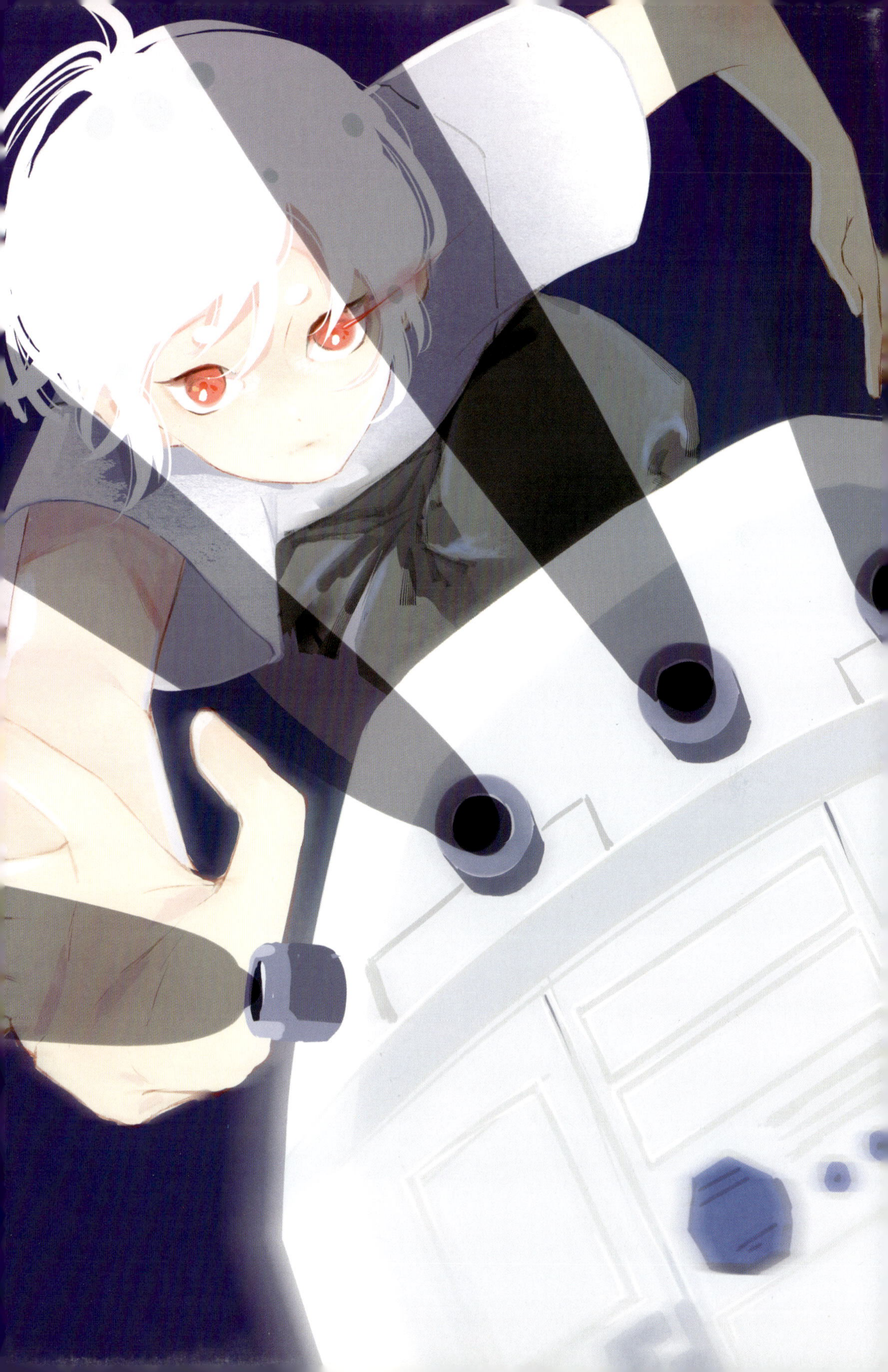

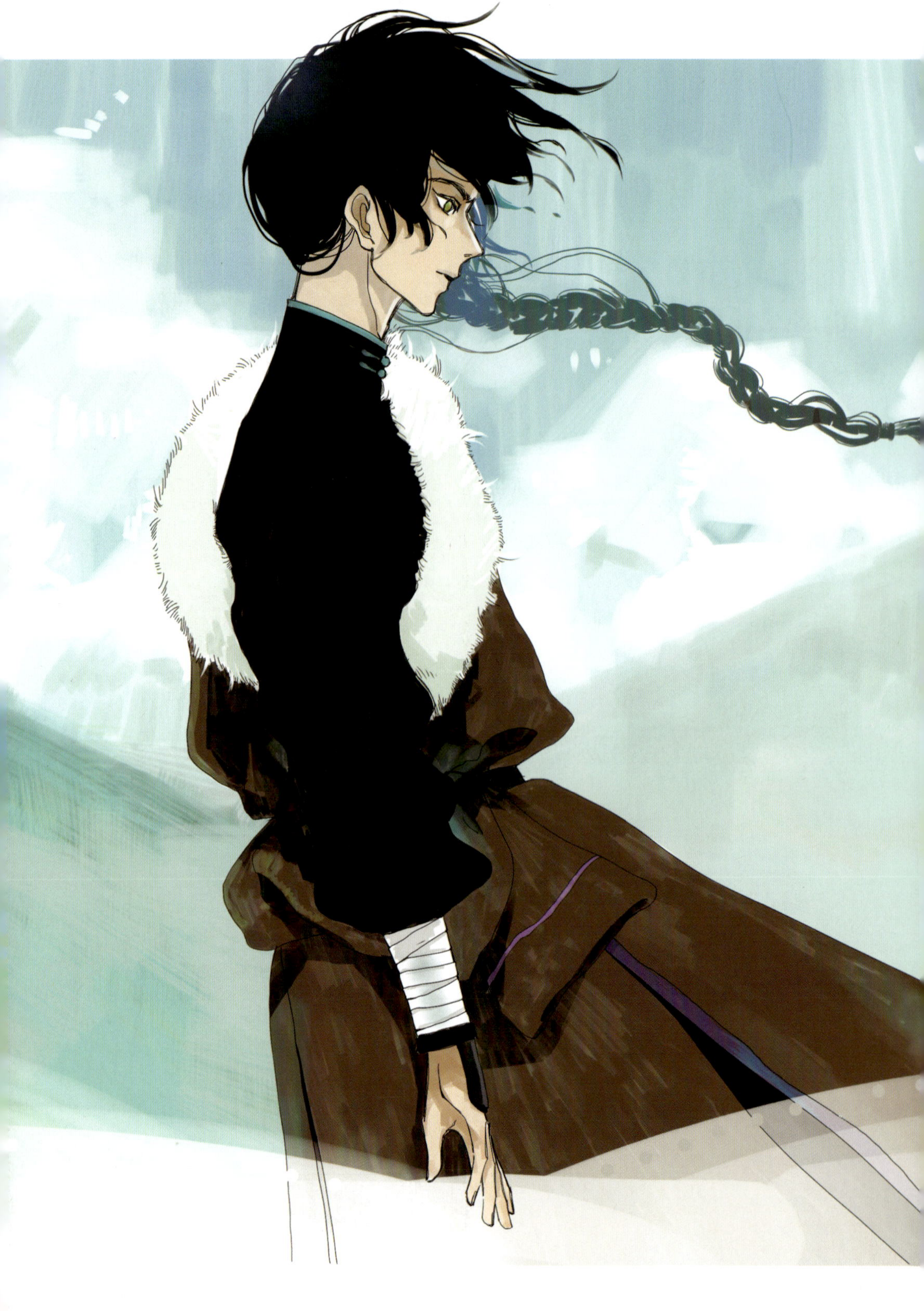

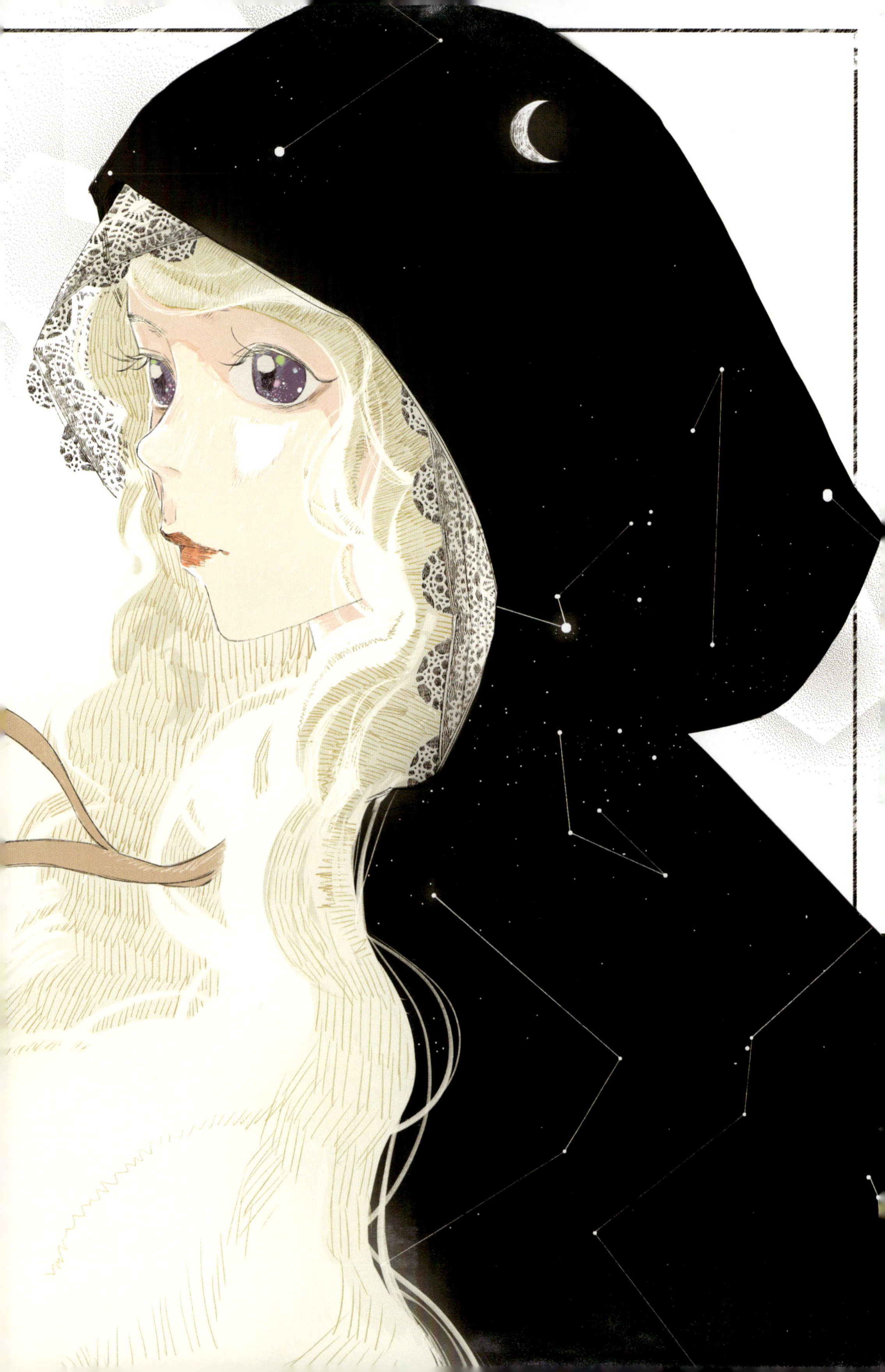

Illustrated by 冬生

伊谢尔伦的风 ◎ 著

奇遇办

Adventure Management

中国致公出版社　知音动漫

知音动漫图书 · 漫客小说绘出品

我们认为任何青少年都有经历"奇遇"的权利。

奇遇办与 **生化人**	**133**
奇遇办与 **高考危机**	**155**
奇遇办与 **斩空之剑（上）**	**177**
奇遇办与 **斩空之剑（中）**	**197**
奇遇办与 **斩空之剑（下）**	**219**
后记	**254**

目录
CONTENTS

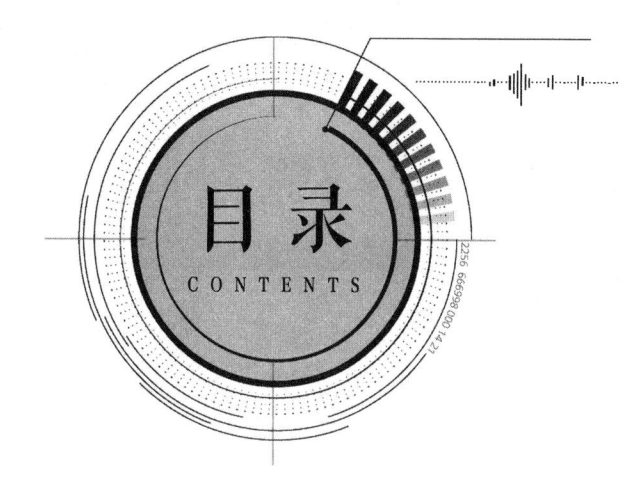

奇遇办与 **纪律委员**　　001

奇遇办与 **魔法少女**　　023

奇遇办与 **星之少年**　　045

奇遇办与 **叛国者**　　067

奇遇办与 **千金替身**　　089

奇遇办与 **真爱粉**　　111

奇遇办 与 纪律委员

JI LV WEI YUAN

说话做事要负责到底。

[零零]

你相信吗？"奇遇"是一种自然现象。

[零一]

开学没多久，高一（8）班的纪律委员言正礼就出名了。

单看外形，这家伙长得很普通，除了戴着黑框眼镜和穿着特别整齐的校服外，没有其他特点。然而说到生活作风，他实在是非常醒目了。

他不看动漫，不打游戏，更不追星，每天除了沉迷学习就是醉心工作。只要他拿起操行评分册，推一推眼镜瞟你一眼，你八成得向班主任上交一本漫画、一部手机或者一份检讨。同学们军训时还只是觉得他有点儿死板，现在基本上是看见他掉头就跑。

没想到的是，这样尽职尽责的言正礼却被撤销了纪律委员职位，原因是摄像头拍到他晚上猛砸地下室的门。

现在地下室已成为乒乓球室，上学时间大家可以随意出入，考虑到体育生们放学后要训练，一般晚上七点左右锁门。昨晚八点，地下室外的监控摄像头意外拍到言正礼独自站在地下室门口，像中了邪一样拿着一根铁棍猛砸地下室的门，砸开之后反复进出八次，最后在门口愣了一下，就跑了。

证据一目了然，言正礼在监控室里看得目瞪口呆，最后仅存的一点儿理性也只够他想起——昨晚八点，爸妈吃完饭都出门散步了，他独自在家——完全没有不在场证明啊！

班主任说"你是不是压力太大？你暂时不要做纪律委员了，休息一下吧"这样的话时，他丝毫没听进去，他的心里只有两个念头——

我要洗冤！我要复职！

[零二]

"宇宙最强"纪律委员言正礼被撤职了，原因是无故发飙、破坏公物。

消息传出，全班 68.3% 的同学高兴得像过节一样。

"就知道他是个假正经！"

"我都已经被他举报没收三次手机了！活该！"

"无故发飙？该不会是平时太压抑，得了精神病吧！"

此类的窃窃私语使言正礼如坐针毡，半堂数学课都没听，只在草稿纸上写着"小胖 爬墙""外教 裸奔""走道 人皮""我 地下室"四行字，彼此之间画了无数的箭头，可就是想不出这四件事之间有什么联系。

首先是食堂的学徒小胖像蜥蜴一样爬校舍的墙，被人拍下了视频在网上疯传；之后是学校的英语外教被多人目击在操场上裸奔淋浴，惨遭停职；又没几天，一楼走道里赫然出现了一张酷似人皮的可疑物体，引发了众多学生围观；最后，他，言正礼，堂堂一个纪律委员，居然被人栽赃破坏公物。

怪事连续发生，其中定有阴谋。

武汉市时玖中学是一所百年老校。动漫社和文学社的人成天做视频、出 COS、印社刊，推广时玖中学的各种文化，其中有正常内容如"董事长夫妇捐光家产""校友里出了个央视名嘴"，也有许多不正常的，比如"生物实验室怪兽""地下室幽灵""图书馆里藏着禁书"之类的。本校学生也经常在贴吧里讨论这些不正常的传说，信的、不信的、半信半疑的都有，还有人喜欢拿传说当迟到的借口。

对于最近的这几起怪事，贴吧里的大部分人认为，小胖爬墙的视频是伪造的，外教裸奔是喝高了，走道里的"人皮"是恶作剧，纪律委员砸门是躁郁症发作；小部分人认为是地下室里的幽灵作祟，附体了这些人，而走道里的"人皮"可能是来自某个被幽灵吸食了骨肉的倒霉学生。

至于当事人之一言正礼，他不相信任何奇谈怪论，更不信自己有躁郁症，他只会往最科学的阴谋论方向假设——

假设他、外教和小胖都是受某种不明药物的影响，做出了这些丑事，而且毫无记忆，那走道里的"人皮"又是怎么来的？有第四个人被下了药，还是与他们完全无关的另一桩恶作剧？那么药又是怎么下的？

实在想不通啊！

整张草稿纸快写满时，言正礼愤然扔下笔，毅然决定等到大家都走了之后潜入"案发现场"，也就是地下室调查一下。

为了避免再一次被摄像头拍到，言正礼戴上了鸭舌帽与口罩。

通往地下室的门共有两扇，分别位于教学楼内左右两侧的楼梯侧边。现在被砸坏的那扇门还没修好，但为了方便大家出入还是敞开着。

言正礼在门边探寻了一下，什么都没发现，干脆走了进去。

阴暗低矮的空间里，白炽灯还亮着，屋内摆着四张乒乓球台。体育生和教练都离开了，整个空间非常安静。

言正礼回想了一下案发那天，自己是来过地下室一次，为了找学习委员。不会是这个地方阴暗潮湿，长了某种有致幻作用的菌类吧？于是他又在地下室仔细搜寻了一番，结果别说菌类，连只耗子都没找到。

言正礼正失望，想趁着门还没锁赶紧离开，却在门口撞上了一个人："啊咧咧，苏米马赛，这不是言殿吗？"

……

听到这个"假装自己懂日语"的奇怪腔调，言正礼一阵胃痛，怎么这么不巧遇上她了？

撞掉言正礼帽子的人，是同班同学丹璃，一个天生一头浅色长卷发、长得像混血儿的美少女。她不开口时简直完美，但一开口就会暴露两件事，一是那对大门牙特别显眼，所以外号"兔牙妹"；二是讲话的语气。在言正礼看来，她就是个标准的"中二病"患者——开学不到一个月，他至少抓住了她三次上课看漫画、两次带智能手机进学校和五次服装违规。

那么，他被撤职的原因会不会与她有关？

言正礼脑中立即掠过了这种可能性，不管怎么说，她会在这个时间点出现在这里，很可疑！

他瞅着丹璃，正琢磨着该怎么套话，丹璃却突然拉着他的手，往地下室另一端跑去："牙白，快到点儿了……我们快躲起来！"

"到什么点儿了？"言正礼慌乱中看了一下手机，现在是18点44分，锁门时间还没到呢，

"为什么要躲起来？"他不明所以。

丹璃做手势示意他别出声。

言正礼不自觉地收声，不禁也紧张起来。他顺着丹璃的视线望过去，只见地下室门口又出现了一名少女——梳着发髻，一身民国校服打扮，看起来还真像时玖中学传说里的地下室幽灵啊。

"她是来排练话剧，还是来拍 COS 照啊？"言正礼低声问。

丹璃没有回答。

身为全校最理性的男孩子，言正礼认定那是一身戏服。但是，怎么会在这个时间出现在这里？

光线昏暗，又隔得远，言正礼只能隐约看到那少女找了个板凳坐下，似乎在等人。她在等谁？会跟害他被撤职的事件有关吗？

言正礼忍着当场抓人的冲动耐心等待。很快，又有人到了——

竟然是班主任！他的手里还提着一盒烧卖，隔着几张球桌都能闻到那浓郁的黑胡椒味。

班主任是个斯文温和的男青年，二十八九岁，刚当了爸爸。全班同学都知道，他每天都会对着孩子的照片傻乐，一下班就往家里赶。这样的他为什么大晚上的会出现在这里？言正礼微微皱起了眉。

只见少女接过烧卖吃了起来，俩人有说有笑，最后班主任附在少女耳边低声说了一句话，后者竟然还抱了他一下。

这难道就是传说中的师生恋？

言正礼大为震惊，直到少女和班主任先后离开地下室，他都没有回过神来。

"言殿，要锁门了，我们赶紧回去吧。"丹璃拍着他的肩膀说。

"等一下。"言正礼拉住了她的手，一脸严肃，"刚才的事情你也看见了，明天跟我去教务处，举报班主任搞师生恋。"

"呀哒！还不能打草惊蛇！"丹璃鼓起了腮帮子。

"老师和中学生搞婚外恋，这种事情有什么好打草惊蛇的？"言正礼觉得丹璃的脑子有问题，情不自禁地提高了嗓门，"你知不知道老师这是在犯罪啊？"

这时，巡逻保安的脚步声和手电筒光亮一起进入了地下室："谁还没走？告诉你们班主任了啊！"

完蛋！刚被撤职又被抓到一条违规现行！

言正礼背后冷汗都冒出来了，还来不及想说辞，保安明晃晃的手电筒已经照到了他脸上。突然，他被丹璃按着脑袋往地板上一推——

然后掉进了一个洞里？

[零三]

言正礼一屁股坐在地上，有点儿蒙。

一刹那的黑暗中，幻象如梦般掠过他的脑海。他看见无数暗绿色的齿轮缓缓转动，编织出命运的轨迹，他还看见一个少年，抱着猫坐在他家窗台上，朝他微笑。

可一眨眼，全都消失不见了。

地下室里若有若无的消毒水味和霉味消失了，他现在站的地方是个只有十几平方米大的房间，没有灯，但四角都涌出暗绿色的幽光。其中三面墙由巨大的算盘构成，算珠都是放平的齿轮，彼此咬合、缓缓转动。剩下的一面墙上则挂满了竖立的齿轮，这些齿轮的齿孔都非常大，因为一个齿孔就是一个显示屏，里面播放着各种奇怪的影像，有剑士与巨龙打斗、人型机器人在太空中互殴、一大堆看不懂的代码飞速奔跑，还有时玖中学的操场。

丹璃就坐在他身旁，手里握着一个下水道盖子那么大的齿轮，它正在慢慢缩小。

注意到言正礼的视线，丹璃亮出两颗兔牙，笑得纯真烂漫："嘛，欢迎你来到超时空全次元青少年奇遇协调处驻自治街办公室，以下简称'奇遇办'。"

"超什么青少年？奇什么办？"

"奇遇办。"丹璃答道。

所谓"奇遇"，指的是绝大部分青少年都会遭遇的一种自然现象，比如穿越、交换身体、获得超能力、成为魔法少女等。但偶尔也会出现错漏，比如淡水人鱼被扔进了渤海、双胞胎中一人的奇遇发生在了另一个人身上之类的。"奇遇办"就是专门负责协调和匡正错误的"奇遇"的超次元公益组织，而丹璃则是执行者——奇遇协调员。

"那我为什么从来没有'奇遇'过？该不会我的'奇遇'就是遇到了你这个'中二病'吧？"

面对言正礼看智障的眼神，丹璃摆摆手："反正结案之后得消除你的记忆，信不信无所谓啦。"

言正礼真挚地觉得她应该去医院看看脑子，每天幻想着自己活在动画片里就算了，还编出这么一套设定？甚至在地下室底下挖了个秘密基地，还装了满墙的屏幕来看片？

"你在地下室下面又挖了一个地下室，学校知道吗？"言正礼问道。

"不不不，这里并不是地下。"丹璃又向他解释。

这里虽然挂着自治街的名号，但跟"驻户部巷办公室""驻五道口办公室""驻皇后大道东办公室"一样，实际上是位于其他维度的某个神秘空间。

"你的意思是我们不在地球上？"言正礼觉得医院大概都救不了她的脑子了，于是默默翻了个白眼，直奔重点，"这堆设定和班主任搞师生恋有什么关系？"

"我说这些就是希望你能理解，他很可能和我正在协调的一桩'奇遇'有关。我怀疑你看到的那个'班主任'是被人假冒的。"

果然啊。

言正礼有点儿想笑。丹璃的话让他想起了那个老是抱着猫、坐在窗台上的家伙，也是满肚子的奇思妙想，也是眼里亮晶晶的仿佛闪着星光，也是看到快递员换个发型都要假设一下"你说他会不会被外星人假冒了？我觉得他脖子上那个文身是在暗示他真正的种族"……

"啊喏，言殿，你在听我说话吗？你怎么笑了？"丹璃的声音打断了言正礼的神驰千里，"总之，在结案并给你消除记忆之前，拜托你支持一下我的工作，千万不要举报班主任！"

丹璃诚恳的样子使得言正礼不禁严肃起来："贯彻落实科学发展观，我是不会相信你这些鬼话的！还是说你其实是想隐瞒什么？"他推了推眼镜，寒光一闪，"难道你和班主任有不可告人的关系？"

"你、你好讨厌啊！"丹璃气红了脸，将手里的东西随手一扔，一个比 iPad 还大的齿轮径直砸在言正礼的脸上。

言正礼一个趔趄，差点儿摔倒在地。

只见丹璃深吸了一口气，冷静下来："你难道就没有想过，'破坏公物'那件事中的你也可能是被人假冒的？"

"呃……也不是没有这种可能性……"

丹璃的说法很合理，但这种"合理"不一定经得起推敲，不然世界上那么多连环杀人案用"闹鬼杀人"四个字就能合理结案了，不过现在……

言正礼看了一眼手机，语气缓和下来："这样吧，你帮我调查我被人冒充的事，我就暂时不举报班主任。"

"我怎么又给自己揽了一件没业绩的工作啊！"丹璃看起来不太情愿，但最终还是同意了。

"好的，现在我要回家了。"言正礼又看了一眼手机，听她讲那堆破设定一讲就讲到了八点，再不回去做题，今晚哪儿还有时间背单词啊！然而，他举目四望，望了半天都没找到门在哪里。

"走这里啦。"丹璃又举起了手中那个齿轮，这次却不是用来砸言正礼的，而是让它慢慢变大，直到内径足够圈住言正礼的全身，然后往他头上一套，"马上就到家了，拜拜。"

话音还绕在耳边，言正礼就发现自己凭空出现在自己的卧室里。

"这是什么戏法？"言正礼转身回望，却发现丹璃和齿轮都消失了，卧室里只有他一个人。

他要怎么和父母解释自己没走正门直接进了房间？

[零四]

第二天下午一放学，言正礼就逮着丹璃问她调查结果。丹璃说她还在调查，言正礼却穷追猛打。

"纪律委员这个职位对我来说非常重要，我需要尽快揭露真相，洗清罪责。如果你一个人忙不过来，我可以和你一起调查。"

"呐哩？居然有人真心想当纪律委员？"丹璃甜美地说出了残酷的台词，"再说你也派不上用场。"

言正礼一脸严肃："那我去举报班主任。"

僵持片刻后，丹璃妥协了："好吧，那就交给你一个任务——正好我觉得一个人去食堂点小炒怪怪的，你请客！"

食堂小炒和调查有什么关系？她真不是在借机宰我？言正礼心里直嘀咕，但还是决定静观其变。

食堂位于实验楼一楼，装潢简单实用，坐在餐桌旁就能看到后厨的厨师们隔着一面玻璃墙忙碌的场景。

言正礼对丹璃心怀戒备，两人几乎是一声不响地吃完了这顿饭，好在味道不错——负责炒菜的师傅正是小胖。

言正礼还记得小胖爬墙的事，但好在小胖现在依旧很开朗，手艺也没变差，显然不像言正礼和外教那样被"怪事"严重影响了生活。

言正礼起身去柜台结账，结完账回头一看，丹璃居然溜了！他思考了三秒，拔腿奔向厕所附近的监控死角，一过去果然看见那个可以当随意门用的大齿轮平铺在地，丹璃正准备往齿轮孔里跳。

"且慢！"言正礼及时拉住了丹璃的胳膊，本来想把她拉出来，却止不住地跟着她一起往下坠，之后眼前一黑，又一次掉进了那个幽暗的小房间。

"你敲我一顿饭就是为了借机跑路？"言正礼边揉着摔疼的胳膊边站了起来。

"啊啦，人家只是怕耽误言殿考北大清华啦。"

言正礼懒得和她耍嘴皮子："你到底调查出什么了？没有进展的话就把饭钱还给我。"

"其实我阻拦你去举报班主任的方法有很多，比如把你吊起来关在这里，每天注射葡萄糖维生，事后给你消除记忆了你也不记得，只会留下几天旷课记录而已。"丹璃露出了纯洁无辜的笑容，却让言正礼觉得不寒而栗。

她那满口伪日语的"中二"傻妞模样果然是装的！

"但我高尚的信仰不允许我做这种事，所以我就好心地告诉你吧。"她还在笑，言正礼反而开始紧张了。只见她指了指齿轮显示屏，画面变成学校食堂。

"呐，言殿，你对小胖印象如何？"

"蛮活泼也蛮靠谱的一个人，不过家长老喜欢拿他教育我们，说'如果不是爹妈辛辛苦苦赚钱养你们读书，你们也得像小胖那样十几岁出来打工给人做牛做马'。"言正礼看着监控画面中的小胖，他正忙着搬运一大箱蔬菜，"前几天他被人拍到像蜥蜴一样在墙上爬，我怀疑他是像我、班主任和外教一样的受害者。"

"在墙上爬的那个确实是他，而且当时他的意识很清醒。"丹璃又伸手一指，另一个显示屏里出现了言正礼从没见过的风景，看起来是一座修建在洞穴里的……城市？

"这里是小胖的故乡巆巂龖巇，他是巂巉族，本名巇嶪嵥巇嵜·巂巉·巇巇㠼——这种文字在你们的语言系统里似乎无法正常表达，所以我们还是叫他小胖吧。总之，小胖他们种族的外形上虽然与人类相似，但习性上更接近你们称之为'蜥蜴'的生物，会蜕皮，会冬眠，会夏眠。休眠时体温降低，呼吸和心跳都近乎消失。另外他们还有一种类似于变色龙的能力，可以把自己的外形变化成别人的样子。"

"你的意思是……小胖是外星人？"就那个平凡土气、满脸雀斑的小胖？

"不，是异世界人。"丹璃纠正他，"我们认为任何青少年都有经历'奇遇'的权利，再说有些种族的，在你看来或许是喵酱、汪酱，甚至自行车呢。"

接下来，显示器中的画面从城市远景变成了小胖的房间，陆续展示了小胖垂头丧气的日常和畏畏缩缩的生活方式，搭配丹璃的讲述，展现出的竟是一个与言正礼印象中的"乐观打工少年"截然不同的人。

童年时的小胖与别的孩子并没有什么不同，大家一起蜕皮，互相变形，按时休眠。然而到了青春期，有年夏天，他提前十几天就醒了，差点儿没饿死才等到父母正常苏醒。父母苏醒后就带他去看病，他才得知自己患上了一种少见的脑神经疾病——"无眠症"。虽然医院里有抑制这种病状的药物，但一是价格昂贵，二是长期服用会损伤心血管，不建议未成年人使用。可如果不吃药，小胖会被整个种族视为潜在的犯罪分子，毕竟"谁知道在我们休眠时他会做什么"。就这样，小胖失去了朋友与快乐，变得畏缩自卑。直到今年夏天，他从岩缝中不慎落下，来到了言正礼所在的这个世界。小胖惊喜地发现，这里正逢盛夏，满街是人。被好心的食堂主厨大妈收留后，更是挖掘出自己在烹饪上的天赋，便开始了他的食堂打工生涯。

听完小胖的故事，言正礼叹了一口气："根据我的科学经验，小胖会给自己折腾这堆设定有三种可能性：一是每天闲下来网文刷多了，二是沉迷网游，三是吸毒致幻。"

丹璃跟着叹了一口气："果然我还是应该把你吊起来打针最省事，言殿。"

言正礼脸色一青，后退了两步："那就算你说的这些都是真的，爬墙的是他本尊，之前走道里那个疑似人皮的玩意是他蜕的皮，那么我、外教、班主任，都是被他变形冒充的吗？他为什么这么做啊？"

"小胖穿越到这个世界，属于正常的'奇遇'。可我也不知道他为什么要冒充成你去砸地下室的门，这也是我正在调查的部分。"显示屏又出现新的画面，"前几天监控还拍到了另外一个男生，应该也是变形的小胖，带食物给那个女孩吃。不过因为没有超时留校，也没有像'你'那样砸门，所以并没有造成太大的影响。幸好昨天我提前弄坏了地下室摄像头的线路，不然要是教务处也像你一样误会班主任搞师生恋就不得了啦！"

"你觉得班主任被误会了不得了，我被撤职就无所谓？"言正礼问，"如果他冒充成班主任、我和别人，都是为了见那个女孩，变成外教裸奔又是怎么回事？还有，他和那个女孩次次见面都变形，对方不奇怪吗？她不会也是什么异世界人吧？"

话刚说到这儿，狭小的空间里忽然响起了警报声，丹璃连忙查看那堆显示屏——

地下室淹水了。

"淹水？消防管道坏了吗？"言正礼看着显示屏，污水迅速漫过乒乓球台，原本正在练习的教练和体育生们纷纷逃出，"奇遇办连这种小事也管？"

"不可能是普通事故。平时都是主计算机负责管理监控的，它会自动报警，说明出现了只有我才能解决的问题。"丹璃低下头皱起了眉，沉思着，"民国少女……淹水……难道？"

难道什么？

言正礼的话还没问出口，丹璃已经拿出了那个"齿轮随意门"准备钻回学校，他连忙跟上。

[零五]

亲眼看到另一个"自己"是一种什么样的体验？

言正礼站在地下室的出入口，也就是他被拍到砸门的那个地方，心情十分复杂。

水快要溢到一楼了，尚未离校的师生们正忙着避难，却有一个人飞快地跑进教学楼，蹚着污水冲进地下室，重点是，那人长得和言正礼一模一样。

"又是小胖？"

就算是脑子死板如他，现在也不得不接受"小胖会变形"的设定了。

"我们赶紧跟过去！"言正礼催促道。

"水太脏了。"丹璃嘟囔了一句，然后抬起双手闭上眼睛，一个看起来像气泡的东西渐渐在她周围成型。

言正礼连忙钻进"气泡"中，尽量挨她近一点儿，问："这是你在网上买的高科技玩具吗？"

"这是魔法啦，言殿。"丹璃露出了一种"反正说了你也不会信"的笑容，然后气泡就飞进地下室，一半没入了水中。

地下室里光线昏暗，水看起来很脏，乒乓球桌都已经浮了起来。

一进地下室，言正礼就听到小胖在喊"温惠！温惠！"，大概是那个女孩的名字吧。

他的外形可以变来变去，声音倒是不会变啊……言正礼正想着，突然意识到哪里不太对劲，回头一看，源源不断的污水竟全是从他背后那扇门里涌进来的，可哪儿来的这么多污水？

"看来那扇门就是目标了，小胖当初砸门一定也是为了它。"丹璃显然也注意到了那扇门。

言正礼正想问，却见依然"借用"言正礼外形的小胖又游了回来。小胖惊讶地瞟了他俩一眼，但什么都没说，一个猛子扎向污水，冲进了那扇门。

"我们也跟上！"气泡载着他们逆流而上。

冲过那扇门后，言正礼惊讶地发现整个一层被淹没了大半。

"怎么可能？就这么一会儿工夫？就算下暴雨也不该是九月份下吧？"

"言殿，你看看外面。"丹璃倒是很冷静，乘着气泡带着言正礼飞出一楼，到了操场上。

一出教学楼，言正礼就愣住了。

天色半黑不黑，四周空空荡荡。红红绿绿的塑胶跑道和塑胶篮球场、八九十年代修建的实验楼、学校隔壁的居民楼、离学校不远的商业步行街……全都消失了。只有20世纪初落成的那座七层水塔还屹立在不远处。然而水塔之外，千里泽国。

"房子呢？人呢？车呢？都到哪里去了？九月份为什么会发洪水？三峡大坝垮了吗？"

眼前的一切实在太挑战言正礼的认知了！他看着周遭的无边大水，深吸一口气，说："我要冷静一下！"

丹璃倒是很平静，仿佛眼前的一切都很正常。

言正礼冷静片刻后，总算想出了一个比较合理的可能性，问："我是不是被你拉进什么VR游戏了？"

"这不是游戏哦。我们现在应该不在2017年。"

"哈？"言正礼没听明白。

丹璃继续说："'奇遇办'的规定是要保证当事人在该种族预期寿命千分之一时长内的安全，按照小胖他们种族的寿命换算就是一个月。所以，为了我的工作业绩，保护小胖是最优先事项。"

刚说到这里，水中就传来了呼救声。

"好像有人在喊什么？"丹璃竖起了耳朵。

"对，就在那边！"言正礼指向教学楼附近一栋几乎只剩红瓦屋顶的平房。然而丹璃却指向几乎被淹没的教学楼一楼，是与他完全相反的方向。

"小胖在教学楼里，我听到他喊温惠了！"丹璃说道。

"可我听到的呼救声来自一个老人，我们不该先救他吗？"言正礼的眼睛一直盯着那座平房。他推测可能有老人被困在斜坡屋顶三角区内侧了，洪水很快会淹没那里的。

然而丹璃平静地说道："言殿，奇遇协调员不能干涉历史进程，请不要向本该死去的人施以援手。"

历史进程？本该死去的人？她什么意思？我们现在在……过去？

言正礼的脑子高速运转着："正好，我不是奇遇协调员。"

"那你不是害我违规吗？"丹璃稍微提高了嗓音。

言正礼倒是理直气壮："如果说我们现在回到了过去的时玖中学，你说不能干涉历史进程，那意思就是这个时空的历史是闭合的对不对？那么我要做的事就是我已经做过的事了。那我当然应该救他，因为那个时空我肯定已经救过他了！"说罢，他撕开"气泡"，一头扎进了滔滔的污水中，游向那栋平房。

丹璃一个人站在气泡里喃喃自语："说什么从来不信奇谈怪论，你这套时空循环逻辑倒是很熟练呢。"

[零六]

其实言正礼知道自己刚才胡扯的那套是有漏洞的，不过那不是重点。重点是，如果他们并非身处 VR 游戏，而是面对着确实发生过的真实事件，那自然是救人要紧。

顶着令人作呕的奇异臭味，言正礼借助一块破门板的浮力，在泥浆般的污水中奋力向前。

游到那栋平房旁边后，他费劲地爬上了斜坡屋顶，搬开一片片红瓦，然后看到一名老人正泡在几近没顶的污水中，哑着嗓子喊"救命"，老人的手中还举着一个昏睡的小女孩！

"坚持住，我马上救你们出去！"言正礼朝老人大声喊着。

他四处张望，寻找合适的工具，但什么都没找到。眼看着水位越来越高，他干脆跳了下去，先接过老人怀中的小女孩，背着她游到墙边，爬上屋顶，再如法炮制，把老人也救了上来。

这么一番折腾之后，言正礼自然是全身湿透、遍体恶臭，还呛了好几口污水，感觉像畅游过化粪池。他坐在屋顶上稍作休息，有些感慨。像自己这么冷静理性的一个人，居然会相信丹璃的奇谈怪论，还来到这个他怀疑是 VR 游戏的奇异时空，之后又不顾她的阻止救了两个陌生人……做这一切也许是出于本能，也可能是某种补偿心理。毕竟，曾经他没能挽救那个满肚子奇谈怪论的人。

老人身着破旧的立领短褂，小女孩一身近乎破布，看起来家境不佳。听完老人嘶哑又有地方口音的絮叨，言正礼勉强听明白了。

老人来自省内某小镇，家乡已经被洪水淹了，他带着唯一的孙女来武汉投奔做校工的侄子，没想到武汉也被洪水淹了。洪水淹没学校后，侄子夫妇去找人救援，结果到现在也没有回来。

听到"校工"两个字，言正礼眼前一亮，顿时向老人打听学校里还有多少学生、现在主要在哪里。老人说，现在是暑假，学校没什么学生，但有几个女生这几天在教学楼一楼东翼的教室里做义工，教附近不上学的小孩子识字唱歌，今天肯定也在。

这么说来，言正礼大概搞清了温惠的位置，她可能就是老人口中所说的义工之一。他叮嘱老人不要乱跑、耐心等待救援，转身又跳进了污水里，游向时玖中学的教学楼东翼。他想按丹璃那个"不能帮助本该死去的人"的逻辑，丹璃不但不会出手相助，可能还会阻碍他。

刚想到这儿，言正礼就看见丹璃乘着"气泡"带着小胖从一楼一间教室的窗口里飞了出来，看她一身干净整洁，大概救人时也是用的"魔法"吧。至于小胖，他变回了自己原本的模样，看起来很紧张的样子，一直在对丹璃说着什么。而丹璃皱着眉，一言不发。

正如言正礼所想，丹璃不愿意救温惠。

于是言正礼朝着小胖大喊："我知道温惠在哪里，我帮你去救。"

听到这话的小胖喜出望外，也从"气泡"里跳进水中，向他游过来，只剩下气泡里的丹璃一个人气得直跺脚："我为什么不干脆把他俩都敲晕，然后拖回去宣布结案呢？"

教学楼东翼的走道里，课桌和书柜等家具随水漂浮着，甚至堵住了门。言正礼和小胖在污水中艰难地游动，好不容易才打开了门，进了走道，就听到了微弱的女孩哭声。

"是温惠！"小胖十分激动，率先游向传来哭声的位置，言正礼紧随其后。

两人沿路又绕过了许多课桌、书籍，甚至是死耗子，总算摸进了教室的门。

结果一推门，就被眼前的景象惊呆了——

半截梧桐树被洪水推到了窗边，它的主干被窗户上的铁栏杆挡住了一半，仿佛一个盘踞在窗前的黑压压的怪物。树干靠着自身的重量与洪水的冲力压弯了栏杆，树枝也从栏杆的缝隙间穿过探进了教室内，而截断的树枝径直刺穿了一名女孩的身体。被刺穿的女孩还睁着双眼，民国式校服的白色高领上衣上染满了鲜血，无力的身体漂浮在污水中。

离她不远处的教室角落里，还有一个女孩，她正扒着一张漂荡的书桌，哭红的双眼空茫地望着死去同学的方向，用嘶哑的嗓音一声一声低喊着："臻臻，你为什么不说话？臻臻，回答我啊！"

"那是温惠？"言正礼看了一眼哭泣的女孩又看了一眼小胖，"……她看不见？"

小胖点点头，然后边喊着"温惠，没事了，我来救你了"边游向她，只剩言正礼待在原地。

身为食堂学徒的小胖频繁出现在教学楼会很突兀，正好温惠又看不见，所以小胖每次都变成别人与她相见，这么一想就合理了，可是……"大洪水"与"民国盲女生"这两点联系到一起，让言正礼想起了一段校史。

看到小胖带着哭泣的温惠游向自己，言正礼忍不住问："温惠同学，你姓李？"

"鄙姓李，名温惠。请问您是哪位？"温惠虽然受惊，但言辞中仍有大家闺秀的风范。

"我是……"言正礼一时不知道该怎么回答，小胖却迅速给出了答案："他和我一样，来自'另一个世界的时玖中学'，那边男生女生都有，也没有这么吓人的洪水，我们马上带你过去，再设法带你回我家乡治眼睛……"

听了小胖这番话，言正礼猜他是把这里理解成了"又一个平行世界"，可现在的问题在于……

"不，这里不是平行世界，她也不能跟你回去，我想这次言殿也会站在我这边的。"

一个熟悉的声音突然响起，丹璃乘着"气泡"凭空出现在了这间教室里。

言正礼看到她，连忙问："现在是1931年，对不对？"

[零七]

20世纪，武汉遭遇过三次大洪水，其中有一次洪水涌入了市区，淹没了时玖中学。

加上温惠的民国校服与老人的盘扣短褂，越发验证了言正礼的猜测——

他与丹璃回到过去之后所遭遇的，是1931年的江淮大水。那是20世纪死亡人数最多的一场自然灾害，受灾人口2850万，洪灾范围南至广东，北至关外，"洪水横流，弥溢平原，化为巨浸，死亡流离之惨触目惊心"。汹涌的大水在7月底淹没了整个武汉市区，直至9月方才消退。大批民房被水冲塌，处处都是瓦砾废墟，电线中断，厂店歇业，物价暴涨，天气闷热，瘟疫横行，污水中满是恶臭扑鼻的各种垃圾与人畜尸体，可谓人间地狱。

当代中学生很少有人关注那场洪水，但言正礼不巧是那"很少"的其中之一——记性太好一直是他的烦恼。

"是的。"丹璃点了点头，"最近时空裂缝的出现概率升高了，我们学校地下室的那道门就是一道时空裂缝。每天18点45分它会开放，小胖通过它认识了1931年时玖中学的温惠，然后当时玖中学被洪水淹没时，洪水也就顺理成章地通过时空裂缝涌到了现在的我校地下室里。"

然后她又望向小胖："至于你救的这个女孩，在我看到她双眼的时候，我就明白她是谁了，我想言殿应该也知道了。"

言正礼不太想接这个话头。他看过学校官网的校史专栏的记载，眼前这个李温惠就是当时时玖中学李董事长的独生女，她因病失明，但靠着父亲的关系，失明后仍在时玖中学随堂学习，直到——

"1931年，我校李董事长因爱女死于洪水，捐出了所有家产，帮助了许多灾民。"

如果她没有像历史记载的那样死掉，她的父母是不是就不会捐出所有家产？而在洪水中千千万万的灾民，是不是就不会因此得到帮助？

"之前言殿违规跳进洪水中去救灾民，我没有真的去阻止，是因为这场洪水中死了许许多多人，他们没名没姓，没有留下任何记录，他救不救其实都没关系。但这位李小姐，是不一样的。"丹璃神色严肃，"如果她没有在这场洪水中死去，历史就要改写了。"

她又看向言正礼："这就是我要匡正的'错误的奇遇'。"

"这……"小胖虽然来自异世界，但也隐约觉得丹璃说得有道理，苦恼地皱起了眉。

而温惠一脸惊恐地躲在他身后，已经听愣了，想了半天就说出来一句："2017年？神父不是说我们1999年就会迎来末日审判了吗？"

对身处乱世、本该死去的她来说，2017年是多么遥不可及的未来啊。

然而听到这里，一贯循规蹈矩的言正礼又忍不住提出了质疑："你凭什么判断这就是'错误的奇遇'呢？错误还是正确，有什么亘古不变的规则吗？为什么小胖这样一个没有健康证的异世界人无证上岗做热干面是'正确的奇遇'，他想救历史上已经死去的人就是'错误的奇遇'呢？是不是你认为许许多多人的生命就比一个失明少女的生命更有价值？那如果许许多多人里后来有人走上歧途做了坏事，这又算谁的责任？如果我救的那对没名没姓的祖孙今后干了什么大事，那又算不算是我更改了历史？"

他仰头望着丹璃，直视着她高高在上的眼睛："你想维护的，根本不是什么历史的确定性，而是你的工作业绩吧！"

[零八]

丹璃一时无语，小胖和温惠也听呆了。

四下除了水声，一片寂静。

但很快，从远处传来了梆子和吆喝声："有没有活人？附近还有没有活人啊？"

是当地居民自组的救援队！

言正礼喜出望外，正要大喊，只见丹璃一挥手，一道淡蓝色的光芒随即笼罩整个教室，在四壁上形成一道半透明的光墙，随即消失，同时消失的还有教室之外的一切声音。

她做了什么？言正礼还没想明白，就听丹璃平静地说："隔音魔法。"

"你还真一点儿都不否认你就是想保住业绩啊！"言正礼难得生气，丹璃反而露出了笑容，她从半空中飘了下来，一脸天真地凑近他，柔软的长卷发带着香气："言殿，你可是一开学就没收了我三本漫画、两个手机，还让我写了五次检讨的宇宙最强纪律委员。那个害你丢掉了职位的蜥蜴人，还有这个不肯按史实去死的盲人，都是违反规则的人，而且和你都谈不上认识吧？他们到底有什么值得你这么维护呢？"

"我为什么要救那个被困在洪水中的老爷爷，我就为什么要救温惠。"言正礼盯着她，一字一句地说，"因为我再也不想让自己为这种事后悔了！"

言正礼永远也忘不了，那个总是抱着猫坐在自家窗台上讲着异世界、外星人与超能力的家伙，当他逆着月光朝自己露出笑容时，背后仿佛披覆着银色的羽翼。自己曾经相信，他说的一切都是真的，可最后，也不过是报纸上一块小小的讣告而已，只是一个脆弱的凡人。那之后，他不再相信任何怪力乱神，转而寄希望于一切切实可靠的规则。他不愿再与谁交心，因为害怕再次遭遇他人的死亡。

他也明白，目前这种情况下，仅仅"害怕"是无法驱散死亡的，除非……化恐惧为力量，主动出击！

言正礼抬起胳膊，趁丹璃不备，猛地把她推进水里，然后游向小胖，附在他耳边说了一句话。

"什么？什么意思？"小胖一时间没反应过来，但言正礼只来得及多喊一句："照我说的做！"

他当然知道丹璃会魔法，还能把齿轮当武器使用，并且咬牙切齿地说了两次要把他关起来直到结案消除记忆，所以刚才那一推也只是在拖延时间。

紧接着，丹璃就从污水里挣扎着冒出脑袋，大喊了一声"言殿你真的好讨厌啊！"又重新飞回空中，声音虽然还是娇滴滴的，但与她一起破水而出的还有……一条由冰构成的巨龙？她的魔法简直是作弊啊！

然而言正礼还来不及细看，就被那条冰龙伸爪抓住，吊在半空中，只能眼睁睁地看着丹璃举起一只手指向窗户——

铁栏杆掉进水里，半棵梧桐树飞了起来，之前被刺穿的那个女孩落进水中缓缓漂浮着，而沾着血的树枝尖端现在径直指着温惠，仿佛死神的长矛。

还好小胖明白了言正礼的意思，他竭尽所能地挡在温惠身前，朝着丹璃大声喊："冲我来！你要是杀了温惠，我就立即自杀！"

"说得对！他要是死了，你的业绩就完蛋了！"言正礼连忙补充。

"原来言殿是为了教他威胁我啊……你们可真聪明。"丹璃回头瞟了言正礼一眼，然后攥紧了拳头念念有词，"不生气，不违法，不用刑，不杀人。女神在上，做个好人……"

那个"中二"兔牙妹实际上是反社会变态？

言正礼只觉得一阵寒意顺着脊梁骨往上爬，小胖却在这时开了口，声音颤颤的，但很严肃："我不是在威胁你，我是认真的。反正我在老家活得很没意思，我曾想过死了一了百了，直到我来到这个世界，来到时玖中学，发现我是正常人！大家还喜欢吃我做的东西！在这里我有多开心，你明白吗？我想我不如就在这个世界过一辈子算了！"说到这里小胖有些激动，停顿了一会儿方才继续，"后来我遇到了温惠。我只是被同伴当成坏人而已，她却连生活自理都有困难。但她毫不气馁，觉得一切都是上天对自己的考验，还鼓励我不要自卑，说我也可以回到故乡，并直面自己的痛，甚至帮助同类……和她相比，我真的是个废物。如果失去了她，我……"小胖又生气又害怕。和温惠一起做义工的那个女生被树枝刺穿的尸体还在水中漂浮着，有几只苍蝇正绕着盘旋。这是他离死亡最近的一次，他不敢想象温惠也会变成那个样子。

此刻，终于明白了一切的温惠握着小胖的手，空茫的双眼中流下了泪水："你没必要……如果真如他们所说，我死后，父母会帮助更多人，那也是我的荣幸。"

"可凭什么为了那些不认识的人，就一定得牺牲你？"小胖的脸都气红了。

"可凭什么因为你不希望她死，就要改变那些本该得救的人的命运？"丹璃的冰龙抬起另一只巨爪，径直抓向温惠！

"等等！"千钧一发之际言正礼再次开了口，"我有一个提案，可以既不必改变历史，又能让温惠活下来。"他顿了一下，见所有人都盯着他，于是望向丹璃说："你只需要做两件事……"

"一件我都不做，用魔法可是很累的。"丹璃毫不犹豫地拒绝，懒洋洋的姿态，"反正温惠不活下来就不会影响我的业绩。"

"那我去做总行了吧！把你的齿轮借给我！"言正礼大声喊道。

"不然我就死给你看！"小胖扯开衬衣，抓着一片碎玻璃指着自己的脖子，样子有点儿好笑却又十分英勇。

丹璃抱着胳膊嘟起嘴："言殿，作为一个本该在事后被消除记忆的普通人，你如果为了救我的奇遇当事人牺牲了，是会影响我业绩的。"

"我不会死在这种事上的。"言正礼认真地说，"今天的单词还没背呢！"

"对啊，你有工夫帮他们忙，为什么不回家多做两套题？"丹璃露出纯真的笑容，又问到这个问题。

为什么？因为我早就失去了像小胖那样舍命去保护朋友的机会，所以我很羡慕他，所以我希望，至少能见证一次这样的奇迹发生！

然而，言正礼咬了咬嘴唇，最后说出口的却是："说话做事要负责到底。我都教唆小胖以死相逼了，他要是真死了，谁帮我洗冤复职？"

[零九]

丹璃同意贡献出了她的"齿轮随意门"，并抓着言正礼的手按在齿轮上说了几句短期授权的口令，然后告诉他"只要脑中想着你想抵达的时间和地点就可以过去啦"。

那如果我穿越到三天后问未来的自己事情经过，是不是就能在实际进行的过程中避开许多困难？

言正礼思考了一下这个问题，但很快想起丹璃说的结案之后他就会被消除记忆，所以问未来的自己大概也问不出答案。至于未来的小胖，不确定性更多，还是不考虑了。

所以比起作弊，还不如指望自己的聪明才智啊。他叹了口气，带着小胖一起钻进了齿轮。

丹璃把温惠带回了奇遇办做"人质"，两个人坐在那间气氛阴森诡谲的小房间里，肚子都咕咕叫了起来。丹璃不知从哪里掏出了两碗泡面和一个暖水壶，刚往碗里倒了热水，言正礼就回来了，只拖着她往齿轮里走。

从言正礼离开到再次出现，时间间隔只有几分钟，但他出发前是一身被污水泡过的校服，回来时已经换了上一套肥大的工作服，衣襟上甚至还有弹孔和蓝色的污渍，灰头土脸的……

他到底经历了什么？丹璃一脸惊讶，然后交代温惠等三分钟就可以吃面了，再带上自己的泡面碗，跟着言正礼一起钻进了齿轮。

他们来到了一块有小天使雕像装饰的墓碑前。

言正礼边挖墓碑后的泥土边向丹璃解释："我们现在在1931年11月的武汉，这里是教堂专属的墓园，会有人巡逻，所以麻烦你帮我把风。"

墓碑上刻的全是拉丁文，看不出墓主的身份。言正礼吭哧吭哧地努力挖土，丹璃边无聊地哼着《极乐净土》边吃泡面。

言正礼终于挖出了棺材，正想打开棺盖，巡逻员就来了。

"肯定是闻到你的泡面味了！"言正礼连忙拉着丹璃趴下，眼看着两名巡逻员提着灯笼越走越近，他们无处可躲。唯一的出路就是跳进"齿轮随意门"，但又怕巡逻员看到被挖开的坟墓加强警戒……现在该怎么办？

忽然，远处响起了一阵猛烈的犬吠声，接下来有人在哭喊嘶吼，巡逻员连忙跑了过去！

言正礼总算松了一口气，忙爬起身来抬棺盖。

"里面是僵尸还是腐尸？"丹璃站在墓穴边，一手捂着口鼻，却又忍不住想往棺材里看，结果当看清棺中的人时，手里的泡面碗吓得差点儿掉进棺材里。

"温……温惠？"

可温惠明明就坐在奇遇办吃泡面呢！那棺材里的那个温惠难道是——

"是小胖。"言正礼拿出一枚看起来像金属口罩的东西，罩在"温惠"的口鼻上。就着手机的微光，丹璃和言正礼眼见着"温惠"的脸发生了奇妙的变化，一会儿变成言正礼，一会儿变成班主任，一会儿变成丹璃、外教、校长以及食堂主厨大妈……最后终于变回小胖的样子。

小胖猛地睁开眼睛，扯掉口罩大喘了几口气："成了？我第一次用这药，头有点儿晕。"

"还不一定。"言正礼远远看到巡逻员提着灯笼向这边走来，他连忙拿出齿轮，拖着小胖滚进了齿轮孔里。

"温惠！我还活着！你也活着！"小胖不顾头晕，一进"奇遇办"就激动地抱住了女孩。言正礼和丹璃从齿轮孔里爬进来，正好看到这感人的一幕。

刚站定的言正礼连忙掏出穿回家拿的智能手机——他知道手机进了奇遇办就能有信号，登录了学校官网，打开校史专题，点进熟悉的《1931年江淮大水》页面——

"好，校史页面没有任何变化，还是写着'李董事长夫妇在爱女死后捐光家产'，这事成了！"言正礼露出了少有的笑容，朝着小胖竖起大拇指，"看来我们扔下被挖开的墓地就跑的行为并没影响历史。"毕竟那时是灾后乱世，难民挖有钱人的墓地也是寻常之事。

"也就是说，在爸爸妈妈看来……我已经死了？"温惠有些悲伤，她还需要一些时间才能接受这一切。

丹璃看在眼里，安慰地拍了拍她的肩膀："但是因为男孩子们的努力，你已经摆脱那个注定的'史实'，即将迎向崭新的人生了。"

"谢谢……谢谢你们。"种种复杂的情绪交织在一起，温惠又一次淌下了眼泪。小胖递给她一块手帕。

言正礼望着眼前的情景，又想起了已故的朋友，不由得感慨万千。

如果见证这一切的，不是我，而是你，该多好。

[一〇]

第二天下午放学后，言正礼和丹璃又坐在食堂里吃小炒。小胖还没从药物的副作用中缓过来，在发低烧，只能在后厨帮忙择菜。

"温惠呢？"言正礼问。

"暂时住在'奇遇办'，她觉得泡面很有趣，有点儿沉迷。"丹璃笑着说，"不过小胖这两天就打算带温惠回故乡了，一是想帮她治眼睛，二是她鼓励他成立一个互助组织，帮助其他患有不眠症的同类。"

"那看来你也可以结案了。"言正礼吃了一口鱼香肉丝，觉得不如小胖做的好吃。

"说到这个，言殿是怎么想到让小胖假扮温惠的尸体的？"丹璃问道。

"听他说到'吃药对身体不好，不吃又不休眠'时，我想起你说他们种族在休眠状态下心跳呼吸几乎是没有的，就有了这个主意——他都愿意为温惠去死了，那一定也愿意为温惠假死吧？我们先穿越到他的故乡，找来休眠药和苏醒药，然后再穿越回1931年让他变成温惠再休眠，最后自然就会被救援人员当尸体抬回去了。"

言正礼说得轻描淡写，与小胖一同回故乡时的诸多惊险他都懒得再提，反正重点是他最终顺利回到了"当晚"这个时间点，还来得及背单词和写作业。

那一路上，他和小胖聊了很多事。原来小胖在学校爬墙是因为当时初来乍到，他还在按自己种族的习惯活动，走道里那张"人皮"当然也是他不懂事时蜕的。而变形成言正礼砸门的原因是他和温惠约好了那晚见面，却被食堂的事困住，去地下室时已是晚上八点，时空裂缝关闭，可小胖当时不明白它的运作机制，只是很气恼没法抵达"另一个时玖中学"，所以砸开了门又反复出入。在和言正礼聊起这起事件时，小胖才明白自己的行为（尤其是随意变形成他人）惹出了不少麻烦，尽管他坚称外教裸奔那事与自己一点儿关系都没有，但还是非常诚恳地提出想亲手弥补其他几个过错。

"所以你们一般怎么解决善后问题？靠洗脑消除记忆？"言正礼问。

丹璃擦了擦嘴，耸耸肩："奇遇协调员基本守则第二条：只能消除个人记忆，不能抹消实际影响如行政指令、地形变动等，以免干涉各世界历史进程。也就是说，关于那道时空裂缝，我向主计算机汇报之后它就会被弥合；关于从1931年涌到2017年的洪水，说是下水道破裂忽悠一下就行了；小胖爬墙的网络视频可以删掉，时间久了人们会自行淡忘掉；但是你被撤职这件事无法挽回，这也是为什么我努力想保住班主任的原因——毕竟撤销班干部职位事小，而一个老师如果摊上那种污名，一辈子都毁了。"

撤销班干部职位事小？你已经是第三次歧视我的工作了，你知道吗？

言正礼深吸一口气冷静下来："那我自己来处理吧，让小胖去跟教导主任自首就行了，可以说他自学了黑客技术和CG技术，为了练手好玩做了我砸门的视频，然后把它拷贝到了学校的监控系统里。相应的，希望你能等我处理完这些事复职之后再给我消除记忆，以免有什么错漏。"

"哦呀哦呀，真是个完美的思路。"丹璃鼓起掌来，"不过我还真是第一次见到主动要求消除记忆的人呢。"

"因为我对你们那些奇怪的设定一点儿兴趣都没有，有限的脑容量还是留给学习比较好。"言正礼平淡地说着，然后略微皱起眉，"不过，我还有一个小问题。如果小胖没有变形成外教，那外教裸奔到底是怎么回事？"

紧接着，他背后响起了一个语调有些奇怪的声音："裸奔的就是我自己，目的是试探小胖。附带一提，在1931年的墓地里学狗叫帮你们引开巡逻员的，也是我。"

说话的是一个年轻人，黑皮肤，厚嘴唇，瘦高个儿，西装革履搭配一头脏辫，戴着小圆眼镜，满身都是闪亮亮的饰品，打扮得非常时髦，同时不知道违反了多少条校规校纪。

在言正礼看来，这人一直都很辣眼睛，偏偏他每次都用"我是'歪果仁'，这些奇装异服都是我族的信仰"的理由给忽悠过去，教导主任也不管他。

"另外，昨天地下室淹水后，神勇登场指挥大家顺利撤离的也是我，然后我就因功复职啦！"他说着，在丹璃旁边坐下，"怎么样，言正礼同学，你想不想加入'奇遇办'？我觉得你非常适合做奇遇协调员！"

"不想。"言正礼毫不犹豫地说。

奇遇办与魔法少女

"你本来就没必要嫉妒我,因为你就是你自己的主角。"

MO FA SHAO NV

[零零]

成为魔法少女是怎样一种体验？

对笛衡来说只有两个字——尴尬。

作为武汉市时玖中学高一（7）班的体育委员、多届省青少年跆拳道女子组冠军获得者，笛衡是学校里有名的少女偶像。她情人节收的巧克力比校草还多，这让男生们嫉妒不已，不少人的QQ签名都改成了"被男人婆抢了妹子的爷们儿你伤不起"。

"男人婆"笛衡其实长得清秀，只是头发短个子高，表情酷酷的不爱说话，看起来像个冷面美少年，然而面冷心善，"路见不平一声吼"是家常便饭。

怪事就是在见义勇为时发生的。

那天，笛衡在归家夜路上遇到流氓骚扰独行女子，忍不住上前帮忙，没想到刚一脚踢在流氓的摩托车上，摩托车竟然炸了，吓得流氓屁滚尿流，被骚扰的女孩也惊慌地跑掉了。

"怎么回事？我有这么大劲儿？"看着熊熊燃烧的摩托车，笛衡一脸茫然，同时觉得腿上凉飕飕的，低头一看，自己居然……穿了一套水手服？

笛衡揉了揉眼睛，水手服不见了，身上还是一套普通的运动装。她以为自己只是一时眼花，没想到此后却一发不可收拾。她在公共汽车上帮老人抓小偷，怒吼声竟震破了小偷的鼓膜；去跆拳道道馆日常练习，不小心踢断了教练三根肋骨；体育课上跳高时，她一起跳身边就莫名出现了大量丝带与花瓣，跃过标杆后发现自己穿着一件高衩旗袍；就连早自习上风驰电掣赶个作业，她也会突然来个机甲化，额外长出两只机械臂来抄论述题。

这些奇异造型保持的时间都非常短，因此绝大部分目击者都以为是自己眼花，只有笛衡知道，事情没那么简单。

在发生这种异象数天后的午休时间，她独自一人走进了体育活动室，决定做一个测试。

体育活动室有一整面墙都是镜子，笛衡确认了附近没人，然后走到镜子正前方，站在一具总重量 95 公斤的杠铃面前，单手抓住杠铃杆——

面朝镜子，她看得非常清楚。

在她手臂发力的那一瞬间，一个银白色的光球裹住了她，绚烂的星光四射，丝带和花瓣漫天乱飞。当那些乱七八糟的玩意消失时，她已经单手举起了比同班最胖的男生还重的杠铃，动作轻盈平稳，仿佛举着一只小鸟。

与此同时，她身上的运动服变成了一套粉红色的 Lolita 洋装，配着高跟厚底的白色皮鞋和粉红色过膝袜，背上绑着一根魔杖，脑袋上还顶了个硕大的粉色蝴蝶结，大得像对猪耳朵。

不用多想了，这就是日本动漫里常见的那种穿得粉嫩夸张、举着爱心魔杖、抱着会说话的小动物满天飞的魔法少女吧！就连变身特效都有了！

她放下杠铃，捂脸冷静了十秒，决定继续完成此前计划的"测试"项目。紧接着，她在吊环上托马斯回旋三圈半再 360 度空中转体落地，还不小心把沙袋打飞了出去，怕它撞碎镜子又连忙去追，没想到自己居然……顺利地把它接住了！

笛衡惊讶地望着自己怀里的沙袋，觉得以此类推，她说不定还能自己和自己打乒乓球。

更不可思议的是，完成这一系列她做梦都没想过的高难度动作之后，她居然没流汗也没喘气——自己是天生力气大，是跆拳道高手，可变身后力量与速度的提升仍让她觉得自己仿佛改造前后的美国队长，但是美国队长也不必穿成这样啊……笛衡抬头看着镜子里的自己，踩着厚底鞋的她总身高接近一米八，一张冷峻的面瘫脸，搭配那身粉嫩嫩的魔法少女洋装，简直像个笑话。

眼看着快上课了，笛衡叹了一口气准备离开，结果刚一转身，就看到体育活动室门口站着一个女生，大包小包地拎着东西，一脸惊讶："笛……笛衡大人，原来你是个'Lo 娘'？"

"……"笛衡觉得自己脑子短路了，一时不知如何回答，倒是想起这女生是隔壁班的兔牙妹丹璃。有次兔牙妹边走路边看漫画，差点儿掉进下水道，被她顺手救了，从此成了她的粉丝，还用很夸张的语气称呼她为"笛衡大人"……不过这种粉丝多如牛毛，一个

QQ群都塞不下，笛衡能记住兔牙妹纯粹是那对大板牙太显眼了。

眼下的重点在于，就在笛衡与兔牙妹大眼瞪小眼的这一会儿工夫，她用眼角余光看到了镜子里的自己——那身魔法少女装渐渐消散了，又变回了原来的运动服，于是她连忙说："萝什么娘？你眼花了吧。快上课了，借过。"然后故作冷静地从兔牙妹身边走过，大步走向教室。

兔牙妹揉揉眼睛发现她的衣服变了，正想追上，却被自己班上的纪律委员拦住了。笛衡趁机赶紧回教室坐下，长舒了一口气。

然而她并没注意到，那两个人交谈的内容是——

"让她去当魔法少女，简直是在蹂躏所有热爱'魔法少女'的宅男的梦想。你们奇遇办的主计算机一定是系统崩溃了才会做出这种安排。"

"言殿你误会了哦，主计算机根本没给她安排任何奇遇。这才是我们现在的问题。"

[零一]

在时玖中学的官网一角，有一段笛衡半年前助人为乐受表彰后被采访的视频。

采访的前半段，笛衡显得冷漠而敷衍，然而当被问到她是不是从小就这么热心时，她摇摇头，一贯冷峻的神情也变得柔和起来："我从小力气就很大，经常会不小心弄坏东西或误伤同学，后来他们喊我'母猩猩''男人婆'，我也因此遭到孤立。他们经常朝我扔石子，我知道他们是想激我动手，然后向老师告状，所以就算碎石扔到我头上了我也没反击。但他们变本加厉，扔完石子扔垃圾，然后是死虫子、死老鼠……甚至有人抓来了附近我最喜欢的野猫，用铅笔尖端逼近它的眼睛……我忍不住想动手的时候，一个女孩开着战车冲向了人群。"

"'战车'？"这个词让采访者愣了一下。

"是啊，她的自动轮椅开起来像坦克一样，可威风了。"笛衡露出了难得的笑容，"她挡在我面前，大声喊'不要过来！我已经告诉老师说你们在欺负我了'！"

"那么苍白瘦弱的女孩，看着比实际年龄还小几岁，到底是靠着什么样的勇气，才敢冲到一群比她高大得多的男孩面前怒吼呢？那一刻我觉得她是一个英雄，我也要做这样的人。"说到这里，笛衡的眼睛明亮得如同夏夜的星辰。

"我想起来了，以前有一篇《轮椅少女与小伙伴大破虐猫窝点》的报道，那个轮椅少女就是……"

"对，就是她，这两件事是连着发生的……"原本兴致正高的笛衡突然低下头，眼中的星辰蒙上了阴霾，之后就以"要去上跆拳道课了"为由结束了采访。

现在，兔牙妹拿着这段视频的截图打印版找上了笛衡，追问"大破虐猫窝点"具体是怎么一回事。笛衡脸色都变了，兔牙妹还浑然不觉，问长问短，说是要为校庆舞台剧取材。笛衡赶紧推说再不去书摊买《漫客》就要被抢光了，健步如飞出了校门。

如果不算上大破虐猫窝点那件事的话，笛衡与葛澄澄相遇后的一切都挺顺利的。葛澄澄病弱，但敢想敢干，做事更是天马行空。笛衡和邻家孩子打架，她坐着轮椅也会来帮忙；笛衡苦恼于力气太大不小心弄坏东西，她却认为笛衡是天生的超人，如果能学会用床单当披风飞行，就能消耗掉富余的力量……

葛澄澄还创作了一个以笛衡为主角原型的漫画故事，一举成了《漫客》最年轻的新人王。笛衡也渐渐学会了控制自己的力量，同时不敢辜负"葛澄澄的主角"这一荣誉，尽可能地帮助和保护身边的人。她见义勇为的经历则成了葛澄澄的漫画素材，这部漫画现在还在连载，人气不错。

兔牙妹刚说的校庆舞台剧，就是打算以这部漫画为原型改编——中午兔牙妹手里拎的就是漫画主角笛小衡的战斗服。

如果没有现在这种微妙的窘境，笛衡一定会很乐意看到这部舞台剧。然而最近增强的力量，让她很是不安。

她会变回小时候那个令人讨厌的小孩吗？会不会因此伤害她最重视的人？这些想法令她焦虑，但还来不及细想，一下午就过去了，脑子里只理清了一件事，就是如果想尽量维持正常生活，目前最有效的办法就是不去战斗，包括不运动以及不赶作业，以免惹出事来。

今天是《漫客》每周发售的日子，她得赶紧去书报亭买杂志，然后送杂志去葛澄澄家。结果没走几步，路就被堵了。

"笛大爷！这是你吧？谁给你加的特效啊？"他们把她堵在暗巷里。是附近的一个不良少年团伙，那帮热血白痴次次挑战，她次次团灭，今天又来找事儿。带头的人拿出手机，非要让她看个网络视频，视频标题是《Duang！女汉子变身神奇女侠飞踢跆拳道教练》。

谁给偷拍发网上了？笛衡心里生气却面无表情，她不想出手，只想赶紧脱身。

而就在这时，那个怪物出现了。

笛衡直觉它是冲着自己来的。

她一个飞跃甩开被包围的人群，往小巷子里跑，等到完全甩开那帮热血笨蛋后，她径直跳上了一座平房屋顶，再一跃，从平房屋顶跳上另一栋小楼屋顶，在各屋顶与楼房立面间穿行。

飞在半空中追杀笛衡的，是一只长着双角的小肥鸟。外表虽然可爱，可它双翼扇出的厉风却锐如镰刃，切断了无辜的电线，割坏了路灯的灯架，追得笛衡几乎无力招架。最惨的是，她今天变身之后还穿着一件非常羞耻的猫耳女仆套装，腿上还有丝袜！丝袜还是渔网款的！

如果穿着这种玩意被怪物杀死然后上新闻，评论里大概会全是"点蜡烛但哈哈哈哈"吧。

笛衡边想着边在一片拆迁造成的废墟中停下脚步，左右寻找堪能应对的武器。最好是杆状的东西，可以碰到空中的敌人……

然而怪物没有给她喘息反击的机会，很快找到她，再次在她身后不断扇出风刃。虽然她变身之后敏捷度加倍，但还是被密集的攻击压得左支右绌，眼看着就要躲不过了——

突然间，一个呼啦圈大小的巨型齿轮横空飞出，为笛衡挡住了一击，随即把小肥鸟拦腰切成了两半。

一声悲鸣之后，小肥鸟消失了。

齿轮却依然浮在空中，面朝笛衡，发出了一个像电子合成音一样冷冰冰的声音："吾乃魔力之轮，自汝强大意志而生……"

"干吗？你想和我签订契约召集同伴组成热干面少女队吗？"笛衡一身萌萌的女仆装，一脸戒备地看着那个会说话的齿轮。

与此同时，她隐约听到左后方十米开外传来另一个微小的声音，说的内容与齿轮是一样的，只是声调不同，就好像……

笛衡皱起眉，仗着豹一样的速度三两步冲了过去，刷一下把对方按倒在地，然后才发现对方竟然是中午拦住兔牙妹的邻班的纪律委员？

"你都看见了？"笛衡突然想起自己现在穿着什么，一拳在纪律委员耳边的地板上砸出一个窟窿，飞溅的碎屑甚至击裂了他的眼镜。

"我……我只是路过的！"纪律委员扶了扶眼镜，强作镇定。

笛衡注意到他手里握着一个小齿轮，只有纽扣那么大。她一把抢过小齿轮，晃了两下，只见大齿轮以同样的姿势晃了起来。然后她又对着小齿轮轻声说了一句话，大齿轮随即发出内容一致的合成音："去你的魔法少女！"

笛衡转过头，眼神里带着杀气："解释清楚。"

那身猫耳女仆装还没消失，可见她仍有战意。

纪律委员爬起身，叹了口气："好吧……我是你的奇遇协调员。"

"……这笑话比我是魔法少女还不好笑。"

[零二]

纪律委员言正礼的霉运说来话长。

高一开学不久，蒙冤被撤职的他在调查真相的途中遇到了兔牙妹丹璃，她自称是隶属于"超时空全次元青少年奇遇协调处驻自治街办公室"的"奇遇协调员"，专门负责匡正各种错误的"奇遇"，还会魔法——这种"中二"设定，言正礼当然是一个字都不信的！但紧接着他就被她带到了1931年，拯救了一位民国失明少女与一个从异世界穿越过来的蜥蜴人……

接下来他本该被消除记忆，但丹璃的上司也就是外教Mr.PH3突然出现，问他想不想做奇遇协调员。言正礼毫不犹豫地拒绝了，Mr.PH3却很执着，并且授意丹璃不给他消除记忆，进而拿这件事威胁他，于是就出现了这样一种悲惨的局面——

"Mr.PH3最近在忙母星内战的事情，人家又要筹备校庆晚会的舞台剧排练，人手不够，所以想拜托言殿你做代班协调员，调查笛衡大人莫名成为魔法少女的事。来，我的齿轮给你开短期使用权限，奇遇办随你出入！"

"齿轮"是丹璃的工作设备，外形看起来就是一个金属齿轮，可以随意变大变小，还具备武器、通信以及随意门等多种功能。但言正礼并不在乎，也懒得理会"母星内战"这种越发离谱的设定，而是问："如果我不答应呢？"

招牌式的纯真笑容浮现在丹璃脸上："那人家可不知道给你消除记忆时会不会顺便删掉几个考点哦……"

言正礼叹了口气，感受到了"贼船难下"的滋味。

现在怎么办？

笛衡的铁拳横在眼前，这是言正礼第一次与她近距离接触，只觉得省跆拳道冠军果然不是虚名，就算穿着女仆装不吼不叫依然气势凌人，大概相当于3.5个咆哮的教导主任。

巨大的压力之下，言正礼的脑子飞速转动，心想奇遇办这个设定已经很扯淡了，总不好说自己还是这些设定中没编制的临时工吧？于是他只好努力回忆丹璃以往的那些鬼话，以正牌奇遇协调员自居，不太流畅地给笛衡大致讲了一下事情经过："总之，我在调查你遭遇'错误奇遇'的原因以及记录有多少人需要消除记忆。在你第一次'变身'之前，有没有遇到什么怪人怪事？"

"最奇怪的就是你。"笛衡继续摇晃小齿轮，操纵浮在空中的大齿轮，"这就是个无人机？"她把小齿轮扔回言正礼手里，然后突然搂住了他的肩膀，低声说："说实话，是不是有小流氓欺负你，逼你玩这种整人游戏？把名字报出来，我帮你教训他们。"

哇，不愧是校园偶像！就是这么可靠！

言正礼心头一动，但紧接着就想起了丹璃放下天真伪装时的样子，比教导主任还恐怖，感觉就算是笛衡也没胜算啊！

他礼貌而僵硬地推开了笛衡，说："谢谢，我没事。既然你也没事，我就先回去写作业和继续调查了。"然后默默钻进大齿轮，又马上从齿轮孔中探出头来，对正望着他莫名消失的地方揉眼睛发呆的笛衡说，"放心吧，女仆装的事我不会告诉别人的。"

说完这句话，言正礼转头就回到了奇遇办，紧接着迎来了丹璃的大呼小叫："岂可修！笛衡大人居然搂了你！我特地在她面前跌倒过三次她都没搂我！"

谁叫你不自己上呢？言正礼想着，指向显示屏转移话题："啊，她接了个电话。"

监控画面中，笛衡一按听键就问"澄澄,怎么了"，使得言正礼猜出了打电话的人是谁，没想到俩人聊了几句，笛衡支支吾吾几声，最后用一句"对不起，我有点儿事，今天来不了了"挂了电话。

发生什么事了？两人吵架了？

言正礼和丹璃一脸疑惑，只见屏幕上的笛衡垂着头，怏怏不乐地走在街上，直到在一栋居民楼下停下，踱步几个回合，最后把那本《漫客》塞进报箱，离开了。

[零三]

之后丹璃说要背剧本先溜了，溜之前把齿轮扔给言正礼，告诉他如果出事了齿轮会自动报警，然后打发他回家写作业。

"一晚上都惦记着不知什么时候要帮笛衡打怪，我能写个屁作业啊！"言正礼虽然这么抱怨着，但还是一回家就拿出了作业本，写了作业背单词，背了单词背古文……直到他一觉醒来，什么事也没发生。

可就在他洗漱更衣正要去上学时，警报响了——

"不是吧，难道我身为纪律委员竟然要带头迟到？"言正礼无可奈何地钻进奇遇办，看显示屏发现是笛衡在上学路上又被怪物缠上了，连忙遥控大齿轮过去帮忙。

一回生二回熟，笛衡这次看到大齿轮出现，竟然一把接过，主动操作起来，把它当作回力标投来投去，三两下打飞了那只小肥鸟！言正礼不得不感叹她的战斗力与适应力之强。

笛衡还在等着衣服从黑色紧身衣变回常规校服，言正礼灵机一动，通过齿轮传送门直接抵达了学校附近。

靠齿轮抄近道还真方便，省下来的时间可以晨读！他边想着边往校门里走，结果一进门就被笛衡堵在角落里："你调查得怎么样了？"

言正礼先是被笛衡杀气满满的突然袭击吓到，继而反应过来，露出了严肃却又有些得意的表情："你现在相信我了？"

两次帮她击退怪物，还能当着她的面凭空消失，也由不得笛衡不在走投无路之际想起这根奇怪的救命稻草。

笛衡冷漠而言简意赅："快说。"

"没有进展。"言正礼耸耸肩，"唯一能确定的事情是，主计算机目前没给你安排任何奇遇，所以我也还没搞清楚你为什么会变身，只能建议你别上课了，尽量待在空旷的地方，避免在怪物来袭时伤及无辜。"

"看来你们组织也没什么用。"笛衡有些烦躁地抱起胳膊，想了想又问，"你什么情况下才会对别人消除记忆？我朋友看到我被偷拍的视频被吓着了。"

"你朋友？那个长期病休的葛澄澄？"言正礼这次反应很快，"你希望我消除她的记忆，就因为她被一个网络视频吓到了？"

"因为我不想被她当成怪物！"笛衡难得有些示弱，攥紧了拳头，"希望你能……帮我这个忙。"

"我想想办法。"言正礼回想了一下武汉市内哪里适合躲避那个小肥鸟，"你还是先离校吧，可以去宽敞的江滩躲躲，记得请假啊。"

[零四]

然而笛衡这边不太顺利。她去找班主任请假，没想到班主任一见她就说有领导视察，正需要她表演跆拳道。笛衡说自己生理痛，好不容易推辞了，再提请假的事，班主任又说领导视察班上不能缺人，你好歹坚持到中午放学吧。

行吧，也许领导想看我表演大战小肥鸟呢。笛衡提心吊胆地等到中午放学，等回家吃饭的这波人都出了学校大门才离开教室，结果刚走到教学楼屋檐下，就听到哗啦啦一片乱响，两块红瓦砸在脚边。

怪物又出现了？

笛衡警觉地抬头，只见一个人站在屋顶边缘，看起来十分危险。

什么？第二个魔法少女？笛衡眯起眼睛，仔细一看原来是兔牙妹丹璃。她穿着舞台剧服装，摇摇晃晃地站在斜坡式的屋顶边缘，只见她脚一滑，惊叫一声掉了下来。

　　那一瞬间笛衡什么都没想，毫不犹豫地一个箭步冲向她，接稳落地之后才意识到，自己刚才一跳跳了十几米高，并且现在又变身了。太要命了。笛衡立即冲回教学楼内，躲在角落，等待着服装变回原样。还好现在午休没人！

　　然而紧接着，丹璃跟了过来，还大声喊着："笛衡大人，你会变身？我俩的打扮是不是很配？"

　　笛衡连忙拉住对方，捂住了对方的嘴，直到自己的衣服回归正常，才松开了对方。

　　虽然赶着离校，可笛衡习惯爱帮忙，没法扔下疑似自杀的少女不管，结果听到的回答竟然是——她在为舞台剧的海报拍摄素材。

　　"就为了舞台剧海报你差点儿摔死自己啊！"笛衡皱起眉，"值得吗？"

　　然而丹璃踌躇片刻，问了个完全无关的问题："笛衡大人，谢谢你救了我。你这么喜欢帮助人，为什么很少有朋友呢？"

　　这个问题倒是很好回答。笛衡苦笑了一下："因为'帮助人'和'靠近人'是两回事。像我这种人，最容易伤到的就是与自己亲近的人。"

　　"但是……"丹璃本来还想说点儿什么，笛衡却被其他东西吸引了注意力——

　　一个齿轮飞过来，发出冰冷的合成音："它来了。"

　　笛衡二话不说，扔下丹璃就往外跑。来不及跑到校外了！如今唯一宽敞的地方就是操场。

　　正是午休时间，大多数学生回家吃饭了，仅剩的几个学生注意到一个全身黑色紧身衣还蒙脸的怪人在操场上狂奔，半空中有个金色的东西在追她，操场四周种的香樟树树枝不知为什么不断地掉下来……相比之下，穿着演出服趴在走廊上往外看的丹璃真是一点儿都不显眼。

　　"大中午还在排练？好拼啊。"

　　"那个金色的是什么？无人机吗？"

　　听到同学们议论纷纷，笛衡心急如焚，求你们跑远点儿成吗？被风刃击中真的会出人命的啊！

　　笛衡的计划是首先让那怪物远离教学楼，以免造成太大破坏。眼下这一步已经完成，之后该做的就是在操场上用齿轮干掉那怪物……被同学看到也没办法了，反正我蒙面了！

　　笛衡在操场正中间稳稳站住，打算正面迎击那个怪物，然而齿轮并没配合她的计划，它飞了过来，却径直飞落在地，冷冷的合成音又传了出来："跳进来。"

"跳进什么？"笛衡一愣，想起之前言正礼是怎么凭空消失的，随即恍然大悟，在被风刃击中之前跳进了齿轮孔。

[零五]

"虽然之后得消除你的记忆，不过还是欢迎你来到奇遇办。"言正礼扶了扶眼镜，装腔作势地说。

笛衡刚刚通过齿轮孔掉到这个空间，一屁股坐在地上，还有点儿蒙，正四处打量。

她现在待的地方，是个只有十几平方米大的幽暗房间，房间的四角涌出暗绿色的微光。

一面墙上挂满了大大小小的显示屏，它们都有齿轮状的边缘。另外三面墙由三把巨大的算盘构成，算珠也是齿轮型的，它们缓缓转动、上下叩合，好像在不断的计算中赋予无数少年男女命运的转折，让他们去异世界、古代或者遥远的外星球，见识截然不同的人生。

看到那些显示屏，笛衡连忙起身凑近，问那个怪物有没有伤及无辜。

言正礼说她一消失它就消失了，可见目标很明确。

"那就好。"笛衡舒了一口气。

她四下张望，这个房间除了她、他以及四面墙上那些东西，什么都没有。

她又看了一眼言正礼，终于忍不住问："你真的是那种类似于奇怪商店的诡异老板、特别有个性的时空旅行者、到处做交易的地狱使徒一样的神秘人？"

不，刚才你救的那个"中二病"兔牙妹才是真的神秘人。言正礼暗自腹诽，却反问道："你主动要求我消除葛澄澄的记忆，是因为之前发生了什么事吗？"

"该从哪里说起呢……"笛衡长长地叹了一口气。

昨天傍晚，笛衡给葛澄澄打电话时，她没敢说出真相，是因为不希望葛澄澄害怕她，但又怕被葛澄澄误会。回家之后犹豫再三，还是给她QQ留言："最近有点儿麻烦，暂时不能跟你说，但解决之后一定马上来看你，请相信我。"结果葛澄澄直到第二天早上都没回话。笛衡终于忍不住打了电话，问她看到昨天的留言没有，很诚恳地解释虽然现在不能说，但问题解决之后一定会来看她。

没想到葛澄澄支支吾吾半天，最后留下一句带哭腔的"你还是不要来了……我害怕……"就挂了电话。

害怕？笛衡心里一凉。她肯定是看到那个"神奇女侠飞踢教练"的网络视频了！那群热血傻瓜都能认出"神奇女侠"是笛衡，葛澄澄怎么可能认不出来？

无奈之下，笛衡只好求助于言正礼。

她还想起一件事："对了，我想明白你说的怪人怪事是指什么了。那个兔牙妹，每次见了她我就会被怪物袭击。"

每次？看来丹璃也不是把事情全推给我，自己还偷偷干了不少活儿啊……言正礼继而想到丹璃的主要目的可能是以干活为借口花痴笛衡，不过不管怎么说，笛衡把奇遇协调员误会为怪人怪事肯定是猜错了。

"很遗憾，不是她。"言正礼抬手指向屏幕，屏幕中的影像变成了一个女孩的房间。

——葛澄澄的房间。

"你的意思是……"笛衡瞪大了眼睛。

"灯下黑。她很安静，存在感又低，以至于我们都没注意到，她可能是'怪人怪事'。你说她被一个偷拍视频吓到了，我觉得不太对劲，所以去查了一下。你最好的朋友，一个满脑子怪力乱神的漫画少女，看到你变身成'神奇女侠'的视频，反应怎么可能是害怕呢？"

"也对……唉，你都发现了的事情，我居然没发现。"笛衡摇摇头，露出自嘲的笑容，"不是她害怕我，是我害怕她会害怕我，所以理解错了。"

"所以，她害怕的应该是别的事情。"言正礼指向另外一个屏幕，屏幕中浮现出了葛澄澄的资料——

奇遇正在运行。

起始时间：本月 15 日

持续时间：七天

强度预判：1~2 级

内容：梦境成真

[零六]

"15 号？那天是她的生日，我记得我还送她一条项链，之后不久，我就开始'变身'了。"笛衡问，"'梦境成真'指的是……"

"对，你会变身以及遭到袭击，都是她的梦。"

"可是……为什么？"

"让她自己告诉你吧。"言正礼指向显示屏。

葛澄澄房间中的静止画面动了起来——

"这是一段录像。我让齿轮飞进她的房间，藏在你送给她的项链后面，问了她几个问题。"

言正礼也知道自己这段话充满了槽点，好在笛衡没管，只专心看录像。

画面中葛澄澄的情况应该是刚通宵赶完稿，一早和笛衡打电话说了"害怕"，之后就倒头补觉了。

然后，那条藏着齿轮的项链"叫醒"了她："吾乃宿于此链坠之精灵，谨遵往昔誓约，赐予汝七日'美梦成真'，于汝十六岁生辰当日应验起效。"

葛澄澄苍白瘦弱，一张大众脸，论外貌是个不太显眼的女孩，如果旁人没注意到她腿部残疾的话——对，她两只鱼鳍般没发育好的脚直接挂在髋部，学名叫"先天性双侧髋以下缺失"。

这会儿她还没怎么睡醒，一边揉眼睛一边四处张望，看到自己的项链飘在半空中说话，不由得张大了嘴。

相比笛衡，很少接触社会又满脑子古怪幻想的葛澄澄要好对付得多，她很快就接受了"项链上的吊坠是寄宿着古代精灵的神秘宝石"的设定。

待她冷静下来之后，"项链"问她："你的'梦境成真'从15号就该开始了，可现在已经是第四天了，为什么你的生活还是这么平淡？你在梦里也只是一直画漫画吗？"

"梦境成真？从15号开始？"葛澄澄一愣，似乎想起了什么，"我可以选择……消去那种梦境吗？"

"为什么？你梦见了什么？"

"我……"似乎是因为想说的东西太多而不知从何说起，葛澄澄沉默了一会儿，才开始叙述，"以前我经常梦见自己变成魔法少女，动画片里那种……"

早在得到那条项链之前，葛澄澄就经常梦到自己变成了自己笔下的"魔法少女笛小衡"，梦中的她长出了双腿，穿着漂亮的战斗服帮助世人，强大又美丽。剧情像单元剧般一夜夜延展，还成了她笔下漫画的灵感。

可最近，葛澄澄发现，梦中的她竟然是以看动画般的第三视角注视着"魔法少女"的。

梦想被偷走的感觉让她愤怒，于是不久之后，梦中的她从旁观视角变成了……怪物视角。

梦中的她没完没了地追猎着那个"假魔法少女"，但每天醒来之后，涌上心头的却是不安和郁结。

她也明白，会做这种梦是因为自己并不是真的"魔法少女"，只是想要成为那样的人，然而自卑的自我认识与嫉妒的负面情绪暗暗滋长，最终在梦中化为怪物，凶暴狂野的快意充斥于心，恶狠狠地想要杀死对方，撕碎她，吃她的肉，喝她的血。

起初她想与笛衡谈谈，但那天下午笛衡没有来，只把杂志留在了报箱里。稍微一犹豫之后她自己也觉得害怕，怕坦白这样的梦会在笛衡心里留下一个阴暗丑陋的印象。

她想摆脱这个梦魇，它却依然一再上演，就像是在恶意嘲笑葛澄澄的软弱卑怯，是多么可耻，多么可怜……

"这样的梦……我一点儿都不想让它成真。"葛澄澄难过地低下头。

录像看到这里，笛衡完全愣住了："你的意思是，她梦见的是……"

"两边时间一对上，真相一目了然。"言正礼的口气平淡得像解数学题，其实是在转述丹璃提供的答案，"因为她笔下的魔法少女本就以你为原型，又对'自己能成为那样的人'的想法感到自卑，同时还暗暗地嫉妒你，所以原本单纯的美梦发生了扭曲，使得你'成为'了魔法少女。

"这就是我们所要匡正的'错误奇遇'。一方面，你并非真正的奇遇当事人，力量不够完整，无法自如地控制自己的变身；另一方面，她隐藏的愿望被投射为怪物，反复攻击你，但道德上的自责使她在醒来时选择性遗忘了这件事，只记得她袭击了一个面目模糊的'抢走她梦想的人'。

"可就算不知道是你，她也够自责了，又没法跟谁商量或坦白，只能独自在恶性循环的泥沼中越陷越深。"言正礼的话说完了。

"嫉妒和自卑？怎么可能呢……"笛衡一脸的难以置信，"我一直觉得她如果讨厌我，应该是因为害怕我啊……"

"害怕你？"

"一开始，我就欠她的。"笛衡叹了一口气。

笛衡第一次见到葛澄澄那天，她开着"战车"威风凛凛地赶走了男孩们，然后转身驶向笛衡："我早就听说过你了，你好厉害啊！当我的主角好不好？"

"主角？"

笛衡很迷惑，她觉得葛澄澄本人就那么勇敢，为什么还需要别人去当她的主角呢？然而还来不及细想这个问题，不远处陆续传来一波又一波奇怪的声音——

跑走的男孩们乱扔垃圾石子，不小心砸碎了一家住户的窗玻璃，窗内传来小猫的惨叫和可疑的味道，让他们觉得不太对劲。

几个胆大的男孩与笛衡、葛澄澄联合起来了，之后有人踩点，有人望风，有人报警，带领警察成功端掉了一个到处虐杀小猫、做成肉串卖给烧烤摊的非法窝点。

也就是那个时候，在警察赶来之前，虐猫的大人们挥舞着菜刀驱赶孩子们。

笛衡为了保护葛澄澄，从背后扑向一个男人，但对方闪开了，来不及刹住脚的笛衡把葛澄澄连人带轮椅撞翻，她的脸摔在地面的碎石上，被划出了长长的一道口子。

葛澄澄满脸的血，吓得放声大哭。

以这件事为契机，笛衡开始费尽心思去学习如何控制自己的力量、如何收放自如，渐渐成了现在这个自己。

然而葛澄澄额边的那道伤疤，却始终梗在她的心头。

尽管葛澄澄一直笑着说没关系，用刘海挡一挡就看不见了，但她还是觉得亏欠、难过。所以，当发现自己拥有了更加强大的力量时，她一点儿都不高兴。

"真是奇怪，你觉得她害怕你，她觉得她嫉妒你？"纪律委员沉思片刻，看了一下手机，"算了，快到下午上课的点了，我得先去学校。总而言之，我调查的结果是，要匡正这个错误有两个思路，要么设法让葛澄澄再也不嫉妒你，要么就等到大后天零点，这一切都会自动结束。"

"我选后者。"笛衡毫不犹豫地说。

虽然她有点儿担心葛澄澄，但又觉得如果能让这一切平淡收场是最好的，这样她就不必让葛澄澄知道自己就是那个抢走了她梦想的人，而且还拥有了更危险的力量。

如果我是你，我会选择尽早告诉朋友这一切。

一些往事掠过言正礼心头，可最后他说出口的却是："嗯，反正她只会攻击你，只要保护你到后天凌晨就行了，也不耽误我学习。"

然后笛衡眼珠一转："你刚才招呼我跳进这个地方，是不是因为那个怪物找不到这里？"

"……对。"

回答的同时，言正礼隐约意识到不妙。

"那好，我就在这里住下了！"笛衡十分高兴，花了一分钟威胁言正礼，之后就成功地赖在了奇遇办。

言正礼没想到还有这种操作，但也拿她没办法，只好老实去上课，临走前嘱咐笛衡不要在奇遇办乱摸乱碰。

当晚，笛衡通过"齿轮随意门"回家收拾了懒人沙发、被子、手机和零食，并告诉爸妈"我要在葛澄澄家住两天"，又给班主任发短信继续以生理痛的名义请假。之后言正礼缩在角落里点着小灯做习题，她则一边吃着老坛酸菜味的泡面一边与葛澄澄用QQ聊天。葛澄澄回得没精打采，连表情图都不用了，而笛衡明知她心里难受，还是假装什么事都没发生。

只要把这份虚假的和平维持到22号,一切就会风平浪静。

笛衡天真地这么想着。

[零七]

第二天,言正礼照常去学校上课。

赖在奇遇办的笛衡则是完全不在意形象,瘫在懒人沙发上啃鸭脖子。

丹璃下午放学后找到言正礼:"言殿,听说就在我认真准备舞台剧的这一两天里,你和笛衡大人传绯闻了?"

正在擦木质百叶窗的言正礼回过头:"我被笛衡'壁咚'这根本不能算绯闻,只能叫恐怖故事。"

"你知趣就好。"丹璃又露出了纯真无邪却让言正礼觉得很恐怖的笑容,然后询问他这两天有什么新进展。

"进展就是我被她胁迫了一次又一次。"言正礼耸耸肩,大致讲了经过。

讲了笛衡决定在奇遇办里赖到这周末,然后还发现——笛衡会变身成什么样,其实取决于她刚看过什么虚构作品,比如变身成神奇女侠是因为刚看了《神奇女侠》电影版。她把手机屏保换成了《蝙蝠侠》里的猫女,造型就是全身紧身衣再蒙着半张脸,虽然穿黑色紧身衣让她很害羞,但蒙面造型实在帮了大忙。

结果丹璃关注的重点完全不对:"什么?你让她住奇遇办?你怎么能让她住在奇遇办呢?你应该告诉她,有个温柔可爱的好女孩叫丹璃,她的家里有空房间啊!"

言正礼沉默片刻,决定转移话题:"总之不出意外的话,你继续摸鱼到周末就能稳拿业绩了。"可他还来不及说"希望你拿下这波业绩后能放过我",意外就来了——

警报响起,那个怪物出现在了学校操场的上空。

"你不是说它只攻击笛衡大人吗?"丹璃透过齿轮看了一眼奇遇办,此刻笛衡还在睡大觉。

"只怕它是因为找不到笛衡而开始无差别攻击了!"言正礼皱眉看着风刃割断了两个篮球架,学生正四散奔逃,"它会出现就说明葛澄澄在做梦……我们现在去葛澄澄家叫醒她?"

"强行叫醒会损伤她的大脑,可也不能让它伤及无辜……不然我的业绩又要完蛋!"丹璃略一思索,做了决定,"我们得分头行动。"

丹璃一挥手，书包里的演出服就自动穿上了身，继而她的身体缓缓浮起并且微微发光，数道光芒随即以她为中心射出，继而笼罩了整个校园——

在此之后，怪物扇出的每一道风刃都被一道半透明的防壁反弹了回去。

"你用了魔法？"言正礼觉得很奇怪，以前丹璃用魔法时并没有要穿魔法少女的衣服。

丹璃点点头，一边蹲下身整理靴子一边说："是的，之后我要以'魔法少女笛小衡'的造型冲出去当饵，把它引到江滩。但在使用这个大型魔法保护学校期间，我无法使用其他魔法，所以叫醒笛衡大人这件事就拜托你啦！毕竟……她的战斗还是必须由她来结束的。"说完这番话丹璃就站起身，冲出了教室。

言正礼忽然觉得自己误会她了，看来她不是只会摸鱼，想要业绩的心也是很真诚的！

可奇遇协调员这种奇怪工作的业绩到底有什么用呢？来不及细想这个了，言正礼拿起齿轮，钻进了奇遇办。

[零八]

"怪物又出现了？澄澄又做梦了？既然找不到我，她还要做什么呢？"笛衡揉着眼睛从懒人沙发里爬起来，很纳闷。

言正礼假装一无所知，而显示屏里的画面已经变成了汉口江滩。

江滩一带是供市民散步娱乐的大型公园，非常宽阔。现在华灯初上，路灯下、垂柳间散落着三三两两的游客。

本该十分平和，然而半空中却飞舞着一团金光，凛冽的风刃在沙滩上刻出一道又一道痕迹，声声凄唳飘散在风中："把我的梦……还给我……"

你追寻的是什么梦想呢？猫女打扮的笛衡做好战斗准备，在心里叹了一口气，但现在没时间细想，当务之急是先削弱那个怪物的战斗力。

"澄澄，别搞错了，我才是你的目标！"带着言正礼借给她的巨大齿轮，笛衡飞奔着迎向那团金光。

今夜的战场宽阔，能展开手脚，但战况却谈不上顺遂。

怪物已经不止于制造风刃了，而是不断掀起风暴，江滩上的飞沙走石、枯枝残叶通通成了它的武器，不断袭向江滩上的游客，路灯的灯柱都被碎石砸断了，江里的趸船也被它掀起的波涛弄得摇摇晃晃，一名水手探出脑袋张望，一不小心就掉进了江里。

"葛澄澄，你给我醒醒啊！"看着无辜路人不断被波及，笛衡有点儿急了。与此同时，变身之后增强的听力使她注意到，江滩上除了惊慌的游客们，还有一个女孩躲在某个地方哭，而且那声音有点儿耳熟。

她想，她找到怪物胡乱攻击的原因了。

靠近江边的滩涂上一片黑暗，这让笛衡一开始并没发现那里倒扣着一艘铁锈斑斑的旧轮船。

平时的旧轮船摆在这里主要是供游客拍照合影，而现在，船舱里躲着一个满腿是血的女孩，原本华丽的大裙子也破烂不堪。

"我只是……想用手机录个战斗视频回去加特效而已，又没惹你……衣服也破了，手机也掉了，跑也跑不动……我真的没有抢你的梦想啊！"

然而怪物并没有听她说什么，只是将各种乱七八糟的东西持续像炮弹一样砸落在船舱舱体和四周，不断地掀起风浪。

突然，有什么东西落水了。有人徒手把船舱掀翻了，一把抱起哭泣的女孩，从船舱跃起，落在了一根路灯柱旁。

女孩看清施救者的脸，发出了尖叫："笛衡大人，我这辈子都是你的脑残粉！"

"为什么每次都是你呢？"笛衡无可奈何地问。

女孩没有回答她的问题，或许是因为紧张和害怕，她已经晕倒在了笛衡怀里。

"啊，她不是丹璃吗？"言正礼通过显示屏看到丹璃"晕"了过去，连忙配合地开始讲解，"放学时我看到她提着演出服装出了学校，可能是想去江滩拍照片吧？那个怪物大概是找不到你，结果就把穿着'笛小衡'服装的她当成了你……"

"晕倒"的丹璃显然也对言正礼急中生智的谎言很满意，偷偷朝着半空中竖起了大拇指。

而笛衡的眉头却是越皱越紧："不能让它继续犯错了，澄澄醒来后一定会后悔的！"

将丹璃放在一间相对安全的商店小屋里后，笛衡顶着风浪，冲向了怪物——

大约过了半小时，怪物渐渐力竭，笛衡掷出齿轮奋力一击，终于成功切掉了它的大半边翅膀！

凄厉惨白的长嘹划破夜空，像沉船的亡灵鸣响了汽笛。怪物失去平衡落进水中，正好掉进了江边铺设的溺水防护网里。

笛衡蹚着水，一步步走向在防护网中挣扎的怪物。怪物仍在悲鸣着"为什么成为故事主角的人……不是我……而是你呢……"，即使只剩下一片翅膀也拼命要制造新的风刃，而笛衡不愿再摆出战斗姿态，她不仅扔下齿轮，连衣服都变回了运动服，任凭巨浪与烈风一次又一次打在自己身上。

她艰难地一步步走近它："澄澄，对不起，偷走你梦想的人……是我。"

"啊……怎么会……"看到那个熟悉的轮廓，怪物停止挣扎，渐渐变换了形貌，从一只鸟的样子变成了一个泛着金光的少女。

卧室内的葛澄澄本体还在睡觉，这是她第一次在追杀"梦想小偷"的梦境中，清楚地意识到她所仇恨的人是谁——

是自己最好的朋友。

葛澄澄捂住了脸，泪水从指缝中淌下，瘦小的肩膀微微颤抖。

遍体鳞伤的笛衡静静地看着她，慢慢地说着自己这些天的遭遇。在她轻声细语叙述的同时，葛澄澄竭力不发出声音，却还是忍不住哽咽，像是积蓄多日的洪水眼看着就要溃堤。

"我只是不明白……对你来说，我有什么好嫉妒的呢？我的那点儿破坏力，和你可以创造整个世界的画笔相比，完全不值一提。"

被金光包裹的葛澄澄摇摇头，哭着说："因为我原本就……不配和你站在一起。"

葛澄澄的童年，是笛衡这种大大咧咧的野猴子完全无法想象的。天生残疾加上体弱多病，使得旁人看她的眼神要么充满怜悯，要么像看怪物。孩子与生俱来的活泼与好奇，对她来说都只能局限于陪她长大的童话、绘本和动漫世界里。一旦离开家，就算能开着自动轮椅上街，她还是能时刻感受到路人看她就像看怪物，而自己没用得像个废物。

最难堪的一次是在某个偏僻的院子死角，几个淘气的孩子把她的轮椅推倒后一哄而散，葛澄澄哭哑了嗓子都没法自己爬回轮椅，等家人找到她时她已经憋不住尿了一身……种种的经历使得她敏感羞涩却又向往友谊，自打听街上的孩子们提到笛衡的那一刻起，葛澄澄就在想，像自己这样一个没有存在感的废物，怎么才可能与她成为朋友呢？

葛澄澄冥思苦想，终于想到了某漫画里反派的做法，她用零食收买了巷子里的男孩们，指使他们朝着笛衡扔石子……

笛衡从来都没想过，葛澄澄苦心策划了这么一出戏，使得她有机会威风凛凛地出场，就是为了——

"就是为了做一个配得上你的朋友啊！"

然而，她没想到自己却被笛衡误伤，脸上落下了永远的疤痕。

笛衡一直以为她的大哭是因为难过，但葛澄澄其实是在自责。在葛澄澄看来，那道疤是自己模仿反派耍小聪明的报应，也是弱小的自己没有资格站在笛衡身边的罪证。

听葛澄澄讲完，笛衡愣住了。她抬起手想碰触那道熟悉的疤痕，然而现在她眼前这个泛着金光的并非少女本体，只是梦中人的投射，所以笛衡什么也没摸着。她只能静静看着那个碰触不到的少女瑟瑟发抖，像是在竭力压抑着哭声。

"我以为你总是开解我，是真的不在意了，没想到我们一直为了同一道伤疤各自耿耿于怀。

"你的每一次成长、每一个成果，都让我害怕会跟不上你的脚步，然后失去你。

"我喜欢你，感激你，羡慕你……但是也讨厌你，憎恨你，嫉妒你。有时我想成为你，有时又想取代你，有时我觉得你对我好也只是施舍和同情，有时我甚至希望你死掉，那我就再也不必嫉妒你了……"说完最后这句话，葛澄澄愣了一下，然后捂住了嘴，像是自己也没想到竟然有把这些心思说出口的一天。

"你本来就没必要嫉妒我，因为你就是你自己的主角。"笛衡隔空拍了拍葛澄澄的脑袋，"如果我早一点儿告诉你就好了，如果你也早点儿告诉我就好了。如果我们都能更坦诚一点儿，而不是这么患得患失的话……"

"你……不会……讨厌我吗？"

笛衡摇摇头，干脆一屁股坐在了江水里："我倒是觉得松了一口气，原来不止我一个人在担心伤害自己最亲近的人，感觉扯平了。"

不知为何，葛澄澄哭得更凶了。

而笛衡这时能说的，也只有一句："睡吧，做一个真正的美梦。"

[零九]

这是葛澄澄"奇遇"的最后一天，也是校庆演出的日子。

丹璃等人在临时搭建的舞台上又唱又跳，全校师生都坐在台下观看演出，可随着一声熟悉的长唳，那个怪物又出现在了操场半空中。它已经不再是"小肥鸟"了，而是进化成了成体形态，头上一对圆弧形的鹿角宏大璀璨，秀颀的脖颈与双腿修长舒展——

那是鹿鹤，古代楚地传说中的神鸟，省博物馆藏有它的青铜雕像，也是葛澄澄漫画里的 Boss，光辉璀璨，优雅又锋利。

操场上所有人都仰头看着它愣住了。

言正礼赶紧躲到角落里，通过"齿轮传送门"找到了笛衡。

"那个怪物为什么又出现了？而且澄澄也不见了！"笛衡一脸焦急。葛澄澄的轮椅还在家里，可人却消失了。

"难道说……"言正礼的视线投向操场中央，而笛衡已经拿着大齿轮冲了上去。

不过五分钟的工夫，怪物的风刃就把操场毁得一塌糊涂，操场上能跑的人都跑光了。舞台和背景板也被掀翻，倒撑在地上形成了一个三角形空间，看样子舞台上的人全都被压在了下面。

起跑前，笛衡特地看了一眼手机里存的图——黑金相间带斗篷的风衣与长靴，外形相当帅气，斗篷还可以变成滑翔翼，使得她第一次在战斗中有了优势，再加上怪物变大之后比较容易命中，看来战斗应该更轻松。

她主动迎向怪物，掷出的齿轮成功地切掉了它树枝一样繁密的双角。怪物十分惊惧，挥翅奔逃。她乘胜追击，眼看着胜利就在眼前，它却突然回头，发出一声凄厉的长唳，硕大的双翼扇出强劲的旋风，笔直扑向笛衡！

笛衡愣住了，没有格挡、没有反击，也没有闪避，任身体被旋风吹走，重重地摔在了舞台背景板上。

刚刚那一刹那，她非常清楚地看到，那只鹿鹤回过头来，鸟类的面孔竟变成了葛澄澄的容颜。她在尖叫，她在哭泣，她的眼角淌下殷红的血，她的脸几乎因绝望而撕裂。

难道……葛澄澄整个人都变成这只鸟了吗？

言正礼的声音通过齿轮通信器在她耳边响起："你还记不记得昨晚你对她说让她做一个美梦？"

"记得。"笛衡茫然地点了点头。

"那如果……"言正礼有些艰难地说，"她的'美梦'就是变成怪物杀死你呢？"

杀死我？

笛衡愣住了，汗水与鲜血混在一起顺着脸颊往下淌。

面前的怪物长着她挚友的脸，正淌着血泪绝望地哭泣，而她每一次攻击都可能伤害到对方的本体，这要她如何战斗？

风刃吹送着碎玻璃，刮破了笛衡的衣服与皮肤，甚至扎透了她的右手掌心，而怪物还在鼓翅蓄力，想要给她致命的一击——

一声长唳响起，像来自地狱的招魂曲，绝望而凄凉。怪物制造的弹网如同暴雨，瓢泼而下。刹那间，一片盛大的耀光笼罩了世界。

葛澄澄徐徐降落在笛衡面前，抱住了她。

是的，葛澄澄。

半空中飞舞着一只长着葛澄澄面孔的怪物，而舞台的废墟上出现了下半身被金属包覆的葛澄澄本人。她掠起了刘海，毫无芥蒂地露出脸上长长的疤痕，所缺失的双腿由装有履带的精密机器替代，正如笛衡与她初遇时留下的印象——"开着战车的女孩"。她背后舒展开银色的羽翼，每一片"羽毛"都像手术刀般锋锐，弹开了袭向笛衡的一切灾厄。就连那个怪物也被反弹回去的碎石与旋风击飞，困在附近的一棵银杏树枝杈间挣扎。

笛衡一脸诧异："哪一个才是真正的你？"

"都是我。我终于想通了，黑色的也是我，白色的也是我，自甘丑陋的也是我，追求美好的也是我。"葛澄澄为她拔出了穿透掌心的玻璃，温柔地抱住她，这种温暖让笛衡感到自己身上所有的伤口都在痊愈，"这就是我真正的美梦。"

然而她话还没说完，怪物已经摆脱了银杏树，再度挥舞着翅膀制造出风刃。

笛衡连忙爬起来，习惯性地挡在葛澄澄面前，却反而被她护住，同时用自己银色的羽翼挡下了攻击。

"我真正的美梦，最纯粹的梦想，就是开着我的'战车'，与你并肩作战！"

葛澄澄拉起笛衡，靠着银色羽翼带着她飞到空中。呼啸的风声中，响彻着她的声音。

"因为我不想做一个躲在你背后的人，而是要做一个与你背靠背的人啊！"

笛衡愣了一下，朝着她露出了难得的笑容："好，我们一起美梦成真。"

这是最后一场战斗。

两个女孩携手飞翔，靓丽的身影如同霓虹，飞向那只鹿鹤，飞向葛澄澄心中挣扎的野兽。

盛大的魔法阵铭刻晴空，像照亮整个城市的绚烂烟火，那是她们的梦想与誓约在燃烧，在绽放，并圆满收场。

在操场舞台的废墟边缘，言正礼抓住丹璃的手，把她拉了出来："这次业绩稳了吧？后面的群体性消除记忆的工作别再找我了啊。"

"别这样嘛，言殿。"丹璃撒娇，"消忆做得不好也是要扣业绩的！"

"你们那个业绩到底有什么用啊？能读哈佛剑桥还是清华北大？"

"能让我也美梦成真。"丹璃望着飞在天空中的女孩们，认真地说，"有个人，我想再见他一面。"

XING ZHI SHAO NIAN

奇遇办 与 星之少年

还能有什么比这种刺激快意的生活更棒?

[零零]

名人亲子真人秀节目《超级美妈》的直播现场，周影后正在为六岁的女儿茜茜举办生日聚会。

虽说只是家宴，周影后还是请专人精心布置了一番——整个客厅都被装点成了粉红色的公主城堡，宾客们都扮成了童话里的角色，最显眼的当然还是女王造型的影后本人，以及发着高烧也可爱不减的茜茜。

十层大蛋糕推出来，周影后抱着女儿一起吹灭了蜡烛，略显疲惫的茜茜在她脸上亲了一下，周影后在女儿额上回以一吻："宝贝，你是妈妈的唯一……"

就在这时，一道黑影突然从二楼厕所里冲了出来，大喊着"让我回去"，然后稀里糊涂地滚落在地。

周遭的嘉宾一片惊叫，周影后搂着茜茜连连后退，不速之客也抬起了头——他看起来年纪不大，只是一身褴褛破布，脏兮兮的脸上还能看到几道奇怪的花纹，肩上趴着一条貌似死狗的玩意，看起来要么是个疯掉的乞丐，要么是个喝醉了的行为艺术家。

"我为什么会在这里？"不速之客爬起身，歪歪倒倒地四处打量，"那个神经病坑了我？"

四周的嘉宾退得更远了，几名勇敢的工作人员一边掩护周影后与茜茜，一边小心地试图接近他。

"星焰？"周影后一脸讶异。

[零一]

"哇！是沐星焰！周影后和她前夫生的儿子！我们都以为他死了呢！"电视机前，边看《超级美妈》边剥毛豆的言妈妈突然惊叫了一声。

听到老妈的尖叫，在客厅里拖地的言正礼不由得回头瞟了一眼屏幕，然后继续拖地，顺便构思他的英语作文。虽然他不太清楚沐星焰是谁，但他听说这些真人秀都是有台本的，喜怒哀乐都是事先设计好的，真不明白老妈有什么好激动的。

没想到第二天一早，言正礼就在校门口见到了沐星焰。

"时玖中学的外教 Mr.PH 3！赶紧出来！我找的就是你！我找你什么事你心里很清楚！我只说一次！赶紧出来！"

有人站在校门口唱 Rap？而且指名要找 Mr.PH 3？

一股不祥的预感掠过言正礼心头，他循着师生们的议论声走过去，赫然看见沐星焰拿着个喇叭站在校门口。

沐星焰虽然洗干净了脸，但还是一身破烂衣服，加上怒气冲冲，尽管身边围了不少学生却没人敢靠近。

言正礼走上前："打搅了，请问你找 Mr.PH 3 是为了这个吗？"他举起一个不比手表大多少的齿轮，小声说，"我是他的代理人。"

"对对对！"沐星焰连忙把手伸向那个齿轮，却被言正礼躲开了，这才看向言正礼，"可你看着是个正常人啊。"

"谢谢夸奖。如你所见，正常人是需要上学的，有事我们午休时再说，好吗？"言正礼说。

"不行，我现在就得回那米亚星系！"沐星焰颐指气使地说，"等不到中午了，你赶紧去请假，就说你是我唯一的朋友，我失踪一个月才回来，情绪不稳定，你必须帮助我走出人生的深渊！"

言正礼面无表情地说："那你就站这儿喊，直到被保安带走吧。"他抬眼看了一下四周偷拍的同学们，"你别动，我马上在你的粉丝贴吧发帖告诉他们你的位置。"

"等等！"这次轮到沐星焰服软了，"好好好，你去上课，我中午来找你。"

"别再来了，我直接找你。"言正礼说完转头就走。

[零二]

对于"知名'星二代'冲到校门口喊着要去外星系"这种怪事，言正礼其实是有心理准备的。

体育课的自由活动时间,他躲进了男厕所,趁着没人,拿出小齿轮,抵达了奇遇办那个所处位置不明的神秘房间。

超时空全次元青少年奇遇协调处驻自治街办公室,简称奇遇办,是一个专门负责协调、匡正错误奇遇的超次元公益组织。时玖中学高一(8)班的纪律委员言正礼,身为全世界最正经的男孩子,原本是绝不会相信这种扯淡设定的,却在开学没多久就被同班"中二病"美少女丹璃拉下水,三天两头被抓到奇遇办当临时工。

言正礼这趟来,是来查沐星焰的资料的。

昨晚,外教Mr.PH₃捂着脑袋,衣服上沾满了可疑的蓝色液体,对言正礼匆匆交代了几句:"丹璃请假回老家了,我得回战舰上治伤,奇遇办就交给你了。还有,丹璃的齿轮也授权给你用。加油啊,她要是生气了我拦也拦不住。"

言正礼脑中瞬间闪过那个疯丫头黑着脸说"不生气,不违法,不用刑,不杀人。女神在上,做个好人"的样子,心头一寒,但又想起另一件事,忙抓住Mr.PH₃的胳膊问:"每次都是你们用'删掉我脑子里的考点'胁迫我做苦力,这次也让我提个要求?"

Mr.PH₃迅速回答:"不行,期中考题目我也不清楚。"

可笑,我还需要泄题?言正礼一脸严肃:"我只想知道你周五布置的作文题目——What do you think my name means?的意思。PH₃?磷化氢?这能有什么意思?我已经想了三个小时了,有这点儿时间不如多做两套题啊!"

"行,等我治好伤回来就告诉你。"Mr.PH₃说着,和他的齿轮一起消失在了黑暗之中。

说到治伤……他身上那些蓝色液体难道是血?言正礼脑中突然蹦出这个推论,紧接着被自己的想法吓了一跳,但一想到同班的"中二病"少女丹璃真的会魔法,那"本校外教其实是个蓝血外星人"这件事似乎也不怎么值得吃惊了。

想到今早见到沐星焰的事,言正礼的思路又跳跃了一下,沐星焰的出现和Mr.PH₃受伤,这两件事之间会不会有联系?

奇遇办的主计算机很快证实了他的猜测。

[零三]

奇遇办墙上挂着一堆齿轮型的显示屏,可以随着协调员的指示显示各种资料。

虽然言正礼没听说过沐星焰,但沐星焰其实是个在微博上有五百万粉丝的知名"星二代"。沐星焰的爸爸是90年代很火的流行歌手沐歌王,妈妈是三十几岁就拿遍国内各大电影节奖项的周影后,从他俩恋爱、生子、结婚到离婚,每件事都在报纸娱乐版头条炒了半个月有余,就连"沐星焰出生后吃什么奶粉"都能单独开条八卦新闻。沐星焰从小就被爸爸带着上综艺节目,在聚光灯下长大的他继承了父母的强大基因,颜值高嗓子好,随便唱个歌、拍个广告或是客串一下电影都会引来无数粉丝尖叫……

日子过得这么精彩的家伙,还需要什么奇遇?言正礼边看资料边这么想,此时的显示屏上已经播放到了沐星焰进入青春期后的生活画面。

像沐星焰这种"星二代",一般都待在郊区的私立国际学校里,但他就读的居然是时玖中学隔壁的公立重点地颐中学,这让言正礼非常意外。

沐星焰的奇遇是从一串手镯开始的。手镯是从他家放旧物的纸箱里翻出的,看起来像儿童玩具,上面镶着七颗宝石。他好奇地戴上,觉得上面的宝石不太牢固,习惯性按了几下。按到第三下时,他穿越了。

沐星被传送到了无数光年外的那米亚星系的一处商贾云集的宇宙港,紧接着就被服务生扔进一缸死章鱼里。等他冷静下来后,他觉得这里没人认识自己实在太有趣了,于是产生了在这里生活的念头。但他更想搞清自己为什么会穿越,于是他又按了三下手镯上的宝石——第一颗宝石对比其他宝石已经黯淡了,按了之后什么也没发生,他按下了第二颗,于是就被送回了地颐中学外自己独自租住的房间里。

这次沐星焰学乖了,他收拾了一些东西,蒸汽眼罩、瑞士军刀、没吃完的零食、没看完的杂志,还有手机以及父亲送给他的金项链——他想贵金属也许可以换点儿外星货币——再次回到了那米亚星系。

没想到的是,那米亚星系那些奇形怪状的外星人并不稀罕金子,身无分文的沐星焰只能在宇宙港码头打工糊口。他闲了就折纸玩儿,结果竟被路过的富商看上,高价买下了他的折纸作品,还问他制作这些艺术品的原材料是从哪里来的。

沐星焰敏锐地意识到了商机,但他对自己的定位并不是"从此成为外星折纸艺术家"——他又穿回地球一次,网购了几百块的折纸艺术成品,然后回那米亚星系把它卖出了两套房子的价钱,之后就买了一艘二手货运船并招募船员,开始了自己的星际船长生涯。他文身、染发,弄了一身宇宙港流行的跑长途的装备,形象从此与他的地球粉丝们心目中的美少年判若两人。

这离沐星焰第一次穿越才过了(按地球时间算)二十几天,言正礼不得不赞叹沐星焰可真是个外星生活奇才!

然而乐极生悲,在第二次运货途中,沐星焰的货运船遭到了宇宙海盗的袭击,货运船被撞裂,大副当场死亡,只剩他和正在仓库里整理补给的赫怜娜还活着。

生死关头，沐星焰带着赫怜娜，想靠手镯的穿越能力逃回地球，可手镯上的最后一颗宝石竟然失灵了！

就在这时——

Mr.PH3把他拖回奇遇办，并告诉他："我是来匡正你错误的奇遇的，'错误'的部分就是手镯突然失灵。"

"匡正什么？放我回去救赫怜娜！"沐星焰毫不领情，甚至想抢夺Mr.PH3手里的齿轮——因为刚才就是这个东西把自己从货运船坠毁现场带走的！

Mr.PH3想阻止他，却没想到他肩上那个看起来像死狗一样"毛领子"突然伸出了爪子，冲着他的额头就是狠狠一下，把他击倒在地。

果然，Mr.PH3就是被他打伤的！

看到这里，言正礼已经差不多弄清了目前的情况。他没有猜错，沐星焰的出现和Mr.PH3受伤，这两件事是有关联的。

因为显示屏上正显示的，就是Mr.PH3倒在地上，眼看着沐星焰往齿轮孔里跳，还偷偷把自己的手按在齿轮边缘，之后沐星焰就被传送到了《超级美妈》节目直播的现场——如果没有齿轮持有者的许可，外人根本无法通过齿轮传送门，Mr.PH3显然是故意的。

弄清任务需求，言正礼通过主计算机确认了沐星焰目前的位置——地颐中学旁那间出租屋被警方作为"疑案现场"封锁了，现在他躲在一个朋友家里。

为了避免结案后又多一个消除记忆的工作，言正礼特地用齿轮穿越到了沐星焰朋友家门口的监控死角，敲门喊沐星焰出来，然后才把沐星焰拖回了奇遇办，还顺便把他的手脚都捆住，卸下了他身上所有看起来很可疑的装备，包括那个看起来像一条死狗的毛领。

"你为什么会知道Mr.PH3是我校外教？"言正礼问。

"我在江滩一带的酒吧唱歌时见过他，他是DJ，昨天联系酒吧老板一问，就知道他不做DJ时干啥了。"沐星焰翻了个白眼。

DJ？我都没听说过他还有这个兼职。言正礼想着，又问："那你现在的目的就是回到那米亚星系救人？"

"对！"说到这个话题，沐星焰立即激动起来，"赫怜娜也许还有救！求你帮我回去！"

"很遗憾，只怕你回去也没什么意义了。"言正礼指指显示屏，显示屏上随即出现了货运船坠毁现场的画面，只见海盗船缓缓降落，几个长得像蛞蝓的宇宙海盗从废墟中带走了一具人形的焦尸，随即离去。

"由事情经过和附近的情况来推断，那具焦尸应该就是你口中的赫怜娜。也许她身上还有什么对海盗来说很有价值的物品。"言正礼平静地说。

"不是的！"手脚都被绑住的沐星焰以十分可笑的姿势一路爬到显示屏前，恨不得把脸都贴上去，仔细看完了整段画面，却不死心，"你不懂那米亚的科技，她不一定死了！他们一定是别有所图！所以快让我回去！"

"不行。"言正礼回想起Mr.PH 3的嘱托和丹璃以前说过的话，端起架子向他解释，"《奇遇协调员基本守则与注意事项》第一条，是必须确保奇遇当事人在该种族预期寿命千分之一时长内也就是一个月的安全。你的奇遇已经开始了27天，手镯失去了穿越功能，货运船被毁坏，重武器数量为零，并且很有可能依然被海盗盯着。我们判断，你现在回那米亚星系的话，死亡率非常高。"

"既然你现在不肯帮忙，当初又为什么让我遇到这种'奇遇'？这到底有什么意义？"沐星焰愤怒地望着他。

"随机的。"言正礼冷漠地说，"就像你随机出生在演艺名人家庭一样，没有特别的理由。人生的意义都是自己找的。"

沐星焰正想反驳，手机响了。言正礼从他衣兜里拿出手机，看到来电显示写着"老不死"。

"我爸爸。挂了吧。"沐星焰一脸烦躁，然而言正礼已经接通了电话递到他面前，他只好开口："什么事？"

电话那边传来了沐歌王熟悉又陌生的声音，先是无聊的寒暄，然后说"我看新闻才知道你去砸你妈场子了，你可以啊，干得漂亮！我早觉得她假装我们爷俩儿不存在那套很恶心"，接着又开始夸儿子的新造型很酷炫……

"没事我挂了。"沐星焰的表情从烦躁变为暴躁。

"等一下！"沐歌王咳了两声，说了一个医院的名字，"我快死了，你能不能来为我唱一首歌？"

双手还被捆着的沐星焰，硬是用额头顶在触屏上挂掉了电话。

"你们关系不好？"言正礼不解，百度百科里关于他父亲的部分明明都是父子俩温馨感人的合影啊。

"我们家就是这样的。"沐星焰不屑地耸了耸肩，"又浮，又乱，又假。所以我一直觉得，我在去那米亚星系之前的人生，完全没有意义。"

[零四]

沐星焰在聚光灯下长大，这种感觉是非常空虚的。

演戏、出书、拿奖、开演唱会、参加名流聚会、定制顶级奢侈品……这些对他来说都不难，但都是父母给的，所以他没有成就感，唯一的好处就是在他读小学时就知道了很多娱乐圈的事。

父母都自称很爱他，但自打十年前他俩离婚后，父亲陆续交了二十几个女朋友，一年难得和他见一次面，见面就是合影发通稿秀亲情，为新专辑炒作。沐星焰记得，小学老师曾布置了一篇《与父亲一起做一件有意义的事》的作文，他交了白卷，老师给父亲的助理打了五次电话都无法联系到父亲本人。他就像个等待领养的孤儿，眼巴巴地站在一旁，那感觉实在是非常尴尬。然而更尴尬的是，一周后，父亲带着新女朋友和一大群跟班突然出现在了家长会现场，笑嘻嘻地问他："这算不算有意义的事？"莫名其妙的排场和自以为是的好意，让还在读小学的他明白了一件事，这个男人是指望不上的。

母亲再婚生了茜茜，他倒还挺喜欢这个妹妹的，也觉得她连发烧都要被母亲强行带上节目很可怜，但他心里明白，对母亲谏言也没用。母亲虽然按时给他生活费，却不太想看到他，似乎把他当成了必须抹去的不光彩的历史，倒是成天和茜茜秀亲情，一口一个"你是妈妈的唯一""妈妈最爱的就是你"，仿佛他根本不存在，不知多少同学边用手机看节目边望着他偷笑。

说到学校，学校倒是他自己选的。为了和父母对着干，他硬是自己考进了这所公立重点中学，为此还得意了一个暑假。但他忘了，就算学校不同，人性永远不会变，不论老师还是学生，接近他的每一个人都有目的，或者他怀疑对方有目的。这种成天猜来疑去的生活方式耗尽了他对高中校园的最后那点儿幻想，让他觉得整个世界都浮夸、虚伪又空虚，他甚至考虑要不要放弃高考直接隐姓埋名躲起来算了，可就在这个时候，他穿越到了那米亚星系。

陌生的星球，惊险的生活，没有人认识他，他靠自己的智慧与勇气白手起家，靠自己的善良与魅力结交真正的同伴。

沐星焰永远记得，在他快要饿死的时候，是大副把自己的最后一点儿营养胶分给了他。虽然大副有着带鳞片的青色皮肤与蜷曲的双角，看起来魔鬼一般，两人却成了生死之交。至于赫怜娜，那双深青色的大眼睛从来不会说谎，外貌柔弱的她有着惊人的医术，无论遇到什么种族的伤员都能迅速反应，一次又一次把沐星焰和大副从死亡边缘救回……他们三个人就是最完美的组合，还能有什么比这种刺激快意的生活更棒？这才是他所应该拥有的理想人生。

"在那米亚当货运船长的我才是真正的我，你明白吗？在这个世界被几百万粉丝盯着过一生又有什么意义？我只想摆脱这一切啊！"

沐星焰诚恳地控诉着亲人，赞美了同伴，最后成功把话题绕回"总之快送我回那米亚星系"，使言正礼觉得他真的很有演艺天赋，但还是不为所动。

"就你的叙述来看，令尊确实是个难得的人物，所以我劝你最好还是和他见上一面，如果他是想告诉你他真的要死了，但还有三个私生子，并且留给你的遗产是十亿负债，债主是某位国际毒枭呢？"

沐星焰闻言一怔，仿佛是觉得他的猜测十分可信："行，我去……你放学可别跑，我看完老头就回那米亚！"

言正礼用鼻孔冷漠地"哼"了一声，接着就通过齿轮把沐星焰和他的装备都扔到了医院附近的草丛里。

"时玖中学的学霸真没人性。"沐星焰耸耸肩，边往医院里走，边琢磨起下一轮的冷血四眼攻略计划。

[零五]

沐星焰走后，言正礼又在奇遇办里看了一些资料，还做了笔记，然后踩着时间点回到时玖中学上课。他本来以为沐星焰去一趟医院不会出什么事，没想到最后一节课刚下课，齿轮警报器就疯狂地响了起来。

言正礼连忙离开教室，找了个没人的地方钻进奇遇办，一看显示屏，里面的画面竟然是……沐星焰正带着他爸爸在宇宙港逛黑市？

"他们怎么过去的？"言正礼目瞪口呆，冷静了一下后才向显示器发出指令："回放当事人沐星焰的生活画面！"

主计算机录下的画面显示，沐星焰到病房时一切都还很正常。虽然他看起来与从前的黑发美少年判若两人，但现在的造型也非常醒目，一进门就被前台认了出来，连忙带他去沐歌王的病房。

沐歌王住在装潢豪华的 VIP 单间，墙上还挂着他的木吉他。沐星焰见他倚在真皮沙发上玩手机，瘦了许多，脸色蜡黄，终于忍不住问他怎么了。

"浪了半辈子，最后是三期肝癌，不过目前保密。"沐歌王朝着儿子露出一个尽可能帅气的笑容。

沐星焰只觉得肉麻，从墙上拿下吉他："你就只是想听我唱歌？"

"不然呢？"沐歌王耸耸肩，有些感慨，"失踪那么久，我本来以为再也见不到你了，既然现在你没事，那就唱一首吧！你还记得小时候我教你的第一首歌吗？"

沐星焰一怔，与父亲之间少有的一段美好回忆涌上心头，他的眼圈突然红了。

"记得。"他努力镇静了一下，不想让父亲发现自己的小情绪，然后弹唱起那首歌。

"回头看看来时的路，那是一段遥远漫长的领悟，多么想回到那懵懂的当初，回味那段被风干无数的汗珠……"

一曲《征服的路途》唱完，沐歌王热烈鼓掌："以你的天赋，如果认真去当歌手，绝对比你爹我当年还红一万倍！可你为什么就是……"

"失败了是我自己不行，成功就是你给的天赋、你铺的路，有什么意思？"说到这个，沐星焰不高兴了，把吉他挂回墙上就想走。

沐歌王叹了一口气："你都已经18岁了……"

"16岁。"沐星焰平静地纠正父亲。

"好的好的，16岁了，该懂事了。"沐歌王毫不羞愧地继续往下说，"我知道你其实是喜欢音乐的。还记得我像你这么大时，家里穷，兄弟多，父母没文化，邻居朋友也都是些混混，人生完全看不到希望，觉得自己只能喝酒打牌过一辈子了！可有天我做了一个梦，意识到自己其实有音乐才能，之后就每天工作18个小时挣钱，被骂成败家子也要跟亲戚借钱，在教授门口跪了一天一夜才拜成师，赌上未来去参加选秀节目，第一次上台被钢丝刺穿脚心也硬忍着没退出……我这样拼了命地努力，才有了后来的成就，才给你打造了一个不必熬夜、借钱、下跪、受伤，想追求什么梦想都可以的环境，你为什么不珍惜呢？"沐歌王直视着沐星焰的眼睛，握着他的手，神情恳切，"我只有你这么一个儿子，我当然是希望你……"

"算了吧！"沐星焰甩开父亲的手，猛地站起来，"别以为我不知道，我出生没多久你就因为瞎搞男女关系被公司雪藏，后来全靠带着我上亲子秀卖好爸爸人设才咸鱼翻身！这是'你为我打造的环境'，还是'你靠我打造的环境'？我根本不需要这种所谓的'环境'！我在那米亚靠自己的本事一样能证明自己！我还认识了像赫怜娜那么好的姑娘，绝不会再像你和妈妈一样！"

然而说到最后这句他却突然泄了气，露出了自嘲的笑容，一手抓住了另一只手腕上那个已经失去了穿越能力的手镯："如果……我还来得及救回她的话。"

他说这些话时完全沉浸在自责与痛苦之中，并没发现父亲正怔怔地盯着他的手镯："你这个手镯……"

"你关心的重点永远不对！"沐星焰更生气了。

然而沐歌王神情严肃："我是突然想起来，它是我的，我本来有一对，是小时候在商店里抽奖中的玩具，但它对我来说很特殊，所以我把其中一个给了你妈，你这个应该是你妈妈留下的，还有一个在我家里。"

他又顿了一下，继续问："你刚才说……那米亚……那是不是一个……大家都开着飞船到处飞，但没几个长得像人的地方？"

[零六]

显示屏前的言正礼看到这里，觉得自己好像明白了什么："沐歌王十几岁时做了一个梦，然后发现自己有音乐才能？这不就是……奇遇？"

他调出了沐歌王少年时代的资料，果不其然——

奇遇已结束。

起始时间：1990年8月13日

持续时间：3天

强度：1级

内容：穿越到那米亚星系

奇遇办的主计算机把"奇遇"的强度分为3级，其中1级奇遇的强度是"当事人只当它是一场梦"，2级奇遇之后"当事人还能回到现实生活"，而3级奇遇会导致"当事人就此走上完全不同的人生道路"。奇遇发生前，主计算机对强度只有一个大致的预判，至于结案时到底是几级，由当事人自己的选择来决定。

言正礼看这些时，显示屏里的沐歌王正好从破旧的饼干盒里摸出了一个手镯，真的与沐星焰手里那个一模一样，而且上面有四颗宝石还在发光，似乎没使用过。

看到这里，言正礼明白了事情的前因后果，应该是这样，沐星焰带着他肝癌晚期的老爸去了宇宙。

"这个神经病！"屏幕前的言正礼痛苦地捂住了自己的胃，觉得自己终于理解了丹璃以前拼命想保住业绩的执着，"你疯就算了，要是你爸爸也死在那边，到底谁的责任啊？"

其实言正礼并没有沐星焰以为的那么冷漠无情。面无表情、一本正经的样子只是性格使然，想当初第一次被丹璃扯进奇遇办的案子里时，他就是个会对丹璃怒吼"你只是想保住业绩吧"的人，还两度冒着巨大的风险出生入死，只是为了拯救一些萍水相逢的灾民……这样的他，听到沐星焰声嘶力竭地喊"赫怜娜可能还活着"，怎么可能无动于衷？

可回想起上一次救人时的辛苦与惊险，言正礼当然也希望能用更省事的方式解决问题——沐星焰去看父亲时，他就在奇遇办里查那米亚星系的资料，还琢磨着怎么才能联系上当地的协调员，说不定就可以救赫怜娜了……

没想到沐星焰不但靠着他做梦都没想到的手段穿越了回去，还带上了快死的爹，这位爹此刻还十分开心，甚至与他击了个掌？真是有其子可见其父啊！

"必须阻止他。"言正礼开始尝试联系别的奇遇协调员。丹璃的齿轮也借给他了，联系不上没办法，那么Mr.PH 3呢？

言正礼试着用齿轮呼唤他，结果那边传来一个微弱的声音："找我干吗？我被领导关禁闭了！禁闭室里还有监控！连我便不便秘他们都知道！有事禀报无事退朝！"

言正礼愣了一下，连忙说："沐星焰利用他父亲的同款手镯穿越回那米亚星系了，还带着他肝癌晚期的父亲！我该怎么处理？"

"你让主计算机直接帮你联系那边的协调员！对方会协助你的！不忙的话。"Mr.PH 3说完就结束了通话，剩下言正礼皱起了眉——"不忙的话"？

他很快就明白了这四个字是什么意思。因为当他联系上那米亚星系对应辖区的协调员时，那边传来一个气喘吁吁的声音："有什么事？我在487年前出差救人！那米亚榕没一棵好……"通话突然中止，然后是一片死寂。

言正礼觉得自己的胃更疼了："我真是信了你们的邪……"

还能怎么办？硬着头皮自己上呗。

[零七]

沐星焰带着沐歌王回到宇宙港之后，第一件事就是去找熟悉的商人出售自己新做的折纸大菠萝，然后去买新船新武器，准备反攻海盗基地，救出赫怜娜。

沐歌王站在一旁，看着沐星焰面对那些奇形怪状、气势凌人的外星商人，谈笑风生地熟练砍价，不由得感到欣慰，还朝他竖起了大拇指："太长时间不在你身边，没想到你才15岁就能独当一面了，真不愧是我儿子！"

"是16岁。"沐星焰边装备护甲和头盔边说，这是他第二次纠正父亲对他年龄的认知了，"走，上船准备出发。"

"船？那也算船？"沐歌王指着儿子身后那个破烂的小"逃生舱"，"你是去救人还是去送死？"

"别挑剔，这就是我目前买得起的最好的船了！"沐星焰耸耸肩，戴上新的护领，它看起来不再像一只死狗，而是像一只豪猪。

"可难得你发现了一个我当年都没注意到的致富秘诀，怎么不多卖点儿折纸？"

"有点儿经济常识好不好？"沐星焰生气了，"物以稀为贵，卖多了就不值钱了，再说我只能收现金，怎么可能突然凑出那么多的……"

话没说完，随着"轰隆"一声巨响，沐星焰那艘新船被陨石般从天而降的炮火砸了个稀巴烂。

"海盗又来了！"沐星焰连忙抓住沐歌王的手，敏捷地往身边的货箱背后躲。他警惕地抬起头，只见半蓝半紫、色彩瑰丽的天空中突然出现了一艘黑色的大型宇宙船，猛烈的炮火几乎毁灭了附近所有的客船和货船，几十名全副武装的宇宙海盗从天而降，迅速压制了附近的货运码头与控制塔，开始胁迫运输工人往他们的黑色大船里运货……

"真巧啊。可现在的我别说复仇了，就算想逃，都逃不走。"这些话是从沐星焰嘴里一个字一个字地迸出来的。他的双瞳映着熊熊的火光，双手攥得紧紧的，紧张、兴奋、愤怒，却也恐惧。

然而沐歌王不合时宜地打断了他："等等，那就是和你有仇的海盗？他们全是那个像蛞蝓的种族？"

沐星焰点点头，蛞蝓般的海盗们正扭动着肥壮的躯体掠夺并且屠杀。

"太好了！"沐歌王脸色蜡黄，表情却非常开心，"虽然我当年做梦时只在这里待了两三天，可我记得一件事，也许能帮你一个大忙！"

之后，沐歌王就带着儿子在炮火声中躲藏、穿行，找到了位于地下二层的一间黑漆漆的店铺。

他们进门时，长着两个脑袋的店主正在慌乱地蒙头躲避炮火带来的震动。

一看到沐歌王，连袭击都忘了，一大一小两个头惊讶地撞在了一起。

"你……你难道是……你怎么这么老了？"

"废话，我儿子都这么大了！"沐歌王自豪地拍了拍沐星焰。

"你们这个种族的平均寿命不会只有4星历吧？"店主还在惊讶。

沐歌王不耐烦了："没工夫和你说，还有那米亚琴卖吗？"

"有有有，你还要多加一根弦对不对？现成的！你当年那件事之后这种改装设备就红了，可惜他们都唱不出你的效果……"店主从货柜最底层拿出了琴，它看起来只是一把长得像比目鱼的吉他。

"这有什么用？"沐星焰好奇地问。

"你马上就知道了！"沐歌王让儿子把身上所有的现金都掏给店主，两人随即离开。

沐歌王边走边解释："我当时在这里的酒吧唱歌，外星乐器都不会用，还好小时候跟老师学过一点点吉他，就把别人给的那米亚琴改装成了和吉他一样的六弦琴。我偶然间发现，如果一边弹六弦的那米亚琴一边唱四四拍的歌，嗓门大一点儿，对部分种族会有特殊效果……"

等他们回到地面时，外面已是一片狼藉，充斥着奇怪的味道，流满了各种颜色的血。手无寸铁的商人旅客们倒在地上，惨叫声不绝于耳。

宇宙港的警备部队根本没有反抗，沐星焰不由得怀疑他们要么是与海盗勾结，要么就是被内鬼干掉了。现在也不是想这些的时候，因为他现在的工作是把能量防护罩开到最大，挡掉所有声波、毒气、光线枪与火药的攻击，以保护父亲冲到战场的中央。

不知多少流弹击中了防护罩，落在身边的炮弹爆炸开来，使得防护罩外的视野一片灰茫。数名海盗士兵诧异地望着这对来历不明的父子，沐星焰寸步不离地保护着气喘吁吁的父亲找好位置，听他弹起六弦琴，纵声放歌——

"我和我最后的倔强，紧握双手绝对不放，下一站，是不是天堂，就算失望，不能绝望！"

他还会唱这个？沐星焰露出了难以置信的表情。

更令人难以置信的是，听到沐歌王歌声的海盗们竟然都扔下武器，缓缓倒地，痛苦地捂住了脑袋……

血火汹汹的宇宙港，突然变得非常安静。

"就是这样！"沐歌王擦了一把汗，回头朝儿子露出得意的笑容，"我第二天在酒吧里唱歌就把蛞蝓都唱倒了，第三天他们要找我报仇，吓得我只好逃回地球了！之后一觉醒来就记得我唱歌好像很厉害，要不干脆当歌手试试吧？一转眼，这么多年过去了。"

"你……你回地球好浪费啊！"沐星焰大为震惊，"你这要是多待几天，说不定早就发家致富甚至成为某个小星球的统领者了吧？"

一两天的工夫里，父亲就适应了宇宙港的生活，和当地人打得火热，甚至发现了这么厉害的秘密？我怎么就从没发现唱歌可以制服海盗？

沐星焰头一次这么钦佩他这个不靠谱的老爹。娱乐圈生活在他眼里只有混乱的那一面，作为地球人突然穿越到那米亚星系时的惊慌、恐惧、茫然和辛苦，都是他的亲身经历，因此才更能理解有过同样遭遇的父亲。而且，在不可思议的环境里敢于探索发现的那份疯狂的勇气……其实不是与自己非常相似吗？

没想到对于他刚才的问题，沐歌王给出了这样的回答："那就遇不到你妈妈，也不会有你了啊！"

说出这句话后，看到儿子怔住了，沐歌王自己也不好意思地笑了笑："我爱你妈妈，也爱你，但可能确实是还不够爱，没有爱到正常丈夫、父亲的那个浓度，也不太清楚到底该怎么正确地表达爱，甚至还利用你来挽回事业。这都是我的错，我承认。还记得你小时候有一次哭着说要写一篇《和爸爸一起做过的有意义的事》的作文，却没有东西可写，后来我特地去给你开家长会啊，可你还是不高兴，那个伤心的样子哦……不管怎么说，我们现在是不是总算可以补上那篇作文了？"

说到这里，他看到沐星焰好像要哭了，不由得抬起因病而变得枯瘦的手，想要摸摸儿子的脑袋，却发现现在要踮起脚尖才能够得着了。

"嗯。这件事很有意义。"沐星焰揉了揉眼睛，踢开倒在脚边的一名海盗，从他身下拖出一个小型站立式飞行器，扶着父亲站了上去，"走，我们这就一鼓作气，抢走海盗船，反攻根据地，救出赫怜娜，为大副报仇！"

[零八]

"多少往事历历在目，催促我不妥协的企图，忘了午夜梦回的孤独，在这最后的征途，风雨无阻……"

就这样，沐星焰唱着歌攻下了那艘海盗船，找出头目，用歌声对他进行"拷问"，逼问出了赫怜娜的所在地。

出乎意料的是，赫怜娜并不在某个遥远偏僻的海盗根据地，而是在宇宙港附近一颗行星的雨林中。

现在沐星焰父子俩在宇宙港被视为驱赶海盗的英雄，得到了许多免费补给，沐星焰还请技师对海盗船上的一个生命维持装置进行了改装，希望能缓解父亲的病痛。

他们根据海盗船里自带的星际航路图来到了那片雨林所在的星球，进入大气层后，从海盗船里很快就能看到浅红色的海水中间有一大片深红色的树林，树林边缘停泊着数艘一模一样的黑色海盗船。

"那个深红色的树好像是……"沐星焰皱起眉，让海盗船上的计算机进行识别，很快得到了答案——

"那米亚榕，枯死后可制作那米亚琴，其他不明。"

"制作那米亚琴的原材料？我们能带一点儿回去吗？"沐歌王问。

"只怕不能。那米亚榕是一种'所有人都在说它很危险，但没人说得出它哪里危险'的植物。也就是说，知道它哪里危险的人都已经死了。我曾经在商行里听人聊过这么几句，可我来那米亚星系一共也就二十几天，没法了解更多了。"说这些的时候，沐星焰抢来的海盗船已经快要降落了，其他海盗船显然把它当成了同类，没有进行攻击。

"可你看这树林周边停满了海盗船，至少说明旁边能住人。"沐歌王在改装过的生命维持装置里睡了三个小时，觉得舒服多了。

他俩一人戴上一个已调整为地球人专用模式的呼吸辅助设备，在出舱口乘上了一艘小型立式飞行器。

沐星焰的计划是以友军的姿态接近那些海盗船，先不进行火力压制，以免误伤可能存在的人质，用歌声制服蛞蝓海盗们之后，再在每艘船上搜寻人质。因此，在他们的海盗船渐渐驶近其他海盗船后，沐星焰首先操作主炮对着附近的水面随便发射了两下，吸引其他海盗船里的海盗都出来围观发生了什么事，但又不给他们时间准备，还没等海盗探出头时，父子俩就乘着飞行器飞出了海盗船。

沐星焰打开能量防护罩，沐歌王再度放歌："死了都要爱！不哭到微笑不痛快！宇宙毁灭——心——还——在！"

"你破音了！"沐星焰捂住了耳朵，"就不能挑一首音没这么高的吗？"

"现场高音唱破是我的特色！"沐歌王像重返青春一样意气风发，"粉丝可喜欢了！"

然而目前的现场听众除了沐星焰，全都已经痛苦地捂着头倒了下来，甚至掉进了水里，就连稍远处几艘船上刚刚向他们竖起来的主炮都耷拉了下去。

计划进展得非常顺利，沐星焰朝父亲竖起了大拇指。他关掉了能量防护罩，正打算进入最近的一艘海盗船寻找赫怜娜，突然——

一道激光从他侧面袭来。

如果不是沐歌王火速将他扑倒，沐星焰的脑袋已经被穿了一个洞了。

更不可思议的是，一手挟持着赫怜娜、一手拿着光线枪攻击他的人，正是大副。

"你……你不是已经……我亲眼看着你死了……"沐星焰惊讶地望着大副，他曾经最好的战友。大副现在有半张脸是焦黑的，引以为傲的那对螺旋状的大角折断了一半，他面无表情地用枪指着沐星焰："手镯给我，她给你。"

"为什么啊？那场袭击是你策划的？你做这些都是为了我的手镯？"沐星焰觉得惶惑不解。

赫怜娜瑟瑟发抖地哭着说："星焰救救我，他已经疯了。"

过去三个人一起经历的那些日子从眼前一一闪过……难道这些全都只是一场阴谋吗？

大副没有回答他的问题，只是又重复了一遍"手镯给我，她给你"，并把光线枪对准了赫怜娜的脑袋。

看着赫怜娜写满了恐惧的面孔，沐星焰无暇犹豫，只好乖乖摘下手镯递了过去，毫不顾忌沐歌王在一旁说"等等！没了手镯我们怎么回地球"——现在哪儿还来得及在乎那些？

没想到的是，大副接过手镯之后并没有放开赫怜娜，而是直接把手镯递给了赫怜娜。

赫怜娜拿起手镯，每个宝石都按了几下，没有任何动静。她微笑着走向瞠目结舌的沐星焰父子俩："这个传送器做了加密，看来非得你们地球人来按才行。"

[零九]

"赫怜娜……你……他……到底……"沐星焰一脸难以置信的表情，同时警觉地把一只手按在立式飞行器的操作板上随时准备开溜，却突然觉得有什么东西抵住了后背，回头一看，背后浮着好几台立式飞行器，每台飞行器上都站着一个手持武器的赫怜娜，已经将他和父亲团团围住。

"5星历之前，我们派出了很多使者去其他星系寻找新的栖息地，其中有些使者再也没有回来，我们原本已经放弃了希望。没想到5星历后，本属于使者的传送器却带来了一个人类，而且，你卖的艺术品，也就是你称为'折纸'的那些东西是有机制品，并且是植物。我们分析其中基因得出结论——地球，正是最适合我们繁衍的地点。"

站在大副身边的那个赫怜娜依然面带微笑，撒娇似的说："就当是帮我一个忙吧，星焰，只要你轻轻按一下，我们就能得到新的栖息地了。当然啦，互惠互利，我们也可以帮助你成为地球之王哦。"

那曾经让他怦然心动的笑容，现在却只让他觉得恐惧甚至恶心。

沐星焰看了看父亲，又看了看大副，犹疑地问："可……你们到底是什么？大副和你们是一个种族吗？"

"对了，你还不知道。"她又笑了，其他的"赫怜娜"也整齐划一地笑了起来，所有人异口同声地说："我们是那米亚榕。"

明明是女孩子清脆可爱的声音，却有着洪钟般震耳欲聋的回响，仿佛那声音根本不是来自她们，而是来自她们下方那片深红色的树林，一层又一层的回音昂扬激荡，震得沐星焰耳朵发疼，甚至使得周围的海水与山石都为之战栗！这场景实在是很骇人。

而面前的赫怜娜还是一副甜美平静的样子，指了指大副："他只是像使者和那些海盗一样，被我们救活后植入了脑控芯片而已。怎么样，你是要救他、成为地球之王，还是和他一起死？"

她的语气就像是在问你想先喝汤还是先吃点心，然而沐星焰却觉得自己背上的汗毛都竖了起来，心里的话脱口而出："我绝不会让地球成为你们的下一个巢穴！"

"那就没办法了，我们就试试用死人的手按一下，或者用你的尸体复制一个听话的宝宝吧。"赫怜娜举起光线枪指向沐星焰，沐歌王却开了口："等等，先杀我吧！反正我也活不了几天了！"

沐星焰愧疚地看着父亲："……对不起。"

然而沐歌王却用嘴型无声地说了两个字："抢，逃！"

你想让我趁赫怜娜杀死你的机会抢手镯逃走？值得吗？何况我又怎么可能从这么多人的包围中先抢再逃？

沐星焰又感动又难过，内心百味杂陈，他摇了摇头，握住了父亲的手，另一手按在了腰包里的小炸弹上——不想让赫怜娜拿到尸体的话，只能这样了。

"如果有来生，"最后，他对父亲说，"也许我们做兄弟会比较……"话还没说完，言正礼从天而降，脚刚踩上立式飞行器就拉下"齿轮"往他们头上一套："走！"

三个人凭空消失，这次轮到赫怜娜们震惊了。

【一○】

"是你啊，冷血四眼。"奇遇办那个幽暗而狭窄的空间中，获救的沐星焰显得很颓丧，"之前大喊大叫地逼你送我回那米亚，结果只是证明了我是个傻瓜。当初以为到了这里没人认识我就能开始新生活，结果还是一样的，猜疑、利用、尔虞我诈……而我，我只怕还不如一只蛞蝓。"

"苕儿子，这世上怎么可能会有一劳永逸的新生活呢？"沐歌王拍拍儿子的肩膀，"不过别怕，我在啊！"

而言正礼还是一脸冷漠："事情经过我都看到了，只要你们乖乖跟我回武汉，不再去那米亚星系，就不用担心她们能侵略地球。不靠那个手镯的话，从那米亚星系开飞船到地球得飞10星历，也就是两百多年。"

"可是大副怎么办……我不能第二次失去他！"想到还在赫怜娜手里的挚友，沐星焰不得不振作起来，脑子飞速转动，片刻之后抬头说，"我……我有一个计划，可以一次性解决所有那米亚榕。"

"一次性？所有？"言正礼冷哼了一声，"你看到的那片深红色的树海，其实是同一棵树，这点与我们地球的榕树类似，而那些'赫怜娜'都是它的花朵，你要怎么穿过她们的防线，一口气解决整棵那米亚榕，同时还救出你的大副？"

"很简单！我们先回到那边，给我抢来的那艘海盗船设置好程序，之后通过你的齿轮传送门，直接把它传送到那米亚榕的中心地区，引爆！然后我们趁机救出大副就好了。"

"……啥？你那个海盗船有一架中型客机那么大，穿过齿轮？"言正礼一脸看傻子的表情，"你不怕搞出一个黑洞把我们全吸进去？再说，传送时我们在哪儿？引爆时我们又在哪儿？如果引爆后那些赫怜娜暂时没死而是狂暴化了怎么办？"

"这个嘛……船到桥头自然直啦！"沐星焰竖起大拇指，与沐歌王相视一笑。

你们父子俩真不愧是两个疯子啊！

言正礼觉得胃更疼了，叹了一口气："风险太大了，还是按我的预案来吧。"他指向奇遇办的显示屏，里面出现了一些看起来像声纹记录的波状图形。

"你之前一直在研究这些？原来你一点儿都不冷血嘛！"听完言正礼的计划后，沐星焰高兴得一把抱住了他，却被言正礼嫌弃地推开了："赶紧开始吧，帮你救出大副，我这个活儿就算完了，我还赶着去上课呢。"

[一一]

沐星焰再度穿过齿轮，乘着立式飞行器，风驰电掣地驶向那片那米亚榕树林的最深处，但没多久就遭到了蛞蝓海盗们的伏击。他没有重型武器，只能勉强应付。

左支右绌之际，一个赫怜娜跳到飞行器上，帮他干掉了最后几名差点儿将他合力围杀的敌人，然后转过头抹了把汗，露出了开心的笑容："我就知道你还会回来的！带我走！我不想再和她们一起当那米亚榕的诱饵了！"

"你是……"沐星焰惊讶地望着她，与其他赫怜娜不同，她的皮肤上还有烧伤尚未治愈的痕迹，"你是我们认识的那个赫怜娜吗？"

"对！"赫怜娜急切地说着，整个人都扑到了他身上，柔软的肌肤有着好闻的香气，"带我回地球开始新生活吧，我和她们不一样！"

那双大眼睛含泪凝视着沐星焰，让他想起了过去许多美好的往事，不由得叹了一口气。

他后退一步，脖子上那个护领像鼓气的河豚一样膨胀起来，骨刺如雨般射出，立即把赫怜娜扎成了刺猬，她握在手里的手镯也掉在了地上。

"哇啊啊啊……"被扎成刺猬的赫怜娜没有来得及出声，但四面八方传来了整齐划一的惨叫，无数个赫怜娜手持武器冲了出来。

沐星焰捡起手镯，连忙再次打开能量防护罩，它能支撑的时间已经不多了。

"你是谁都不重要了。"沐星焰看了一眼被扎成刺猬的那个，又看向正在攻击他的其他赫怜娜，"毁了我辛辛苦苦挣来的船，绑架大副，还差点儿杀了我和爸爸，这些事都是你们干的。我一辈子都不会忘！"

说话的同时，他扔下一个小型炸弹。

数根"气根"被炸断了，暂时阻止了她们的行动，沐星焰趁机继续冲向最深处。

在奇遇办时，言正礼告诉沐星焰，他费了很大的劲才联系上对应区域的同事，向他请教了许多那米亚榕的相关知识。

首先，"赫怜娜"们离开那米亚榕后只能活几天，沐星焰船上的赫怜娜都已经偷偷换了四个了——所以就算跟他回地球也根本不会有什么"新生活"，她唯一的目的就是在地球上播散那米亚榕的种子。

可为什么赫怜娜一直都对沐星焰这么好，从未使用暴力？言正礼对此有一个猜测。按理说，赫怜娜成为沐星焰的医生后，有许多种方法可以让他把手按在手镯上，可她却一心想赢得他的好感，这说明她是对沐星焰有所顾忌。沐星焰父子唱着四四拍的歌制服海盗这件事使他想到，也许地球人的歌声会对那米亚榕本身有效果，但所需的节奏与制服海盗的不同——经过奇遇办主计算机的计算，最大的可能性是四三拍、八六拍和四二拍。

"先从四三拍试起吧！"沐星焰乘着飞行器弹唱了半首《白桦林》，结果那米亚榕没有反应，海盗们倒是又追上来了。他赶紧又唱了几句四四拍的《征服的路途》放倒海盗继续往深处飞，又有几个赫怜娜像飞速爬行的蝮蛇一样以不可思议的动作追了过来。沐星焰改唱八六拍的《上海1943》，可她们还是没什么反应。

那么就只剩下四二拍一种可能，不如干脆冲到核心地区再唱！

沐星焰把飞行器的速度开到最大档，甩开赫怜娜，左拐右拐，终于冲进了一个巨大的暗红色穹形空间。足足有一栋房子那么粗的根须抱结纠缠，像一颗巨大的心脏一样有力地跳动着。附近的"墙壁"上，许多小女孩形态的"赫怜娜"被根须包裹着，看来都是尚未开放的花苞，那甜美的睡颜让沐星焰有所不忍……但成年版的赫怜娜们随即就追了上来，使得他终于下定了决心——

"五星红旗迎风飘扬！胜利歌声多么嘹亮！歌唱我们亲爱的祖国！从此走向繁荣富强！"

四二拍有奇效！刚唱到"嘹亮"时，赫怜娜们就倒了下去，沉睡的花苞们迅速萎缩成干尸模样；唱到"富强"时，那米亚榕的"心脏"已经停止了跳动，根茎松动，被根须所抓住的土石也纷纷崩裂，整片树林都发出了地震般的轰鸣！

"看来这里要塌了……"沐星焰想起去救大副的父亲和言正礼，也不知道他们在哪儿。他赶紧突破气根区域，飞到树冠上方的半空中四处寻觅，可飞行器的能源告罄，没飞几米就开始往下掉，沐星焰正在拼命挣扎，突然一只大手提住了他——

"谨慎点儿好吗，船长？"

沐星焰一抬头，就看到了大副那焦黑的半张脸，正努力朝他露出标志性的嘲讽笑容。

"太好了，他们真的救出你了！"沐星焰喜出望外，没想到大副抬起另一只胳膊，露出了他拎在手里的那两个人，是呕吐的言正礼和昏迷的沐歌王。

"虽然很感谢您的惦记，不过我是靠自己的力量摆脱控制的，并且还拯救了这两个试图救我却惨遭赫怜娜吊打的弱者。"

"嘴这么贱的果然是我的大副。"沐星焰朝他笑笑，然后奔向父亲："爸爸，你还好吧？"

沐歌王蜡黄的脸上挤出一个非常勉强的笑容："没什么大事，只是身上疼……毕竟最近都没用止痛药，也没进你准备的那个生命维持舱。"

"我们马上回飞船！"沐星焰连忙扶起父亲，顿了顿，又问了一句，"要不我们就一直待在那米亚星系算了？你可以在这里终老，我们也可以试试寻找其他治疗方式……毕竟，这里是你和我的奇遇之地。"

"算了，我还是愿意死在故乡。"沐歌王潇洒地一捋头发，"毕竟我最近又交了几个真爱女朋友，每一个都好难割舍呢。"

啥？你还有几天命了？女朋友？几个？

沐星焰觉得自己的血压瞬间飙升，又不确定父亲说的是真话还是开玩笑，正想着该怎么接话，沐歌王又说："另外还有一个重任，我没有资格去完成，只能交给你。"

"要我帮你给哪个女朋友送情书吗？"沐星焰打了个哈欠，但沐歌王之后的话却让他也变得认真起来。

"我们没能让你拥有一个温暖健康的童年，现在我只希望你能说服你妈妈，不要让你妹妹……也变成一个挣钱的真人秀道具。"

[一二]

"可以，这次的案子解决得非常好！你真的不想当奇遇协调员吗？"三天后，Mr.PH 3 边读着本次事件的结案报告边问言正礼，"不过大副是怎么靠自己的力量摆脱脑控的啊？"

"你问我我问谁？我只能理解成是那米亚榕的脑控对意志力强的人不完全有效了，之前被它派到地球的使者，大概也是在抵达地球后摆脱了脑控，才会对手镯进行改装吧。"

"有道理。那沐星焰现在在干吗？"Mr.PH 3 说着拿出手机搜索沐星焰的名字。

搜出的新闻是沐星焰发布了一个弹唱新歌的视频，唱完歌之后他说——

"说实话，从小到大，我过得都不太开心，一直希望能摆脱自己的出身和成长环境。最近一个月，我都在尝试做这件事，虽然不太成功，却获得了成长。爸爸说得对，这世上没有什么一劳永逸的新生活，最重要的还是靠自己的努力去改变、突破，以及相信真正关爱你的那些人……谢谢爸爸、大副，还有'四眼'。我们有缘再见！"

短短几小时，这视频下已经有了几十万条留言，微博服务器几乎承受不住。

"你和沐歌王和好了？"

"沐歌王病危的传言是真的吗？"

"你前几天为什么去周影后家里？"

"大副是谁？'四眼'又是谁？"

幸好他不记得我名字……言正礼舒了一口气，他可不想因为这种事出名。然后他又想起另外一件事，问 Mr.PH 3："对了，你名字的意思到底……"

"你不是已经查到了吗？磷化氢，也就是鬼火。"Mr.PH 3 扶了扶小圆眼镜，"我想全班同学里，大概只有你和丹璃能真的理解。沐星焰会永远记住自己的奇遇，他父亲以为自己只是做了一场梦，一般人也就这样了。而我在攒够了业绩的那一天，向主计算机许愿，希望成年之后也能当奇遇协调员。"

原来协调员还有年龄限制？他的意思是说自己超龄了所以像鬼火？攒够业绩和许愿又是什么设定？是丹璃之前说的"美梦成真"吗？所以只有我不仅被迫做白工还享受不到编制内福利？千言万语在言正礼的脑内如万马奔腾般呼啸而过，他正斟酌着该说点儿什么，主计算机的警报突然又响了。

言正礼与 Mr.PH 3 同时抬起头，望向显示屏——

沐星焰又跑去那米亚星系了！

"看来得把他的奇遇强度改成 3 级了。"言正礼面无表情，反正 30 天保护期也到了，之后就不用管他了。

"但是不对，他旁边的大副抱在肩上的那个矮矮的好像……不是外星人。"Mr.PH 3 皱起眉，让显示画面更清晰，"那不是……他 6 岁的妹妹？他妹妹不是本来应该在一个'认陌生人当爸爸'的真人秀节目现场吗？"

"啊？这就是他所谓的'不让妹妹沦为真人秀的道具'？"

他们家都是祖传的神经病啊！

言正礼腾地一下站了起来，第一次咬牙切齿地想要主动完成一个任务："我这就抓他回来，打断他的腿！"

奇遇办**与叛国者**

PAN GUO ZHE

每个人生来就是孤独的，
不要为了摆脱孤独而做出违心的决定。

[零零]

青银之月的碎片，陨落如雨。
紫辉之月的光芒，辉耀尘世。
满月全食的月见之夜啊，
圣洁的双月女神，越过阴阳之隔。
赐福如风，流转人间。

月见之夜的"战旗"选拔仪式就要开始了。

神庙的石窗外，有人正弹唱着《月见夜颂歌》，歌声悠扬动人。

然而一墙之隔的准备室里，气氛却没有那么轻松。

梅薇思刚走进门，就被东西砸中了头。她低头看了一眼掉在地上的凶器，竟是只被开膛破肚的死鸽子，血淋淋的！

周遭的人议论纷纷，有人甚至在笑，这显然是一出针对她的恶作剧。如果是平时她也就忍了，怎么会有人敢在此时此地动手？

梅薇思站在门口，耀眼的金发上一片污秽，一丝不苟的神官制服上也沾满了鲜血，白皙的双颊气得通红，她竭力维持着谦逊的语气说："我以为诸位能成为'战旗'候补，应该都是准神官中的精英，女神最虔诚谦卑的信徒……"

"对啊,所以我们为什么要和你这个叛国者余孽一起成为候补?"一个魁梧的男生毫不客气地说。

"身为女神最虔诚的仆人,就该与叛国叛教的贱人划清界限!"旁边的瘦高个儿女生尖声附和。

"一个叛国者也敢自称是'战旗'候补吗?"

"我不是叛国者!"

梅薇思气得发抖,她用力往前踏出一步想要澄清,可人群却哄笑着"臭死了""是不是还沾了鸟粪"迅速散开了。

屈辱的泪水涌上她的眼眶,她想逃离这个地方,又不甘就这样认输示弱。

这时,一只温暖的大手轻轻拍在她那满是血污的肩上。

"今年联考中所有神学院的前三名都有资格成为候补,这很公平。"卓神官平静地说着,随后念了一个咒文。

一阵清风掠过,梅薇思的制服与金发顿时清洁如新。

"准备室禁止使用魔法,卓老师,您违规了!"刚才的瘦高个儿女生抗议道。

"难道你们把死鸽子带进来就没违规?别以为我查不出它的来历。"卓神官三十多岁,气质温和,语气平缓,周遭立即安静了下来。

与此同时,昭告仪式开始的钟声响了。

这时,卓神官听见了身后梅薇思竭力压抑的啜泣声。

"也许我真的……不该来的。"

"傻孩子,昨天你不还说一定要成为'战旗',为诺瓦德家雪耻吗?"卓神官温柔地拍了拍她的脑袋。

可自己真的能为诺瓦德家雪耻吗?梅薇思没那么自信,此刻她内心充满了担忧与恐惧,脑海中又浮现出最后一次家庭聚会时的场景。

那天晚上,一贯文静的姐姐在父亲书房里破口大骂,拍着桌子喊"就为了这种渣滓国家""你们都是畜生吗""这种国家不如毁灭算了",而父亲始终一言不发。那些大逆不道的话使当时的梅薇思本能地害怕,她不由得握紧了胸前姐姐送给自己的教会标志。她还清楚地记得那之后不久,父亲和姐姐就成了"叛国者"。

这其中到底发生了什么?他们真的背叛了教会与帝国吗?

不,她不相信,这中间一定有什么阴谋!

她要证明给所有人看!

梅薇思擦干眼泪,站在了候选人队伍的最前列。

[零一]

为抗击异教徒的侵略，帝国军已在南方前线战斗了数月。为了增强战士们的战力与士气，教会决定选拔十名"战旗"，也就是经过总神官施法加持后，在战场上为战士们祈祷、祝福的年轻神官，派往前线。

"战旗"的选拔范围是全国各地神学院的优等生，但选拔方式并不是看成绩高低，而是靠"女神的旨意"，也就是抽签。

梅薇思知道自己从没有过很好的运气，因此一度打了退堂鼓，但最终还是站到了选拔台上，即使身后就是那群说三道四的准神官。

此时，威严苍老的总神官站在圣台上，在长篇累牍的布道之后，他终于拿起了签筒，陆续抽出八个名字。

这八个名字中没有梅薇思。

这本是意料之中的事，但梅薇思多少还是有点儿失落。正在她想着之后该怎么办的时候，只见总神官背后的帷幕上赫然出现了一道发光的裂缝，一头钢铁巨龙喷射着青色的火焰，从裂缝中探出了残破的爪子。

负责安保的武装神官将总神官大人扑倒在地，场地中的神官开始念诵攻击魔法的咒文，站在大厅最尾端的卓神官一直大喊着让年轻的准神官们躲开。

但，还是来不及了。

钢铁巨龙穿过裂缝，整个摔在神庙大厅的地板上，地动山摇。它的钢尾随意一扫，背后的帷幕和墙就塌了一大半。

在场诸人跑的跑躲的躲，一片混乱。

梅薇思正准备跑，一转身就看到身后的男生还傻站着发愣，她一把推开了对方，然而就是这一瞬间——

巨龙的铁爪从背后刺穿了她的胸膛。

"那到底是什么魔物？"

"只怕又是异教徒捣的鬼！"

只见巨龙的体内伸出数根软管，把梅薇思的身体从铁爪上拔了下来，塞进自己的胸腔内部，之后整条龙都陷入了沉默。

在场的神官们保护好了要人，专业魔法师扔出符纸准备再次发起攻击，却被卓神官制止了。

"等等！如果它真是异教徒的刺客，为什么不直接攻击总神官大人，却在小姑娘身上浪费时间？"卓神官指向巨龙的胸膛，"诸位，请仔细看，那是什么？"

顺着卓神官的手指看过去，只见巨龙的胸腔内赫然出现了一把金属质地的座椅，苍白无比、嘴角淌血的梅薇思就被固定在座椅上，身上还连着一些管子，她的胸口微微起伏，显然还活着。

"也许它并非刺客，反倒是天赐的神兵啊！"

[零二]

放学半小时后，值日的同学都走了，只有纪律委员言正礼还坐在教室里写他的班委工作期中总结。

对言正礼这样一个充满了责任感、使命感、紧迫感和危机感的杰出高中生（说白一点儿是强迫症）来说，学习和工作进度的拖延实在是难以容忍。就在他核对完各种表格和记录之后，他发现现在只剩一张违纪记录需要当事人签名，而当事人就是害他进度滞后的元凶丹璃，并且她今天没来上学。

丹璃给人的第一印象是满脑子奇思异想的"中二"美少女，她自称是"超时空全次元青少年奇遇协调处驻自治街办公室（以下简称奇遇办）"的奇遇协调员，专门负责处理各类错误的"奇遇"。

一开始言正礼也不相信这种扯淡的设定，可自打认识丹璃后天天被抓着在奇遇办做白工，现在他已然是这个"中二"设定中的一员了。

丹璃是从上周四开始请假的，理由是"和父母一起回意大利参加祖母的葬礼"。

今天周二了，丹璃还没回，言正礼也完全联系不上她。言正礼心里清楚，丹璃虽然长得像混血儿，实际上并没有什么意大利祖母——鬼知道她的故乡到底是哪个星球、哪个世界、哪个时代。于是他联系了 Mr.PH 3 ——本校英语外教兼奇遇办主任，丹璃的顶头上司。

对方匆忙地回了句"我在出任务！你等她回来不就行了"，最后在言正礼的严正抗议之下，只好通过齿轮钻进了奇遇办的小黑屋，给出了另一个解决办法："那你就去她老家找她呗。"

齿轮是每个奇遇协调员都要装备的工作器材，兼具随意门、交通工具、通信工具甚至武器等多种用途，外形就是一个有孔齿轮，可以随意变大变小。

Mr.PH 3 这会儿不知道是从哪个异世界钻回来的，一身可疑的紫色液体，还从裤筒里拽出了一只长翅膀的猫。

为防一搭话就被他抓去当苦力，言正礼假装没看到紫色液体和猫，只问："怎么去？"

"你钻我的齿轮就行了。"Mr.PH 3 说着就举起齿轮，像套呼啦圈似的往言正礼头上套，"直接送你去见那边的协调员，有事和他对接。"

"等一下！协调员是哪位……"话还没说完，言正礼已经从半空中摔到了一大筐干草中。

耳边随即传来了连续而清脆的破碎声与一道尖叫声："啊啊啊！你是首相派来杀害梅薇思的刺客吗？"

啥？言正礼摘掉垂在眼前的干草，抬头看见一个炼金术士打扮的少年手持一把小铲子，紧张地向他挥舞着："举起双手！不许开口！"

现在是什么情况？言正礼急中生智，在缓缓举起双手的同时，向对方亮出了自己手中的齿轮。

对方的语气立马变了："你……你也是协调员？"

原来是同行。言正礼松了一口气，边爬出干草筐边问："Mr.PH 3 和你联系过了吗？我是来找丹璃的。"

"我知道的，等我收拾完实验室就带你去奇遇办。"炼金术士边说边躬身捡起地上的陶器与玻璃碎片。

实验室？

言正礼四处打量，只见一口沸腾的大锅旁摆着一张大木桌，桌上满是陶器和玻璃器皿，里面装着各种可疑的液体、粉末和药草。

如果说这种地方是"实验室"，只怕是古代欧洲吧？可丹璃看起来只是混血儿外貌而非纯种白人，怎么可能是从中世纪欧洲穿越过来的？

言正礼皱起了眉，又想到自己之所以能听懂对方的语言可能是齿轮的功劳，于是问："请问现在是哪一年？我们在哪个国家？法兰西？德……神圣罗马帝国？英格兰？"

"法什么？神什么帝国？"炼金术士愣了一下，然后反应过来，"也许我们的生活方式与你所处的世界的某个时代有些相似，但这里是莱克德大陆。"

丹璃的老家果然不是地球！言正礼心道。

等炼金术士收拾好了他所谓的实验室，才把言正礼拉进了他的奇遇办。这里的奇遇办陈设和言正礼常去的那个一模一样，都是一间没点灯的小黑屋，三面由巨大的算盘构成的墙，还有一面墙上挂满了齿轮状的显示屏。

"我是个学徒，奇遇办的案子和实验室的工作都得做，时间很紧，所以我们长话短说吧。"炼金术士说。

"好的，谢谢。"临时工言正礼立即对他产生了同病相怜的好感，郑重地双手握住对方的右手摇了两下。

[零三]

梅薇思睁开眼睛的时候，眼前漂浮着许多像魔法阵又不是魔法阵的图案，她发现自己被捆在一把椅子上。

她整理了一下思绪，渐渐想起自己在选拔仪式上被一条龙刺穿胸膛的事。她低头看，只见胸前的衣物是破烂的，伤口被奇怪的管子完全覆盖……现在到底是什么情况？

这时，耳边响起一个女声："欢迎您，驾驶员，请选择使用模式。"

梅薇思花了一个下午才搞明白，自己现在在那条巨龙体内，介绍自己的女声名叫"操作系统"，而"驾驶员"就是指梅薇思。因为自己受了伤，"医疗模式"使得她无法离开那张椅子，但在"学习模式"的帮助下，她可以通过面前的几块水晶板看到外面甚至很远的地方的情况，也能通过手边的一些杆子、方块和圆球来操纵巨龙做出各种动作。

当梅薇思第一次操纵巨龙抬起右爪时，驾驶舱外传来了惊叫声。紧接着，卓神官就出现在驾驶舱里。梅薇思这才发现，地上铺着一块丝绸，上面画着一个瞬移魔法阵。

"身体好点儿了吗？"看到她气色不错，卓神官面露微笑，"总神官现在非常重视你，特地在这里铺设了瞬移魔法阵，以便经常派人来探望你。"

"我吗？"梅薇思受宠若惊。

卓神官一脸激动："你也许会成为我们抗击侵略、一口气赶走异教徒的致胜关键！"

第二天，梅薇思驾驶着巨龙，跟随帝国军踏上了南下的征途。

南方地势崎岖，帝国军只能沿着一条狭窄的山路前进，巨龙就飞在他们头顶上，有人觉得备受鼓舞，也有人感到不安和害怕。这么走了没几天，遇上雷雨天气，山路上突然发生了塌方，虽然随行的魔法师立即开始制造魔法防壁，但咏唱咒文需要时间，有的魔法师咒文念到一半就被碎石击中。幸而梅薇思乘着钢铁巨龙挺身而出，用铁臂硬生生拦住了几块巨石，为魔法师们争取了时间，最终保护了数万人的性命。欢呼声在山谷间响起，等雨一停下来，大家就纷纷开始用祷告、歌舞等形式表达幸存下来的喜悦。

"感谢天赐神兵！""女神的荣光照耀帝国！"甚至还有一两名魔法师乘着飞毯和扫帚，飞到了巨龙歇息的山崖边，敲着驾驶舱的外视窗向梅薇思表示感谢。

梅薇思长到15岁，还是第一次受此礼遇，与选拔前被人羞辱的遭遇一比，她的内心更是激动。

令梅薇思担忧的是，她对巨龙的操作越来越熟练，可她的身体状况一直没能好转。"操作系统"小姐对此的解释是"能源不足、医疗器械损毁，只能维持体外循环模式"，她也听不太懂。她明确体验到的是，那些祈祷与歌舞尚未结束，她就开始发起烧来。

在高热的梦境中，梅薇思梦见了许多往事的碎片。

那都是很久以前的事情了。

当父亲和姐姐被判定叛国时，无止境的盘问、搜查、立誓，让她几近崩溃。是她的导师卓神官四处周旋，才让未成年的她免遭流放。

卓家是神官世家，因此教会里到处都是他的亲戚。这本该是件好事，但卓神官的叔父因为卷入教会派系斗争而遭到流放，卓神官也因此受到牵连，惨遭贬职并引来各种怀疑和敌视。大家都觉得他的神官事业无望，不如回家谋个闲职，他却觉得那样是软弱表现，而且会落人口实，唯有继续在教会体系内努力，才能证明自己的能力与清白。凭着这样的坚定意志，他一步步走到了今天。

卓神官用自身的经历让梅薇思明白，作为诺瓦德家唯一的"幸存者"，她必须比谁都努力，只有立下功绩，升到比主神官等级的卓神官还要高的位置，才有可能接触到相关的档案和资料，找出真相，拯救家人。

可是，自己现在的身体状况，能撑到那时候吗？

[零四]

"当事人叫梅薇思·勒卡·诺瓦德，是一名15岁的准神官。"炼金术士在奇遇办的小黑屋里向言正礼介绍情况。

"为她安排的奇遇原本是'选拔现场突发地震，使得她意外捡起了选拔用的签筒，获得了特殊能力'，但突然出现的时空裂缝打乱了这一规划，一架快要报废的战斗机从某个异世界的星际战场上穿越了过来，地震的晃动又使它刺穿了梅薇思的身体，错误地把她识别为驾驶员，发动了'医疗程序'对她进行抢救，而本该使她得到特殊能力的签筒却落到了那个异世界。"

"厉害，这种蝴蝶效应式的连环惨案我还没遇到过。"言正礼开始担心自己会不会遇到类似的情况了。

"习惯就好。"炼金术士耸耸肩，"我同事去那边找签筒了，我也试图接近过梅薇思，但教会把那战斗机视为'天赐神兵',严密监视着。梅薇思的伤势越来越严重,再加上我又没有魔法天赋,只好赶回来调制可以救梅薇思的药物,同时还得忙实验室的工作……焦头烂额之际,大好人丹璃出现了,并主动要求帮我完成任务!"他的语气变得欢快起来,"目前梅薇思乘着'钢铁巨龙'飞往南方前线了,而丹璃正在某座古代遗迹中寻找能治愈她的药材。"

"等一下。"言正礼感觉自己好像听漏了某件很重要的事,"丹璃为什么要为梅薇思找药材?"

"因为梅薇思受了重伤,那条'巨龙'破破烂烂的,医疗系统仅够维持她的生命,不可能真的治好她。她很虚弱,随时会发高热,这会加速她生命的消耗。而且她现在和巨龙连在了一起,丹璃无法对她进行正常的魔法治疗,只能指望我尽快给她做好药,不然巨龙的能源一旦耗尽,梅薇思就完了。到时候巨龙还会从天上摔下来,引发一片混乱。这些都是绥靖派的首相所期望看到的!"说到这里,炼金术士义愤填膺地握紧了拳头,"所以我才会把你当成了首相派来的刺客!"

"不不不,我问的是,丹璃为什么……丹璃和那个梅薇思是什么关系?"言正礼打断少年的话。

"你不知道吗?"炼金术士很是惊讶,"你同事的本名是丹里尔雅娜·勒卡·诺瓦德,她们是姐妹。"

"……我一直以为她姓丹。"

于是,为了让丹璃在她的违纪记录上签名,言正礼抵达异世界之后,又不得不立即深入闻所未闻的古代遗迹。

过往从幻想作品中积累的知识告诉言正礼,被称为"古代遗迹"的地方通常都是可怕的迷宫,要么1级进去满级出来,要么1级进去立即死在门口。所以他机智地要求炼金术士直接把他送到丹璃的所在地。

那是迷宫深处一座高大巍峨的石门前,石门内外有着截然不同的两种景象。

门外是幽暗的洞窟,遍地怪兽的尸骸、断裂的火把与油灯、机关陷阱的残骸、岩壁上深深的裂缝……显然都是丹璃用她强大的魔法战斗过的痕迹。

而门内是狭窄而安静的甬道,地面和墙壁上布满了刻着字的石碑,石碑上下蜿蜒曲折地爬着许多长着尖刺的藤蔓,藤蔓上满是火红色的花,花瓣蜷曲细长,像是一团红色的火在热烈地燃烧。甬道的穹顶是用水晶做的,摇曳的阳光照进来,仿佛一条河在头顶流淌。

而言正礼一眼看到的，是丹璃倒在石门前的水晶穹顶下。

她脸色惨白，衣裙破烂不堪，身上沾满了红黑蓝相间的液体，从气味判断，大概是各种各样的血。

"喂！你没事吧？"言正礼连忙跑过去，一手探鼻息一手摸脉搏，确认她没死之后才松了口气，正想再看看瞳孔，丹璃就睁开了眼睛。

在看清言正礼的脸之后，丹璃的神情放松了下来："有什么事？"

言正礼沉默片刻，从口袋里摸出了那张纸："就差你没在违纪记录上签名了。"

"我还以为有什么任务呢。"丹璃耸耸肩，有些费劲地坐起身来，拉高裙摆，露出肿胀的青紫色小腿。

"这是……"言正礼很快注意到了她小腿肚子上的咬痕，"你被什么怪物咬了？中毒了？"

丹璃点了点头，把手掌按在小腿上。随着她手心里发出的乳白色微光，黑色的毒血从咬痕处排出，小腿也渐渐恢复成正常的样子。

"我在地面没找到合适的药材，只好进了这迷宫。我花了三天才打到石门外，又消耗了大量的魔力炸开门外的结界，魔力没恢复，不小心就被蛇咬了，难免要晕一会儿。"她说得轻描淡写，他却听得惊心动魄："晕一会儿？如果我没来你就毒发身亡了！"

"还没救出梅薇思，我怎么会死在这种地方？"丹璃一脸满不在乎。她迅速站起身来，闭上眼睛伸出双手，不一会儿，三四条大蛇小蛇从土壤中飞到她面前，并迅速冻结成冰，摔得粉碎。

显然她的身体因刚刚解毒又连续使用魔法，还没从虚弱的状态中恢复过来，魔法效果刚散她就一个踉跄，差点儿摔倒在地。言正礼连忙扶住了她，看着她苍白的脸色、急促的呼吸与颤抖的睫毛，他第一次对这个喜欢卖萌的"中二"分子产生了同情。

"你再不回去，旷课数就够记过了！到底要采什么药？蛇胆？我帮你！"

"戎……戎枝子的根。"丹璃一身虚汗，实在没法再逞强，只好靠着一块石碑坐了下来，从口袋里掏出一把银质小刀，指向地上、墙上那些开着红花的藤蔓，"必须要五百岁以上、粗细超过两指的，只有这里有。"

"好好好，我来采。"言正礼接过银刀，挽起袖子就开始挖药，手指被藤蔓上的尖刺划伤也毫不在乎，"你们姐妹感情很好吧？"

"为了她，我什么都愿意做，只是……"丹璃的声音越来越轻，越来越低。

只是什么？你怎么回了故乡就不用"伪日语"腔调讲话了？言正礼很好奇，但最终什么都没问出口，因为丹璃已经疲倦地睡着了，长长的睫毛微微颤动。

[零五]

"喝个药就能修补内脏器官，如果把这么好的东西带回去倒卖一下，岂不要发财了？"言正礼和丹璃一起带着药材回到奇遇办后，忍不住问了这个问题。

"违规了，会被扣业绩的。"炼金术士接过药材，匆匆忙忙地回到了他的实验室。

透过显示屏可以看到，炼金术士回去没多久就被实验室主人责骂了一番，还得帮主人照顾宠物史莱姆，又得趁主人不在偷偷摸摸地给梅薇思制药……言正礼心中和这位学徒同病相怜的感觉更强烈了，看来大家都不好混。

等炼金术士回到奇遇办，把刚做好的药递给丹璃时，他对言正礼说了一句话："你要是想看'违规'现行犯，看她就行了。"

丹璃笑而不语，接过药瓶，穿过齿轮抵达了驾驶舱。与此同时，言正礼听到了不同以往的短促的警报声。

梅薇思醒来时高烧已经退了，她觉得身体温暖而轻盈，但膝盖上却感觉重重的。她低头一看，缠在身体上的管子已经消失了，而腿边坐了一个人。把脑袋靠在她膝盖上的人赫然是……

"姐姐！"梅薇思惊讶地叫出了声，情不自禁地抓住了丹璃的手，"真的……真的是你吗？"

"我已经是个亡灵了。"丹璃露出了自嘲的笑容。

"怎么会呢？你明明还是温暖的、活生生的啊！"梅薇思握住姐姐的手，"是你治好了我吗？"

"我给你喝了一种特效药，这样你才能摆脱这个机器维生系统，和我一起去看父亲没有叛国的证据。"丹璃平静地说，"以这条巨龙的体积，是进不了那个地方的。"

"女神在上……"梅薇思的眼泪夺眶而出，习惯性地握住了丹璃留给她的教会标志，"姐姐回来了，父亲没有叛国！感谢女神垂怜……"

这时丹璃却显得很不屑，她拿出自己的齿轮，打断了梅薇思的祷告："我们这就过去吧。"

"去哪儿……"话还没说完，梅薇思已经被丹璃用齿轮带到了一处山谷中。

虽然夜色已深，但借着紫月的清辉，梅薇思还是意识到了眼前的情形有哪里不对。这里的山峦、沟壑，还有不远处倒了半截的石质建筑，都是灰白色。是下了雪吗？而且……

"你不是不会魔法吗？我们是怎么来到这里的？"梅薇思忍不住问。

丹璃没有回答她的问题，反而示意她声音轻一点儿："我们已经在异教徒的国度了。这里目前是戒严状态，一旦使用魔法就会被他们布下的结界探测到。"

戒严？为什么戒严？梅薇思正想问，丹璃指了指那座建筑物，又指了指远方的高山，说："那天我陪父亲来与异教徒和谈，小规模的那种，以维系边境上三五年的和平。但他们对彼此的条件都不太满意，一直在争执，甚至都拔出了刀剑，就在这时，火山爆发了。周遭一带都被火山灰笼罩，最后就变成了你现在看到的，一片灰白色的死寂。附近那座火山六百年没有活动过了。这次火山喷发是人为制造的，喷出的碎石击毁了我们所在的教堂，砸死了许多在场者，而父亲用身体为我挡下了一击。之后敌我两国各执一词，战争就开始了。"

丹璃说着，又拿出齿轮往两人头上一套，她俩就出现在了那座教堂内部。她们靠齿轮悬浮在半空中，地面上几具灰白色的尸体赫然可见，其中穿着青月教神官制服的那一位显然就是……

"父亲！"梅薇思的眼泪不禁淌下，她怎么也没想到，所谓"父亲没有叛国的证据"会是父亲的遗体。

"他为保护我而死，他的死却被用来挑起战争，死后还被污蔑为'执行任务时叛国失踪'。被背叛的明明是他，还有我。"丹璃恨恨地说，"倒是异教徒们用魔法保留了这个现场，使尸体不会腐坏，但他们所掌握的真相根本翻不过这齐纳什卡山脉。"

"但是……"梅薇思渐渐冷静了一些，"仔细想想，你给我看的这个现场，也只能证明父亲已故而已。"

——并不能证明你们没叛国。

丹璃当然听懂了梅薇思的言下之意，她叹了一口气："我知道，可我只能说到这里了。有机会的话，你可以自己去火山口寻找人为施法的痕迹。我们再去看看另一个真相吧。"

说完，两人又通过齿轮抵达了战场最前线。

倒塌、燃烧的房屋下，随处可见敌我双方战士的尸体，再加上人体被烧焦的糊味，使得第一次目睹真实战场的梅薇思几欲呕吐。

然而就像这些还不够似的，丹璃指了指不远处："你看那边。"

一个异教徒衣着的小女孩被压在倒塌的石碑下，看样子只有10岁左右，神情痛苦又狰狞。当看到神官打扮的梅薇思时，小女孩竟仍想使用魔法攻击——尽管她能从手中扔出的，已经只剩一点儿火花了。

丹璃乘着齿轮轻松地避开了小女孩的攻击，齿轮渐渐飞高，但仍能听见小女孩在用异教徒的语言咬牙切齿地诅咒她们，只是声音越来越微弱，渐渐消失。

"那就是齐纳什卡圣女，她从小接受洗脑式教育，是魔力高强的敢死战士。"丹璃望着星火点点的地面说。

"魔力高强却连自己的伤都治不了？"梅薇思还是第一次听说10岁孩子上战场的，她非常惊讶。

"不矛盾，说明她的魔力已经消耗殆尽。即使如此，她依然想杀死我们，这就是洗脑式教育的成果了。"在猎猎的夜风中，丹璃望着梅薇思，一字一句地说，"我其实是不该干涉历史进程的，光是做现在这些事，我就已经要被扣不少业绩了。可就算我不管你，最终你也会知道真相，只是我的私心是不希望你在双手沾满无辜的鲜血之后才知道真相。"

"双手沾满……无辜的鲜血？"姐姐的话让梅薇思似懂非懂，抗击侵略者怎么会沾上无辜的血呢？

短促的警报声又响了起来，丹璃没有回答梅薇思的问题，继续说："我也希望你能理解，每个人生来就是孤独的，不要为了摆脱孤独而做出违心的决定，你要学会接受孤独，与你的孤独做朋友。"

"那么真相到底是什么？如果你和父亲遭到了诬陷，我们为何不直接去面见总神官，澄清一切，揪出元凶？"这一晚上的信息量过大，梅薇思觉得脑子都要炸了。

"因为元凶并不会让我有机会澄清啊。"丹璃面露嘲讽的笑容，而这时短促的警报声又响了起来，她便住了嘴。

梅薇思深吸一口气，鼓起勇气问道："其实我不相信你们是叛国者。我所谓的雪耻，是想通过立功、升职，得到权限，寻找真相……用自己的方式挽回这个家。"

"想法很好。"丹璃的嘴角依然挂着嘲讽的笑容，言下之意当然是"但落实不了"。

"可有一件事情我没法不在意。"梅薇思直视着丹璃的眼睛，"我们最后一次家庭聚会的时候，你为什么对父亲说'这种国家不如毁灭算了'？"

"原来你听到了。"丹璃垂下眼睑，慢慢地说，"关于这件事……"

然而突然冒出来的尖耳朵少年打断了她的话："太好了赶上了！您的奇遇已送达，请签收。"

"你又是谁？"梅薇思已经惊讶到麻木了。

尖耳朵少年没有回答她的问题，而是搓了搓手："这儿太冷了，我们娇弱的吸血鬼受不住，先回去吧。"

接着又是一个齿轮套过来，一眨眼，三个人就回到了钢铁巨龙的驾驶舱内。

"吸血鬼也能做协调员啊？"在奇遇办旁观的言正礼自言自语，"我看我迟早遇到变形金刚协调员。"

吸血鬼又是一番解释，主要是告诉梅薇思，她原本有一个奇遇，却被巨龙打乱了计划，现在他总算为她找回了正确的奇遇，也就是那个签筒。

"它是你们教会的古人用一个地位很高的齐纳什卡圣女的头盖骨做的，上面寄宿着她的恨意，你碰到它之后，就会获得强大的力量，而且额头上会多长出两只眼睛哦。"

"额上长眼睛？那别人岂不当我是怪物？"梅薇思犹豫了，长着四只眼睛的神官怎么可能升职，"而且力量来源是异教徒的恨意？我不能接受……"

"居然有人不愿意多长两只眼睛？很帅气的！我背上有三只呢！"吸血鬼很惊奇。

丹璃白了他一眼："你需要补习其他种族的常识和逻辑再上岗。"

吸血鬼想反驳，但尖耳朵动了两下像是听到了什么，随即改了口："我先躲一下，不能让一般人类看到我。"说着他就躲到了驾驶舱的自动门外。

丹璃和梅薇思有些茫然，但很快就看到了所谓的"一般人类"——四名帝国军士兵通过瞬移魔法阵出现在了驾驶舱内。

"叛国者丹里尔雅娜·勒卡·诺瓦德，现奉首相阁下之命，令汝返回帝都接受审判。"

[零六]

此刻，士兵手中的长剑架在了梅薇思的脖子上，丹璃一言不发，配合地抬起了双手。

士兵们把一对看起来很特别的手镯戴在了丹璃的手腕上，再给她戴上镣铐，不顾梅薇思的大声反对，迅速通过瞬移魔法阵离开了。

姐姐不是拥有类似瞬移魔法阵的能力吗？为什么不逃走？是因为我被当成了人质？梅薇思连忙也站上了那个瞬移魔法阵——但是什么都没发生。

正是此时，瞬移魔法阵里又出现了一个人。

"上头下令让你乘巨龙摧毁异教徒的黑石要塞，这就是你的战功了！"卓神官差点儿撞在她身上，"梅薇思，你恢复健康了？真是太好了！"他一脸意外。

"卓老师！"梅薇思看到他，像是溺水的人抓住了唯一的稻草，说出了和姐姐的相遇。

"可能是有人巡逻时看到你姐姐出现在这里，就去汇报了。"卓神官摸着下巴，"就算她是叛国者也仍属于教会管辖，首相无疑是越俎代庖了，然而对方位高权重，我也不太好插手……"

"我要怎样才能救她？"梅薇思一脸焦急。

"我去向总神官汇报，你继续往南方行军，"卓神官叹了口气，"明天我们就能抵达前线立功了。相信女神，践行你的使命。"说完，卓神官拍了拍她的肩膀，留下为她准备的早饭，便通过瞬移魔法阵离开了。

梅薇思坐回驾驶座，跟随帝国军向南方前进。她还记得卓神官给她讲的故事，明白立下战功的重要性，但想起姐姐说过的"元凶不会让我有机会澄清"，又觉得很纠结。

种种烦恼之间，南方前线已在眼前，在梅薇思面前展开的是齐纳什卡山脉的崇山峻岭。黑石要塞就屹立在一处绝壁上，各种魔法结界的组合运用使得它久攻不破，但对于梅薇思所乘坐的钢铁巨龙来说，拿下它却是触手可及的功勋。

"锁定目标，准备攻击。"巨龙停在黑石要塞对面的山崖上，梅薇思全神贯注地看着显示屏，镜头越拉越近，可以清楚地看见要塞的黑石墙垛上许多异教徒正惊讶地看着她。

可为什么异教徒……全是孩子呢？

梅薇思觉得不太对劲，询问操作系统："能让我看到要塞内的景象吗？我想看看要塞内都有些什么人。"

"启动透视模式。"操作系统马上回应，展现在她眼前的是要塞内部一具具行走中的骨骼，这画面起初让她有些不适应，毕竟这些都是活生生的人。

操作系统根据梅薇思的指令迅速地做了搜索计数："共有12岁以下存活儿童247名，其中6岁以下幼童103名，另有死亡儿童34名。"

"这么多孩子……"梅薇思惊讶地捂住了嘴，这不是避难藏人的地方吗？为什么我会收到"摧毁要塞"这样的命令？

童年时被奶奶藏在壁炉里的记忆，还有姐姐昨晚说过的"双手沾满无辜的鲜血"，一齐掠过梅薇思的心头，一个堪称"恐怖"的想法在她脑中浮起。

梅薇思汗毛直竖，她迅速站起身，急切地拉开驾驶室后面的滑动门："吸血鬼先生，你还在吗？我需要那个'奇遇'！"

[零七]

"在呀。"吸血鬼从她背后探出脑袋，他是从一个凭空出现的洞里冒出来的，"下决心了？那两只眼睛可以闭上，但永远不会消失哦。"

梅薇思坚定地点点头："只要能救出姐姐，我什么都愿意做。"

巨龙的能源只剩8%了，而她现在怀疑帝国军的目的与上级的指示，怀疑自己所知道的一切，进而担心姐姐的安危。所以她需要力量，哪怕这力量会把她变成怪物也在所不惜。

吸血鬼拿出一个小盒子，签筒就放在里面。那是个拼接而成的焦黄色圆筒，上面镶着金边与宝石。如果不是事先知情，真的很难看出这么一件精致华美的祭器竟然是用头盖骨制成的。

梅薇思回想起那个被压在废墟下的圣女狰狞而痛苦的表情，她深吸一口气，伸手握住了它，而自己的意识也随即被巨大的恨意所吞没——

"啊！"她倒在地上蜷成一团，挣扎、嘶喊，指甲在脸上划出一道一道的血印，大把大把地扯掉自己的头发。

吸血鬼眼看着她像发疯一样自残，大声喊着她的名字并抓住了她的手："梅薇思，冷静点儿，不要被她的恨意所吞噬了！"

梅薇思以惊人的力量与速度反手抓住了吸血鬼，她抬起头，额上两只血红的眼睛圆睁着，像饥饿发狂的野兽般定定地盯着他："你……原来你……"

"我是个吸血鬼啊，那也是没办法的事。"吸血鬼似乎知道她想说什么，自嘲地耸了耸肩，"别管我了，你恢复理智了吗？快用你新获得的力量去救姐姐吧。"

听到"姐姐"两个字，梅薇思一下子被唤醒了。她渐渐平静下来，直到重拾理智，她对自己使用了痊愈魔法。

她把巨龙停在了黑石要塞对面的山崖上，开始思考该怎么做才能找到姐姐。

那些士兵说要带她回帝都，但不一定是真话。梅薇思并不认识什么消息灵通人士，如果想找到姐姐，最便捷的方式只能是使用搜寻魔法阵。搜寻魔法阵一般是放在神庙里方便市民寻人的，需要摆上寻找对象使用过的物品，再由专业的魔法师操作。帝国军搞这么大的阵势远征，各种便利魔法阵肯定都带上了，梅薇思想起自己的教会标志是和姐姐交换的，虽然交换时间有些远了，但也不妨一试……

那现在就先回前线大本营找魔法阵？梅薇思正想着，吸血鬼的耳朵一晃："又有人类来了，我先躲躲。"

紧接着，一名手持战斧的武装神官通过瞬移魔法阵出现在驾驶舱内："还没摧毁要塞？你没事吧？"

"正好，你带我去大本营！"梅薇思跳下驾驶座，抓住了那名武装神官的手，她额头上那对血红的眼睛又睁开了，透过这双眼睛，梅薇思清楚地看到，武装神官身边满是痛苦呻吟的异教徒的幻影，老人和小孩尤其多，甚至还有襁褓中的婴儿。

"那么多的老人孩子……为什么杀了他们？谁让你杀了他们？"梅薇思情不自禁地加大了手劲。

训练有素的武装神官竟无力反抗，并且疼得喊出了声："是上头下令的……总神官快退休了，他需要一些政绩……"

"果然……我们才是侵略者吧？"梅薇思喃喃自语，她手上的劲略有松懈，那名武装神官趁机想挣扎反击，结果梅薇思略一使劲，直接折断了他的前臂。

"女神在上，你又是什么怪物？"武装神官疼得打滚，惊恐地望着梅薇思额上那对血红的眼睛，她看起来像被什么垂死的野兽附体了。

"我得到了一种奇怪的力量。"梅薇思自嘲地笑了笑，"只要碰到你的身体，我就能看到你杀过哪些人。你杀过的人越多，我获得的复仇之力就越大。"

所以之前当她碰到吸血鬼时，她第一眼看到的就是，曾有多少人类成了他的食物。

"你这是异端邪术！"武装神官捂着骨折的手臂，同时掏出特制的瞬移用符纸，直往瞬移魔法阵里躲。

"你说得对。"梅薇思飞速地跟进魔法阵，握住了武装神官的后颈，"带我回大本营，不要声张。"

[零八]

梅薇思其实很愿意相信，只要以神官的身份好好努力，就一定能获得成功，找出真相，拯救家人。可姐姐的话与要塞内的情形让她开始怀疑这场战争的真正目的，那名武装神官所背负的血债使她进一步确信了自己的怀疑，她不知道现在还能相信什么。

父亲已故，哥哥们被流放，总之先试着找到姐姐再说吧。梅薇思这么想着，跟着那名武装神官回到了大本营。

帐篷之间，士兵们与神官们忙忙碌碌地奔走，那名武装神官逃不脱她的掌握，不敢乱动。梅薇思附在他耳边小声问："你知道搜寻魔法阵在哪里吗？"

"带过来的魔法阵都在那边的大帐篷里，但我没看到有人用搜寻魔法阵。"武装神官指着西南方说。

梅薇思跟着往那边看，这时有人拍了拍她的肩膀："梅薇思，你完成摧毁黑石要塞的任务了？"

原本是非常普通的一声招呼，却使得梅薇思在肩膀被碰到的那一瞬间寒毛直竖，心底发凉。她放开武装神官，回过头，难以置信地抓住了拍她肩的那个人的手："卓老师，你到底杀了多少人？"

"你瞎说什么呢？"卓神官惊讶地想要甩开梅薇思的手，却甩不开，她本该小巧柔软的手像铁钳一样刚猛有力。

而在梅薇思那双凶狠狰狞的血红色眼睛里，温和可靠的卓神官周围满是痛苦的幻影，有异教徒，有无辜的妇人、孩子和老人，有父亲诺瓦德神官……还有姐姐丹里尔雅娜。

梅薇思终于得知是谁制造了那场火山喷发。

她来不及细想姐姐是不是亡灵的问题，从圣女那里继承的狂暴恨意吞噬了她的心，她像野兽一样把卓神官扑倒，左手握住了他试图反击的右臂，清楚地听见了他骨骼断裂的声音，右手则狠狠地掐住了他的脖子。她额上那双眼睛愤怒得像要喷出火来，自己的眼睛却在流泪："为什么？就为了挑起战争、制造更多死亡？"

卓神官被她铁箍般的手指掐得喘不上气，只能勉强发出痛苦而微弱的呻吟。

周遭的士兵与神官们不知到底发生了什么，但看着情势不对，纷纷上前试图阻止。然而在他们碰到梅薇思时，她立即发出了撕心裂肺的惨叫并甩开了他们——

碰到她的每个人都有血债！每个人都杀过人！那么多的死者，那么多的恨意，像火山熔岩般淹没了她，令她五内俱焚，只能痛苦地扶住额头。

卓神官总算可以呼吸了，他趁机抬起左手，想把梅薇思从自己身上推开，这一推倒是成功了，两个人面对面滚到了地上，但当他想用左手攻击她时，她右手的格挡滴水不漏，左手攥得他骨折的右臂更加疼痛，疼得他都无法发力。

卓神官用左手拔出短刀刺向梅薇思，梅薇思试图夺刀，而且有信心一定能夺下，岂料他只是虚晃一刀——刀锋根本没刺向梅薇思，而是干脆利落地切断了自己已经骨折的右手。

什么？怎么会有人砍断自己的手？

温热的鲜血喷到梅薇思脸上，趁着她没反应过来的这一瞬，卓神官大喊着："抓住她！她被恶魔附体了！"

"啥？啥恶魔？""谁是恶魔？""发生了什么？"更多士兵与神官围了上来，起初还不明所以，但看到梅薇思额上的两只眼睛后立即向她发动了攻击。然而他们每个人身边都围满了死者的幻影，梅薇思反而从他们身上获得了力量与速度，在场没有任何人能击中她。

帐篷被掀翻，火堆被吹散，直到她在一顶帐篷里意外发现了丹璃的身影。

她就被关在帐篷内的金属笼子里。

梅薇思径直冲了过去，她单手拆开了笼子："是卓神官杀了父亲！你知道对不对？"

丹璃平静地点点头，看到了梅薇思额上那对血红的眼睛，明白自己一直等待的时刻终于到了。

"可是……为什么？"梅薇思还是不太愿意相信这件事。

"想知道原因就直接去问他。他逃了也不怕，搜寻魔法阵就在大本营中间最大的那个帐篷里。"丹璃毫不在乎地说。

"可是使用搜寻魔法阵需要被搜寻者用过的物品……"

"你手上握着的那个……算不算？"丹璃这么说着，梅薇思顺着她的视线看向自己的左手，这才注意到，原来自己一直握在手里、刚才还用作武器格挡击打的……竟是卓神官自己砍下来的那只手。

"啊！"梅薇思尖叫着，惊恐地扔掉那只还在滴血的手，一把搂住了站在一旁的姐姐，"吓死我了！"

"你啊，还是娇气。"丹璃无奈地弹了一下梅薇思的额头，捡起那只手，"走，我们去用搜寻魔法阵。"

梅薇思有些不好意思，但她还想到另一个问题，刚才碰到姐姐时，她身边没有死者的幻影，可见她从未杀过任何人，可为什么她面对淌着血的残肢还能这么平静？

[零九]

很快，梅薇思他们通过搜寻魔法阵，找到了卓神官的所在地——大本营附近的一座神庙里。

"附近的神庙……我记得好像是被帝国军征用做收治重伤员的战地医院了。"梅薇思说。

此时，丹璃又拿出了齿轮，她不顾一直提醒她违规的警报声，把梅薇思带到了神庙外。

两人轻手轻脚地爬上阶梯，经过了一些病人的床铺，走向唯一亮着灯的房间，还没走到门口就听到卓神官在焦躁地喊着："我费心费力、差点儿被火山岩浆烫死，才成功挑起了战端，这个功绩还不够让我回到总神庙吗？"

"丹里尔雅娜？现在没有人质了怎么可能抓得住她？我的人质突然变成了一个长着四只眼睛、力大无穷的怪物啊！我断手也是因为她……对了，还有那条龙！发现它也是我的功绩吧？"

接下来就是翻箱倒柜的声音，卓神官似乎在寻找着什么，而门外的丹璃从门缝里看了一眼，轻声对梅薇思说："他刚才是在用通信水晶球与谁对话。"

而梅薇思喃喃着，情绪不太稳定："原来他对我那么照顾，只是把我当人质……"

"是的，他早就发现我'死'后消失了，所以缜密地想到，需要留一个人质来对付我。"丹璃说到这里，突然按着梅薇思的脑袋往地上一扑，紧接着就听到魔法攻击的声音，闻到了木门板被轰烂的焦糊味。

"谁在外面？"卓神官有些惊慌地问。

"是我。"梅薇思深吸一口气，决定与卓神官正面交锋，"卓老师，刚才你说的话我都听见了，希望你能迷途知返，做我的证人，为父亲与姐姐平反昭雪。"

"我拒绝。"一贯从容温和的卓神官，现在脸色因失血而倍显苍白，他满身都是血迹，看起来慌乱又狼狈，然而他答得毫不犹豫，同时举起刚找出来的那东西往地上一扔——瞬移魔法阵。卓神官踩了上去，魔法阵开始发光。

梅薇思掀掉了被轰得只剩半截的木门想要跟上时已经来不及了——卓神官消失了。

"就这样让他逃回去了？"梅薇思攥紧了拳头。

"我觉得他不一定是回总神庙了。"丹璃沉思着，"他刚才是不是说了'还有龙'？"

丹璃带着梅薇思通过齿轮回到了黑石要塞附近，果然，卓神官已经坐进了钢铁巨龙的驾驶座，可他似乎不太会操作，巨龙依然停在山崖上没有起飞。

"卓老师，现在改过自新还来得及！"梅薇思直接从齿轮上跳到了驾驶舱的透明视窗上。

而卓神官愤愤地把仅剩的手摇在操作面板上，朝着梅薇思喊道："我不管你是从哪里听信了我杀死你家人的谣言，也不管你刚才找我时听到了什么——让我去当证人为你父亲和姐姐平反？你有其他证据吗？"

这个问题让梅薇思愣了一下。

与此同时，巨龙终于成功起飞。半跪在驾驶舱视窗上的梅薇思差点儿掉下去，连忙一拳砸在坚硬的视窗上，打出一个窟窿后，才算是稳住了。

她大声质问卓神官："卓老师，你做出这些事就仅仅是为了立功升职？你对得起女神，对得起自己的良知吗？"

这一次卓神官反而懒得掩饰了："给了我立功机会的总神官都不在乎女神和良知，我为什么要在乎？我只在乎自己会不会变成家族笑话！"巨龙越飞越高，寒风从视窗破洞中吹进驾驶舱，吹得他苍白的脸一阵抽搐，"我叔祖父像我这么大时都快升上总神官了！而我呢，受叔父的牵连，快四十岁了还是区区主神官！"

"一般人五十岁都做不到主神官，你还真敢说。"丹璃乘着齿轮缓缓飞近，"说到底，你之所以这么执着地要留在神官体系内，还不是因为卓家神官多，互相勾结，可以为自己谋利益！"

她的话让梅薇思又是一愣，自己放弃了经营冒险者公会的梦想，选择跟随父亲、兄姐成为神官，何尝不是这种人呢？

而卓神官看到丹璃，狂笑起来，猛拉操纵杆让巨龙一路往上飞："哈哈哈，你来了啊，丹里尔雅娜！"剧烈的加速把梅薇思从视窗上甩了下去，丹璃不得不乘着齿轮去接住她，而卓神官还在狂笑着，"有你在，就更不要指望给老诺瓦德洗冤了！别以为我不知道你是……"

然而这个时候，一个对梅薇思来说很熟悉的女声响起，巨龙停在半空中不动了："你这么渣还想跑？"

"什么？谁？"卓神官惊讶得差点儿从驾驶座上跳下去。

而此时的梅薇思一脸惊讶，问："你是'操作系统'小姐吗？快出来，能源快没了！"

"我是操作系统，也是'巨龙'本身。"女声平静地说，"我差点儿害死你，真的非常过意不去，本来想和你聊聊天做朋友的，但能源所剩无几，不如就假装我只是个机器。"

"可我认识了一些特别的人，也许还能帮你……"梅薇思想到姐姐和吸血鬼，觉得他们应该有门路。

"不必了，到此为止吧。不过，我还可以为你做最后一件事。"巨龙的驾驶舱内再次伸出数根软管，把惊慌茫然的卓神官牢牢地捆在了驾驶座上，"人总是孤独的，龙也是。最后这几天，谢谢你陪我。你们人类真的很有意思。"

说完这句话，钢铁巨龙就熄灭了所有引擎，带着卓神官坠毁在了黑石要塞附近，化作一团燃烧的废铁。

[一〇]

梅薇思惊愕地看着发生在眼前的一切。

丹璃用齿轮带着她从寒冷的高空中渐渐飞落，靠近了坠毁现场。

亲眼确认了巨龙化作废铁无可挽回后，梅薇思又一次握住了挂在胸前的教会标志，为他们祈祷："女神在上，愿青银之月与紫辉之月圣洁的光辉洗涤你们的灵魂。"

但在闻声赶来的众人眼里，刚发生的完全是另一件事。

"梅薇思，离她远一点儿，你不该站在叛国者那边！"

"你额头上那对红色的是什么？这是什么妖物？"

"我之前在大本营遇到卓神官，他断了一只手，说有个怪物在追杀他！卓神官呢，他现在在哪里？"

飞在半空的、骑着马的、举着魔杖和刀剑的……许多战士与神官围住了梅薇思和丹璃。

这时候，丹璃平静地说："其实他们说得对。亡灵不能参与历史的进程，就算你站在我这边，我还是马上就要离开的。"

"但是我也不能在知情后继续为虎作伥。"梅薇思站在齿轮上，神情坚定，朝着在场诸人大声喊，"也许你们谁都不会相信，但真相是帝国军在侵略异教徒！而我诺瓦德家所有人都是被冤枉的！如果这是叛国行为，那么我愿意成为诺瓦德家最后一个叛国者！从今天起，我要为保护无辜平民、收集证据洗冤雪耻而战！"

"她在说什么？她要保护异教徒？"

"可怜的丫头是不是疯了？还是先把她抓起来吧。"

那些曾经的同僚们嘀咕着，一边念着魔法咒文一边逼近她们。

而梅薇思握住了姐姐的手："送我去父亲的遗体那里，好吗？之后就是我自己的路了。"

丹璃点点头，吻了一下梅薇思的额头："记住我说的话，接受孤独，学会与你的孤独做朋友。"

"可我还是愿意相信，就算我们真的像两位女神一样阴阳相隔，也一定能越过一切阻碍相聚。"

在剑拔弩张的战士与神官们面前，诺瓦德姐妹就这样凭空消失了。

[一一]

"辛苦了，辛苦了。"看到丹璃回到奇遇办，言正礼、炼金术士和吸血鬼连忙扶住了她。

"我先睡一下。"丹璃挥开她们，疲倦地靠着墙坐了下来。

而言正礼忍不住问："那个首相到底是不是坏人？"

"这个，丹璃告诉我是我误会首相了，"炼金术士抢着说，"他不是绥靖派，而是反战派的好人！"

丹璃点点头："卓神官没有指挥士兵的权限，所以派几个神官假扮成首相派来的士兵，在梅薇思面前抓走我。而他当初忌惮我、后来想抓我，都是因为知道我的真实身份，如果抓住了我来诬告父亲与首相通敌，我们谁都百口莫辩。"

"所以你的真实身份是？'亡灵'只是个比喻吧？你为什么一直在梅薇思面前装作不会魔法？"言正礼平时好奇心并不强，但这次想问的问题实在太多了。

"你们嘴真严。"丹璃不由得瞟了一眼谨小慎微的炼金术士和吸血鬼。

她停顿片刻，慢慢说："我们挖药的花冢，是齐纳什卡圣女的公墓。我能打开那扇石门，其实是因为我是齐纳什卡圣女。"

奇遇办 与 千金替身

"如果是自己选的，我认命。
如果是别人塞的，我不要。"

[零零]

深夜的司马府，江望萍悄悄溜出了客房，蹑手蹑脚地来到院墙底下，试图爬上墙边的大树。

她没什么爬树的经验，加上手臂力量较弱，试了几次都没成功。正当她四顾寻找可以利用的工具时，不远处传来了少年的说话声。

糟糕，有人要经过这里！

江望萍连忙拿出了自己的备用方案——待到那少年进入别院时看到的，不过是江望萍在月下焚香祝祷。

司马懿身材高大，看着要比实际年龄大个两三岁。如果忽略掉他背上的木剑和爬树上房的行为，他看起来就是个气宇轩昂、彬彬有礼的少年。

见江望萍这般样子，司马懿疑惑道："已近亥时，你又是在……"

江望萍叹了口气："祖父前几日过世了，我正在为祖父祈祷冥福。"

"失、失礼，打搅了……"司马懿不好意思地挠了挠脸，却总觉得哪里不太对劲——

线香根本没有点燃的痕迹，插线香用的土堆堆得很薄，看起来十分敷衍，土堆旁有不少来来回回的足印，一直延向院墙边。而一旁的树影下……隐约可见一个包袱，包袱皮边缘露出的是干粮，包裹用的粗布上还写着"司马"两个红字。

看到这里，司马懿已经猜得八九不离十了："你偷了我家干粮，还想翻墙逃……"

话没说完，他就被江望萍猛地捂住了嘴："帮帮我！"她的眼里含着泪，声音小而急切，"我不想去当蔡家女儿的替身！"

"我也不想你去。"显示屏前的言正礼忍不住说道，"毕竟一个文化水平低到见到司马懿想起的只是《三国杀》'鬼才'技能的人怎么可能当蔡文姬的替身啊！"

[零一]

作为时玖中学高一（8）班的纪律委员，言正礼的年度目标是工作学习两手抓，成为区三好学生，但一上高一他就被迫成了神秘组织"奇遇办"的临时工，从此净忙着打杂跑腿儿了。

奇遇办的主要业务是派出协调员们在各个时空间穿梭，匡正各种错误的奇遇。正式协调员丹璃，是与他同班的"中二"美少女，会魔法，非常看不上一本正经的言正礼，但也很乐于把工作往他头上推。比如这次，因为丹璃要排演舞台剧，言正礼就得来代班。

这次的案子有点儿特殊。

当事人江望萍的奇遇发生在一年前。按奇遇办的规定，发生奇遇一个月后就不必再管了，可主计算机今天早上发来了特殊指令，说"不能让她成为她不该成为的人"。

"'成为不该成为的人'是指什么，是古代邪教教主、异世界毒枭，还是星际黑帮头目？"言正礼到现在也没参透这句话的意思，只能按以往的经验瞎猜，顺便看看江望萍遭遇奇遇后的生活记录。

当事人江望萍，是时玖中学上一届的高三生，今年本该读大一，但一年前她坐父亲的车外出遭遇了车祸，车祸中父母丧生，而她本人也失去了意识。等她再醒过来时，就发现自己躺在一间光线昏暗的小屋里，有几个身着古装的人正在照顾她。她曾怀疑这是恶作剧或真人秀，但最终还是确认并接受了事实——她穿越到了汉代的洛阳，而且实在不知道怎样才能返回现代——总不能主动找马车撞吧？

江望萍的历史成绩一般，只能努力试着在洛阳生活。她被救治她的洛阳商人张家收为义女。一年时间，江望萍学会了洛阳口音，还靠着高三生的知识储备，帮着张家做生意，赚了不少钱。

江望萍到洛阳的第二年春天，掌权的董相国迁都长安，张家父母觉得局势混乱，不愿跟随，说不如去投奔远亲蔡家。出发前几天，祖父病逝，义父母不得不暂缓行程料理丧事，可这时蔡家派来迎接的两名男仆已经上门了，张父觉得不该让人家久等，就委托正好要回老家且顺路的熟人司马朗送江望萍先过去。

等马车经过长途跋涉抵达司马府，江望萍见到了司马朗的弟弟司马懿，惊讶地大喊一声"鬼才"时，才意识到自己遇上了大人物。

与江望萍印象中"老谋深算的权臣"不同，11岁的司马懿个性活泼，勇敢热情。好不容易兄弟重聚，自然有很多话要说。司马懿缠着哥哥司马朗问了许多，等聊完夜色已深，他在回自己房间的路上，遇到了偷了干粮正准备翻墙逃跑的江望萍。

更没想到的是，她好像被卷入了一桩大事里。

"就在离开洛阳的当天夜里，我听到蔡家那两个仆人深夜闲聊，说蔡家去年请了一位著名的相师为蔡家两个女儿算命。相师说，一女命相甚佳，后半生可享尽荣华富贵；另一女才华极高，却注定要经历诸多磨难，方能重归故里，留名后世。但也有一个破解方法可保其一生平安，无灾无祸。"江望萍轻声说到这里，叹了口气，"方法就是，以他人替之成婚。"

"你的意思是……蔡家愿意收留你们，甚至特地派人去洛阳迎接你，就是为了让你去做蔡家小姐的替身？"司马懿瞪大了眼睛，觉得不可思议，他想了想又说，"要不你先留在我家装病，待令尊抵达后，再商应对之策？"

江望萍摇头："没用的，仔细想想，只怕我这是被卖了。"

"……卖了？"

"卖女求生、易子而食有什么稀奇的？"她耸耸肩，"何况我只是义女。"

"唉……"司马懿觉得自己无法置喙别人的家事，换了个话题，"婚姻大事绝非儿戏，蔡公身为当世大儒，却不惜行此冒名顶替之事，只是为了使他的女儿回避某种'命运'……可难道望萍姐你一介商家小女，就经得起那种命运？"

"如果是自己选的，我认命。如果是别人塞的，我不要。"江望萍的表情十分坚决，像一块早春的浮冰，又薄又脆，却不惜粉身碎骨，"我能自食其力，总不至于饿死。我记得义父在长安有个亲戚，只是他畏惧董相国横暴，不敢前去投奔，但我不怕。"

江望萍心想，穿越者的优势又发挥出来了，董相国董卓再怎么坏，过几年也是要被王允、貂蝉和吕布弄死的呀！

"至于从你家'借'的这点儿干粮，抱歉不能还你。"她有些过意不去，"今时今日，钱不值钱。"

可她话说得轻巧，一个弱女子要孤身走到长安又谈何容易！

司马懿皱起眉，很快做出了决定："我帮你。"

少年把江望萍带到了哥哥司马朗面前，将事情原委逐一道来，求兄长相助。司马朗的反应却大大超出他所料："荒唐！蔡家的仆人已在我家住下，明天就要出发，你让我如何向蔡家交代？"

"可倘若……"司马懿正想争辩，司马朗就一挥手："夜已深，江姑娘请先回房休息，我与拙弟有事相谈。"言毕，他便唤来年长可靠的侍女送她回房，并嘱咐务必严加看守。

看吧，就知道找你哥商量会是这种下场。江望萍望了司马懿一眼，不情不愿地被带走了。

[零二]

次日清晨，被兄长训斥了一番的司马懿又来了江望萍住的院里。他沿着墙根轻手轻脚地溜到后窗，门口打盹儿的男仆完全没发觉，溜到后窗踮脚一看，江望萍居然在房里跳舞。

她光着脚踩在榻上，仿佛合着只有自己听得见的音乐，像涧中的溪水欢腾驰骋，打着旋儿飞上礁石，激起浪花飘落潭底。她宛转灵动神采飞扬，使他几乎忘记了她的处境，只剩惊叹与赞美，但随即想起种种困局，于是一切赞叹都只剩下苍白的灰烬。

她凭什么要沦为他人厄运的替身？她为什么不能拥有属于自己的命运？

江望萍舞毕擦了把汗，发现司马懿站在窗外，有点儿吃惊。他示意她噤声，她点点头，伸手帮他翻窗进屋。

"原来你还会跳舞。"司马懿说。

"你能看出是跳舞啊？"江望萍倒是很意外，"我指望门外的看守以为我被狐仙附体或者发羊癫风了抬我去看病，这样我就可以趁机逃走了呢。"

"哪里像羊癫风了，明明跳得很好！"少年很认真。

"谢谢你。"江望萍终于笑了，"我初中毕业后就没上过舞蹈班了，只能算是自娱自乐的水平。"

司马懿不解："初中毕业是何物？"

江望萍这才意识到自己又说漏了嘴，干脆将错就错："初中毕业啊，是一种我们天界才有的神秘之物。"

"天界？"他更茫然了。

接着江望萍现编了一套自己是谪仙、羽衣被偷走才滞留人间的鬼话，然后又想和他聊聊天下大事，但以她对三国历史的了解也只能问问"你知道刘关张吗？诸葛亮呢？孙权呢？周瑜呢"之类的问题。

少年司马懿一再地摇头。

在奇遇办的小黑屋里，通过显示屏旁观的言正礼都忍不住吐槽："他才十一岁！诸葛亮九岁！你就不能多问点儿你们那个时代的事？"

江望萍很快又换了个思路："公子你骨骼清奇，必将建功立业终结乱世！"她也只能说到这里了，她连司马懿享年多少岁都不记得，关于他的事迹除了"潜伏多年耗死所有强者"，就是"诸葛亮在五丈原送司马懿女装"，可这些好像都没法和面前这个眼神清澈一脸认真的男孩子讲啊！

"其实你就算不吹嘘自己是天仙、会看相，我也会帮你的。"司马懿严肃地说，"我生平最慕侠客壮举，岂容一代大儒如此欺世盗名、坑害他人！"

"你真的会帮我？"江望萍惊喜地问，"那你会送我去西安，哦不、长安吗？"

"会的，我一直想走出温县见见世面！"少年一拍桌子，搬弄着不知从哪里学来的豪侠之言，"好男儿志在四方，怎可偷安乱世，困此一隅？"

话刚说到这儿，有人敲门，司马懿连忙往家具后面躲。

江望萍去开门，只见司马朗站在门外："马车已备好，江姑娘请准备启程。"

"这么快？"江望萍心想，这下完全没法逃了！

"请尽快准备。"司马朗对她讲话的腔调十分客气，但马上又换了个冰冷威严的语调："仲达，出来。"

"唉……"还是没瞒过大哥啊。司马懿叹了口气，乖乖现身。司马朗吩咐侍女送他回屋读书、严加看管。

就这样，江望萍被司马朗亲自送到了蔡家，关在一处小院子里，有好几个人坐在屋外看着她。

江望萍正坐在榻上发愁该如何逃走时，半空中突然出现了一个有齿轮状边缘的洞，洞里钻出一个戴眼镜的黑发少年。

[零三]

"不说闲话了，我是你的奇遇协调员，是来带你回21世纪的。你有什么想问的吗？没有就跟我走吧。"言正礼还是老样子，面无表情，声音压得极低。

江望萍一脸惊讶，她有一年多的时间没见过现代人了，这一定是在做梦吧？

对她的这种反应，言正礼可以说是习以为常了，他举起齿轮就往她头上套："既然你没意见，那我们就出发了。"

然而江望萍这时却突然有了动作——她一手抵住齿轮边缘，神色复杂："……还是算了。"

"啊？"这次轮到言正礼惊讶了，"在古代以小人物的身份辛苦一年之后，居然有人会拒绝回到自己的时代？你不会是把我当作传销人员了吧？"

"我都19岁了，回去也只不过是个20岁才能高考的高龄复读生而已。我的成绩不行，跳舞也不行，什么都做不好……可在这里，我的文化水平已经可以算学霸，说是才女也不为过，你知道吗？"江望萍有些得意地说，"而且我还懂历史！可以'预言'天下局势！先知、才女这种人设，绝对是能成大事的！"

"我不觉得你真的懂历史。"言正礼冷漠地说，"你要顶替的人是蔡琰，蔡文姬。她嫁人没几年丈夫就死了，父亲也遇害了，自己被匈奴掠走生了两个孩子，十二年后才被曹操赎回来。可人家是真学霸，回来后不但写了《悲愤诗》《胡笳十八拍》，还凭记忆将父亲遗失的藏书内容默写出来四百多篇。你办得到吗？"

蔡……蔡文姬？

江望萍首先想起的是《王者荣耀》里那个小萝莉的形象，然后才想起曾经在语文试卷上看过几句《悲愤诗》，"斩截无孑遗，尸骸相撑拒。马边悬男头，马后载妇女"——蔡琰就是被载在马后掠走的妇女之一。光是想象这个画面就已经够可怕了。

紧接着，她才明白自己的文化水平被嘲讽了，忍不住翻了个白眼："身为学渣没资格顶替蔡琰真是抱歉。可你只要把我放走，送她去现代，我们不就都不用承担'那个命运'了？"

"不行，你也不能告诉她。"言正礼板起脸说，"已发生的历史不容许改变，否则可能引发可怕的蝴蝶效应，也许我和你都不会出生，搞不好连武汉都没了！"

"可是……"江望萍还想说点儿什么，有人敲门，言正礼立即从房间里消失了。

会是谁呢？蔡家主母，还是义父义母？

江望萍忐忑地打开木门，没想到门外站着一名少女，看起来斯文聪慧，正在对仆役说："辛苦了，先回去休息吧。"

"可是……"仆人们显然有些犹疑。

"我都亲自来了，能有什么事？"少女笑笑，仆人们依言退下，她又转向江望萍："失礼了，我是蔡琰。"

什么？本尊就这样找上门来了？

[零四]

蔡琰的出现大大出乎江望萍的意料，之后她说的话更是令人惊讶："家慈对我们姐妹俩甚是宠爱，你的事也是她安排的，但我并不认同她的做法。而且于私来说，我也不希望被人顶替。"

"可那样的命运，你不害怕吗？"江望萍忍不住问。

"不免有些担心，可是……"蔡琰害羞地低下了头，取出一个香囊，只见香囊背后绣着一个"道"字，"我与仲道私下见过，常通书信，彼此颇为中意……"蔡琰的声音越来越轻，脸也越来越红。

卫仲道是历史上蔡琰的第一任丈夫。江望萍并不清楚这件事，但还是从面前这个少女娇羞的神色中猜出了真相——她与未婚夫是真心相爱的。

这时，蔡琰再次抬头，念了一句江望萍也知道的诗："'上邪，我欲与君相知，长命无绝衰！'如果不能和仲道在一起，我这一生纵是安稳富贵又如何？"

"可是……"江望萍还想说点儿什么，一个少年仗着木剑破窗而入："望萍姐，我来救你了！外面只有一个男仆，已被我放倒……"司马懿稳稳落地抬起头来，这才看到蔡琰，趁她惊讶之际立马把她扑倒在地，捂住了她的嘴："不许叫！你是何人？"

"等一下，你误会了！"江望萍赶紧阻止了他，扶起蔡琰，向他俩介绍对方，解释情况。

"你就是九岁能辨琴、真书草书皆长的蔡姑娘？"得知蔡琰是好人之后，司马懿看她的眼神就只剩下纯粹的敬佩，看得蔡琰都不好意思了。

江望萍只好打岔："你是偷逃出来的？你哥应该已经发现了吧？"

"我让三弟冒充我在屋里读书，不会这么快被发现的！"少年看起来信心满满，"我还带了银两，去长安的路上我还想去华山看看……"他滔滔不绝地谈论着自己的计划，仿佛在谈论一次暑假旅游。

"那么请问二位打算怎么离开我家？"蔡琰看着少年亮晶晶的双眼，忍不住问。

"仗剑打出去！"司马懿一拍肩上的木剑，摆出少年侠客的架势。

蔡琰闻言忍不住捂着嘴笑出了声："少侠身手再好，只怕也难以一敌多。"她从斗柜里拿出一套衣服，"这是我家侍女的衣裳，我预先藏在此处的。先日整理账簿，我发现几处错漏，正好去与家慈商议，召集家中佣核对，方便二位趁机离府。"

蔡琰建议司马懿按他来时的路离开蔡府，又告诉了江望萍出门的路线和口令，让她假装是个必须外出的侍女，出门后再与司马懿汇合。蔡琰还给了江望萍几件首饰作为路费，自己则打算换上江望萍的衣服，躺在榻上装睡，尽量使被发现的时间延后。

江望萍与司马懿听了蔡琰的计划十分钦佩，连声道谢。临走时，江望萍还忍不住拥抱了她一下，嘴里说着感恩，但心里还是感怀于她将遭遇的未来。

而蔡琰只是淡淡一笑："祝我与仲道一切安好。"

[零五]

江望萍假扮侍女逃出蔡家后与司马懿顺利汇合，两人扮成一对姐弟，一路艰辛辗转，最终成功抵达了长安，见到了义父的亲戚——一位客栈老板。江望萍对亲戚说自己与义父失散，只能和表弟相依为命，之后就和"表弟"司马懿一起在客栈里打工。

结果刚过了一个月，司马懿就想回家了。他是少爷出身，虽心性坚忍，打杂的活计并没有难倒他，老板经常派他去做一些送信、押货之类的工作，也很长见识，但在实现"出来见世面"的梦想的同时，他也看遍了乱世灾荒、人间疾苦。

"我觉得凭自己目前的本事做不了什么。一把剑，一斗米，救不了几个人，还不如董太师手底下那些认真做事的官员。'只有为官出仕才能立业济世，唯有回家读书才是正道。'哥哥说得对，是我没有听。"

"我支持你的想法，这是你自己选择的命运。"江望萍认真地说，"我们唯一的问题是没钱。"

于是为了攒够回家的路费，俩人加倍地忙碌起来。

江望萍能写会算，在客栈的女性雇工里鹤立鸡群，因此忙得很有成就感，就连"眼镜学弟"言正礼再次出现劝她回去，她都毫不犹豫地拒绝了。

言正礼边嘟哝着"司马懿为了帮助学姐攻击蔡文姬，之后和学姐一起在长安打工，这种事写成网文都要被嫌太主角光环啊"边消失在齿轮里。

江望萍对此还有点儿小得意，满心琢磨着等送走司马懿，就开创自己的事业。她还记得魏晋的首都定在洛阳，虽然它目前因为战乱而凋敝，但等她攒一笔启动资金就去洛阳抄底价盘几个铺面，一定能发大财的！

这天，店里的熟客王大叔又来找老板聊天，见到江望萍时还给了她一点儿赏钱。

江望萍心里高兴，哼着小曲儿在一楼打扫卫生，只见一对少年男女慌慌张张地进了院子，少女看到她就问："姑娘，请问去扶风怎么走？"

扶风？江望萍记得它应该是陕西地名，但具体在哪儿不清楚，正努力回想，那少年拉拉少女的衣袖："小琬，天气炎热，不如我们先叫些饮食休息片刻……"

江望萍一挽袖子，刚准备问"两位客官想来点儿什么"，忽然脸色一变，留下一句"今天不做生意，你们出门往南一直走吧"，接着就钻进了走廊。

那对少男少女茫然地看着江望萍消失，然后才发现不知何时院子里进来了几个大汉，左顾右盼地似乎在寻找谁，让他们也有些心虚，赶紧不声不响地离开了。

"司马家的仆人怎么追到这里来了?"江望萍想着要赶紧去找司马懿商量一下应对之策,她心急火燎地推开一扇门,却发现自己慌乱中走错了房间——

王大叔和一个壮硕的陌生男人坐在房间内,原本在谈话,这下被她打断,俩人都显得很惊讶。

江望萍说了一句:"啊,王大叔,打搅了。"转身就想离去,谁知那陌生人迅疾地一把将她拖进房间,捂住了她的嘴。

之后江望萍只觉得眼前一黑,就失去了意识。

[零六]

直到一桶冷水淋在头上,江望萍才猛地惊醒过来。她本能地想大叫,却发现嘴被堵住了,手脚也被缚住了,身体被绑在一根梁柱上……

江望萍惊恐地四顾,看到了王大叔和陌生男人,以及周遭环境。这里大概是客栈的地下库房。

"不许叫。"陌生男人迎面就是一耳光,"说实话就放你走,再尖叫就抹脖子,明白吗?"

江望萍被他打蒙了,呆滞地点了点头。

陌生男人从她嘴里取出布团,问:"你受何人指使?"

"没……没人指使啊。"江望萍意识到自己被误会了,忙朝王大叔投以求助的眼神,"我是江望萍,客栈跑堂的!我赶着出门,一时慌张才误入二位的房间……"

不料王大叔捋捋胡子,摇摇头:"我与店主相识五年,从没有任何雇工'误入'那个房间。江望萍,说实话,你是不是特地来看'他'的?"

王大叔指向那陌生男人,让江望萍更茫然了。

"每日这许多旅客行李往来,我何必特地看他?他是何人?"

"别装傻!"又是一巴掌打在她脸上,"你来此处监视王司徒与谁会面,一定有人指使!是不是董卓?"

别开玩笑了,我怎么可能认识董卓?还有,"王司徒"是指王大叔吗?这个称呼怎么听着这么耳熟?江望萍心头一团乱麻,勉强分析出的一点就是自己大概被当成董卓派来的细作了。

既然王大叔说到"从来没人误入",那这里可能是他常用的一处暗中会面地点,一直以"和老板聊天"为由暗会其他乔装打扮的反董人士。老板只怕已经知道且默许他们把她关在地下室里拷问了,那还真是"就算叫破了喉咙也不会有人来救你"啊。

现在该怎么办？江望萍叹了一口气，仰天大喊："喂！那个什么协调员！眼镜学弟！你在吗？救救我！"

"什么黑话？"陌生男人迎面又是一拳，江望萍的鼻血都被揍了出来，除此之外没有得到任何回应。

"君荣啊。"王大叔阻止了那男人揍江望萍第二拳，"只怕从她嘴里问不出什么，算了吧。"可伴随着这么温柔和气的一句话，他却做了个抹脖子的手势。

江望萍的心凉了大半截。被叫作君荣的男人点点头，拔出匕首逼近江望萍，嘴里还在问王大叔："埋哪儿？"

"终南山下盗匪多，就那里吧。"王大叔又捋了捋胡子，"江望萍，你是个聪明姑娘，可惜了。"

那还不是因为你们吗？看着匕首上的寒光，江望萍觉得全身冰冷，生死攸关的瞬间她突然想起，啊，王司徒不就是王允吗，献貂蝉的那个……

与此同时，司马懿掀开了地下室的门盖，挥着木剑冲了进来："放开她！你们这些畜生！"

[零七]

少年司马懿出场不到一分钟就被打倒了。江望萍甚至都还来不及尖叫，就看到他的腹部插着匕首，脸色苍白地倒在了血泊里。

"你……你们疯了吗？"江望萍终于喊出了声，"他可是未来的皇帝司马懿啊！"她自己出事是自己惹祸倒霉，可他完全是无辜的！而且倘若他真的出了什么事，历史变动的蝴蝶效应又该由谁来承担？

"司马懿？谁？"

"未来的皇帝？"

王允与君荣面面相觑，都觉得她才疯了。

江望萍焦急地挣扎着大喊："救救他，快救他啊！"

君荣揪起她的头发又是一巴掌："吵死了！"然后他转头看向王允："就现在吧。"

王允点了点头，江望萍明白这就是要她死的意思，突然不知从哪里冒出的勇气，喊了一句话："且慢！二位都是反董义士吧？"

"你总算承认了！"君荣高高举起了匕首。

"可我真不是董卓派来的细作！我是想献计于王司徒……"说到这里，江望萍停顿了一下。她心里明白，那句话只要说出口就没有回头路，之后将要展开的故事家喻户晓，精彩曲折，只是不一定有好下场。

可看看少年苍白的脸，她再一次鼓起了勇气。过往的欢笑、未来的梦想与历史的重任，都快要随着他伤口里涌出的鲜血一起消逝了。

一人做事一人当，不能因为我的一时莽撞而连累他，甚至更改整个世界的历史！

之前一整年我都在逃避，而这一次，我必须要去承担和面对自己的命运！

"董卓位高权重，想除掉他，最重要的是里应外合。二位难道就没有想过谋一内应，譬如……吕布？"

这话使得王允与君荣忍不住对视了一眼，看来是说中了他们的心事。

江望萍瞟了一眼血泊中的司马懿，觉得没时间陪他们玩臭老头政治家兜圈子那一套了，赶紧继续说："我擅长舞蹈，能写会算，了解时局。如果二位放过那男孩，我愿成为王司徒门下舞伎，在董卓和吕布之间演一出连环计……"

话刚说到这里，一个圆形的黑窟窿凭空出现在房间里，"眼镜学弟"言正礼终于出现了。

"是何妖物？"王允惊讶地跳了起来，君荣警惕地举起了匕首。

然而黑窟窿里紧接着又冒出一个穿水手服的长发少女，只见她双手轻轻一挥，王允和君荣就睡了过去。少女又来到司马懿身边，她手心里冒出温暖的白光，随后司马懿身上的血迹也渐渐消失了。

"司马懿没当过皇帝，谥号是追封的。"言正礼还是老样子，一脸冷漠，"我们会给他治伤，你别闹了。"

事到如今，江望萍愈加觉得莫名其妙："为什么现在又肯管我了？刚才我被人打的时候却不管？"

言正礼没有回答，反问："你是不是想当貂蝉？"

江望萍点了点头。

除了那点儿自娱自乐的舞蹈水平和略知一点儿三国史之外，自己别无所长，在这种情况下，除了自荐去当貂蝉还能做什么？

"我总算搞清楚自己的任务是什么了……"言正礼扶额，"是阻止你化身历史上并不存在的人物，给历史加戏。"不然如果因她一时冲动，使得历史上真的出现了貂蝉这个人，奇遇办又该怎么去协调？

"什么，历史上没有貂蝉吗？"江望萍和丹璃两脸惊讶，异口同声。

"……你们不会以为孙悟空也真实存在吧？"

[零八]

言正礼原本以为江望萍逃出蔡家后就避免了"成为不该成为的人",于是当时就去写结案报告了,但奇遇办的主计算机拒绝受理报告,也就是说任务没完成。直到现在,言正礼才想明白。

"简单来说,按我们奇遇办的执法规则,我们只负责确保你穿越之后30天内不会死。你穿越后能活着在你义父母家中醒来,就是因为奇遇办的协调员保护了你。另一方面,我们必须保证历史进程不会遭到干涉,所以现在的情况就是,司马懿不能死,你不能成为貂蝉,除此之外你想做什么都行,想死也没人管。"言正礼说完,面无表情地推了推眼镜。

"谢……谢谢你告诉我我可以去死了。"虽然是第三次见到言正礼了,但江望萍觉得自己还是不太适应这个眼镜学弟的说话风格。

这边的丹璃已经用魔法治好了司马懿和江望萍身上的伤,还让王允和君荣这两个大老爷们儿飘在半空中飞回了之前那个房间。

江望萍扶着昏睡的司马懿出了地下仓库,发现天色已黑,四下里一片寂静,院子里的旅客和跑堂的都倒在地上打鼾,估计也是魔法效应。

"结案之后记得尽快回来给他们消除记忆哦,言殿。我先回去继续排练啦!"丹璃说着,故意做了个"魔法少女华丽变身"的夸张动作然后消失了。

"麻烦。"言正礼皱眉看着丹璃消失,然后转头帮江望萍把司马懿往他的寝室抬:"和王允在一起的那个男人是士孙瑞,字君荣,是历史上确实存在的、参与了诛杀董卓计划的人物,你没把他当成吕布算是不错了。"

这种时候居然还不忘嘲讽我?江望萍开始觉得这个一脸冷漠的眼镜学弟有点儿烦了。

这时,言正礼又说:"明天早上你醒来的时候,王允、士孙瑞和司马懿都不会记得今天发生了什么。"

"仲达他一直仰慕侠客,难得的英雄壮举没必要让他忘记吧?"江望萍不满地推开一扇门,里面是男性雇工的寝室,几个小伙子都睡得像死猪一样,大概也是魔法的效果。

"我担心的是,如果司马懿记得自己十一岁的时候差点儿被王允和士孙瑞杀了,也会影响历史进程。"言正礼帮忙把司马懿放在榻上,"你也知道司马懿是大人物,别耽误他了,快让他回去吧。至于你自己,只要你不去当貂蝉,其他随意。"说完他就钻进了齿轮,江望萍在背后朝他做鬼脸:"慢走不送!"

片刻之后,言正礼又从那个黑窟窿里探出了脑袋,在犹豫之后开了口:"江学姐……我不理解,为什么像你这样一个并非历史爱好者的当代人,会执意留在这种乱世?"

"我怎么觉得我的历史水平又被嘲讽了？"江望萍不满地挑了挑眉头。

言正礼也没理会："如果你真的想留在这里，就再也不会见到我了。再考虑一下吧，如果想回来，就用这个小齿轮联系我。"说着，他把一个耳钉大小的无孔齿轮递到江望萍手里，那是丹璃借给他用的那个齿轮的通信配件。

可江望萍却不想接，甚至怀疑有阴谋。气氛一度十分尴尬，直到丹璃又从那个黑窟窿里探出头来："啊啦，言殿又因为那张像'除夕被迫上班的营业员'一样不想做事的高冷脸被误会了？"

看到江望萍和言正礼都愣住了，丹璃笑得花枝乱颤："江学姐，别在意，言殿其实是个很温柔的人哦。刚才你被王允抓住时他就摩拳擦掌地想救你了，是我拉住他让他再观察一下，他才没有立即出手。"

"总之你自己斟酌吧，我要回去写作业了。"言正礼被丹璃夸得不好意思了，挠挠头就缩进了黑窟窿里，那个有着齿轮外缘的黑窟窿也随即从江望萍面前消失。

言正礼其实是真的很想帮助江望萍，她的生活画面他都仔细看过。

一年前，江望萍正处于"选舞蹈专业还是选一般本科"的抉择中。对她来说，这是个非常现实的问题。她的文化课成绩和舞蹈水平都一般，家境又是中等偏下，父亲是出租车司机，母亲病退在家，每个月吃药要花一两千，家里买房还欠了二十几万元贷款。父母觉得她天赋一般、舞蹈教育费钱，将来找工作恐怕只能当个辛苦的群舞，还只能干到三十岁左右，因此希望她考个方便就业的专业。江望萍却觉得，比起别人塞的命运，她还是想要自己选的未来。

奇遇发生前的那几天，她一直在和家里人赌气。奇遇发生的那天，父亲带着母亲开车来接她，说要犒劳她吃一顿好的，一路上旁敲侧击，字字句句都在劝她选个"正经"专业，母亲在说什么"成天瞎做梦有什么用呢？做梦又不能当饭吃"。

"还不是因为你们混得差！不然我追求梦想时需要考虑吃饭问题吗？"赌气的江望萍口不择言。

"萍萍，你怎么和你妈说话呢？"生气的父亲从驾驶座上回过头来呵斥她。

就在这一刹那，父亲开的出租车经过十字路口，被左侧开过来的一辆公共汽车撞飞。

江望萍亲眼看着前排的父母死在自己面前，满车厢都是血。紧接着，被公共汽车撞飞的出租车又撞上了十字路口右边开来的车，她也失去了意识，再醒来时，她就已经在洛阳了。

其实言正礼看得很清楚，江望萍家的车当时是在绿灯情况下正常通过路口，是那辆公共汽车失控才出事的，但她显然将父母的死归咎到了自己身上。

她自责、痛苦却又逃避的表现，在他看来，很像当年朋友出事后的自己……直到他遇到丹璃，那个古怪任性的女孩让他看到了无数个不可思议的世界，在一次次帮助奇遇当事人或相关人员的任务中，他觉得自己或多或少弥补了当年的痛苦与悔恨。从这个意义上说，他并不讨厌当奇遇办的临时工，他讨厌的只是突发事件影响自己的安排……不管怎么讲，救人时那种赎罪的感觉，要比自怨自艾舒服得多。

可言正礼是个内敛闷骚的人，面对刚刚认识的江望萍，这些话他说不出口。

另一方面，江望萍的遭遇与之前那些奇遇当事人不同，虽说三国乱世求生艰难，但如果她回到现代，要面对的人生也很不幸。所以言正礼不敢强行带她回去，怕她回去之后精神崩溃，只能多给她一个机会让她再考虑考虑。

[零九]

第二天，江望萍的首要任务是向老板道歉，因为她一不小心睡过了头。道歉之后，江望萍匆匆吃过早饭、补上落下的工作。等到她忙得告一段落，在院子里与协助采购归来的司马懿碰上面，已经是午后时分了。

看司马懿活蹦乱跳、高高兴兴的样子，显然伤好了失忆了，以为昨天什么都没发生。江望萍犹豫了片刻，最终还是告诉了他昨天见到司马家男仆的事。

"那……我不就不用攒路费啦？"司马懿愣了一下，想起来又说，"你也会和我一起回去吗？"

"我怕回去又被蔡家抓，而且……"江望萍想起言正礼给她的那个小齿轮，内心有些纠结。

就在这时，耳后响起了一个似曾相识的声音："咦，这不是望萍姑娘吗？"

江望萍回过头，看到蔡琰赫然就在面前，后面还跟着之前看管过自己的侍女，吓得她第一反应是往司马懿身后一躲："你亲自来抓我了？"

"请别害怕。"蔡琰看着江望萍一脸惊恐、司马懿紧张却英勇地挡在她面前的样子，有点儿哭笑不得，"我不过是在这条街上打听消息偶遇二位而已。"

蔡琰向他们解释，江望萍的义父母一家已经平安抵达蔡家了。蔡琰的出现与他们无关，她来长安是为了找她妹妹。为了找到线索，她正与几名仆人四处打听。因为妹妹的饰物多半是与蔡琰同款的，所以蔡琰和仆人们拿着她的首饰分头进了当铺，逐家询问有没有人见过女孩子来典当同款饰品。靠着这样的办法，她得知妹妹来过这条街，之后就挨家挨户打听消息，碰巧见到了他们。

司马懿反应很快："可令妹为什么会独自在长安，还典当了自己的首饰，还需要你亲自去找？"

蔡琰双眉微颦，欲言又止："个中缘由不便解释。"

难道是离家出走？江望萍看她一脸为难，连忙说："那你妹妹叫什么名字？有什么特征？我们去帮你找！"

"家妹名琬，字贞姬……"

江望萍惊讶地"啊"了一声，然后连忙附到蔡琰耳边："你妹妹……该不会是和男人私奔出来的吧？"

江望萍的话都说得这么直白了，蔡琰不得不承认真相确实如她所言。

她妹妹蔡琬不喜欢自己的未婚夫，另有心上人。看到姐姐为了与卫仲道在一起宁可送走替身，她也想依样画葫芦追求真爱，于是趁着心上人去长安附近投奔朋友的机会，俩人一起私奔了。

只有蔡琰知道妹妹的心上人长什么样子，因此不得不亲自来长安找人。

结果见到江望萍才知道，蔡琬昨天来过这家客栈，还问她怎么去扶风。

"当时恰好司马家的仆人也进了客栈，我以为是来抓我回去的，忙着躲避，随手指了个南边……"到现在她才想起好像听旅客闲聊说过，去扶风得往西走。

"南边？"蔡琰面色一变，"在当铺里我听人提起，如今终南山一带盗匪盘踞……"

"他们也可能在和其他人问过路之后往西走吧？"江望萍心里还有一丝侥幸，然而客栈老板适时下楼，轻轻咳了一声。

蔡琰会意，忙说："二位忙吧，我回去与父亲商议增派人手。"

司马懿是想当场辞工扛起木剑去帮忙找人的，但江望萍想起他昨天晚上差点儿被捅死的事，又想到蔡琰的父亲蔡邕是个大官，调动人手不难，觉得他们还是别去添乱比较好，只对蔡琰说如果找到妹妹记得给她一个消息。

蔡琰点点头，叹了口气，就与侍女一起离开了。

江望萍一直惦记着这件事，工作心不在焉，三天后，事情的发展印证了她心中最不好的预感。

【一○】

那天天气阴沉，客栈里没什么生意，司马懿和江望萍都在院子里打扫卫生，司马家的男仆们又出现了。

这一次江望萍没躲，司马懿也不太吃惊，倒是客栈老板得知自家雇工居然是个离家出走的小公子，十分惊讶，甚至在男仆们给他赏钱时都没回过神，还是被他们半送半推地打发走的。

之后男仆们就摆出了"你想走也得走不想走也得走"的架势要带司马懿回家。他没有抗拒，只是看向江望萍："我不会让蔡家再带走你的，和我一起回去吧。"

"可我还是想再等一下，蔡琰说找到妹妹会给我消息的……"江望萍还在踌躇，一名男仆接过了话头："蔡家？我们来的路上正好遇到了。就是之前上门接姑娘你的那几个仆人，牵着一辆马车，马车里有人哭得呼天抢地，像是个老头子。马车后还拖着一架板车，板车上平放了两个人，盖着稻草，大概是死了。"

死了？江望萍心里一沉，问过他们遇到马车的大致位置后，随即夺门而出。

江望萍飞奔着穿过遍地都是垃圾和饿殍的街道，终于在大道上追上了徐徐行驶的马车，大喊着："蔡琰！蔡琰！"

马车停止了前进，然而马车里嘶哑的哭喊声却并未停止。

"望萍姑娘？"双目红肿的蔡琰下了车，诧异地说，"我还没想好该如何告知你，你怎么这么快就……"

"碰巧听到了一些传闻。"江望萍苦笑，望向那架板车，颤声问，"是他们吗……"

蔡琰点点头，正想解释，哭喊声戛然而止，一名侍女从马车中探出头来："不好了，蔡公哭厥过去了！"

蔡琰连忙跑向车内，江望萍也跟了进去。她们扶起脸色青紫的蔡邕，拍他的后背，使他咳出一口浓痰，他的呼吸才算是恢复了正常，但神志仍不太清醒，甚至抓着江望萍的手喊"小琬"，还把江望萍和蔡琰的手强行拉在一起，反复呢喃着"琬儿、琰儿"。江望萍内心愧疚，就一直任他抓着。

等将父亲安置好之后，蔡琰才找到机会告诉江望萍事情的经过。

蔡家派出了两组人马，分别去西边的扶风与南边的终南山寻找蔡琬。此时兵荒马乱，盗匪横行，田间地头的死者不计其数，一直没有打听到蔡琬的消息。直到有新的消息送到，说长安西南方向的子午关石墙垛下，挂着一男一女两名细作的尸体，衣服、体型都与蔡家仆人描述中的"少年男女"相似。

听到这个消息，蔡邕差点儿当场就晕过去，忙派了处事老练的管家策马先行，自己与蔡琰一起乘车赶往子午关。

管家抵达子午关后，驻军士兵告诉他，为防袁绍、曹操、孙策等人组织的讨董联军进犯，董卓下令加强了各大驿道关卡的警备。当地驻军昼夜巡逻，大晚上看到一对男女细作试图从山间小路翻过关卡，二话不说先拔箭射伤再抓起来拷问，没想到他们很不经打，连"要去扶风，想找近路"这种鬼话都还没来得及圆上就被打死了，于是关卡长官干脆下令把他们的尸体挂在墙垛下，威慑其他细作。

事已至此，总不能直说死者可能是董太师最敬重的蔡中郎的女儿吧？管家给了关卡长官不少银两，说怀疑这对"细作"是自家私奔的后生，要让他们的姐姐来指认。

就这样，蔡琰面对伤痕累累、面目全非的尸体，凭额角的痣与里衣的刺绣确认了死者的身份，而不便露面的蔡邕只能远远坐在马车里哭得撕心裂肺，老泪纵横。

江望萍见到他们父女二人时，他们已近乎崩溃。

"父亲个性刚直，曾因此遭人陷害，被先帝放逐，阖家亡命吴地十二载。为此，他一直觉得愧对我们姐妹。家妹私逃的事，他也归咎为自己管教不力，分外自责。"说话间，蔡琰命人搬来父亲的焦尾琴，轻抚琴弦，希望能让父亲安神。

没想到的是，蔡邕在熟悉的琴声中悠悠醒转，逆光看到两个姑娘娴静地坐在琴边，非常平和地说："小琬啊，你没事就好……"

他把我看成蔡琬了？江望萍连忙摆摆手："那个……蔡公，幸会，小女江望萍……"

"江望萍是何人？你不就是小琬？"蔡邕迷惑地注视着她，又望向蔡琰："你姊妹俩又在玩什么把戏？"

"可我真的不是小琬啊！"江望萍茫然道。

蔡琰也很疑惑，想起妹妹的遭遇又很难开口，只能缓缓说："父亲，我们不是方才一起把小琬……从子午关接回来了吗？"

听到"子午关"三个字，蔡邕脸色陡变，冷汗直淌，双手止不住地颤抖："小琬……小琬身上已经冷了……就连眼珠子……都被鸟啄走了……琰儿，你帮她把眼珠子找回来了吗？"

"我……"蔡琰不知道该如何回答，蔡邕就又晕了过去。

"蔡公！"江望萍赶紧扶住他，可大颗大颗的眼泪难以抑制地从她眼中涌出，使得蔡琰都愣住了："望萍姑娘，你还好吧？"

"我没事，我只是觉得……实在对不起你们家……"江望萍泣不成声，"你放我走，我却害死了你妹妹，现在你父亲也……"

她知道蔡琰要经历难以想象的磨难，她知道蔡邕是非常重要的历史人物，正如她也知道司马懿是整个三国历史的关键人物，可光知道这些又有什么用？

她以为穿越到三国时代的自己会是占尽先机的"开挂"主角，然而时代巨轮的一再碾压让她认清，她依然是个在历史洪流的巨浪中挣扎求生的小人物。她不愿回到自己的时代只是为了逃避现实，反倒是她在这个时代的每一次无心之举，都可能化为推动整个历史进程的蝴蝶之翼。

眼看着江望萍什么都不说却越哭越伤心，蔡琰不明所以，同时还担心着榻上父亲的安危，只好拍着江望萍的背安慰她："望萍姑娘请先回去吧，待父亲醒来我慢慢向他解释……你若在场，只怕又会被认作小琬。"

江望萍肿着眼睛抬起头："可你和他解释时，他如果又晕过去呢……"

蔡邕如果因为女儿去世过度悲伤早逝，是不是也算自己改写了历史？如果自己当初没有给那对少年男女瞎指路，这一切悲剧是不是就不会发生了？回想起自己老说的那句"自己选的，我认命；别人塞的，我不要"，在这件事中又有哪些是自己选的，哪些是别人塞的呢？蔡琬的命运算不算是被她江望萍所强塞的悲剧呢？

江望萍满脑子都是自责的念头，那股熟悉的难受情绪让她回想起了与父母吵架害他们出车祸的往事……她叹了一口气，眼睛发酸，而这时屋外响起了一个陌生的声音："董太师召蔡中郎进见！"

江望萍和蔡琰应声抬头，看到院子里站着一名使者，神情傲慢。没见过世面的侍女有些害怕地低着头站在他身后。

蔡琰整了整衣襟，出门朝使者作了个揖："家严忽染重疾，正在昏睡，万望海涵。"

"蔡中郎的女儿来长安了？"使者看到蔡琰倒是有些意外，因为蔡邕受董卓征召为官时并未携带家眷。

"得知家严有恙，特来照料。"蔡琰示意管家给了使者一小包银两，"烦请使者大人在董太师面前美言几句，待家严病愈之时……"

"蔡中郎德誉才名，我一向是钦佩的……"使者掂了掂银两的分量，撇撇嘴，扔回蔡琰手里，轻声说，"可董太师啊，性子暴！之前抓住了袁绍手下一个豫州从事，煮了！袁绍的叔父家里五十多口人，杀光！"使者的声音陡然一高，见蔡琰被他吓得一抖，对自己的表演感到很满意，再想到蔡邕重病昏睡，胆子也大了起来，干脆凑近蔡琰，带着口臭的呼吸喷在她脸上，粗糙的手指抚过她白皙的面庞，"太师有要事与蔡中郎相商，蔡中郎若是称病不见……蔡家啊，小心三族的性命！"

蔡琰是大家闺秀，从没经历过这种骚扰，一时间竟不知该如何应对。

江望萍在室内隔着竹帘看得心焦，想到一切都是自己的过失导致的，更是悔恨不已。

最终，她深吸一口气，做了一个决定。

"多谢使者提醒！"在使者还想进一步轻薄蔡琰时，江望萍大步流星地冲了过来，打落使者的脏手，洪亮地说，"家严刚刚醒转，明日必将拜见太师！"

江望萍气鼓鼓地瞪着使者。蔡琰一脸惊讶，大概是担心她会惹火使者，没想到对方的气焰反而蔫了，讪笑几句"蔡姑娘真有精神"就走了。管家又追上去，往他手里塞了一包更沉的银两。

"对付这种欺软怕硬的人渣，就是要有气势！"江望萍得意地叉起了腰。

蔡琰又疑惑又担忧，问江望萍："你刚才说……'家严'？"

"我……做了一个决定。"江望萍握紧拳头，咬了咬嘴唇，"你父亲现在的情况，如果不叫醒他，你们全家都可能被董卓杀死；可如果叫醒他，他一想起小琬的事就会崩溃大哭甚至晕倒，董卓还是会大发雷霆。看你父亲刚才的样子，我觉得他可能只是受刺激导致脑子的认知能力出了点儿问题，使得他抗拒现实。也许只要跳过'出问题'的部分，他的脑子就能继续正常运转。"说到这里，江望萍看到蔡琰一脸没听懂的样子，停顿了一下，继续说道，"我的意思是说，如果我以小琬的身份去叫醒你父亲，让他以为小琬现在还好好地活着，他是不是就能像以往一样正常应对董卓了？"

并不是很复杂的言论，却让蔡琰愣了好半天："你的意思是，你要主动做我妹妹的替身吗？"

[一一]

在得知打工仔其实是个小公子之后，自称是"亲戚家义女"的打工妹又以大家闺秀的姿态带着侍女出现了，这让客栈老板感到非常疑惑，但他还是收下江望萍递来的碎银，为他们开了一间雅室供他俩叙话。

"所以……你现在的身份是蔡琰吗？"司马懿看到江望萍那身和蔡琰差不多的衣着和首饰也呆住了，不明白那天她跑出客栈之后发生了什么。

江望萍摇摇头："是蔡琬。她因我而死，所以我要负起责任。"

江望萍向他讲述了事情的经过。在她自称蔡琬叫醒蔡邕之后，蔡邕似乎完全忘记了小琬私奔的事以及子午关的尸体，以为姐妹俩只是来探望他的。他心平气和地去劝诫董卓不要自比太公望、自称"尚父"了，并且还不缺胳膊少腿地顺利归来，可见脑子已经完全恢复了正常，她的计划实施得十分成功。

听到这里，司马懿对江望萍十分敬佩，但想了想，问道："望萍姐，你真的想清楚了？你不是喜欢跳舞吗？做蔡家的女儿可是不能再跳舞的！"

江望萍点点头，笑了："你也想清楚了吗？你这次回家肯定会挨一顿打，而且会被严加看管按头读书，再也不能背着木剑爬树上房了。"

听她这么一说，他也笑了："想清楚了，背着木剑假扮游侠救不了天下苍生。我也得负起责任。"

他起身，施礼："蔡姑娘，后会有期。"

司马懿与家仆一起离开后，江望萍从衣袖里取出了小齿轮："你都看到了吧？我决定了，我要留在这里。"

"等一下，我在做值日。"小齿轮里传来了言正礼有点儿慌张的声音，随后他拿着拖把和抹布从齿轮随意门里冒出了脑袋。这副现代人的模样，在如今的江望萍看来恍如隔世，她不禁露出了笑容。

"你真的决定留下了吗？"言正礼接下江望萍扔过来的小齿轮，"上次忘了告诉你，其实你父母不是你害死的，那场事故是公交车司机全责。"

"这样啊……"江望萍叹了一口气，垂下眼睑，"可蔡琬却是被我害死的，这件事我一辈子都不会忘。"

"……我明白了。这个任务应该可以结案了。"言正礼恢复了日常的冷漠表情，"但我有点儿好奇，江学姐，你还记得你说过的那句'如果是自己选的，我认命。如果是别人塞的，我不要'吗？"

"记得，可现在我的想法变了。人生啊，从出生到死亡，随机事件真的太多了，'自己选的'和'别人塞的'其实根本没法分得那么清楚，不是吗？"江望萍说着，露出了一个复杂的笑容，"而我们能做的，只有勇于承担责任，在关键时刻做出正确的选择。"

面对命运的洪流，江望萍、蔡琰与真正的蔡琬都做出了自己的选择，而为此要付出多少代价，也只有她们自己清楚。

[一二]

"哇，终于可以结案了，言殿好厉害！蔡邕也恢复正常，历史不会被改写了！"看着显示屏上终于出现了"结案报告通过"字样，丹璃高兴地用手朝着言正礼比了个心。言正礼却一言不发，直接穿过齿轮随意门，回到了自己的卧室。

丹璃来自异世界，不熟中国历史，所以只觉得一切恢复正常就好，并不会有他这样百味杂陈的感受。

江望萍的奇遇强度最终被定为3级，也就是"当事人就此走上完全不同的人生道路"。而那到底是怎样一条路呢？不需要翻历史书，看看网络百科就能知道个大概。

两年后，董卓被王允、吕布、士孙瑞等人杀死。同年，蔡邕也被王允所杀。蔡琬做了上党太守羊衜的续弦，生下两子一女，还和司马懿成了亲家。她的儿子羊祜是魏晋名将，女儿羊徽瑜后来成了司马师的续妻，史称景献皇后，蔡琬则被追封为济阳县君。

她曾像浮冰一样坚硬，为了对抗命运不惜粉身碎骨，后来却甘愿融化为水，担责赎罪，并化作命运洪流的一部分，推动了历史的巨轮。

相比遭遇坎坷的蔡琰，蔡琬的一生确实享尽了荣华富贵。然而她在正史上只留下了"蔡氏"这个称呼，生卒年月不详。从名字、个性到才能都被遗忘，只是被当作"贤妻良母典范"为人称颂，因为羊祜的传记里记载着她"恰逢亲生儿子羊承与丈夫亡妻的遗子羊发同时生病，心知无法两全，蔡氏专心照顾亡妻之子，自己的孩子却病死了"，听起来高风亮节，谁又知道其中隐藏着多少无奈和悲苦？

言正礼坐在书桌前感慨着。突然，他想起了羊祜有一句老被引用的名言，叫什么来着……

对了，他想起来了："天下不如意，恒十居七八，故有当断不断。"

奇遇办 与 真爱粉

ZHEN AI FEN

不是只有站在一起才叫爱。

[零零]

　　宋远辰在周萤辉贴吧里完成了第 98 次连续签到后，登录微博，给周萤辉个人账号和"银河少女队"官方发的每条内容都点了赞，又把几个眼熟的后援会的热门评论都赞了一遍，再在周萤辉的超级话题里发了三条原创微博，算是完成了自己的日常任务。

　　周萤辉是前不久入选到"银河少女队"的新人偶像，金色长发加黑框眼镜，身材高挑，演出时的招牌动作是站在飞行器上出场，朝粉丝扔纸飞机。

　　宋远辰成为她的粉丝才几个月，但每天都尽职尽责地在网上帮她炒热度，还努力攒零花钱，希望能给她多投几张票，多看几次她的现场演出。

　　宋远辰自己不太起眼，家境普通，成绩一般，没有特长，体型中等偏胖，平凡的脸上还点缀着几颗痘。每天早上对镜洗漱的时候，他都觉得能一眼看到自己的未来——他会读个普通大学的计算机专业，成为一只孤独的"程序猿"，不到三十岁就开始脱发并且越来越胖，每天下班回家一打开门，只会看到一只冷漠的猫。

　　但周萤辉不一样，舞台上的她无比夺目，是真的在闪闪发光的那种人。

　　宋远辰觉得自己平凡普通点儿倒是轻松，也不必像邻居张月悦成天装清高独特的学霸，又累又不讨喜。如果说人生还有什么希望的话，他的希望就是周萤辉能走上梦想中的星光之路——成为银河少女队人气总决选冠军，开办个人演唱会，当上电影女主角……毕竟，她的未来有无限可能！

而自己为此发出的每一篇帖子、花掉的每一分钱，虽然分量不重，但都会成为她星光之路的一部分。对宋远辰来说，这就是他的使命和责任。

日常任务做完之后，宋远辰放下手机，摸出电荧光棒，开始练习"打Call"。

在偶像宅界，"打Call"指的是与偶像表演的曲目相呼应的一整套应援方式，有着复杂的规则、纪律和各种术语。

下周三周萤辉就要随着银河少女队来武汉开演唱会了，为了能在第一次看Live时就像模像样地"打Call"，宋远辰经偷偷在家练习好久了。

可这天晚上，就在他对着周萤辉唱歌的视频认真挥舞荧光棒时，突然听到了女孩娇滴滴的笑声。

这屋子里除了我还有别人吗？宋远辰难以置信地四处打量。

背后那面墙上贴满了周萤辉的海报，有唱歌的，有做公益活动代言的，还有影视剧的定妆照，比如她在民国题材网剧《乱世奇闻录》里的扮相。

此时，这民国装扮的周萤辉正看着他捂嘴偷笑："请问你是在祈雨吗？"

海报活了！

[零一]

下午放学时间，言正礼刚走出校门，身后就响起了一个熟悉的、语调有点儿奇怪的声音："言正礼同学。"

言正礼毫不理会，加快了脚步。

"言正礼同学！等等我啊！"外教Mr.PH 3也加快脚步，三两步就追上言正礼，把他堵在了小巷子里，"银河少女队了解一下？"

《是人性的扭曲还是道德的沦丧？英裔黑人外教缘何向未成年学生强行推荐偶像团体？》——言正礼脑中缓缓飘过了这样一个标题，然后长叹一声："又要找我代班吗，丹璃又怎么了？"

超时空全次元青少年奇遇协调处驻自治街办公室，以下简称"奇遇办"，有一台神奇的主计算机，会给青少年分配各式各样的奇遇，而奇遇协调员的主要业务则是手动协调和匡正其中错误的部分。身为时玖中学高一（8）班纪律委员，以严肃正经著称的言正礼原本是绝不会相信这种扯淡设定的，但不知为什么，他很受奇遇办的青睐，果断拒绝加入奇遇办之后，就经常被胁迫去当临时工。

"丹璃出差去参加'协调员投票大会'了。"Mr.PH 3笑嘻嘻地说，边说边拿出一枚手表大小的"齿轮","齿轮"随即变成了一个凭空出现的黑窟窿,堵在小巷子中间。

"最近奇遇出错的频率是不是越来越高了?"言正礼翻了个白眼,只好跟在Mr.PH后面钻进"齿轮"。

奇遇办小黑屋的一面墙上挂满了大大小小有着齿轮状外缘的显示屏,现在屏幕上正展示着本次奇遇当事人的生活画面。

当事人宋远辰是本校高二(1)班的学生,一个"偶像宅"。奇遇办主计算机提供的资料显示:"奇遇正在运行。起始时间:本月27日。持续时间:6天。强度预判:1—2级。内容:海报形象拥有自我意识。"

"偶像海报'活'了,这对'偶像宅'来说不是大好事吗?哪里需要匡正?"言正礼问。

"海报不对,应该'活'过来的是另外一张海报。原本按主计算机的安排,他的海报只能活几天,这应该是个凄美的故事。至于海报'活错了'会发生什么,目前无法判断,就需要我们自己观察了。"

发现海报活了,宋远辰的第一反应是打了自己好几个耳光,确认不是在做梦之后就变得非常兴奋,问:"萤辉小女王,真的是你吗?你能不能再动两下,让我录个视频确认一下不是我脑子出毛病了?"

"视频是什么?"海报里的姑娘很疑惑,看到宋远辰高兴得原地打转的样子又有点儿不好意思。

"你真的是周萤辉吗?我怎么觉得你和她不太一样呢?她很帅气,很放得开……"而且怎么会连视频的意思都不知道呢?

海报中的姑娘摇摇头:"我不是她,我是彗华。"

这下宋远辰明白了,海报中的姑娘并不是周萤辉,而是周萤辉在《乱世奇闻录》中所扮演的角色彗华,难怪和周萤辉长着一样的脸,气质却截然不同。周萤辉本人气势很足,金色长发加黑框眼镜,队内定位"小女王";而彗华则是齐刘海黑直长发,加金丝眼镜,面色苍白,看起来文文弱弱的,仿佛民国林黛玉。

刚想到这儿,彗华又开口了:"有些冒昧,我有一个不情之请……"

宋远辰抬起头,认真地望着她:"你尽管说。"

"你能不能帮我实现一个愿望?"

《乱世奇闻录》中,彗华是个患有先天疾病的大户人家小姐,因为从小体弱,所以请了家庭教师在家读书。家庭教师郑老师便是此剧的女主,她给彗华讲了许多女性解放、追求自由的先进理念，后来郑老师去了上海，彗华也偷偷逃出了家，跟了过去。

"我一直向往着郑老师描述的那种女性独立自主、自由自在的生活，可她所在的上海，其实是外国人的地盘，并没有我想象中那么好……你说你所在的世界是一百年后的中国，扮演我的演员是非常帅气的女孩子，那能让我看看这个世界吗？"说到这里，彗华双眉深蹙，一只手按在心口上，好像又要犯病了。

看着那张与周萤辉一模一样的脸，宋远辰毫不犹豫地答应了她的要求，甚至没有忍心开口问作为一张"活"海报的她能这样"活"多久。但直觉告诉他，好景不会太长。

[零二]

海报活了也还是海报，现在的彗华可以说是个货真价实的"纸片人"，纸片人该怎么出门？

宋远辰在网上买了个相框，等相框一送到，他就把海报装在里面，扛着相框就出了门，出门前还特地嘱咐彗华："在人多的地方你尽量不要动，假装自己是一幅画！"

就这样，宋远辰扛着一个A3纸大小的相框游览了武汉的各大景点，从江汉路步行街走到江汉关乘轮渡，登了长江大桥桥头堡再上黄鹤楼。

宋远辰靠着网上搜来的资料当起了导游，他不但带着相框挤进游人如织的各个景点，还会把脸贴在相框旁，对着海报里的女孩轻声讲解，这画面在旁人看来就是有病了。

这天中午，宋远辰扛着相框挤进了人山人海的户部巷小吃街，硬是在拥挤不堪的小馆子里找到了可以坐两个人的位置。他在对面的椅子上摆好了相框，再给自己点了一碗热干面、一碗甜豆腐脑。

邻桌的老太太看到相框里的女孩似乎动了一下，怀疑自己眼花，连忙问身边的老伴。

宋远辰听到后赶紧解释："那不是一般相框，是新款Pad，就是'平板电脑'，您知道吗？"这是宋远辰出门前就想好的借口，尽管对着"巨型平板电脑"吃饭也是有病，但总比被人发现那是张会动的海报要强。

他勉强糊弄过了老太太，但他对着相框吃东西、说话的行为却被人偷拍发到了网上，"怪事！少年竟与偶像海报同桌吃饭""银河少女队蓄意炒作？周萤辉有这么火吗"等新闻标题无一不让宋远辰觉得心烦。

下午逛累了，宋远辰进了一家饮品店休息。一坐下来他就拿起手机，看到"唯爱萤辉"聊天群里跳出了这两篇帖子的截图，有人问图中那个只露背影的少年是谁，有人问是不是公司在炒话题需不需要粉丝的配合，当然更多的人在说"这人真恶心！明天同学就会笑我和这种变态是同类了""有什么办法？天下厄介一般黑"……

"厄介"是日文汉字，本意是麻烦，在"偶像宅"圈特指打 Call 时不跟节奏瞎捣乱的人，并扩展到用来指代其他一些令人不爽的行为。

宋远辰苦心在家练习"打 Call"就是怕在演唱会上被人当成厄介，现在居然被指着照片这么骂，感觉特别冤。再说他扛着相框出门，就是显眼一点儿而已，至于骂他是变态吗？宋远辰愤愤地皱起了眉，收起手机，扛着海报离开了饮品店，结果出门没走两步就遇到了张月悦。

"宋远辰？那个扛着海报去户部巷的人是你？"

"关你什么事？"宋远辰立即拉下了脸。

[零三]

宋远辰讨厌张月悦不是一天两天的事情了。

其实他俩读小学时还是好友，每天一起上学放学，回家一起看动画片。可自打上了初中，宋远辰的成绩显著退步，张月悦却一步步成了那种"别人家的孩子"——成绩好、听家长的话，还有钢琴特长，把住她家楼下的宋远辰比得一无是处。

虽然宋远辰靠着临阵磨枪与张月悦考进了同一所高中，却分别成了普通班普通学生与重点班学霸，差距永远摆在那里，宋远辰也开始认命了。平凡的他经过不懈的努力，也只不过是变成了特别平凡而已，完全无法与学霸同台竞技，溜了溜了！

到那时为止，俩人之间的关系还勉强算得上是"尴尬而礼貌的友好"。

周萤辉才是彻底炸碎他俩关系的一声惊雷。不是因为张月悦讨厌宋远辰的偶像，而是因为张月悦也喜欢她。

宋远辰与张月悦之间的这种情况，有一个专门术语叫"同担拒否"，也就是视同好为敌人。

这天是周日，张月悦背着书包，一看就是刚上完培优班出来。此时她撞上扛着海报四处游玩的宋远辰，立即露出了嫌恶的表情："听说你们这些狂热粉都会在家里摆满周边和海报，搞得像邪教现场一样，没想到还会和海报约会，丢不丢人？"

"你又好到哪里去了？你戴和她同款的眼镜也还是丑啊。"宋远辰毫不客气地说。

这句话把张月悦满是雀斑的脸气得通红，她反唇相讥："至少我不像你，花了那么多时间和精力，动不动就泪流满面，那都是单方面投入感情，自己感动自己，就像个变态！"

"你还不是……"宋远辰本来想发火，可这时，一只路过的哈士奇吠叫吓得海报上的彗华一声尖叫。为了掩盖海报会尖叫的真相,宋远辰转头就走:"懒得理你,我还有事,再见。"

"这个张月悦太过分了!大家一样是粉丝,她凭什么说别人变态?"奇遇办的小黑屋里,Mr.PH 3 非常投入地发表着感想。

"我觉得她说得对。单方面感动自我的感情,是传达不到对方那里的。"言正礼却站在张月悦那边,"本质上我觉得追星这种事没有意义,'打 Call'之类的行为更是难以理解,还不如多读书,考进名校再一步步努力,到时候想给偶像什么给不了?"

"'到时候'小偶像只怕早就凉了!"Mr.PH 3 激动地一挥手,然后叹了一口气,"换个角度说,看来你是不明白什么叫'感情寄托'和'精神陪伴'了。"

[零四]

"对不起,都是因为我,才害你被人当成变态……"彗华趴在海报边缘,露出半张脸,因为愧疚而哭红了眼。

"没事的,习惯了,爸妈也不是很理解我,海报都被他们撕过几次,你算幸存者了。"宋远辰故作洒脱地一挥手,然后换了个话题,"唉,越是和你相处越觉得你和萤辉小姐姐真的很不一样啊。"

喜欢一个偶像是一种怎样的体验呢?

对宋远辰来说,大概就是"她会发光我不会,但我想帮她更亮一点儿"吧。

宋远辰还记得他第一次见到周萤辉的时候,那会儿他因为刚升入高中后的一连串考试失利而陷入灰暗颓废的情绪之中,随手点开了一个大家都在说"尴尬爆炸""太好笑了"的海选视频。

一群女孩站在学校操场上,刚跳完一支舞,接下来本该挨个做自我介绍,突然,大量广告传单从天而降,雪花般落在她们的头上和身上。少女们措手不及,有的甚至惊慌摔倒,只有一个戴眼镜、身材高挑的金发女孩屹立不动,在纸片落尽之后,投出了一只用传单折成的纸飞机:"我是周萤辉,曾经想当战斗机飞行员。"

宋远辰就是在那一刻成为周萤辉粉丝的,晴朗的蓝天下,喧嚣的操场上,只有她灿烂的金发与纸飞机划出的那道弧线最耀眼。

其实广告传单的突袭是海选评委会安排的,他们安排了各种方式捉弄每一位选手,考验选手们的临场应变能力。就这样,周萤辉凭着从容的反应脱颖而出,扔纸飞机从此成了她的招牌动作,优美、炫目、独一无二,她就是银河里最亮的那一颗星。

"这次演唱会规模较大，她应该会踩着飞行器出场，一边唱《成为击坠王》一边朝观众扔纸飞机！我一定要在现场目睹这一画面。"宋远辰陶醉地说。

没想到彗华有些惊讶地捂住了嘴："啊，你认识的周萤辉是这样的人吗？和我见到的完全不一样。"

"你只是个'角色'，而且生活在民国时期，你……又是怎么认识她的？"宋远辰疑惑地问。

结果彗华给的答案倒是比他想象中的更简单："因为我还能和你墙上的其他海报聊天呀，有几张是她唱歌跳舞的，有几张日常生活的，还有一张是扶老奶奶过马路的，这些海报里的周萤辉性格都是一致的，但和你描述的那个完全不是一个人呢。"

啥？她的意思是萤辉一直在拗人设？

宋远辰既惊讶又好奇，问："那你能不能让我也……不，还是算了。"

他希望彗华能让他了解周萤辉的真实性格，但又怕目击了偶像崩人设全过程之后自己不愿再成为她的粉丝。可是，如果连她的真实性格都接受不了，自己到底能不能算一个真爱粉呢？

短暂的纠结之后，宋远辰决定先不去想这个问题，还是先专心帮彗华实现愿望，也就是继续四处观光。彗华说"想找一个特别的地点、特别的时间看风景"，他们现在就是在找那个地点。

就这样，宋远辰继续扛着相框到处游玩。

这天下午，他们经过汉街的时候，汉街大戏台附近人潮涌动，大喇叭里播放着《成为击坠王》熟悉的旋律，宋远辰这才想起今天银河少女队在这里开粉丝见面会！彗华突然"活过来"的事使得他太过惊讶，之后又一直忙着给她当地陪，都忘记了自己今天的原定安排。

看啊，那头耀眼的金色长发已经出现在了舞台上，周萤辉在粉丝们的尖叫声中扔出了纸飞机。

宋远辰情不自禁地朝着那个方向挪动脚步，就像一只飞蛾扑向灯火，可片刻之后他又犹豫了，驻足不前。

"去吧，你不是很想见她吗？"彗华小声说。

"但你越是这样说，我越……"宋远辰看了一眼舞台上太阳般耀眼的周萤辉，又看了一眼身边这个纤弱如同风中残烛的彗华，最终下了决心，转身离去，"目前来说，实现你的愿望更重要。而且如果是她遇到了你，我想她也会把帮助你摆在第一位的。"

彗华被宋远辰感动得泪水涟涟。

又逛了一个下午后彗华终于表示，她要在周三晚上八点五十分登上长江大桥。

"周三？演唱会正好是那天……"宋远辰皱起了眉，再说现在可是一月啊，江面上风又大，八九点上桥会冻成冰棍的！

"我也知道这很让你为难，但我还是希望能是那个时候……"彗华神情凄然，"那天是满月之夜，我可能撑不到下一个满月之夜了。记得《春江花月夜》里曾写到'江畔何人初见月？江月何年初照人？人生代代无穷已，江月年年只相似'，我真的很想在这个发达的时代，看一看与我的时代相似又不同的圆月……"

彗华的这番文艺情怀，宋远辰听着觉得好像很美，但又听不太懂。可不管怎么说，他都觉得她那凄凉中又带着一丝期盼的神情很有感染力，只好帮人帮到底了。

他算了一下时间，按节目表的安排，等彗华看完满月，他们应该还来得及赶回演唱会听一两首歌。

[零五]

选定了"特别的时间地点"之后，宋远辰就扛着相框踏上了回家的路。中途经过时玖中学，他发现明明今天是休息日，却有人在音乐教室里练琴，而且弹的就是周萤辉的个人单曲《自由☆同盟》。

谁品位这么好？宋远辰十分惊喜，连忙扛着相框一路爬到顶楼的音乐教室。

可当他推开音乐教室的门一看——

"是你啊。"看到张月悦的脸，他的表情立即变了。

张月悦也很不高兴："你进来干什么？我差点儿就录完视频了！"

"干吗，你还想当'网红'吗？"宋远辰把相框放在门边，嘲讽地说。他也不知道为什么，只要见到张月悦他们就会吵架，一次好好说话的机会都没有。

"我要参加萤辉的自组 Band 键盘手选拔，所以才来录制条件比较好的学校录视频的！"张月悦气红了脸，"现在你才是'网红'啊！我这么努力，就是为了能和萤辉站在一起共同发光，而不是像你那样，扛着个海报刷存在感，单方面自我满足！"

"你什么意思？"宋远辰的嗓门也跟着提高了，"我每天打卡签到、刷话题、帮她做数据都是'自我满足'，只有像你这种一心往偶像面前凑的行为是对的是吧？可如果所有粉丝都像你这样想，只会让她被人骂教坏粉丝、干扰社会秩序，甚至非法集会，她也不会因此得到更好的发展啊！"

"就是！他比谁都认真、用心，你才是只想自我满足，心里只有你自己！"

令人意外的第三个声音出现在了音乐教室里，张月悦惊讶地望向门口那个相框：

"海……海报说话了？"

糟糕！宋远辰一头冷汗，不是和彗华说好了叫她假装自己是画的吗？

"那、那是Pad……"他慌张地重复着之前准备的谎言，但感觉只能骗中老年人，骗不了张月悦。

果然，张月悦一脸疑惑地走到相框面前，弯腰看着它："我刚才听到萤辉的声音了，是语音合成App？"

"我就是周萤辉，不是什么语音合成！"彗华叉腰瞪着张月悦，"不是只有你能和偶像在一起！"

但张月悦显然还是不信，鄙夷地望向宋远辰："你在和仿妆Coser视频聊天？"

宋远辰的脸唰一下一直红到耳朵尖，他推开张月悦，抓起相框夺门而出。

谎话已经被戳破了，说实话她也不会信，而如果顺着张月悦的话说"我就是在和影视造型的周萤辉本人视频聊天"……这么不要脸的谎他实在说不出口啊！

直到宋远辰扛着相框出了校门，张月悦还站在窗口旁嘲讽地喊"网红宋哥哥，和'萤辉'在一起好好玩呀"，气得宋远辰冲进隔壁小巷子里一顿踢墙。

彗华看他神色不对，又开始哭着道歉，宋远辰只好去安慰她："这不是你的错，张月悦讨人嫌也不是一天两天了。最开始她听到我在家里放萤辉的歌还嫌吵，结果没几天自己也成了粉丝，就到处说'周萤辉小姐姐是我的音乐榜样'。"他故意捏着嗓子挤眉弄眼，模仿张月悦的声音，"她又是往作文里写，又是在周一晨会上讲，参加比赛被记者采访也大讲特讲，结果我妈知道以后反过来指责我，搞得好像我成绩不好不会弹琴就没资格当萤辉的粉丝一样！可是我看着她唱歌、跳舞、扔纸飞机闪闪发亮的样子就很开心啊，这也有错吗？"

"对啊！我们这么纯粹的感情，为什么总要被那些功利的人嫌不够功利啊？"奇遇办的小黑屋里，Mr.PH 3 很投入地附和着宋远辰。

那认真的表情让言正礼觉得很奇怪，忍不住问："你也追星？"

"我倒是没追过星，但他的感受我还挺懂的……"Mr.PH 3 耸耸肩，叹了口气，"我很小的时候就被父母抛弃了，大概五六岁就当了娃娃兵。在训练基地里，我最喜欢的人是我们组的女教官，但年纪稍长之后我发现，她只是个AI投影，她的一言一行一笑一怒，都不过是电脑编写的程序。"

"然后你就觉得很幻灭？"

"不，我还是喜欢她。因为儿童不太容易被人防备，我八岁就被派出去当间谍了，出生入死、重伤垂危的时候，我都是靠思念她才活下来的。她对我来说，是非常重要的精神寄托。"

靠着从科幻作品中积攒的经验，言正礼提出了新的问题："可等你长大之后，再想和她'在一起'应该也不难吧？"

"我最大的遗憾就是基地被炸毁时没来得及把她的数据拷贝一份，之后在哪儿都找不到她那个版本了，我自己再怎么修改程序也都找不回记忆里的那个她。"Mr.PH 3 轻轻地摇了摇头，"总之，我觉我们这种单方面的、不求回报的、甚至永远不可能得到回报的付出也是合理的存在，不是只有和对方站在一起才叫爱。"

"但你对女教官的感情又不会影响你的学习和生活，宋远辰那家伙却是以'反正我也无法发光'为理由越走越偏了。"言正礼一本正经地分析着，"他的问题其实很典型，对他来说，追星的'获得感'比学习的'获得感'强、快，所以他就像那些醉心游戏的家伙一样沉迷下去了。"

当然，成绩下滑无心学习这种事情并不在奇遇办的管辖范围内，只是言正礼身为纪律委员，比班主任还喜欢瞎操心。同样令他操心的还有彗华——看看未来世界还不够吗？为什么非得在大晚上的爬长江大桥看满月？她会不会有其他目的呢？

琢磨着这件事，他甩下喋喋不休的 Mr.PH 3，回到自己房间打开了电脑，搜到了《乱世奇闻录》的在线观看网址。

如今的视频网站多半有一个方便粉丝查看的功能，叫"只看某某某"，言正礼点了"只看周萤辉"，不到二十分钟就看完了她的所有戏份——从剧情来看，彗华确实只是个楚楚可怜、人畜无害的小配角，会有"看看未来世界的满月"的愿望也很合理。

但言正礼还是不放心，他又查了一下《乱世奇闻录》的百度百科，百科中提到该网剧是由《小说绘》上的一部同名长篇小说改编的，小说第一部已经出版，第二部正在杂志连载。

不知奇遇办能不能给我这个临时工报销工作开支啊……言正礼默默叹了口气，用手机买下了《乱世奇闻录》第一部的电子书，他还决定，明天一早就去学校图书室把有第二部连载的《小说绘》全借了！

[零六]

到了星期二这天，宋远辰一早用手机看新闻时才知道，明天，2018 年 1 月 31 日，即将出现满月月全食，也就是 152 年一遇的"超级蓝血月"。

哇，这种设定，在动漫游戏里一般都是可以召唤路西法的日子啊！

一想到周萤辉的演唱会在这天，彗华预定登上长江大桥的日子也是这天，宋远辰就觉得冥冥之中好像有什么命运的安排，心里有点儿小激动。

武汉长江大桥是长江上的第一座大桥，巍峨壮观，全长约1670米，桥面高80米，桥面上有双向四车道和两侧人行道，桥头堡内部有电梯和楼梯供行人上下。

当天晚上，宋远辰在父母惊异的注视下扛着相框出了门，又在售票阿姨的讶异中慨然进了桥头堡的电梯间，再爬了几圈楼梯，抵达桥面——

"今晚的微风……真是凉爽宜人啊……"他拉了拉帽檐，完全是靠着毅力一步步地往桥中间走去。

桥头堡下有很多人观月，但冒着寒风上桥的苕货只有宋远辰一个。江风吹得他直哆嗦，但他很庆幸这样就不会被人围观以及又得解释"这是个Pad"了。

彗华也很感动，眼看着月亮一点点被暗红色的阴影所吞没，她眼含热泪，不停地说"谢谢你"，直到原本白亮的满月完全变成暗红色的那一刻——

突然，相框震个不停。

彗华大叫着抱紧自己，身体不住地颤抖。

宋远辰被吓到了，他连忙把相框靠在桥栏杆上，问："怎么了，彗华你没事吧？"

"我……我没事……"一只冰凉柔软的手抓住了宋远辰的手腕。还没等他回过神来，彗华就已经抓着他，借力爬出了相框。

昏暗的月光下，猎猎的江风中，少女轻盈地飞在空中划了一个圆圈，然后落在他面前，漆黑的长发与柔软的裙摆微微飘扬。

"谢谢你，我终于真的看到这个未来世界了。"

"你……你变成3D的了，还是AR投影？"宋远辰惊讶万分。

"三弟？啥？"彗华没听懂，疑惑地歪了一下脑袋，朝着宋远辰露出了温柔的笑容，"谢谢你帮我这么多，为了感谢你，我去帮你杀了张月悦吧。"

啥？杀了张月悦？是不是风声太大我听错了？

宋远辰非常怀疑自己的耳朵，试图转移话题："你还有什么想看的风景吗？没有的话我们就下去吧。我都快冻死了！而且演唱会那边也快轮到萤辉了。"

然而彗华并不想改变话题："那个张月悦真的很讨人厌，喜欢装优秀就算了，还非要鄙视别人的生活方式，这种女人留着也是个祸害吧？"

宋远辰对她前面几句话还是很赞同的，但没听明白为什么最后会落到"留着也是个祸害"的结尾。

此刻，彗华脸上依然带着温柔的笑，像新发的柳枝、四月的清泉，她似乎完全没有意识到刚说出口的话有多可怕。

宋远辰也搞不清她是不是在开玩笑，勉强应付道："不了不了，那太麻烦你了，我讨厌的人都要杀的话至少得杀一个亿吧。"

"一亿我也可以帮你杀哦！"彗华甜甜地说，"一点儿都不麻烦。"

救命！这到底是什么民国笑话，一点儿都不好笑！

大冷的天，宋远辰却觉得自己满头是汗，他继续试图转移话题："没事儿了我们就去演唱会吧。你能不能回到相框里？我没钱再买一张票，而且现在只有黄牛票……"

"你为什么非要去那个演唱会啊？"彗华又是一歪头，疑惑的表情非常可爱，如果她不继续说下去的话，"张月悦说得对，你为周萤辉付出了那么多，她都不知道有你这个人，你去她的演唱会又有什么意义？"

"你怎么也变成这种人了？"宋远辰终于生气了，嗓门陡然提高，"她的存在本身对我来说就是意义啊！太阳也不是为我而发光的，难道我晒太阳就没意义吗？"

"你居然吼我！"彗华也生气了，"什么周萤辉，不过是个臭戏子！"

说到最后几个字时，她的身体已经浮在了半空中，金丝眼镜摔落在地，漆黑的长发狂乱地飞舞，原本清秀的脸庞也发生了变化，不但脸庞变尖、变长、布满了纹路，甚至还长出了毛茸茸的大耳朵，看起来就像是……一只狐狸？

我是不是冻糊涂了？宋远辰惊得跌坐在地，觉得自己的脑子已经短路了，完全不知道该说什么该做什么，只能眼看着彗华飞向他，正要拎起他的领子——

突然间，一个硕大的齿轮破空而至，击飞了彗华。

彗华措手不及，整个人都撞在了桥栏杆上，她痛苦地发出一声狞叫，随即起身露出了尖利的獠牙扑向那个齿轮——

然而冷清的桥面上突然响起了嘹亮的狗叫声，而且听起来是一大群狗，彗华突然住了手，刹那间气势全无。

四处并没有看到狗，可彗华还是十分紧张，扔下一句"给我等着"就消失了，只留下一脸茫然地坐在地上的宋远辰。

就在这一片莫名其妙的寂静之中，传来了一个少年的声音："晚上好，我是你的奇遇协调员言正礼。因为我还有一张卷子没做，我们长话短说。"

[零七]

"齿轮"是协调员们人手一个的工作设备，兼具武器、飞行工具、随意门等多种用途。

言正礼收回齿轮之后，就拉着宋远辰通过齿轮抵达了奇遇办的小黑屋，给他简单讲解了他错误的奇遇,然后把几本《小说绘》扔到他脸上,抱怨道:"你们这些偶像粉看剧就知道无脑吹本命,根本不关心剧情!"

《乱世奇闻录》的小说连载到第二部时,揭露了彗华的真实身份,她其实是一只狐妖,所以才怕狗。她个性爱憎分明,但毫无道德观念,在渡劫失败后吞噬了真正的小女孩彗华,从此顶替了她的身份。蓝血月之夜,阴阳相成的龟山与蛇山之间,有着绝佳的天时地利。打从一开始,她的愿望就是找到这么一个时机,吸收天地精华,化为人形。

"等一下,彗华就算是个狐妖,也只是个虚构故事里的狐妖吧?她有真的狐狸精那么厉害吗?"宋远辰回忆起了一些香港灵异老电影里的剧情,"我们把那张海报烧掉,说不定她就会消失了?"他指着和他一起被拎到奇遇办的那个相框说。

"根据我处理其他任务的经验,我猜测这个'虚构狐妖'的强度和寿命应该不如真狐妖,所以刚才放个网上找的狗叫录音就把她吓到了。"言正礼慢条斯理地说,"现在的问题是,我们首先得确定她在哪里,才能验证烧了海报对她有没有效果。你知道她可能会在哪里,或者她的目标是什么吗?"

目标?一听到这个词,宋远辰立即回想起了彗华甜美的笑容与可怕的发言:"还能有什么目标?她讨厌张悦月,她想杀了她!"

"你确定?有些神经病获得力量后就不管个别仇家了,目标会改为直接屠城甚至毁灭地球呢。"言正礼已经是个身经百战的临时工了,这话说得非常平静。

"我确定!她亲口对我说她要杀掉张月悦!"宋远辰急切地说,"我们赶紧去张月悦家!她家就在我家楼上!"

等他们通过齿轮随意门直接抵达时,张月悦家里空无一人,却乱得像被机关枪扫射过一样,玻璃窗被砸烂了,阴冷入骨的寒风穿堂而过。

"完了……"宋远辰喃喃着,膝盖一软,缓缓地跪在一地狼藉中,"他们肯定都被狐狸精抓走杀掉了,然后从长江大桥上扔下去,直接消失于无形!"

"你冷静一……"言正礼的话没说完,宋远辰一把抓住他,眼泪滚滚:"都怪我!是我嫉妒她有才能、能得到和萤辉站在一起的机会!是我总在那个狐狸精面前说她的坏话!是我害死张月悦的!"

说起两人之间最初的矛盾,其实只是一点儿星星之火。那天张月悦自己扒了《成为击坠王》的谱,想让宋远辰听一听她弹得对不对,宋远辰却趴在床上忙着玩手机,同时在两个群里聊得火热,一边与黑粉掐架一边怒喷官方无能。张月悦一来,他全神贯注酝酿的精彩发言都被打断了,气得烦躁地一挥手:"扒谱?你跑调都快从湖北跑到湖南了!就你这样子还想模仿周萤辉?"

张月悦气得差点儿没把便携琴键盘砸在他脸上，从此两人互相判定对方是"想高攀偶像的丑女"与"肥宅狂热粉"，每次见面必然互相嘲讽，战况一步步升级，最后简直成了仇人。

现在回想起来，宋远辰觉得非常后悔。明明是同好，本该每天一起开心交流才对啊。

"都是我……是我沉迷追星一无所长，是我忘记了身边的人也忘记了自己的生活，是我害死了她！"

"冷静点儿！"言正礼忍不住提高了嗓门，"先给她打个电话试试？就算被抓走了，至少能定位吧。"

宋远辰点点头，一把鼻涕一把泪地掏出手机，发现自己把张悦月的手机号删掉了。他又沮丧自责了半分钟，才想起自己还存过张妈妈的手机号，连忙拨打，结果无人接听。

"不，不能就这样死心……"宋远辰急得原地打转，又打了两次，第三次终于接通了。

"阿姨！阿姨你们在哪里？你们还好吗？"他急得声音都变调了。

"辰辰，怎么了？我们在演唱会啊，你不是也在吗？这里太吵了……"电话那头传来张妈妈愉快的声音，惊得宋远辰差点儿把手机掉在了地上。

稍微冷静之后，宋远辰又问了下具体情况，得知张月悦之前为了准备钢琴比赛错过了抢演唱会的票，然而父母为了庆祝她比赛得奖，偷偷买了高价黄牛票……

挂了电话之后，宋远辰有点儿哭笑不得："我急了一晚上，他们全家倒在演唱会现场玩得高兴！我简直又要讨厌张月悦了！"

他松了一口气，在乱糟糟的地板上坐下，可神色很快又凝重起来，抬头望着言正礼："张家乱成这样，阿姨却好像什么都不知道……你说，会不会是那狐妖冲到张家来杀人，扑了个空所以泄愤破坏的？"

"很有可能。"言正礼点点头，心想他冷静下来之后分析能力还可以嘛，难怪能天天帮周萤辉刷数据。

"那你能不能带我去演唱会？不管狐狸精会不会追到那里，我们先把张月悦一家保护起来？"

"可以，但我担心如果出现意外情况，会在演唱会引发骚乱，所以动静最好能尽量小一点儿。"

"交给我！为了能帅气地'打Call'，我早就把场地结构背下来了！"

[零八]

言正礼通过齿轮随意门到了演唱会场馆的走道里，让宋远辰去找张月悦一家。

这时，周莹辉正与同属银河少女队的队友们一起合唱《宇宙历八世纪的爱恋》，三个人都穿着全新设计的打歌服，轻摇慢摆。

真爱粉宋远辰却完全没空看她——他找到了张妈妈在电话里告诉他的座位号，一路喊着"抱歉""打搅""借过"挤过挥舞荧光棒的人群，径直来到张月悦面前。

"月……月悦！你爷爷病危了！赶紧跟我回去！"宋远辰扔出临时编织的谎言。

"啊？什么？"张月悦蒙了，还没反应过来，就已经被宋远辰拖了出去。

张月悦的父母见是邻居家孩子特地来通知的，一时间也没想到要给爷爷打个电话验证一下，跟着宋远辰就往外走。

好，只要带着他们通过观众区那道门就行了！宋远辰知道言正礼已经把齿轮传送门设在了观众区出口的门外，眼看着只剩几步就胜利在望了。

这时候，宋远辰身后的观众席上响起了一片惊喜的尖叫声。

"哇！好逼真！"

"全息投影还是AR增强？"

"我觉得像真人啊！"

"啊啊啊！好帅啊！"

宋远辰忍不住回头瞟了一眼，一眼就看见那只狐妖赫然出现在演唱会场馆的半空中。

"糟糕！快走！"宋远辰推着张月悦一家拼命地往前冲。

言正礼适时出现在那道门外，他戴着一个"志愿者"的袖章："三位观众请有序行进，往这边走。"

"好，好的！"张月悦一家依然一脸茫然，跟着言正礼钻进了那扇门，宋远辰总算松了一口气，正想跟着钻进去，就听到舞台上的歌声戛然而止，他忍不住回过头去，只见狐妖根本没往这边追，而是降落在了舞台上……跟着周莹辉她们跳起了舞？

舞台上的三位少女显然有些吃惊，但为了演唱会顺利进行下去，还是强装镇定地表演着。

台下的观众们有的尖叫，有的窃窃私语，大部分人认为那个从天而降、有着动物耳朵的女孩是表演的一个环节，只有宋远辰心里一直在喊"完了完了"。

"什么周莹辉，不过是个臭戏子！"狐妖说过的话从他心头掠过。

宋远辰顿悟，狐妖来到演唱会现场，攻击目标原本就不是张月悦一家，而是周莹辉。

宋远辰转身就往舞台上冲，甚至没有通知言正礼，他相信那家伙能保护好张月悦他们。至于自己，这次必须负责任到底，打倒狐妖，保护莹辉！

这时，观众席上人山人海，舞台上三个少女偶像在表演，舞台周围的安保人员数量不少，他一个平凡少年要挤上舞台又谈何容易？

宋远辰抓耳挠腮，灵光一闪——对了！为了"打 Call"时不露怯，他在家认真观看了银河少女队的每一场演唱会录像，还牢记了会场的位置安排和器材分布，如果他没记错的话……

宋远辰一路狂奔，飞快地找到了他猜测的那个位置，果然，周萤辉用过的飞行器就在那里！

趁着飞行器周围的工作人员正在打电话问"台上的第四个姑娘是谁"，他从地上捡起了一个大喇叭，果断踩上飞行器，按下了启动开关！

强风顿起，在众人的惊叫声中，宋远辰脚踩飞行器扶摇而上，就像《大话西游》中脚踏七彩祥云的孙悟空飞向紫霞仙子，威风凛凛，战无不胜。

眼看着飞行器接近舞台，少女偶像们终于停下舞步，诧异地望着他，而狐妖也发现了他的存在。

就是现在！

宋远辰举起喇叭，朝着狐妖大声喊道："汪！汪汪汪！"

"你在学狗叫？"周萤辉第一个笑出了声，另外两名队友面面相觑："他为什么踩着飞行器？""不像保安啊，难道是私生粉？"

近看周萤辉，宋远辰觉得她比照片上、视频里更美更耀眼，金发搭配黑框眼镜的样子锐气四射，可想到自己在偶像面前说的第一句话居然是学狗叫，他的脸几乎全红了。但现场的情况容不得他继续害羞，因为舞台上只有一个人没有说话，那就是满面怒气的狐妖。

宋远辰与她视线对接上时，狐妖才开口："知道我怕狗还故意当着我的面学狗叫？我对你这么好，你却想和那个眼镜男联手害我？真可惜，你那拙劣的模仿对我没效果！"看宋远辰没有反驳，她又指向周萤辉，"我和她长得一样，也能跳一样的舞唱一样的歌，你的心里却只有她没有我，对不对？"

哈？我们什么时候进展到那种关系了？宋远辰内心惊恐，台下的观众也是议论纷纷。

眼看着事情越闹越大了，宋远辰放下喇叭，试图说服狐妖大事化小："对不起，我不是故意吓唬你，只是想逗你。你先跟我一起离开舞台好吗？免得影响人家表演……"

没想到狐妖反而更生气了，"彗华"的外貌再度消失，她的脸一会儿变成张月悦，一会儿变成周萤辉，最后完全变成了狐狸的样子，就连双手双脚也化为两对利爪，飘扬的黑发也奇异地变长，就像漫天招摇的黑色海藻。

"事到如今，你居然还在担心这些戏子！"

密密麻麻的黑发袭向宋远辰，将他扯下飞行器，摔在舞台上牢牢绑住，形成了一个黑色的茧。

与此同时，触手般的黑发也破坏了场馆中的照明灯。时明时暗、混乱不堪的光线中，狐妖再一次飞到了半空，然后俯身冲向周萤辉："宋远辰！我这就让你看看……"

"住手！冲我来！放过她！"宋远辰拼命挣扎，但现在喊什么都来不及了，他绝望得两眼发黑、视野模糊。他怎么都没想到，第一次去看偶像的演唱会，还登上了舞台，离偶像本人那么近，却是为了目睹偶像被狐妖杀死。

就在他模糊的视野中，他隐约看到周萤辉高挑的身影挡在了两名队友身前，徒手抓住了利刃般袭来的发丝。

"你们往后躲！"周萤辉这么喊了一声，然后就与狐妖搏斗起来。

"萤辉，你为什么不跑？那可是妖怪啊！"宋远辰又担心又害怕，哭着喊着。

宋远辰依然被发丝形成的"茧"所包裹着，周萤辉的两名队友逃走时顺手把他扯下了舞台，然而台下的观众和保安们在说什么、喊什么他已经完全顾不上了，现在他心里只关注那一个人的安危。

就在这一片混乱之中，响起了言正礼一如既往冷漠的声音："这么大的事怎么不通知我？"

言正礼用齿轮边缘在"茧"上划了一下，发丝纷纷断裂。宋远辰连忙挣脱出来，跟着言正礼的脚步，跌跌撞撞地想要爬上舞台。

萤辉，一定不要有事啊！

当他把胳膊搭上舞台边缘时，正好看见周萤辉把狐妖按在地上，转头看向言正礼："咦，四眼，怎么又是你？"

[零九]

等到舞台照明恢复正常时，狐妖早已消失不见。

周萤辉把宋远辰拉上台，说："感谢这位幸运观众的配合，为我们带来了一场精彩的即兴演出！"

宋远辰没有细想周萤辉为什么认识言正礼，只觉得自己幸福得几乎要晕过去，在心里默默大喊了一万遍"萤辉最高！我要永远做你的真爱粉"。

观众们早已平静下来，接受了"即兴演出"这个说法。

"幸好让她补了这一句，不用挨个给观众消除记忆了。"言正礼在人群中满意地点点头。

他原本的工作安排只到"保护张月悦一家，送他们上计程车"为止，没想到刚办完这件事就收到主计算机发来的警报，得知狐妖发飙了，只好又赶回演唱会现场帮助周萤辉制服狐妖，把她抓回奇遇办。中了魔法的狐妖脸色苍白，很快陷入了昏睡，言正礼估摸着她熬不到天亮就该化为灰烬了，突然想起自己忘了一件事，连忙赶回演唱会现场，嘱咐周萤辉补上那句话。

本来还有一个任务需要和宋远辰一起完成，但齿轮里又传来了Mr.PH 3的声音。

"你在哪儿？奇遇办里怎么只有彗华，脑门上还贴着奇怪的黄纸？她没事吧？我先撕了哈……"

"啥？撕了？你等一下！快把符纸贴回去！"

言正礼心急如焚，与宋远辰匆匆告别，钻进了齿轮随意门。

可就是差了那么一两秒的工夫，言正礼进奇遇办时已经晚了。散发着绿色幽光的黑暗房间里，只见一个棕黑皮肤、银色短发的女人把Mr.PH 3扑倒在地："教官最喜欢你了，帮教官完成一个任务，好吗？"

"什么任务，教官？"Mr.PH 3看起来很开心，甚至还伸手轻抚着那女人的脸。

"教官需要去江面上看月食，你带教官离开这个地方，去江上好不好？"

月食？完了！那狐妖变成了Mr.PH 3心中教官的样子！

言正礼急得汗都出来了，正想开口阻止，却见一道寒光闪过，狐妖被拦腰斩为两段。

"不好，我讨厌赝品。"平时嬉皮笑脸的Mr.PH 3现在显得非常冷漠，拄着一把长剑站起了身。

狐妖的身体还在地上，断裂处燃起了幽蓝的火焰，渐渐地，狐妖就像着火的纸片一样，最终化为灰烬，消失无踪。

那么刚才你笑着摸她脸的时候，又到底在想什么呢？言正礼想着，轻轻叹了口气，而Mr.PH 3也发现了他的存在，恢复到平时轻松愉快的表情，若无其事地朝他挥了挥手。

言正礼欲言又止，顿了顿，还是忍不住终于开了口："丹璃是个在敌对国家长大的异教徒，你是个被AI养大的少年兵。奇遇办是专门找你们这样的人做协调员吗？"

"你不也一样吗？"Mr.PH 3耸耸肩，"青春期，本该是想象力最旺盛的年纪，而我们都曾经是最不相信幻想与奇遇的那种人，这就是我们被选中的原因。"

【一〇】

演唱会当晚，宋远辰一下舞台就被言正礼用随意门送回了家，并且交给他一个重任——张月悦一家打车肯定会堵车，而言正礼之所以抢先送他回来，就是为了让他等在这里，哭着向张家人道歉，说爷爷病危是他瞎编的，张家乱七八糟是他搞的。总之随便扯个理由，控制事态发展，不要让张家人报警惊动太多人。

"等我写完结案报告，报告一过审，我就能消去他们不该有的记忆，我的同事会用魔法把他们家恢复正常。你坚持一晚就好，加油！"之后言正礼似乎有什么急事，拍拍他的肩就匆忙消失了。

"好……"宋远辰有点蒙地答应下来，硬着头皮坐在张家门口。后面的发展都在他意料之中，尤其是闻讯赶来的亲爹赏了他两耳光这件事。

然而第二天早上一起床，宋远辰就发现一切正如言正礼所说，好像什么都没发生过——张家人不再和他生气，亲爹亲妈也不记得他昨晚有多熊。之后在学校里再遇到言正礼时，他只是低声说了一句"都搞定了"，随即面无表情地离去。

奇遇办到底是个什么组织？宋远辰有点儿好奇，但又想起了当务之急。

他在音乐教室里找到了练琴的张悦月，一开口就是道歉："对不起！我之前不该对你说那些过分的话……"

"不不不，我才是！"张月悦连忙挥手，"是我不该自以为是，否定别人的生活方式，你喜欢和仿妆 Coser 聊天也没什么啊！"

哈，她把相框里的狐妖当成 Coser 那段记忆还没删除？宋远辰觉得脸上红一阵白一阵的，情急之下只好转移了话题："你的选拔视频拍好了吗？我帮你啊！"

"好呀好呀，其实我……"张月悦的脸也红了，后半句话被她咽了回去——其实我最开始听周萤辉的歌，也只是为了与你有共同话题啊。

宋远辰决定发奋读书，找回自己的生活，不过帮周萤辉刷热度的工作还是一日不落。而张月悦真的被选为周萤辉自组乐队的键盘手，还得到通知说，五一假期时可以去上海与周萤辉一起演出。

周萤辉的"自组乐队计划"其实是个粉丝回馈活动，键盘手、鼓手、吉他手和贝斯手都是从粉丝中选的，在五一假期的短暂活动之后，乐队就会解散，所以机会十分珍贵。但宋远辰还记得自己"发奋读书"的决定，没有跟去看现场，而是认真学习，提前做完功课，准时拿起手机收看网络直播。

演出场地虽小，但气氛很不错。来观看演出的除了粉丝，还有一些周萤辉在娱乐圈的亲友，包括亲子秀小红人茜茜和她的妈妈周影后。

让粉丝们没想到的是，周萤辉依然是金长发加黑框眼镜造型，依然是踩着飞行器出场，却没穿银河少女队平时那些闪亮亮的打歌服，而是一身简单的宽松T恤和牛仔裤。

张月悦等乐队成员穿得也很随意，五个人看起来就是一支普通的大学生乐队。

更令人意外的是，周萤辉准备的歌也没有一首是偶像甜歌，就连成名曲《成为击坠王》这次都被她演绎得很狂野，不再像年轻小姑娘抒发爱与梦想，而是像王牌飞行员在获胜后意气风发地示威。

一场演出看下来，音乐知识不算多的宋远辰脑中飞过了"摇滚""金属""朋克""哥特"等词汇，虽然惊讶却又好像不太意外，只觉得通过这场演出认识了周萤辉的另一面，忍不住抱着手机在床上边来回打滚边说："萤辉真是太厉害了！"

这一定就是狐妖变的"彗华"当初说的"周萤辉和你以为的样子完全不一样"吧！可这样的她不是更棒吗？

不光宋远辰激动，现场的粉丝也都很激动，尖叫声、掌声不断。

直到安可曲之后，周萤辉清了清嗓子，准备说点儿什么。

现场渐渐安静下来，宋远辰也不打滚了，表情变得很认真。所有人都注视着周萤辉，专心等她发言。

只见她摘下眼镜，扯掉假睫毛，拿下金色假发，脱掉T恤，最终袒露出了满是刺青与伤痕的上半身，以及一张明显属于男性的脸。

"谢谢大家，我的变声器和认知篡改眼镜的效果调研做完了！地球人，后会有期！"

张月悦等人手里的乐器纷纷落地，宋远辰的手机也摔碎了屏幕，周影后甚至当场晕了过去。

[一一]

"言殿言殿，你看新闻了吗？小偶像周萤辉的真实身份居然是我们去年的奇遇当事人，那个带着绝症爸爸和童星妹妹去外太空闯荡的'星二代'沐星焰！"

丹璃端着手机凑到言正礼面前，突然想起他是纪律委员，对智能手机见一个收一个，连忙又换成了一张五颜六色的报纸。

言正礼敏捷地从丹璃身后夺过手机，看了一眼新闻中周影后晕倒的抓拍照后就把手机塞进了他的"没收专用文件袋"里，然后慢条斯理地说："这个故事教育我们，粉丝的心态调整得再好，偶像还是有可能会崩人设崩到亲妈都不认识。"

"那有什么关系？至少人家追星的时候开心啊！你开心过吗？"

"我吗？我现在就很开心啊。"

奇遇办 与 生化人

SHENG HUA REN

老去并不可怕,人生一片空白才可怕。

[零零]

  阿尔法城的夜晚灯火辉煌，摩天大楼的缝隙间，巨大的全息投影上广告模特们正轻歌曼舞。一艘飞空艇从模特缭乱的金发间缓缓穿过，正要降落在一座大厦的楼顶，却忽然在高空紧急悬停。

  几艘空中巡警艇收到警报，很快逼近了飞空艇，却不敢贸然上前，直到飞空艇会客室的视窗被击破，一名艺伎机器人从破洞中飞了出来！

  紧接着，被扔出来的，竟然是人类男性的半个脑袋！

  巡警艇指挥官连忙开始做战斗部署，这时，一名雇佣兵打扮的家伙从飞空艇的破洞里跳了出来，夜色中只能勉强看到他依靠喷气设备降落在大厦楼顶。

  巡警们火速追过去，并不知道降落在楼顶的只是个假人，而2501——真正的雇佣兵，此刻正扒在大厦外壁上，使用热光学迷彩隐藏了身形。

  头盔下的那张脸还是个少年，肤色白得异常，银发略微泛金，同色的睫毛下藏着一对红瞳，都是典型的白化病特征。他依靠手脚上的吸附装置，沿着外壁一点点向下爬。虽然受了点儿小伤，但任务进行得很顺利，再往下爬大约十层楼的距离，就能找到他为自己预留的撤离口了。这次领了报酬就卖掉基金顺便再买点儿期货吧。2501正想着，吸附装置突然失灵，他整个人急速下落！

  危急之中，他拔出军刀刺入外壁，想要制造摩擦减缓坠落的速度，却只是徒劳地制造出刺耳的声音，反而引来了巡警艇的注意。

巡警艇暂时探测不到使用了热光学迷彩的2501，于是直接向发出声音的方向开火。

混乱不堪的射击没打中2501，但流弹击中墙壁制造出的碎片砸在他头上，使他在坠落中失去了意识。

"阿尔吉侬……再给我讲个故事吧……"2501喃喃自语着醒了过来，发现自己倒在一个陌生房间的地板上。他试着起身，头上和腿上传来难忍的疼痛，于是指示植入在他颅骨内侧的辅助芯片进行检查。

辅助芯片是植入到2501颅骨内侧的微型电脑，随时都可以在脑内和他交流，能帮他处理各种工作，还不用担心被外人听到。很快，辅助芯片发来了外伤、感染、低烧、脑震荡、身体机能下降的提醒。他刚想打开医疗包寻找急救药物，就听到了开门的声音。

什么人？2501毫不犹豫地抬手射击，却因为枪械故障打偏了方向。

子弹在墙上打出一个洞来，使得开门的老人有些惊讶："搞么事？"他看了一眼冒烟的墙，又看向2501，"这怎么有个……小伢，你是义工吗？"

义什么工？2501愣了一下，而辅助芯片不断地发出"建议清除目击者""建议破坏目击者脑部以消除证据"的提示。2501不禁把手按在了枪的扳机上，却被一阵甜腻的香气转移了注意力——老人手里端着一只碗，碗里冒着热气。

"这、这是真实的食物吗？"2501凑到碗边，辅助芯片不断地发出"未经鉴定食物""危险""可疑""需要外接设备鉴定毒性"的警示音，他想伸出手却又犹豫道，"不会添加了成瘾性药物吧？"

"什么药？这就是一碗欢喜坨啊！"老人不解。

这时，2501已经无法抗拒那甜甜的香味，抓了一个塞进嘴里，整个人都呆住了："好吃！真好吃！"他的喉咙都要被烫出水泡了，却依然对刚咽下肚的那个欢喜坨赞不绝口，甚至抹了一把眼泪，"为什么我的眼睛里分泌出了液体？"

"真是个苕伢，莫不是没吃过欢喜坨吧？"老人觉得他太夸张了，干脆把整碗都给了他。

"我只能每六小时吃一次补给块……"2501恨不得把那一碗欢喜坨抱在怀中，咸咸的眼泪滴在香甜的食物上，被他咽进了肚子里。

[零一]

"你不觉得时空裂缝出现的频率越来越高了吗？"

"哈？"丹璃正瘫在小黑屋里的懒人沙发上，一边啃饭团一边用手机看新番动画，见到言正礼进来，第一反应是把手机往身后藏，然后才想起这里不是教室，不在纪律委员言大人的管辖范围之内，立即变得从容起来，"难得言殿这么主动，难道有新发现？"

言正礼已经被这个到处穿越拯救青少年的神秘组织抓着当了半年临时工，一直都是一副勉为其难消极干活的样子，现在却积极得像是丹璃的上司。

他指向显示屏，调出图表："我让主计算机统计了大数据，单说我们这个辖区，各类'错误'的比率在过去三年间都比较稳定，但自去年9月以来，'时空裂缝'类的错误同比增长了3.2%到7.5%，并且最近还有持续增长的趋势。"

他的声音非常严肃，使得丹璃愣了一下："说得这么吓人，可增长数率也就是几个百分点而已吧！"

"可实际增加的工作量已经严重影响到我的学习和生活了！"言正礼有点儿生气，再说按幻想类故事的常见套路，三天两头出现时空裂缝，难道不是异世界怪物入侵的先兆吗？

"但是……"丹璃还想说点儿什么，显示屏突然发出"嘀嘀"的提示音，插入了一则新消息："阿尔法城A-1辖区协调员替束 φ 斿 - 懋 ʅ 蚀Ⅱ发来求助请示。"

紧接着，显示屏里出现了一个奇怪的"铁桶"。铁桶大约一米高，外形精致，泛着银光，桶身连接着三个金属机械臂，桶身上端戴着像是《X战警》中激光眼那样的眼罩，整体看起来像国外的机器人展上出现的新款扫地机器人、高级音响之类的玩意，但桶身上没有任何显示屏或按钮。

这是什么，阿尔法城协调员的机器宠物吗？言正礼和丹璃茫然对视。

铁桶对他们惊讶的表情显然习以为常，它用冰冷的合成音说："我是替束 φ 斿 - 懋 ʅ 蚀Ⅱ。本辖区有个名叫2501的雇佣兵因时空裂缝错误地出现在了贵辖区。由于生理上的不兼容，我不便前往贵辖区，主计算机指示我向贵辖区协调员求助，请你们帮我鉴定2501是不是人类。"

啥？你们辖区连奇遇当事人是不是"人"都搞不清？言正礼想吐槽，丹璃则在纠结他的名字怎么念。

"真想向主计算机投诉你歧视其他文明。"铁桶仿佛看穿了言正礼心底的吐槽，平静地抱怨了一句，说，"如果2501不是人类，他就不该得到这个奇遇。"

事情要从阿尔法城的商业巨头"电子羊"公司说起。电子羊公司的主要业务是制造生化人，然后将其卖给有钱人当玩具。制造生化人的成本相当昂贵，所以电子羊公司也做一些鱼目混珠的不法生意，比如难免会生产出一些"富余产品"或"次品"，只能卖给不法分子从事犯罪活动，或者成为地下科研机构的"实验动物"；又比如从贫困战乱地区贩卖未成年人并进行洗脑，再伪装成生化人出售。

这次的奇遇当事人2501正是出身于这家公司的"富余产品"，他从异世界的阿尔法城穿越到了武汉。单说奇遇内容，其实并未出现需要匡正的"错误"，问题是，现在无法确定2501到底是不是人类。

以阿尔法城目前的生化人技术，生化人和人类在基因层面是同种生物，但法律规定生化人不算"人类"，自然也就不该获得奇遇。

"好在人类与生化人有一个明显的区别，人类体内有身份标记，按你们辖区的用语可以解释为一种'纳米机器人'，而生化人体内没有。这就是我想请二位帮我鉴定的内容了。"说着，奇遇办幽暗的空间里突然出现了一个小小的黑窟窿，黑窟窿中伸出一个看起来像铁质试管夹的玩意，它握着一件长得像钢笔的小东西，"这就是鉴定仪，有劳二位了。"

"请问是主计算机提醒你这个当事人有问题的吗？"丹璃问。

"不，是我发现问题并上报的，因为我的大脑可以在辅助芯片的帮助下迅速浏览所有奇遇当事人的档案。而我的个性就是不允许出现任何错漏。"说完，黑窟窿就消失了，显示屏里的铁桶也不见了。

"他居然能找出主计算机都没发现的错误，看来业务能力比我们强多了！"丹璃嘴上这么说着，却做了个不屑的表情，似乎不太喜欢这份工作。而一旦丹璃想怠工，她就会……

"苏米马赛，人家生理痛，鉴定工作拜托言殿啦！"

果然，丹璃就地躺下，任务就这样又被扔到了言正礼手上。

[零二]

真实食物的香味实在是太令人无法抗拒了！

2501边吃边哭，老人看他可怜，又给他拿来许多吃的，结果他一直吃到吐，然后吐完还是忍不住继续吃。

在此之前，别说吃真实的食物，2501连"美食虚拟体验"都不会买。一方面是他有那个钱宁可去买理财产品；一方面是他怕自己会上瘾，就像现在这样。

"你为什么要救我？"他问老人。按照他过去的人生经验，他现在应该被捆在手术台上开颅才合理，而不是在这儿免费享受价格高昂的真实食物。

"为啥？看着你可怜呗。"老人摆摆手说，"这些东西不贵，总共也花不了多少钱。"

老人自称郑爷爷，是"天年公寓"的清洁工人，在打扫卫生时意外发现了仓库里的2501。郑爷爷不免在闲聊时旁敲侧击地问他的身世，2501一律保持沉默。

其实2501不回答，一半是因为真的答不上来，另一半是因为心里惦记着别的事情懒得现编——他无法确认自己现在的坐标，即使是花了三个小时掌握了这里落后的电子信息技术，并顺手升级了天年公寓的局域网，可使用笨重的电脑与龟速的互联网进行搜索后，他依然搞不清自己在哪里，而且根本搜不到阿尔法城的存在。

现在该怎么办？2501抓着自己的军刀刀鞘下意识地摩挲。他很想尽快回到阿尔法城，但他连自己是怎么来到这里的都不清楚，哪知道怎么回。从郑爷爷那里得知，他现在身处的地方名叫"中国""武汉""汉口"，但辅助芯片无法搜索到这些地名。

世界上怎么可能有这样的地方？虽然这里的科技水平明显比阿尔法城落后，连清洁机器人都没有，却有供老人集体生活的设施，也就是他所处的这座"天年公寓"——这个概念对他来说有点儿奇怪，在阿尔法城，富人根本不会衰老，而穷人如果"幸运"地活到了衰老的年龄，只能独自死去、默默腐烂。

郑爷爷见他一副苦大仇深的样子，以为他是想起了什么悲惨往事，又捧出了各种零食以示安慰。

2501觉得自己的脑子瞬间当机，再反应过来的时候，他已经大步流星地坐在了茶几前，把零食都抓在怀里了。

急着回去做什么？按真实食物在阿尔法城的价格与自己的收入换算，吃白食怠工几天稳赚不亏啊！

2501就这样在天年公寓住了下来，每天帮忙修修电脑、调调电视、整整手机。在管理者和其他老人看来，2501是"郑爷爷的侄孙子，好像是来做志愿者的，特别能吃，经常吃着吃着就哭了，脑子可能有点儿问题""修电脑技术很好，就是好像有点儿看不起电脑""那么白是得了白化病，不能晒太阳吧？看着怪可怜的"……2501还换上了老人们热心捐赠的普通衣物以及防晒的鸭舌帽和老旧的太阳镜。

在2501看来，天年公寓老人们的生活落后又新奇。在阿尔法城，他接触过的人主要是冷酷无情的合作伙伴、优雅却糜烂的任务目标，还有贫民窟里衣不蔽体的孩子和散发着腐烂恶臭的濒死者……没有任何人像这些老人一样，平时看着像一栋栋移动的危房一样颤巍巍，凑在房间里打牌时居然会一言不合开始对骂，有时2501都怀疑他们要掏出武器开始火拼了，转瞬大家又相视一笑，继续往下玩。

起初，2501很难理解他们为什么这么相处，可渐渐的，他又有点儿羡慕。毕竟如果不打开互联网接口，他一整天就只能和辅助芯片聊上几句。以前和阿尔吉侬在一起的时候，至少还有故事可以听啊……2501一边这么想着一边拖着大大的垃圾车往院子外面走，他在帮郑爷爷倒垃圾。

结果一不小心，垃圾车剐蹭了路边的豪车，宝马车上下来几个男人对他拉拉扯扯。

按2501以前的风格，他应该说动手就动手了，但现在他的思维已经进入了"蹭饭模式"，在脑子里打转的念头非常和平——

我是不是触犯了当地法律？他们想对我武力报复吗？辅助芯片，给我评估一下他们的战斗力！我如果还手肯定会犯法吧？这里的执法机构能抓住我吗？不管是被抓还是逃走，我都会损失很多顿真实食物吧？

想到这里，他脸上已经被人不轻不重地打了两耳光，但他专注想问题，也没太在意，倒是郑爷爷闻声过来了。

郑爷爷边说边想要拉开他们的手："你们怎么欺负小孩子！"话音未落，就"啊"的一声，郑爷爷被人推倒在地上。

"你们这些垃圾！"2501立即火了，毫不犹豫地挥出了拳。

三分钟后，那几个男人大呼小叫地倒了一地，如果不是老人们拉住了他，可能现场就出人命了。

当地居委会派人过来调解，两拨人才各自离去。等到2501和郑爷爷两人独处时他才毫不客气地开了口："你为什么要出手？你对自己的身体机能和战斗力没有评估吗？"

郑爷爷不太适应晚辈这么对自己说话，愣愣地看了他半天，终究还是什么都没说，只是打开零食箱，给了他一包锅巴。

2501的注意力瞬间就被拉开了。

[零三]

现在2501大部分的心思都在食物上，任何人吃东西被他看到了，他都不会放过。老人们觉得孩子能吃才好，也不计较。

有一次，2501正坐在一桌看球的老人旁边蹭零食，一位大爷喊了一声"进了"，就激动得脑溢血发作了。旁边的老人们连忙呼救，2501也赶紧放下心果帮忙抬人。

医生赶来了，抢救成功，老人们也恢复了平静，似乎对突然发病这种事习以为常。只有2501愣在那里，心里的感觉很奇怪，他从死神手中抢回一个人，这本该是多么自豪的一件事！可是对方是个老人，是个迟早会死的人，这样的抢救有意义吗？

2501就这样静静站在那里，直到郑爷爷拍了拍他的肩膀："不错啊，听说你刚才帮大忙了！"

"我想不通……"2501看到郑爷爷，忍不住说，"为什么这里这么富裕，每个人都能随意享用真实、新鲜的食物，人还是会衰老？"

郑爷爷没听明白他的意思，一边擦窗台一边随意答道："每个人都会老，每个人也都会死，自然规律嘛。"

"至少在我们那里，不是每个人都会变老。"2501一边咀嚼着美味的樱桃番茄一边说。

他之所以连美食虚拟体验都不买，就是为了攒钱，他希望有一天，自己也能成为一个不会衰老的富人。

而且，他心里还抱着一丝微弱的希望，如果活下去，也许他能和阿尔吉侬重逢。

"我像你这么大的时候啊，也觉得自己既不会老，也不会死。"郑爷爷叹了口气，"不过活到现在就觉得，这些都没什么可怕的。"

"我不怕疼，也不怕死，死亡只是无限的未知。"2501认真地看着郑爷爷。

老人的面容慈祥温暖，然而也枯朽松弛，像阳光晒在一座年久失修的废墟上，自己用一只手指就能杀死他。对2501来说，未来的可能性只有早早地死去与富裕地永生两个极端，他无法想象有一天自己的外貌也会变成郑爷爷那样，却依然活着。

他顿了顿，直截了当地说："但我不想变老，与其衰老，不如去死。"

郑爷爷听到他这么说，反而笑了，他拍拍他的肩："苔伢啊，我年轻时也这么想，结果一转眼就这把年纪了。去南极时遇到的鲸鱼、登上珠穆朗玛峰时看到的耀眼的雪景、迪拜帆船酒店顶层看到的风光、我的孩子从MIT毕业时做的演讲，都好像还在昨天。如果不慢慢经历这几十年，怎么可能拥有这么多美好的回忆呢？老去并不可怕，人生一片空白才可怕。"

郑爷爷说着，带2501去看天年公寓的荣誉墙。但在2501眼里，那些金灿灿的证书和亮晶晶的奖杯没有任何价值，珠穆朗玛峰和MIT是什么他也理解不了。

想起自己这些天里一直跟郑爷爷挤在一个小单间里，每天四处清扫擦洗，2501忍不住问："那你为什么在做这些该由清洁机器人完成的工作？难道在你们这座城市，老迈的人类就只能这样生活吗？"

郑爷爷不再说话，打开荣誉墙旁边的门把2501拉进了工具间。工具间里堆满了抹布、扫把、鸡毛掸子等各种清洁工具，角落里有一扇小门。打开那扇门走下楼梯，楼梯的另一端竟然是一间豪华而舒适的观影室，真皮沙发前摆着占了一面墙的投影屏幕，红木柜子里放着《银翼杀手》《柏林苍穹下》等各种影碟。

郑爷爷拉着他在柔软舒适的沙发上坐下，递给他两块曲奇："做清洁嘛，对我来说只是兴趣爱好、锻炼身体,其实这家养老院就是我的。我这辈子过得也算是跌宕起伏吧,不过现在过得还行,子女也很有出息,这样不也挺好的吗?"他顿了顿,又说,"你这个伢啊,虽然有点儿怪怪的,但看着脑子也不笨,不如我送你上大学吧?等到四年书读完……"

什么,四年?2501连忙打断了他的话:"我还得回阿尔法城。"

"真的。"郑爷爷觉得他冥顽不化,忍不住又问,"那个阿什么城到底是个什么地方啊?你爹妈是做什么的?你几岁了?"

"我……我也不知道。"2501缓缓地摇了摇头。

他的记忆中从不存在父母,自然也不知道自己几岁。最初的记忆如今只剩一些碎片,他隐约还记得,是在一个布满镜子的空房间里,一些男孩无聊地跑来跑去,总在他身边的那一个是他的朋友阿尔吉侬。

那个房间中的孩子,有一些和他一样白肤红瞳,也有一些和阿尔吉侬一样棕头发、蓝眼睛,肤色略深。大部分人都很呆滞,只有阿尔吉侬一直在给他讲故事,尽管他已经想不起故事内容了。他只记得房间里的男孩越来越少,还记得阿尔吉侬说"我怕我不管你的话你会死"……再后来他就不记得了,他只记得自己再次醒来时正躺在一张病床上,脑内被植入了辅助芯片,被强行灌输了许多战斗必备的知识。自己的右肩关节处还有巨大的伤痕,以那条伤痕为界,身体是白色的,右臂肤色却很深……还有,阿尔吉侬也不见了。

[零四]

2501断断续续地向郑爷爷讲述了自己记得的事。

可郑爷爷显然听不懂他在说什么,沉思片刻之后只扔出来一句:"你这个伢,是不是什么游戏中毒太深,需要电击戒网瘾啊?"

2501也没听懂他的话,但并不生气。

郑爷爷还想继续劝说他上大学,可这时有个电话打过来问他在哪儿,郑爷爷只好和2501一起离开了观影室。一名眼镜少年义工把一个一身名牌的中年女性带到他们面前。

"我和客人有话要说,你自己玩会儿吧。"郑爷爷与2501告别后,就与中年女性一起去了会客室。

2501目送他们离去,同时敏锐地察觉到似乎有谁在暗中注视着自己,回头正撞上眼镜少年一个踉跄快要冲进他怀里,他立即敏捷地避开了。

这小子看着这么弱,应该不会是杀手特工之类的人物吧?但瘦弱的体型或许是伪装?

既然郑爷爷是个富人，会有多少仇人派杀手去杀他？

两人擦身而过的那一瞬间，好几个念头从2501脑中掠过。

眼镜少年嘟哝了一句"抱歉"正要离去，2501旋即拔出军刀，飞速地把他按倒在地，寒光一闪之间，锋利的刀刃将他的眼镜连框架带镜片一切为二，差点儿就削掉了他的鼻子——然而那少年却连这么简单的攻击都没避开，刀刃停在他鼻尖时，他吓得脸色煞白，满脸是汗，一句话都说不出来。

"谁派你来的？"

"神……神……"少年结巴了一下才把话说清楚，"神经病啊！学校派我来做义工混个学分而已！"

太弱了。辅助芯片给出的战力评估也符合2501的直觉判断，这家伙的身体反应不会说谎，确实是个普通人。

2501收起刀，扔下一句"以后小心点儿"就走了，琢磨着还是要考虑其他刺杀者来行刺的可能性，他决定给天年公寓的安保监控系统做个升级。

结果没走几步，急救铃声就响了。

2501一回头，就看到护士们推着急救床一路小跑赶了过去，他也习惯性地跟上，没想到的是，这次看到的竟然是自己现在最害怕的场面——郑爷爷倒下了，皱着眉头，脸色青灰。

刚才的中年女人和眼镜少年这会儿也在郑爷爷身边，但2501根本没看他们，一贯冷漠的脸庞上出现了少见的惊慌，一个劲儿地缠着忙碌的医护人员问："他会不会死？怎么才能治好他？"

他扑到急救床边，对躺在上面的郑爷爷说了其他人都听不懂的话："我怕死了，我现在怕死了！"

有记忆以来，2501短暂的人生一路都是刀锋舔血般走过，死亡如影随形，他从没想过，有一天自己会害怕死亡，而且是害怕它降临在别人身上。

为什么呢？就因为郑爷爷给了他很多昂贵的真实食物吗？2501想不通，他只是扒在急救床边不愿离去。他想起自己有个急救包，可他觉得自己那点儿简单的治疗技术治不了重病……

这时，中年女人拍拍他的肩，示意他挪出位置方便医护人员工作，并安慰他："你就是郑叔叔最近捡的那个'小吃货'吧？他说你好像是从什么生活很苦的战乱国家来的……放心吧，没事的，他这种程度的发作，在我们这里很容易治。"

"你是……"

"你叫我张阿姨吧,我是他的远房侄女。"

中年女人和他寒暄几句,又听了医嘱,在郑爷爷被送回房间后,开着一辆豪车离开了。

至于眼镜少年言正礼,则是等到2501转身绕过墙角才放松下来,长呼一口气。

刚才他故意撞上2501,就是为了用"小钢笔"对他进行鉴定,鉴定完后他想离开,结果一转头就迎面撞上了郑爷爷和那个中年女人。

那女人有点儿吃惊,郑爷爷则是吓得一屁股坐在了地上:"哎哟,怎么这么突然……"

"对不起,您没事吧!"言正礼连忙在老人身旁蹲下身来。老人脸色发灰,表情痛苦,但见到言正礼慌乱的表情,竟然还跟他开了个玩笑:"你这小子……是想吓死我好继承我的遗产吗?"

"您别说话了!"言正礼帮助他躺平,并意识到自己闯了大祸——郑爷爷的心脏病发作了。

考虑到老人普遍体弱多病,老年公寓里设置了各种便于老人行动的扶手等设施,义工也都经过正规培训,在路口、拐角等处会尽量缓慢行动,避免惊吓到老人。只有言正礼这种蒙混进来的假义工,才会忘记这么重要的事。

好在中年女人似乎很熟悉老人的起居,从他外套里摸出速效救心丸放进老人嘴里,然后按了急救铃。

其实言正礼已经观察2501两天了,目睹了他对郑爷爷的关切之情,觉得他应该是人。鉴定结果是"NHC2A P",纳米机器人阳性,也符合言正礼的猜测——他是人类,这让言正礼很高兴。

虽然眼镜都被那家伙砍成了两截,自己也有一瞬间以为要被他刺死了,但最终还是证明了他的奇遇是合规的,这一切就是值得的。

对,奇遇办应该保护他,让冷血雇佣兵与孤独的老人之间留下一段美好的回忆。

言正礼使用随意门先回家拿了备用眼镜,之后又回到奇遇办,把鉴定结果发给了那个铁桶,他和丹璃称呼它"束蚀Ⅱ"。

丹璃依然瘫在懒人沙发上看动画片,肚子上还压着一杯红糖水,言正礼随口问了一句上司Mr.PH₃这几天怎么没来。

"他回母星处理内战了,所以才需要你帮忙呀。"丹璃随意地说。

两人刚聊到这儿,显示屏那边又传来了束蚀Ⅱ的声音:"两位好,关于言先生辛苦得到的鉴定结果,我有一些疑问,我还是自己过来吧。"说着,一个黑窟窿又凭空出现在了奇遇办里,束蚀Ⅱ出现了。

[零五]

"虽然言先生得到的鉴定结果是阳性,但我观察当事人的生活画面时发现了一点儿问题。"束蚀Ⅱ抬起了它的机械臂指向显示屏,显示屏中出现了2501在房间里换衣服的画面。

他脱掉光学迷彩防护服,裸着上半身,从画面中可以清楚地看到,他整条右臂的颜色都和身体其他部分明显不一样——其他部分是过于白皙的白化病肤色,但右臂的肤色更深一些,和普通人差不多。

可这又有什么问题呢?言正礼没看明白。

束蚀Ⅱ又说:"言先生,请问你的鉴定结果是来自他的右臂还是其他部位?"

"我没太留意……因为你当初也没交代一定要对着哪个部位检测。"

"他的右臂明显是从别人那里移植过来的,之前我并不知道这件事。换句话说,右臂是人类,不代表他是人类。我必须亲自去给他鉴定一次。"束蚀Ⅱ朝着言正礼抬起一只机械臂,"带我去天年公寓吧。"

"可我现在有个问题。"言正礼沉思片刻开了口,"2501表现出了非常接近人类的感情与同理心,我原本以为,这是因为他是人。如果说我的鉴定结果是错误的,他却依然有和人类一样的感情与灵魂,也就是说,他和人类的区别就是是否有标记,那生化人凭什么不算人类啊?"言正礼对束蚀Ⅱ理所当然的语气非常不满。

束蚀Ⅱ沉默片刻,给出了回答:"据我所知,在你们的世界里,有一些动物哪怕属于同个品种,也只有一部分会被人类视为子女抚养,还有一部分会被人类吃掉,对吧?那么有着相同基因的人类与生化人又为什么不能被区别对待?"

他在说宠物狗和菜狗吗?那和人也不是一回事吧?言正礼一时间竟然无话可说,而这时丹璃终于忍不住伸手摸了摸他的机械臂:"带你去是可以啦,束蚀Ⅱ。可既然你自己也是能出现在这个世界的,之前为什么要把工作都推给我们啊?"正式工丹璃的权限自然比言正礼高,她点头了,言正礼就不好再说什么了。

而束蚀Ⅱ答得理直气壮:"我不是说过了吗?生理不兼容。贵辖区没人见过我这种代用体吧?我来一趟你们的世界,不但中途很难充电,而且事后消除记忆的工作量也非常大。"

真想把他卖给收旧家电的。丹璃用嘴型对言正礼说。

[零六]

2501趴在郑爷爷的病床边睡了一宿。尽管医生护士早就说过没事了,他还是不放心。

他让辅助芯片搜索资料库内所有与心脏病有关的知识，结果辅助芯片给他送出来这么一句话："死亡并不可怕，死亡只是无限的未知。"

哦，原来这句话不是我自己想出来的，是资料库灌输给我的啊。这个发现让2501有点儿意外，难怪每次他想着"活下去才能见到阿尔吉侬"时脑子里就会冒出这句话。

刚想到这里，郑爷爷睁开了眼睛："我想吃热干面。多给点儿芝麻酱，要醋，要葱，要萝卜丁，不要香菜，四勺辣椒油。"

"医生说你只能吃粥。"

"现在不吃也许就再也吃不到了！"郑爷爷故意夸大病情，像孩子一样任性。

2501只好穿上了热光学迷彩，隐身去给他买热干面，结果出门没几步，突然被什么东西抓住，被拉进了工具间——

怎么回事？我不是隐身了吗？2501又惊讶又警觉，只见自己被一男一女和一个铁桶所包围，铁桶伸出两只机械臂固定住了他的身体，同时发出冰冷的合成音："不要乱动，很快鉴定完了。"

说着，铁桶伸出第三只机械臂在他脑门上一晃，然后自顾自地念出一个结论："NHC2AN，他是生化人，只有那只右臂属于人类。但是，奇怪……"铁桶束蚀Ⅱ的眼罩里发出怪的射线，扫描着2501的身体，"这只移植的手臂不但和你自己的手外形完全对称，而且也没有排异反应？你们公司会为雇佣兵定制这么精细的……"

话还没说完，2501已经从他的机械臂中挣脱出来，一手把他按倒在地，一手随即掏出军刀，利落地斩断了机械臂之一："就凭你这种最便宜的Jameson型代用体也想控制我？哪个公司派你来的？波塞冬工业也不至于这么可笑吧？"

好惨哦，其他辖区的协调员眼看着就要被当事人杀害，哦不，拆机了。言正礼心如止水地想着，完全不打算出手相助。

"呀，人家生理期用不了魔法，没法救你啦！"丹璃也一如既往地装傻卖萌。

好在束蚀Ⅱ本来就没指望他俩，也习惯了自己的代用体被人嘲讽，冷静地说："我是你的奇遇协调员，是你回到阿尔法城唯一的希望。你也不想继续待在这个落后的世界，和那些老头老太一起衰老吧？"

"你有什么证据证明你不是泰勒公司、青心工机和剑菱重工的？"2501报出了一堆潜在敌人的名字。

"没有。反正除了我也没人在乎你能不能回去。你嫌我的代用体便宜，可你这种类型的复制人，如果不尽快更换身体部件，应该会在十年内早衰而死吧。"

不回阿尔法城就会早死这件事，2501很清楚。赚钱续命，对他来说是唯一的出路。

但现在……他瞟了一眼自己手里那个碗,他本来打算用它来为郑爷爷买热干面的。

就在这个时候,束蚀Ⅱ的眼罩不再发光了,并且发出了一声短促的提示音,束蚀Ⅱ随即安静了下来。

"算了,你就继续待在这里蹭饭吧。"束蚀Ⅱ突然改口,并且试图推开2501。2501有点儿迷惑,但出于本能没有放手。

束蚀Ⅱ的铁桶身体底端忽地喷出一股热气,靠着这阵推进力,他挣脱了2501,在空中转了半圈又俯冲过来拎起了言正礼和丹璃,撞破工具间的门冲了出去,然后才扔出齿轮随意门,一头钻进奇遇办。

"以他的战斗能力可能会直接抓住我们跟进来,所以我不敢在他身边打开随意门。"束蚀Ⅱ解释了一句,然后再一次打开随意门,打算回到自己的世界,"谢谢两位帮忙,我这就……"

"等一下!"言正礼用力抓住了束蚀Ⅱ的机械臂,"你为什么突然不管他了?你肯定隐瞒了什么!你不能只让我们帮忙却不告诉我们真相!"

"你本来就希望他能享有'人权'和'奇遇',让他留在贵辖区不是正好吗?"束蚀Ⅱ试图甩开言正礼,但他现在三只机械臂断了一只,没有成功。

"可你……"言正礼想说看你这个嘴脸肯定有阴谋,身后突然又响起一个熟悉而阴沉的声音:"不生气、不违法、不用刑、不杀人……"丹璃深吸一口气,一脚踹在言正礼屁股上,"少跟这个铁桶废话!把真相揪出来!"

就这样,言正礼和束蚀Ⅱ一起被踹到了随意门的那一边。

[零七]

靠着时好时坏的热光学迷彩以及自己身为专业雇佣兵的反跟踪技术,2501成功买回了热干面,并瞒过所有医护人员端到了郑爷爷面前,没想到进病房一看,他居然又睡着了。

"老年人是这么容易睡着的吗?"2501问辅助芯片。辅助芯片在资料库里搜索了一下,回答:"资料库内并未输入与工作任务无关的知识。"

好吧,那我是该直接喊医护人员,还是找找自己急救包里的检测设备? 2501刚想到这里,郑爷爷就大喊着"我不知道!我不知道!我真的不知道啊",惊醒了过来。

"你怎么了?"2501紧张地扶住他,"急救铃呢?你们说过的那个急救铃在哪里?"

然而郑爷爷伸手阻止了他:"没事,做噩梦而已。"

噩梦啊。2501也想起了自己那些与任务相关、血肉模糊的梦境，于是没有问噩梦的内容，而是拿起热干面端给他："很香。"

结果郑爷爷根本没去看他最喜欢的热干面，而是有点儿焦虑地抓住了2501的手："下周我就带你去见我侄女，让她想办法送你上大学，好不好？"

"怎么突然又说这个？"2501纳闷道。

"我啊，心脏病一发，突然就特别怕死了。"老人的声音有些发颤，"你还这么年轻，又是从一个好像很有钱但穷人却惨得连饭都吃不上的地方逃过来的，是中东吗？总之，我想不管我什么时候死，死前总得为你谋个出路吧……"

这句话让2501心里一动，类似"不管我什么时候会死"之类的话，是谁对他说过呢？

这时，郑爷爷的手抓他抓得更紧了："也不求别的，只希望你能学成毕业然后出去见见世面……一定不要像我这样……觉得自己快死了才开始害怕、后悔……网上和电影里看过的那些风景，南极的鲸鱼、喜马拉雅的雪山……大概这辈子都看不到了。"

"你还想再看一次吗？"2501没听明白。

"不，我是……"郑爷爷顿了顿，显得有点儿难以启齿，直到发现2501正专注地盯着他，才下定决心开了口，"其实我怕死是因为……唉，我根本就没有过什么精彩人生啊！"

郑爷爷的故事说起来可怜又可悲。

三十岁左右的时候，他是一名长途货运车司机，为了挣点儿快钱，他帮人捎了几次"货"。最后一次，半路上他就被缉毒犬揪出来了，被查出货车里有十公斤毒品。从被捕到审讯期间，他无数次大喊着"我不知道！我不知道！我真的不知道里面有毒品"，然而扪心自问，他其实也明白，自己不是"不知道"，而是假装不知道，毕竟怎么会有平白无故就可以赚一大笔钱的货运工作呢？

数罪并罚，他被判死缓转无期再减刑，几乎坐了一辈子牢，三年前才出来，出狱之后年纪大了又没有生存技能，差点儿活不下去，坐在祖坟前酗酒时，遇上了回来扫墓的远房侄女，也就是那个一身名牌的张阿姨。她是个成功的商人，也是这家养老公寓的股东，于是把他安置到了这里。

刚到天年公寓时，郑爷爷每天闲得慌，只能按监狱时的生活习惯到处打扫卫生，也按习惯聊天吹牛，结果因为假话太多，反而遭人讨厌。

张阿姨得知他没有朋友，精神生活又很匮乏，就给了他观影室的钥匙。闲暇时他看了很多电影，什么"南极的鲸鱼""MIT的演讲"，都是他从电影里学来的吹牛素材。其他老人听他吹牛无非一笑而过，只有2501才会信这些话。

"之前跟你说我以前工作太忙没时间关心孩子才在你身上找弥补……"郑爷爷露出了自嘲的笑容,"哈哈,哪有什么工作,我是出不了狱才没法关心孩子。"

2501听完郑爷爷的坦白,只说了几个字:"张阿姨人真好。"

原来,在这座奇怪的城市里,不止郑爷爷会不带任何目的地去帮助别人啊。

"是啊,她真好。"郑爷爷又叹了一口气,"伢啊,你不要学我虚度人生,早点儿离开这里,去做喜欢的事情吧。"

"可我现在喜欢陪你,也喜欢热干面。"2501把面碗递给他,"都快凉了。"

这段对话戛然而止,郑爷爷一边叹气一边吃他的热干面,而2501再一次陷入了沉思。

阿尔法城是肯定得回的,但在回去之前,他也想帮助郑爷爷一次,就像郑爷爷救助他一样……对了,能不能送他去他想去的那些地方看看呢?

这个念头出现之后,热衷理财的2501首先想到了钱的问题。郑爷爷没钱,那就得靠他来准备资金了。他回忆了一些在这里上网时留意到的信息,注意到武汉虽然富裕又落后,但有一点和阿尔法城是一样的,那就是银行里最牢固的那个房间中锁着金子。

要不去银行抢点儿金子吧?毫无法律道德观念的2501认真考虑起了抢银行事宜,却又在搜集相关信息的过程中有了新的发现。

"那些人……想做什么?"他正思索着,突然察觉到背后有轻微的脚步声,条件反射地想拔刀转身,却被一个从天而降的齿轮套住,紧紧箍住了身体。

什么玩意?2501还想挣扎,然而言正礼趁着他的上半身被箍住,一把把他推到地上,大声喊:"别乱动了行吗?你快死了!"

[零八]

之前言正礼被丹璃一脚踹到了束蚀Ⅱ的世界,也就是阿尔法城。

束蚀Ⅱ的铁桶身体在地上滚了三圈之后才恢复平衡站起来,铁桶扬声器里发出了一如既往冷漠的合成音:"言先生,虽然你不受本地法律管辖,但我可以向主计算机投诉你私闯民宅。"

"这里居然真的是民宅啊。"言正礼毫不在乎他的威胁,四处张望。他们现在所处的空间是一间以白色为主要基调的房间,一个不知是扫地机器人还是电子宠物的小玩意正在地板上忙碌着,没理他们。最让言正礼意外的是,桌上有个小小的水晶立方体,里面轮番播放着以几个人类为主角的全息影像,有时也会出现束蚀Ⅱ那个铁桶身体的身影。

"那些是生化人吗?"言正礼指着那个水晶立方体问,"你有这么多生化人玩具?"

"他们是我的家人。这不是比喻,是法律层面的事实。"束蚀Ⅱ的电子合成音冷漠依旧,"我是人类,性别 β,今年17岁。我是不是忘了告诉你这件事?"

也就是说,阿尔法城的人类家庭可以收养一个铁桶,并赋予它合法的人类身份?言正礼一时没想明白,但马上想起自己的目的:"谈谈我的那个问题吧。你为什么不管2501了?你有什么阴谋?"

束蚀Ⅱ沉默片刻:"这是我辖区内的事情,我有权对你保密。倒是你的行为,已经违反了协调员守则第七十八条。请你尽快离开,你应该也不想被扣业绩吧?"

"我是临时工,没有业绩可扣,我是不是忘了告诉你这件事?"言正礼振振有词,"你的家人应该不知道你是协调员吧,我去和他们打个招呼?"

奇遇协调员通常都是和言正礼差不多闷的少年,并不愿意让家人知道自己有个奇怪的工作。虽然言正礼拿这句话吓他,但其实自己心里也没底——"铁桶"的家庭关系和一般协调员能一样吗?

结果束蚀Ⅱ还真被他这句话给镇住了:"好吧。"他的眼罩里有灯光闪烁,在半空中投射出一个全息影像,看起来是人体心脏部位扫描图之类的东西。

"虽然我这个便宜代用体总被人嘲笑,但其实我自己私下做了改装,这已经是我的经济条件下能做到的最佳配置了,功能很多。"束蚀Ⅱ用机械臂指向全息投影中的"心脏",隐约可见里面有一个黑点,"刚才扫描他的身体时,我发现他体内有一个'缓释心率炸弹',是你们称为纳米机器人的那种东西,这可能是他之前执行任务时被人射入的吧,它会在他的心脏跳满604800次时杀死他,换算成常人心率,大约七天。"

"所以你是看他没几天好活了,就扔下他跑了?"言正礼愣住了。

"对,我何必在这种任务上浪费时间?"

"可协调员守则第一条不就是要确保当事人30天内的生命安全吗?"言正礼提高了声音。

束蚀Ⅱ连忙伸长机械臂捂住了他的嘴,顺手把他按在墙上:"我已经说过了,在我们阿尔法城,不是人类,就不能算奇遇当事人。"

言正礼生气地一把挥开束蚀Ⅱ的机械臂:"他不算人,你这个铁桶算人?"

空气瞬间安静了下来。

有大约几秒钟的时间,言正礼担心自己是不是说错了话,伤害了这个铁桶脆弱的心灵。可很快,束蚀Ⅱ给出了比平时还讨厌的回答:"对,我是人,他不是,这就是阿尔法城的法则。你那个落后世界连狗和狗之间的平等都没实现,有什么资格对我们说三道四?"

怎么又扯回狗了啊?言正礼气极,正要开骂,丹璃突然出现:"真是的,你们别吵啦!

我给主计算机写了报告，主计算机批复了，会在三天后举办协调员投票大会，决定2501到底算不算人，如果投票通过，我们就要按协调员守则'不让他在30天内死去'的规定救他！"

[零九]

就这样，言正礼赶回武汉通知2501，花了很长时间对这个死脑筋的雇佣兵解释什么叫奇遇什么是奇遇办，最后告诉他，希望他在接下来的几天里都不要乱动，尽量保持低心率。

2501虽然脑筋死，但出乎意料地冷静，在接受真相之后，他露出了自嘲的笑容："缓释心率炸弹啊……大意了，想必是在飞空艇上被射中的吧。"自己来到这里之后觉得不安全、没时间，所以没安排辅助芯片做需要12个小时的全身扫描，就因为这一时疏漏，居然没有发现。现在他立即指示辅助芯片做针对心脏的扫描，很快确诊了"炸弹"的存在，但已经晚了。

唯一的好消息是，他身体素质好，静息心率一直只有每分钟52次左右，这可以为他争取更多时间。可之前又是抱着各种美食猛吃，又是和欺负郑爷爷的流氓打架，谁知道这些琐事浪费了多少次心跳？

想到流氓，2501突然警醒了起来："谢谢你提醒我，但我还是得战斗一次，为郑爷爷解除后顾之忧。"

"啊？战斗什么？"言正礼茫然。

2501从面前的电脑上调出监控画面。他们现在待的地方其实是天年公寓的监控室，他经常来这里帮忙，前几天还给监控系统做了升级，加了面部识别功能——他担心之前因剐蹭宝马车和他打架的那些人会回来报复，所以让面部识别系统记住了他们的脸，一旦他们靠近天年公寓，立即会发出警报。

刚才他琢磨抢银行时黑了一些银行周边的监控摄像头，以便观看附近的情况，结果在银行附近也发现了那几个人，2501顿时警觉起来。

更没想到的是，他调动附近的监控摄像头继续追踪那些人，发现他们的目标其实不是银行，而是从银行里出来的一个女人——郑爷爷的侄女张阿姨。

"如果侄女出了什么事，郑爷爷应该就不能在这里生活了吧？"2501认真地说，"我要保护她，解决那些人。"

"这种事情报警不就行了！难道你们阿尔法城没有警察吗？"言正礼哭笑不得。

2501耸耸肩："警察靠得住的话，我们雇佣兵哪还有饭吃？"

2501 不相信警察，但他现在不能乱动，除了报警也没有其他选择。考虑到"为了抢银行黑别人的监控才发现了坏人"这种事情也不能说实话，言正礼亲自打电话报了警，把事情粉饰成"有几个流氓曾在我们养老公寓门口欺负老人，我偶然发现他们还想绑架公寓董事"，接警的警官表示非常重视，正好与其他线索并案处理，让言正礼放下心来。

　　能做的都做了，接下来就只用等奇遇办投票大会的结果了。

　　刚想到这里，丹璃用手机发来一条信息："人家觉得主计算机这次有偏心哦，我和 Mr.PH 3 都抽中了投票权！"

[一○]

　　投票大会当天早上，2501 也是从噩梦中醒来的。

　　梦的开头又是那个装满了镜子的空房间，阿尔吉侬笑着对他说"感觉放着你不管的话你会死的，也许这也是一种缘分"，因为他是所有男孩中最弱的那一个。

　　与其他人不同，阿尔吉侬真的有过母亲。他每天都在模仿母亲的语调给 2501 讲故事，直到那一天故事讲完了，阿尔吉侬附在他耳边说："我们逃走吧。"

　　逃走？为什么逃？2501 没听明白，只是顺从地拉着阿尔吉侬的手，两人一起钻进了通风管道。路上阿尔吉侬才告诉他原因。他是被温柔的母亲卖到这里的，其他男孩全是他的复制人，原本他们会在三个月后一起被卖掉当宠物，但他听到负责他们生活的成年人闲聊，说"甲方临时修改了需求，这一整单货都被退了，只能卖去当雇佣兵"，阿尔吉侬凭自己有限的人生经验判断，当雇佣兵比当宠物更惨，于是想到了逃走。

　　但两个懵懵懂懂的小男孩，又能逃多远呢？2501 最后的记忆是发出警告声的无人机、刺眼的探照灯、他被打中的右臂，还有倒在他怀里的阿尔吉侬……最后的最后，阿尔吉侬说："对不起……可我本来只是想……我不管什么时候死，死前总得帮帮你……"

　　2501 猛地惊醒过来，终于串起了所有破碎的记忆，想明白了来龙去脉。

　　电子羊公司的人杀死了阿尔吉侬，回收了他，本着废物利用的原则，把阿尔吉侬的右臂切下来接在他身上，给他安装辅助芯片、洗脑，把他当作雇佣兵重新培养……他心底最后那丝"也许右手是其他人的手，也许阿尔吉侬还活着"的念想也破灭了，可转念再一想——

　　"阿尔吉侬没有失踪，也没有死，而是一直和我在一起。"

　　这天天气不错，郑爷爷的病情也稳定了。上午十点的时候，他提出请 2501 推着他去附近公园里散步。

2501 知道自己体内有"炸弹"，应该尽量静养，但又觉得不知道还能再陪郑爷爷多久，于是果断答应陪他外出。

言正礼说过，中午 12 点的投票大会会决定他的命运，他觉得陪郑爷爷 3 小时也够了。

这种感觉有点儿奇妙。

过去这些年来，他的命运一直都掌握在自己手中，以鲜血与刀锋铸就。而现在，他能不能活过今天，却是取决于一个莫名其妙的组织，和一些他从没见过的人手中的选票。

想到阿尔吉侬与他同在，他又觉得心态平稳，没什么好怕的。仔细想想，自己这么关心郑爷爷，其实也是在弥补当年没能救下阿尔吉侬的遗憾吧？

这些年来干了那么多血腥恶臭的勾当，真的很想……靠自己的双手保护一个人啊。

2501 把郑爷爷的轮椅推进公园，一到草坪上，郑爷爷就开了口："我叫你出来，其实是有个秘密要告诉你。"

"不行，上次医生已经骂过我了，今天我绝对不会给你买热干面。"2501 执拗地摇了摇头。

"你这伢还学会讲笑话了。"老人拍了拍他的肩，"我是想说，其实我说了那么多谎，只有子女很有出息这一句是真的。我女儿确实是 MIT 毕业的，只是那时候，我不在毕业典礼现场。"

"你女儿是……"2501 把他推到一把长椅旁，自己在长椅上坐下。

"就是你张阿姨。但她自己也不知道。她母亲早逝，我当年坐牢之后，她外婆做主把她送给了远亲抚养，出狱之后我没脸和她相认，更不想让公众知道她这样的成功企业家居然有我这种爸爸……所以我想，我们维持这种淡淡的远房亲戚的关系就可以了。"说到这里，老人叹了口气，望向 2501，"可没想到的是，我却和你这个认识没几天的伢这么亲近，也许这就是缘分吧。"

那一瞬间，在 2501 眼里，郑爷爷苍老的面庞与阿尔吉侬稚气的脸重合了。不知为什么，咸咸的液体从他眼中涌了出来，落进嘴里，最后变成一句话："我……如果能活过今天，就不回去了。"

"回去？回你那个老家吗？"郑爷爷不解。

2501 点了点头，又摇了摇头："你们这里的人类真奇怪啊，明明会衰老，又短命，可这种短暂的感情……怎么好像比当雇佣兵当到长生不老更有意思呢？阿尔吉侬，你是不是也这样想？"郑爷爷还是没听明白，只是看着 2501 继续自顾自地说，"我要留下来陪你，去上学……"

后半句话还没说完，2501 的表情就变了。

他弯腰打开了轮椅上的固定装置以防车轮滑动，然后以长椅为支点，单手撑椅背就是一个回旋踢，动作干脆利落地踢倒了正想偷袭的两名大汉。但大汉们很快反应过来，一个仗着膘肥体壮，用体重压制住了 2501，一个直接把郑爷爷一把抓起，往一辆黑色面包车那边跑。

郑爷爷不是假富人吗？为什么我们晒个太阳也会遭到偷袭？2501 脑子里一片混乱，身体还在拼命挣扎，但连自己的军刀都摸不到。辅助芯片在脑内不断发来提示音："即时心率严重超标！即将在 1.8 小时后触发炸弹！即将在 1.4 小时后触发炸弹！即将……"

2501 听着烦，干脆把提示关了，他狠狠地咬了那大汉一口，大汉依然不为所动。直到头顶传来玻璃破碎声，大汉才转移了注意力。

2501 趁机从大汉身下逃脱，看到了刚才用酒瓶砸大汉头的人，是言正礼。

"你别动！我去救他！"言正礼一边试图阻止 2501，一边想往黑色面包车的方向跑。

可刚才的大汉已经站起身来揪住了言正礼的头发，使得 2501 不由得感慨了一句"弱小的人类啊"，然后朝着面包车的方向飞奔而去。

这时候，每迈出一步，他都能清晰地感觉到自己的生命在确切地流失，但他什么都没想，心里唯一的念头是："阿尔吉侬，如果是你，也会为了我这么做，对吧？"

[一一]

2501 扔出军刀刺破了车轮，追上面包车，打倒司机与绑架者，救出了郑爷爷。目击这一切的路人早已报了警，警车呼啸而至，三名绑架者供认自己是试图绑架张阿姨的那伙人的同伙，在前几天警方的围剿行动中侥幸逃出，以为郑爷爷是张阿姨的父亲，因此起了"靠绑架这个老头最后一搏"的念头。

可对此时的 2501 来说，犯罪动机已经不重要了。

身负轻伤的 2501，和郑爷爷、言正礼一起坐在警车后排驶向警局。警察叔叔说要给他们做笔录，可言正礼知道，2501 可能到不了那里了。

"再坚持一下！现在票数持平，我们办公室主任正往投票现场赶，他一定会投支持票的！"言正礼握着 2501 的手，小声说。

郑爷爷听不懂，但 2501 的样子怪怪的，让他很担忧，他不由得握住了 2501 的另一只手："伢啊，你是哪里不舒服吗？告诉警察叔叔，我们先去医院好不好？"

2501 摇了摇头，轻轻地说："我曾经有一个朋友，对我很好，像你一样好。我一直以为，只有待在阿尔法城才有机会见他一面，没想到，他其实一直就……和我在一起。"说到这里，他的眼泪流了下来，声音发颤，"我真的不害怕死亡，死亡只是无限的未知。可现在，我……我害怕失去你……"

11 点 58 分，Mr.PH 3 赶到投票大会现场时还穿着作战服，满身都是蓝色的血，腿上还缠着一只怪物的触手。他喘着气投出了最后一票，大会现场显示屏用多种文字打出了"2501 是人类"的字样。束蚀 Ⅱ 不满地离去。

可这一切都没有意义了。

"心率炸弹"的发作方式和字面意义不太一样，只是破坏心脏使它永远无法再次跳动而已。

2501 平静地死在了郑爷爷怀里。

郑爷爷抱着他逐渐冰冷的身体，坐在警车里老泪纵横，久久不愿放手，也不愿出车门。直到一个衣着华贵的中年女人钻进车厢，抱住他："爸爸……爸爸！"

"是警察还是谁告诉你的？真多事……"郑爷爷深深地叹了一口气。

张阿姨摇了摇头："不，我早就……"她的眼泪也止不住地淌了下来，声音越来越轻，"不然那天我为什么……要去墓地里捡回一个醉汉呢……"

人生第一次，言正礼对自己不是奇遇办正式工而感到后悔。如果自己也有投票权，如果不是非得等 Mr.PH 3 那一票的话，也许 2501 就可以获救。

可最后，他能做的只是站在 2501 的墓碑前和他说说话。

"不管那个铁桶怎么想，也不管阿尔法城的法律怎么看，我觉得，你是一个人类。"

那是几周前，在郑爷爷老家祖坟的山头，一座刻着"2501"这么几个字的小小墓碑前的事。墓碑前摆着一束鲜花，花束里藏着一些零食。

GAO KAO WEI JI

奇遇办 与 高考危机

中国有句老话叫，贪多嚼不烂。

[零零]

快高考了，李渺渺每天都过得非常忙碌。

晚自习之后是晚晚自习，放学到家时已经 10 点了，她还要去看"银河少女队"的综艺节目，上网为本命刷一下热度，把手游《银河少女传说》的日常任务都清了，然后写机器人比赛要用的程序，最后做真题再背书……

李渺渺叹了口气，安慰自己"加油，考完我就可以解放了"。

忙完一切已经凌晨四点了，李渺渺正打算休息，突然一个东西破窗而入，吓得她尖叫一声。

仔细一看，竟然是个古装打扮、戴着黑色面具的男人，他朝着她大喊"妖孽哪里跑"，还随手扔出了一张符纸。

"神经病啊！"李渺渺躲在床后朝那个面具男喊道，"你要做什么？我要报警了！"

"得了吧，你是怎么潜入人类家庭的，是不是杀害了这家的女儿？"面具男一本正经道。

"啥？我就是这家的女儿！"李渺渺茫然道，而面具男拿出一个看起来像风水堪舆用的罗盘样的东西，指着她大喊："别装了！你的妖力值都破表了！"说着，又掏出四张符纸扔向她。

李渺渺眼看着躲避不开，眼一闭心一横，噌地一下变成一只黑猫，从破损的窗户里跳了出去。

是妖怪怎么了，妖怪就不能好好学习天天向上吗？猫妖李渺渺在房顶与房顶之间跳跃穿行，心里气恼地想着，怎么会有人跟高考考生过不去呢？

[零一]

"我觉得时空裂缝最近出现得越来越频繁了，这可能是沐星焰造成的。"吃早餐的时候，言正礼跟丹璃讨论。

"他虽然性格有点儿飘，但也只是有时在外星系当货运船长，有时又跑回地球当女装小偶像而已。"丹璃疑惑地一歪头，"制造时空裂缝对他有什么好处？"

"'因'目前还不明确，但显而易见的'果'是，每次他回地球，随后出现的错误奇遇就是时空裂缝。"

"只是巧合吧？又不是全市所有错误奇遇都是你解决的，奇遇办在武汉有好几个辖区呢。"丹璃一边说一边若无其事地把自己那碟青椒肉丝里的青椒都拨到了言正礼碗里。

"但是……"言正礼看着那些青椒皱起了眉，还想说点儿什么，Mr.PH3推门走进来。

看到教室里没其他人，Mr.PH3连忙说："新任务，当事人是高三（1）班的李渺渺，任务目标是不要让小道士妨碍她参加高考。"

"道士为什么要妨碍她高考？"言正礼的眉头皱得更紧了，他还注意到以往一贯打扮时髦的Mr.PH3现在什么装饰都没有，衣领上隐约还有蓝色的印迹。言正礼知道，Mr.PH3的血是蓝色的。

Mr.PH3拿出自己的"齿轮"，待齿轮孔里出现了李渺渺的生活画面，他才一一道来。

李渺渺是一只猫妖，推定年龄127岁，参考同类寿命来算，她还是个青少年。她的父母都是千年老妖，李渺渺是自带血统优势出生的，但妖力却出乎意料地低，仅够维持人形。父母觉得以她的天赋在妖界是混不下去的，就建议她不如干脆好好做人，参加高考读个好大学然后去上班。李渺渺自己呢，之前苟且偷生随波逐流近百年，进入21世纪后，对机器人编程产生了浓烈的兴趣，因此也很愿意去学校。但就在高考前几天，奇遇发生了，她的妖力突然增强到可以被道士感知到的地步。

"原来在我们这里，妖怪都可以算奇遇当事人？"言正礼想起上次那桩"生化人不是人类所以不该拥有奇遇"的案子，觉得那次的当事人2501真是太亏了。

"各个世界的规定不尽相同，别忘了，在我的故乡，吸血鬼都能当协调员呢。"丹璃说。

"总之，这个当事人就交给你们了！我还有事，先走一步。"

……言正礼看着Mr.PH3急忙离去的背影，沉思片刻，问丹璃："他最近都在忙什么？"

[零二]

　　清晨六点的市中心，商业区的写字楼附近还很安静，只有保安大叔在楼下做广播体操。一只黑猫轻巧地跳进13楼的"众环会计事务所"，在办公室里停下来四处张望，终于找到了角落里摆着的一台看起来像体脂秤的东西，于是轻手轻脚地跳了上去，"体脂秤"随即发出一个电子音："您目前的妖力值为185890。"

　　居然自带播音？这动静也太大了！

　　黑猫连忙想逃，却被一只手抓住了后颈："姐姐，你怎么来了？而且为什么是原形？备考会消耗妖力吗？"

　　管这只黑猫叫"姐姐"的男人叫李弩，他外貌看起来有二十五六岁，西装革履、戴金丝眼镜，虽然刚加了通宵的班，但还是一副白领精英的模样。

　　"不劳你操心！"黑猫努力从李弩手中挣扎出来，变回一个有着黑色长发的高中女生的样子。

　　她变成猫是因为这样在楼顶上飞跳不会引人注目，尽管来的路上她好几次被不同的面具怪人追着跑。而她之所以来这里，是因为听到那个面具怪人说她妖力爆表所以想自己测一下，一时又想不起武汉还有别的什么地方有妖力计。

　　面对许久不见的弟弟，李渺渺什么都不想说。

　　"那你没事来我公司做什么？我要报警有人非法入侵了。"李弩扶了扶眼镜，露出促狭的笑容，"对了，刚才妖力计那个动静……"说着他踩了上去，电子音响起："您目前的妖力值为156454。"

　　如果参考人类的标准来推算，李弩现在大概十四五岁的年纪，但他给自己搞了个青年的外形，还开了家公司。

　　"我的数值是对的，可你怎么会有十八万妖力？"

　　"没什么，可能我迎来了迟到的青春期二次发育吧。"李渺渺答得冷漠又疲倦，说完转身想走。

　　"等一下。"李弩捧着一盆多肉植物堵在李渺渺面前，"其实，最近妖力猛涨的不止你一个。姐姐，你……是不是遭到袭击了？"

　　李渺渺低头，只见李弩手心里那盆"玉露"赫然在哭泣。

　　哇，现在多肉植物都成精了，真是与时俱进啊！李渺渺心想，也许该回家检查一下自己的电脑是不是也成精了？

　　"他们就是喜欢攻击我们这种……连人形都不会变的花花草草小猫小狗……"玉露细

声细气地说着。

李弩补充:"像你这样的'妖二代'还是第一个……"

因为妖二代的妖力一般没她这么低的!李渺渺当然听懂了他的潜台词,她瞪了李弩一眼,一把夺过那盆玉露:"离他远一点儿,他会把你吃掉的!"

"我纯粹是想做好事救它……"李弩耸耸肩,"再说你离开这里又能怎么样?继续被面具怪人追杀?你还有几天就要高考了吧?"

"和你没关系!"仗着自己现在妖力高,李渺渺抱着玉露夺门而出。

此时街上渐渐热闹起来,晨练的老人、忙碌的上班族、一副没睡醒样子的学生陆续出现,早点摊上弥漫着热干面的香气,洒水车播放着熟悉的音乐缓缓驶过……一切井然有序又充满活力,让李渺渺觉得珍贵而美好。

对她来说,人间的一切本该是理所当然的日常,可现在……李渺渺正想着,耳边响起了玉露怯生生的声音:"渺渺小姐,弩少爷他是真的想帮我……"

"你成精没十年吧?"李渺渺戳了戳玉露的花盆,"做妖不要太没戒心了,不然怎么死的都不知道!"

"可你现在也毫无戒心,随时都可能被面具怪人袭击吧……"玉露的声音越来越小,"我觉得你和弩少爷都是好妖,但你为什么那么讨厌他?"

"因为……他吃了我最好的朋友。"

[零三]

不对劲。

观察李渺渺的生活时,言正礼发现了一个巨大的疑点,但他找不到丹璃,于是直接去找 Mr.PH 3。

当他依靠"齿轮"的通信功能联系上 Mr.PH 3 时,却听到对方似乎在战斗。

"是我!言正礼!你在哪儿?需要帮忙吗?"言正礼冲着齿轮那头大声喊。

齿轮随意门马上出现在他面前,他连忙钻了过去。

这里是夜色中的中山公园,言正礼刚过来就听到打斗声是从自己头顶传来的,抬头一看,Mr.PH 3 和一个古装面具男正在假山上打斗。

言正礼连忙投出丹璃借给他的齿轮帮助 Mr.PH 3 作战。在两个齿轮的夹击之下,面具男重重地摔落在地,面具掉落,露出了一张少年的面庞。

"你们居然二打一!"少年气恼地爬起身来。

与此同时，又一名须发皆白的面具男从旁边的树影中走了出来，把碎裂的面具和掉落的长剑递给少年。

"在我来之前明明是你们两个二打一！"言正礼忍不住说。

"高考前别再骚扰李渺渺了。"Mr.PH 3 说着。

可少年明显没听，嚷嚷着"你们等着！当我没有师兄弟吗"，与年长的面具男一并消失在黑暗中。

"你没事吧？"这时，言正礼才打量起 Mr.PH 3。

"皮肉伤。"Mr.PH 3 随手抹了两下，问，"言同学，找我有急事？"

"你很清楚我为什么找你吧。"言正礼打开随意门，把 Mr.PH 3 拖回了奇遇办，指着显示屏说，"只要一调阅李渺渺的资料，立马就能发现，她现在根本没有奇遇！"

类似的事情以前也发生过，可当时主计算机直接提示他们，"当事人并未遭遇奇遇却变成了魔法少女"。而现在，Mr.PH 3 给了他们一个奇遇当事人，主计算机却说她的奇遇 21 年前就发生过了，那么问题显然在 Mr.PH 3 身上。

"唉，你发现得还真快。"Mr.PH 3 挠挠头，苦笑，"其实我也是没办法……丹璃那丫头只惦记着她的业绩，我就不指望了，可你不一样。以你的个性，在知道了当事人的名字和故事之后你不会放着她不管的，对吧？"

"可她不是当事人。"言正礼再次指出这一点。

"对，我知道，但如果她高考英语成绩不行，我就要被时玖中学辞退了。"

Mr.PH 3 原本在调查另外一起事件——当事人是一个少年，突然觉醒了超能力。

按奇遇的分类，这才属于"正常奇遇"。如果再遇上意外情况，比如"被穿过时空裂缝出现的巨龙捅穿了胸膛"什么的，才属于"错误奇遇"，也就属于奇遇办的业务范畴了。

可这位当事人遇到的不是"意外"，而是"人祸"——他在放学回家的路上突然失去了意识，医院的诊察结果是"没有外伤，昏迷原因不明"，然而主计算机摄录的生活画面显示，他是在遭到戴面具的古装怪人袭击后才昏倒的。

Mr.PH 3 决定详细调查"面具古装怪人"这条线索，但还没查清，就收到了两个消息：第一，学校领导对他这学期的教学质量非常不满意，如果本届高考考生英语成绩不行就要辞退他；第二，应届考生李渺渺遭到面具怪人袭击，这位应届生是只一百多岁的猫妖。

"李渺渺平时成绩还行，但如果被袭击影响了高考，我的工作就保不住了！"Mr.PH 3 神情严肃，"我只能先把她交给你，自己继续调查面具怪人的事，结果今晚还真让我给遇上了。"

"以你的能力，一边保护一边调查也不成问题吧？"言正礼总觉得 Mr.PH 3 还隐瞒了什么，"再说我后年也要高考了，你把这种不存在的任务甩给我，就不怕影响我的……"

话还没说完，他忽然听到 Mr.PH 3 身上传来奇怪的警报声，紧接着，就看到 Mr.PH 3 打开传送门，冲回了中山公园。

清朗的月色下，空旷的草坪上赫然出现了一只……大章鱼。

[零四]

"不说高考吧，反正这学期期末考我是肯定进不了年级前十了……"言正礼嘴上嘟哝着，却还是跟过来帮忙。

大章鱼的动作十分迅捷，身体压垮了小吃摊，触角击毁了草坪附近的轨道观光车，一边不断流出恶心的黏液，一边十分利落地袭向 Mr.PH 3。

这个时候，就要靠人类的智慧来一场二打一了！

言正礼乘着齿轮从天而降，像玩滑板一样左右躲避，吸引了大章鱼的注意力。

终于，Mr.PH 3 有机会挥起他的长剑，"唰"地切裂章鱼的身体，只见章鱼身体断裂的地方燃起了幽蓝的火焰，迅速将它烧成了灰烬。

整场打斗过程虽然惊险，但耗时并不长。

言正礼边擦汗边问："你不是说最近到处搞袭击的是面具怪人，怎么连章鱼都来了？"

"不，它……是来袭击我的。"Mr.PH 3 收起长剑，一屁股在草坪上坐了下来，"我的母星有一颗异次元双子星……这个说来话长，先跳过吧。"

"不管你遇到什么问题，只要直说，我们都会帮忙的。"刚才还在抱怨影响成绩的言正礼，这时完全换了个态度。没办法，他就是不能扔下真有麻烦的人不管。

"毕竟是我母星的破事……"一向嬉皮笑脸的 Mr.PH 3 看起来有些感动，甚至有点儿不好意思，"我只是希望你们不要牵扯太多，能帮我分担一点儿比较安全的工作就好了。"

"可我不明白……"言正礼很快想到了另一个问题，"都这种情况了，你为什么还惦记着你的外教工作？"

"这就是我的个人执念了。"Mr.PH 3 长长地叹了一口气，但没有继续说下去，而是选择转移话题，"对了，听说武当山附近的某大学最近好像开了一个奇怪的培训班，我们可以去打听一下。"

[零五]

　　李渺渺不愿意细说朋友被吃掉的事，也不愿意见弟弟。玉露担忧她的安危，向她转述了之前李弩调查的情况。

　　已知的小妖物遇袭的案例多半发生在湖北西北部的武当山附近。在武汉遇袭的，李渺渺是第一起。那些小妖怪的妖力暴涨后平均只有一万左右，只有李渺渺涨到了十八万。

　　面具怪人们穿的"古装"看上去像道士的服装，但道士和妖界早就签订互不侵犯协议了，所以这点很奇怪。另外，被面具怪人袭击的小妖怪会化为一道白光，被吸进他们使用的某种道具里，有点儿像古代道士的捉妖炼妖之术。

　　"捉妖炼妖？你是说他们现在还杀害妖怪夺取妖力？"李渺渺皱起了眉，"这也太过分了！我们妖界都一百多年没吃人了！"

　　"我、我还有一个问题……"玉露轻轻地说，"渺渺小姐，我以前是一个大学生养的盆栽，所以我觉得很奇怪的是，为什么你四点睡觉六点就能起床上学？你的妖力增强不止这几天吧？"

　　经玉露这么一提醒，李渺渺扳着手指头算了一下："啊，将近一个月了吧……我起初以为自己喝了红牛所以这么有干劲，之后才发现是妖力增强了。"

　　"那你为什么现在才遭到袭击呢？"玉露很疑惑。

　　李渺渺也说不出原因。

　　沉默片刻之后，玉露又说："弩少爷说，像他那种妖力超过15万而且渡劫成功的妖怪，是可以完美隐藏自己的妖力在人间生活的，所以不会有怪人袭击他们。那你渡劫了吗？"

　　李渺渺叹了一口气说："'劫'又不是外卖，可以说来就来，它更像随机突发的急病……"

　　"不能渡劫的话，弩少爷给的建议是躲回妖界。我付不起那么多金子，但渺渺小姐是有资格进去的吧？"玉露的语气变得轻松起来。

　　李渺渺皱起眉，说："妖界的大门也不是说开就开的，首先得用金子贿赂守门人，进去之后过一百年才能出来。"

　　"一百年不长的呀。"玉露说。

　　"不，我怕的是，一百年过去，我就再也没有机会感谢当初帮助过我的那个人了。"李渺渺说着低下了头。

　　说起来也就是几个月之前的事情，李渺渺和朋友一起去看"银河少女队"的演唱会，表演现场搞了个惊喜，舞台上出现了一只全息投影的九尾妖狐，虽然只是演出，但照明设施恰好坏了，还是让现场观众有些惊恐。一片慌乱中，李渺渺被推倒在地上，当时妖力很低的她差点儿就遭到了踩踏，幸好有人把她扶了起来，还把她抱到了安全的走廊上。当时现场的光线忽明忽暗，她没看清那个人的脸，但她相信，只要重逢，她一定能辨认出他身上的气息，一定能好好对他说一句"谢谢"。

"可如果……帮我的那个人，活不过一百年呢？"

[零六]

"那，那……"玉露也不知道该怎么帮助李渺渺才好，急得用自己的花盆兜起了圈。

忽然，花盆在地上磕了一下，玉露想起了什么，连忙露出花盆底部给李渺渺看，那里粘着一个看起来像手表的东西。

"弩少爷给了我一个妖力抑制器，戴上之后可以暂时抑制妖力，让那些面具怪人找不到我。渺渺小姐，你拿去用吧，我可以躲回弩少爷的公司。"

"可你会被他吃掉的！"李渺渺反而急了，"戴着抑制器躲好，不要被面具怪人找到，也不要被李弩找到！"她知道，只有刚刚成精的小妖怪才会这么善良，可这种善良对妖怪来说，其实是多余的东西。

一个熟悉的声音在她背后响起："我做的抑制器，我怎么可能找不到？"

李弩扶了扶眼镜，镜片上反射出凌厉的冷光。

李渺渺连忙把玉露护在自己背后。

李弩视若无睹，把一个抑制器扔向李渺渺："你又想参加高考，又想应付袭击者，又想保护玉露，还想感谢帮助过你的人类……对了，暑假还要参加机器人比赛。都过了九十年了，你怎么还是这么贪心啊？我劝你戴上，不然我现在就帮你把袭击者叫过来，让你的高考过家家游戏 Game Over。"

李渺渺咬了咬嘴唇，有些犹豫："我……"

"不用怕，人类非常重视高考。就算你和袭击者战斗导致自己被警察抓走，他们还是会为你安排考试机会的。"

李弩最后这句话打败了李渺渺仅存的一点儿倔强——在牢房里高考和正常高考考出的成绩能一样吗？她可不觉得自己一个一百来岁的妖就能有那么强的心理素质！她接过李弩扔过来的抑制器，默默戴上。

"我不能保证这设备百分百有用，它也许会因为接触不良偶尔出事，你的妖力也可能还会持续上涨、冲破它的限制范围。"李弩说着，看了一眼手机，"行，我让员工刚去你家探查了一下，附近已经没有面具怪人了，你可以放心回家了。这个探查服务就算是免费送给你的。"

"……"李渺渺很想吐槽弟弟的奸商个性,但最后还是什么都没说,抱上玉露转身就走。

没想到的是,这个抑制器居然还搭载了通话功能,李弩可以在任何时候向李渺渺吐槽,而李渺渺还不能关机,可以说不胜其烦。

本来嘛,过了一个多月拥有十几万妖力的生活之后,李渺渺也不太适应现在的日子。毕竟没了妖力,就算每天像喝水一样喝咖啡,她也做不到每天只睡两个小时,所以看综艺节目、上网、玩手游之类的娱乐活动只能放弃,暑假参加机器人比赛要用的程序也来不及写,有限的时间只能全部分配给做题和背书了。日子过得如此忙碌,她还要听弟弟吐槽。

"其实之前的袭击者说你妖力爆表,但其他受害妖的妖力平均只有一万左右,只怕他的仪器根本测不出你的妖力有多高,如果真的动手,他可能根本打不过你。"

"但影响复习。"李渺渺边说边找出耳机塞耳朵。

"唉,我真的不懂,你妖力涨得比我还高了,为什么还惦记人类社会那点儿破事?"李弩夸张地叹了一口气,"这就好像一个盲人突然恢复了视力,却开始着急自己不能参加残奥会了!难道双目复明不好吗?"

"可残奥会金牌也不是随随便便就能拿到的啊!"李渺渺扯下耳塞,气红了脸。

她明白,在李弩这样的妖怪看来,人类区区百年的寿命,人世间的这点儿兴衰变幻,都是很无谓的事情。她本来也该和他们一样想,可是……

自她出生起,妖界已经是这个样子了。妖界与道士们签订了互不侵犯协议,此后妖怪不害人,道士不捉妖,大家一心修仙。于是作为"不害人"的替代,妖怪内部开始了同类相残和吞食弱小。

不过在李渺渺和李弩的故乡,很少有妖这样自相残杀。因为那里的住民多半是老妖怪,彼此势均力敌,想干掉对方耗时太长、代价太大,不如一起静心修仙。现在回想起来,那里就像一个年轻人都进城打工的凋敝乡村,搬走的多,搬来的少,孩子更少。

相比之下,虽说人间也有尔虞我诈,但整体气氛要比妖界热闹得多,就算难免有坏人出现,也会有明确的法律机构来惩处。

李渺渺也明白,像弟弟那样以旁观者的身份潜伏在人间就很好,但摆在眼前的高考和机器人比赛都是她出生一百多年来第一次想拼尽全力去努力完成的事……

更何况在这里,她听不到"李家怎么生了这么个低能儿"的冷言冷语。

更何况在这里,还有一个救助过她却没留下名字的好心人。

更何况,她不想成为另一个李弩。

相比李弩，玉露就贴心多了，每天都乖乖地待在李渺渺家的阳台上，有时还会协助李渺渺背题背单词。李渺渺很喜欢过着普通生活还能够保护弱小的这种感觉，心情渐渐放松了一些。

这天晚上，李渺渺下了晚晚自习，一边刷手机一边步行回家，刚走到家附近，就听到不远处传来尖叫："救命！求放过！"

李渺渺循声过去，只见一个面具怪人手持罗盘，正朝着玉露与一只小狗扔符纸。

玉露？它不是应该在我家窗台上吗？抑制器坏了？李渺渺连忙跟了过去，只见小狗驮着玉露跑得飞快，眼看着就要被面具怪人追上了！

李渺渺对着抑制器喊李弩，可对方没有应答。她犹豫了一下，正准备出手。

一只手按在她肩上，轻声说："等一下。"

李渺渺吓得差点儿尖叫出声，扭头看到一个平凡的眼镜少年。

"我是来帮你的。"言正礼的声音压得极低，"身份什么的解释起来太麻烦，总之你先别急着暴露踪迹，我们观察一下再出手，好吗？"

"可它们马上就要被炼妖了啊！"李渺渺急切地想要甩开言正礼的手，却又被他拉住："那不是炼妖！你冷静一点儿。"话语间，他以变大的齿轮作为运载工具，带着李渺渺飞到了半空中。

与此同时，小狗与玉露被面具怪人逼到角落里，眼看逃脱无门，小狗竟一口把玉露吃了下去！

半空中的李渺渺捂住了自己的嘴。

"就算这样，你还想救它吗？"看着小狗在获得了玉露的妖力后体型增大两倍，与面具怪人搏斗起来，言正礼问道。

"当然想。"李渺渺抹了抹眼角，"其实我知道，它们本来就是这个样子的，可我还是妄想着，如果制度更好一点儿，资源更充足一点儿，大家就不必这样了。"

就在他们说这些时，小狗已经力战不敌，那个面具怪人喊着"就这样被我降服吧"的羞耻口号把它变成了一道白光。

李渺渺想去阻止，言正礼却说："它目前没事的。我们跟过去看看，看这些面具怪人到底想做什么。"

"做什么？不就是捉妖炼妖吃掉它们吗？"李渺渺愤怒地说。

"李渺渺学姐，你身为机器人大赛参赛选手，可以更有想象力一点儿的。"言正礼平静地说。

学姐？李渺渺这才注意到面前的眼镜少年穿着自己学校的校服，忍不住问："你到底是什么人？"

"我是高一（8）班的纪律委员。"

[零七]

李渺渺和言正礼乘着齿轮飞在半空中，暗中跟踪那个面具怪人，看着他进了中山公园，跑到之前言正礼和Mr.PH₃打章鱼的草坪上。那里此刻聚集着很多同款面具古装怪人，有的手里还拿着长剑，清朗的月色下，他们看起来就像是一群……练太极的。

草坪旁还立着一块牌子，上面写着"武当太极剑科技养生公益班，每晚20点—21点"。来来往往的路人都觉得他们的存在很正常。

然而李渺渺就算妖力受抑制器限制，还是从这些人身上闻出了妖气："太极剑是伪装的吧？"

"是伪装的，也不全是伪装。"言正礼指向场地中间持剑的两人。

只见他们在众人的围观下摆出了决斗的架势，旋即动起手来。俩人你来我往地过招，动作极为迅速，有些身法敏捷得活像吊了威亚加了特效……疾风闪电般的剑招往来持续了大约五分钟左右，直到其中一人被击倒在地，面具裂开，露出了一张气喘吁吁的少女面庞。

"这……这真的是一个公园养生班？"

"不是还加了高科技吗？学姐你看那个面具。"言正礼说，"仔细看，那其实是个AR眼镜。"

"什么？"李渺渺觉得匪夷所思，仔细打量碎裂的面具，它的内部真的显露出了芯片和电路的样子，"现在道士捉妖都用这种高科技？"

"他们不是道士，而是……"话刚说到这里，一道剑光闪过，只见一个面具怪人朝着言正礼与李渺渺的方向劈杀过来。

两人猝不及防，都从齿轮上掉了下来，一起摔落在草坪附近的杉树林里。李渺渺只有擦伤，言正礼却晕了过去。

李渺渺跌坐在地，透过棵棵杉树的遮挡，仍能看到一群面具怪人缓步向她这个方向逼近，甚至试图形成包围之势，看起来都很兴奋的样子。

"她是个能变成人形的妖怪！"

"会不会又是上次那种把超能力者当成妖怪的误会啊……"

"我前几天就发现她了！妖力值降了？她是什么新品种吗？"

新品种？我在他们眼里到底算什么，标本还是食物？李渺渺觉得四肢冰凉，紧张极了，可……可绝不能输在这里！

李渺渺深吸一口气，冷静下来，突然灵机一动，从书包里找出了自己做的机器人，还好，它还没被压坏！

李渺渺把蜘蛛形的小机器人放在地上，打开手机里自己编写的遥控 App，简单做了设置，小机器人随即冲向离自己最近的一棵杉树，在树干上钉下一根绳索，然后跳向另一棵……很快，小机器人在密集的杉树林里织出一张网来。

在面具怪人们为了突破这张网费工夫的时候，李渺渺扶着昏迷的言正礼逃出了杉树林。

就在这个时候，又一个手持长剑的面具男出现在她的面前："我才不会蠢到走直线呢！妖怪哪里跑！"

李渺渺连忙转向，面具男随即跟上，朝她扔出数张符纸。李渺渺搀着言正礼，不可能跑太快，难免还是被一两张符纸击中，她只觉得身体一沉，最恐怖的回忆涌上心头。

[零八]

李渺渺的父母在人间生活了很长时间，后来回妖界生了李渺渺与李弩，还是习惯性地按人类的方式来养育他们，比如说，给了他们许多故事书。

然而李弩从小就喜欢在外面疯玩，只有李渺渺把故事书都看进去了。现在回想起来，李渺渺觉得自己与妖界格格不入的原因不止是因为妖力低，还因为自己受故事书的影响，思维方式更接近人类。

妖界这个地方，孩子少，新妖也少，整体气氛冷漠而沉闷。李渺渺在妖界长到三十多岁，就交了芦苇妖与蒲公英妖两个朋友，还是机缘巧合在某次月食之夜亲眼看见他们成精之后才结交。她非常珍惜这份友情，"等长大了要一起去人间玩哦""等长大了要一起渡劫"之类的约定，彼此间不知道许了多少。

然而在妖界成精，对新生的小妖来说并不是好事——它们与老妖或者妖二代之间的妖力差距太大，就连李渺渺家隔壁那只五十来岁满脸鼻涕的小狼妖都可以追着他们打。

那天，父母不在身边，李渺渺自己妖力又低，遭到狼妖攻击时几乎无法反抗，只能带着朋友们奔逃，结果没几步就被小狼妖赶上了。小狼妖张开满嘴獠牙咬向她的胳膊时，弟弟李弩赶到了！

然而三十几岁的李弩同样不是小狼妖的对手，就算化为原形与对方搏斗，依然是几下就被咬得遍体鳞伤。情急之下，李弩一扭头看到李渺渺抱在怀里的芦苇妖和蒲公英妖，毫不犹豫地抓过他们，把他们吞进肚里，吞食同类后能力增强得非常明显，李渺渺都没反应过来发生了什么，李弩就成功击退了狼妖。

等李弩志得意满地回头看向姐姐时，才发现姐姐瘫坐在地，满脸是泪。

她"哇"的一声哭了出来："你……你把我的朋友……吃了……"

"我是为了救你啊！"李弩想伸手拉姐姐站起来，却被她拒绝了。

"可、可我们本来约好了，长大以后……"

"我来和你约定，不行吗？"李弩劝说着，"你是人类的故事书看多了，学了些奇怪的观念。爸爸妈妈早就说过，只有血亲是不可以互相吞噬的。"李弩的嘴边还粘着芦苇妖的草叶子。

李渺渺害怕地捂住了脸。

这么多年过去了，李渺渺依然清晰地记得狼妖的血盆大口与李弩嘴角的草叶子，一切仿佛就发生在昨天。当那张符纸落在她肩上，她觉得身体又冷又软，所有恐怖的回忆像走马灯一样掠过脑海。

她伸手想去揭那张符纸却揭不动，而面具男眼看着就要追上来扔出更多的符纸了……想起可怕的往事，再看看身边言正礼昏迷的样子，李渺渺心一横，取下了那枚抑制环。

刹那间，黑发的女高中生化为体形比老虎还大的黑猫，扑向了面具男。

面具男先听到自己带的仪器传出"无法测出妖力值"的警报声，然后才意识到自己这次惹错了妖，他拔腿就跑，旋即却被巨大的黑猫扑倒在地。

黑猫的利爪径直在面具男胸口上划出三道血痕！面具男挣扎呼喊，黑猫凭着本能抬起右爪，还想继续攻击他，耳边却响起一个声音："且慢！"

[零九]

用长剑拦住李渺渺爪子的是一位须发皆白的面具男子，看起来有些年纪了。面具男看到他大喊："师父救我！"

"师父"朝面具男挥了挥手，从容开口："小姑娘，其实我们不是坏人……"

"不是坏人？"黑猫的喉腔里发出低低的嘶吼，"那你们为什么四处袭击妖怪，还干扰我备战高考？"

"高考？你要高考？""师父"有点儿吃惊，但很快又恢复了稳重从容的样子，向李渺渺解释道，"我们来自一个妖怪科研保护机构。你知道那个'李弩妖力事务所'的李弩吧？最近连续发生的这些妖力激增事件都是他暗中策划的，突然激增的妖力实际上是对你生命的透支！我们正在四处寻找和收容这些被他残害的妖怪。如果你不想早死的话，就跟我们走吧，我们可以治愈你！"

"是这样吗？"李渺渺愣住了。

如果说是李弩设计使他们妖力激增，他的目的又是什么呢？李弩虽说是个妖二代，但相比父母的高强水平，他不过拥有刚够渡劫的十五万妖力而已，甚至还没自己现在的水平高——说到底，李弩虽然给自己搞了个成熟风格的人类外形，但其实还是一个一百岁出头的青涩少年。

所以，他是想吞噬那些小妖怪来增强自己的力量吗？可……

李渺渺抬头看看面前的"师父"，不知为什么，她的直觉是如果李弩想做坏事，那眼前这位"师父"也好不到哪里去。

刚想到这儿，一个人挡在了她和"师父"之间："别听他们瞎扯了，走，跟我回去备考！你英语还有哪里不懂，我今晚通宵教你！"

深更半夜的，一个长得很嘻哈却穿着一身高科技作战服的脏辫黑人挡在道士打扮的面具老头面前，说要带一只巨型黑猫回家学英语，这画面看起来诡异极了。

更不可思议的是，那黑猫突然大喊了一声："啊！在演唱会上救了我的人……原来是你！"

李渺渺从这位嘻哈男子的身上闻到了熟悉的气息。没错，在演唱会上救了自己的就是他！他还是学校的外教！

可是他为什么会在这里？还有他为什么会出现在演唱会现场？难道他也是银河少女队的粉丝？

"好像是有这么一件事。"Mr.PH 3 显得心不在焉，"总之现在你先逃吧，我一会儿来帮你补课。"

"我只是想对你说……谢谢你。"李渺渺再度化为人形，低下头，"人类的寿命太短了，老师你又是外国人……如果有什么我可以尽快报答你的事……"

话刚说到这儿，不远处响起了面具怪人们的喊叫声："出现了！那是什么妖怪？大章鱼？"

"而且是两只！我们上吧！"

"哇，系统提示捕获它的话能连升十级！"

"啊！黏液好恶心！"

"我就知道这些傻瓜会冲向'大章鱼'……"Mr.PH 3 很无奈，又看了一眼李渺渺："总之你快躲好！我先去解决那个怪物。"说完他踩着言正礼同款齿轮飞上了天。

"师父"听到那边不断传来惨叫声，匆匆扔给李渺渺一张名片也赶了过去，走之前还向她喊："你先考虑一下，有意向加我微信！"

啥，还有人捉妖时扔给妖怪一个二维码，让妖怪自己扫码入瓮？李渺渺在月色下看了一眼名片，只见上面写着"太极剑科技CEO王仙翁"字样，脑内出现的第一个念头是"科技公司CEO能不能给我们的机器人项目赞助一下啊"，然后才觉得思路不对——唉，读高中以来自己真是太把自己当人了！

想这些时，李渺渺听到不远处传来了更多惨叫声，还有房屋和机械倒塌的声音。她觉得自己肯定不能就这么放着恩人不管，于是化回原形，把言正礼叼到了一个相对安全的位置，然后赶去Mr.PH 3去的地方。

可眼前的场景是，面具怪人倒了一地，看起来没受什么伤，只是被章鱼的黏液粘在了地上。月色之下，只见两只大章鱼张牙舞爪，它们凹凹凸凸的头部没有眼睛，形状像乌云或是巨石，满是黏液的触手泛着诡异的银辉。

其中一只章鱼在和"师父"搏斗，而另一只正试图用触手掀起一片倒塌的废墟——Mr.PH 3就被压倒在废墟之下。

"老师！"黑猫李渺渺连忙冲过去，她凝神将妖力化为一道半球形防壁暂时挡住大章鱼的触手，同时把Mr.PH 3叼了出来。他似乎失去了意识，不过好在身上没有血迹。

可他身上这些蓝色液体是什么，墨水吗？李渺渺还没想明白，不远处又传来一声惨叫。

是"师父"被打败了！他面具碎裂，整个人都被黏液粘在了地上。

此刻的公园里已经没有其他任何尚具战斗力的人了，四下一片寂静。而那两只大章鱼正一起朝Mr.PH 3袭来，它们粗壮的触手在妖力防护壁上砸出一道又一道裂痕。

[一〇]

现在该怎么办？

李渺渺用身体护住Mr.PH 3，用妖力支撑着防护壁，光是这样就已经很疲倦了，无法再做出任何反击。更何况，刚才她仔细打量了一下Mr.PH 3，发现那些蓝色液体就是他的血。蓝血越流越多，附近的地面都被染蓝了，她很担心他会失血过多而死。她抹了一把眼泪，化为人形，撕下自己的裙摆，想为Mr.PH 3包扎伤口。

为什么大章鱼只攻击他？自己还有什么方法能带着他逃走？李渺渺正想着，耳边响起一个讨厌的声音："原来十八万妖力也没有什么了不起，做个防护壁就已经很辛苦了。"

讲话这么讨嫌的妖，当然是李弩。

"你一直在旁边看热闹？"她生气地瞪了他一眼。

"不，我一直在想，该怎么才能保护你的这份天真，虽然我觉得我这么想也很天真。"李弩落到李渺渺身边，握起她的手，用夸张的动作吻了一下她的手背，"不如你吃了我？我有十五万妖力，融合我的力量之后，你一定能打败他们的。"

"有病啊！"李渺渺甩开他的手，"你直接帮我打怪不是更省事？"

"妖怪之间并没有携手互助的传统。"

"'只有血亲之间不能互相吞噬'也是你说的啊！"

"所以我现在要问你，你喜欢把自己当人类，所以要不要干脆为了保护你的人类朋友破坏妖界唯一的戒律呢？"李弩轻言细语，仿佛恶魔的诱惑，仿佛真的不在乎自己的性命。

与此同时，或许是因为李渺渺的注意力被李弩分散了的缘故，防护壁被大章鱼打出了一个窟窿，一只黏糊糊的触手拂过李渺渺的脸。

"哇啊！"李渺渺吓得一抖，赶紧集中注意力修复防护壁。

这时，李弩用幸灾乐祸的语气说："果然还是不行吧？我没你那么像人类，我是不会吃亲姐姐的，我先去随机吃几个小妖怪再来帮你。"

"你等等！"

李弩这个混蛋，其实是大章鱼请来的救兵吧！

李渺渺气得想拉住他，然而分身乏术，防护壁又变薄了。手忙脚乱之际，最终拉住李弩的是苏醒的 Mr.PH 3："你们这些四眼，真是一个比一个烦……"

"歧视言论，举报了。"李弩傲然地扶了扶眼镜。

"老师，您没事了吗？"李渺渺见 Mr.PH 3 一脸痛苦的表情，眼泪又不争气地淌了下来，"是我没用，还说想报答您，结果什么都做不了……"

"你已经做得非常好了，别理你那个……烦人的弟弟，我有个办法……"Mr.PH 3 从身下拿出他的齿轮，朝着齿轮孔里大喊："丹璃！丹里尔雅娜！你到底在做什么啊？"

李渺渺顺着 Mr.PH 3 的视线往齿轮孔里看过去，只见齿轮孔的那边是一间卧室，现在是晚上了，房间里拉着窗帘，开着白炽灯，这都很寻常。但不寻常的是，房间空荡荡的，没有任何家具摆设，只有一个长卷发的少女抱着膝盖、蜷着身体，漂浮在半空中。就算李渺渺自己是个妖怪，仍觉得这场面非常怪异。

那少女猛地抬起了头，尖叫着："你怎么可以偷看人家睡觉呢？变态！"

"因为你翘班好几天，而我快死了！"Mr.PH 3 嚷完这句话觉得伤口更疼了，向丹璃招招手,"过来帮个忙,再回去睡也不迟。"

他们在说什么?李渺渺勉力维持着防护壁,看 Mr.PH 3 和那个穿着本校校服的女孩窃窃私语,她似乎对 Mr.PH 3 使用了什么超能力或者高科技,他身上的蓝色血迹渐渐消失了,而李弩仍飘在一旁笑盈盈地袖手旁观。

过了一会儿,Mr.PH 3 向李渺渺招招手:"我记得你上次交英语作文时提到过用手机遥控机器人,对吧?手机和机器人借我一下。"

啊?他要做什么?用我那个小机器人打倒大章鱼?这怎么可能?大章鱼看起来比摩天轮还大……

但李渺渺还是听话地把手机和机器人都交给 Mr.PH 3。只见他把她的手机与自己的手机相连,似乎在用自己的手机输入什么,然后对丹璃说:"我搞定了,靠你了。"

丹璃抬起双臂,闭着眼睛,手中出现了一个白色的光球,那光球完全覆盖了李渺渺的机器人,像烟花一样绽出数百条白光……

她把我的机器人炸了?李渺渺正想开口阻止,就听 Mr.PH 3 对她喊了一声"关掉防护壁",接着就看到白光消失之处,出现了数百个一模一样的小机器人,齐刷刷地冲向两只大章鱼。

"哇……"

李渺渺活了一百多年,还是第一次见到这样的景象,只见蜘蛛形的小机器人们绕着两条大章鱼吐出了一道又一道丝线,形成一张密集的网,将大章鱼们牢牢地固定在地上,再也无法挥动触手。

与此同时,Mr.PH 3 乘着齿轮飞到半空中,两度挥动长剑,将两只大章鱼一劈为二,然后眼看着它们从切裂处开始燃烧,最终化为灰烬。

很快,那些一模一样的小机器人也都消失了,最后只剩下从李渺渺书包里拿出来的那一个。

"学妹,你、你是超能力者吗?"李渺渺看着丹璃,忍不住问。

"人家是魔法少女啦!"丹璃调皮地转了个圈,"对了,Mr.PH 3 刚才跟我说言殿也来了!就是那个面无表情的眼镜男,他在哪儿?"

得知昏迷的言正礼被李渺渺藏了起来,丹璃就飞过去找他了。

草坪这边,李渺渺看到那些面具怪人还被困在黏液里爬不起来,问 Mr.PH 3:"他们到底是什么人?被抓的妖怪还有救吗?"

"这个嘛,就说来话长了……"

[一一]

　　受道士朋友的指点，Mr.PH 3 和言正礼连夜赶到了距离武汉近四百公里外的武当山，找到了"太极剑科技养生公益班"。据学院里的工作人员介绍，那是一个借道教学院地方办学的训练营，大体类似什么跆拳道培训班或者老年大学之类的玩意，结果他俩潜入进去一看，情况出人意料。

　　教室里，每个人都戴着VR眼镜、手持体感剑柄手舞足蹈。Mr.PH 3 偷偷弄了一套装置来体验，发现这就是类似于"Pokemon Go！"的游戏，而且还是融合了区块链技术的AR版本，也就是有可以外出自由行动的面具及配套的对战系统。

　　简单来说，这些闲得没事干又有一颗"中二"心的家伙，每人交了10万元加入这个培训班，他们先使用无人机四处散播刺激装置，使生活在人间的小妖妖力激增，然后戴上面具抓妖取乐。面具上会实时显示附近的妖怪位置，因此他们就能像动画里的角色扔出大师球抓住神奇宝贝一样，把小妖怪关在自己的罗盘里，使它们像电池一样成为自己的能量来源，并使用这份力量彼此对战。之前这些人都在武当山附近活动，把这一带的妖怪都抓光了才去的武汉，然后发现了李渺渺。

　　"不过他们的寻妖系统不太准确，把有超能力的人类少年和追杀我的外星怪物都识别成了妖怪，所以也引发了其他一些问题——打伤人类少年当然是违法犯罪行为，至于围殴外星怪物，第一打不赢，第二就算打赢了也抓不住……那个弱智算法该重写了。"

　　"所以被抓走的小妖怪就被他们当成'电池'，供他们玩游戏取乐了？"李渺渺觉得难以置信，"妖怪之间就算会互相吞噬，也不会干这种……"

　　"这有什么稀奇的，以前人类闲着没事也会强迫动物决斗来取乐呢，这种短命的生物就只有这点儿出息。"李弩说着，拎起了那个"师父"的领子："诽谤我为了吞噬妖怪搞出这一切的就是你吧？你觉得诽谤一个妖怪，人类的法律就管不了是吗？"

　　"师父"没有回答他的问题，态度倒是很嚣张："呵，你以为抓住了我，我的徒弟们就会怕吗？捉妖师们，联合起来！李弩不过只有十五万妖力而已！"

　　"你说谁只有十五万妖力？"李弩突然摘下眼镜。有一瞬间，李渺渺看到他的背后腾起一个比那些大章鱼更加高大黑暗的影子。可那或许只是刹那间的幻觉，李弩依然维持着普通的人类形态，只是抬起左手，做了一个握紧的手势。

　　一片刺耳的破碎声传来，每个面具怪人随身携带的罗盘里都冒出了数团青紫色的火光。

　　"啊，是那些小妖怪！"李渺渺紧张极了，李弩是要吃掉它们以获取力量吗？

　　没想到李弩看着那些火光，只是挥了挥手，它们就像如蒙大赦一样，各自化为原形，飞快地逃离了。

"我不是说了吗，姐姐？"李弩回过头，朝着李渺渺微笑，"我想保护你的这份天真，虽然我觉得我这么想也很天真。"

天真吗？那副眼镜大概是他的抑制器，所以他戴了抑制器之后的妖力还有十五万吗？看来不是我家基因突变，而是真的只有我李渺渺不行啊！李渺渺表情发蒙，内心疯狂尖叫。

"啊！"

这次真正发出惨叫的是"师父"，他指着那些破裂的罗盘，气得跳脚："你、你刚才破坏的都是我们公司的资产！"

"那又怎么样？"没戴眼镜的李弩凌厉地看了"师父"一眼，"如果按妖界的方式解决问题，我一个手指头就能灭了贵公司，但我姐姐一定不愿意。"李弩朝着李渺渺飞了个眼色，"而且我在人间上班很久了，按人类的方式处理问题有时也很有趣。之前姐姐暂时联系不到我，就是因为我去搜集证据了——你们为了捉妖取乐，把一个有超能力的少年打昏了是吧？附近没有监控摄像头，但我找到目击者了。咱们法庭上见。"

话说到这儿，"师父"才算是真正丧失了斗志，颓然地坐了下来，不管按人间还是妖界的规矩，他都已经一败涂地。

"师父"一脸颓态，徒弟们见势不妙，四散奔逃。

李弩也不再管他们，而是转向李渺渺："姐姐，九十年前那件事，不管怎么说，我一直想用自己的方式弥补。"

"所以你真的是一直在帮助和保护那些小妖怪吗？"李渺渺的眼泪又淌了下来，原来是自己一直在以成见抗拒和错怪他。

李弩点点头："但我还是想对你说，作为一只猫妖，你想要的太少了；作为一个人类，你想要的又太多了。世事难两全，你得有所取舍。像你这样待在人间，连这种娱乐性的民用技术公司都能攻击你，谁知道还会不会有更先进的技术持有者出现呢？"

"你说得对。"李渺渺认真地说，"但说到底，一开始的问题是我滥用妖力而不自知，明明要高考了却还想兼顾学业和娱乐，这本来就不是正常考生能过的生活。"

"所以我们回妖界吧。"这一刻，李弩感觉自己快要说服姐姐了。

结果李渺渺摇了摇头，说："我想请你为我做一个效果更好的抑制器，希望不管我的妖力接下来会涨还是跌，它都不会故障。我想像一个普通人一样完成学业，把我所掌握的机器人技术应用到帮助妖怪们的生活中去。不然如果只有我和你逃回妖界了，人间的小妖怪们不一样还是很危险吗？再加上……"她感激地看了 Mr.PH 3 一眼，"再加上刚才老师使用我的机器人战斗，让我觉得就算完全靠自己的智力，也是能做出点儿什么来的，这比回妖界当'李家那个低能儿'要开心多了。"

言至于此，李弩也无话反驳，两人向Mr.PH3告别后，就抓着那个"师父"离开了中山公园。

望着他们离开的背影，Mr.PH3忍不住感叹："如果每个当事人都有个这么能打的亲戚就省事了！"

"看来连你自己都忘了她根本不是奇遇当事人。"和丹璃一起站在他身后的言正礼忍不住说。

[一二]

几天之后，李渺渺正常参加了高考，英语估分成绩不错，这让Mr.PH3放下心来。加上他那边的"大章鱼危机"似乎也得到了缓解，他又去江滩的酒吧里打起了碟。

看起来是时候了。

言正礼找了个机会，问了之前没能得到答案的那个问题："为什么之前情况那么危急，你还惦记着外教这种身份不放呢？"

Mr.PH3的表情突然变得沉重起来，长叹一口气之后，开口道："之前说过，我小时候是娃娃兵，被AI养大，8岁就被派出去当间谍了。第三次执行任务时，我受上级指示，我……"

他停顿了一下，艰难地继续说下去："我亲手杀死了自己的战友。她当时才14岁，一脸惊讶地倒在我面前，蓝色的血淌成一个小湖……那次回去之后我就变得失魂落魄的，用你们地球人的流行语来说，叫PTSD（创伤后应激障碍）。上级觉得我什么都做不好，就安排我去当警卫，每天不是巡逻就是看监控，眼前只有灰白墙壁与机器人来来往往……这种日子持续了四五年吧，我觉得人生乏味极了，甚至考虑过自我了结。就在这个时候，我被选为了奇遇协调员。"

"说实话，我觉得奇遇协调员的身份拯救了我的人生。"他看向言正礼，"言同学，虽然你成天抱怨奇遇办的工作影响你学习，一直不肯成为正式员工，但其实你也有一样的感受吧？"

言正礼保持沉默，没有回答这个问题。

Mr.PH3看着他，意味深长地笑了一下，继续说："总之，攒够业绩的时候，我向主计算机许愿，要继续做奇遇协调员。我不想再回到过去那种单调乏味的日子里了。祖国的军事任务、奇遇办的活儿、外教工作、DJ 工作，还有其他地球上的生活……我一样都不想放手。"

听起来是很美，但是……

言正礼犹豫片刻还是开了口："可中国有句老话，叫贪多嚼不烂。就像李弩说的，你得有所取舍。"

话刚说到这儿，Mr.PH 3 身上又传出了奇怪的警报声："What the bloody hell？大章鱼又出现了！"

奇遇办 与 斩空之剑(上)

"比起为女神而死，我更希望大家都能为女神活着。"

[零零]

朝风教堂位于一片荒原之中，面积不大，且年久失修。教堂内外别说信徒，连圣职者都看不到一个。

戈雷眼见着那个间谍蹿出小树丛、跌跌撞撞跑进教堂，不由得露出了胜券在握的微笑——追了他大半天，他这算是慌不择路了。

此时天色将暮，半明半晦，寒风呼啸，一片荒凉。戈雷手提长矛，绕着朝风教堂转了两圈，却意外不见间谍的身影，也没有听到其他动静。

"他什么意思？是打算以教堂为据点负隅顽抗吗？就不怕我用土系魔法砸平教堂，或者一把火烧了这里？"戈雷低声自语。可这话也就是说说，信仰不允许他这么做，他的魔法水平也不允许——他虽说也上过几节魔法课，但天赋一般，学得又不认真，教堂肯定是毁不了的，就连探查魔法他也使不出来。

他把手按在窗台上，轻轻一撑就翻了进去。

教堂内有一股发霉的灰尘味，两座女神的雕像倾颓倒地，看来真的很久没人来这里供奉了。

戈雷提着长矛，蹑手蹑脚地在光线昏暗的走廊中移动，避开了几个似乎是刚设下的攻击魔法阵和炼金爆弹——这些都布置得太仓促了，说明间谍累了，那就再和他耗一会儿吧。戈雷信心满满地想着。

就在这时,他听到左侧走廊里传来了推门的声音。

间谍想往那边逃吗?戈雷猫下身子加快步伐,很快就到了那扇门边。门扉来回摆动着,似乎刚有人出去了。

与此同时,他也注意到门外的景象不太对劲。

"是他用了魔法,还是我踏进了什么幻境?"戈雷四处打量,甚至还往门外扔出石子作为试探,但并没有遭到攻击,也没有打破"幻境",倒是不知为什么觉得身上越来越热了。

该不会是中毒了吧?想到这里,戈雷有点儿慌了。他握住挂在胸前的教会标志,在心里念了一句"双神庇佑",脱下毛领皮衣系在腰上,推门走了出去。

门外没有荒凉的原野,也没有远处的山峦与高高的紫月,只有夜色中亮得刺眼的一盏盏灯火和一栋栋奇怪的方形建筑物,建筑物间挂着写着"武汉每天不一样"字样的红色条幅,还有穿着短袖短裤坐在街边用餐的人群,以及马路上像野牛一样疾驰而去的巨大方形怪物……

"这到底是什么地方?"戈雷擦了一把汗,觉得自己要热晕过去了。

[零一]

完成今天的学业安排之后,言正礼给丹璃发了一条短信,随后丹璃打开齿轮随意门,让他进入了奇遇办的小黑屋。

已经是暑假了,此时正值武汉每年最热的时候,持续37℃—39℃的最高气温本来就很难熬,更可怕的是每天都在85%以上的湿度,整座城市闷热得像个蒸笼。

不过奇遇办的小黑屋里还是一如既往的凉爽,房间四角涌出暗绿色的幽光,三面墙上的"齿轮算盘"缓缓转动,无声无息,令人心绪宁静。

丹璃坐在小黑屋一角,在台灯下专心撰写结案报告。

"你怎么还在写?你真的是丹璃本人吗?"对于丹璃这几天惊人的表现,言正礼很意外。她以前可是连结案报告都推给他写的。

丹璃抬头瞟了他一眼,脸色一沉:"不生气、不违法、不用刑、不杀人。女神在上,做个好人。"

"好的,是你。"言正礼连忙说。

于是丹璃恢复了平时天真可爱的表情,以及天真可爱的语气:"人家只要再稍微努力一下,马上就可以攒够业绩实现愿望了哦!"

"那真是恭喜你了。"言正礼平淡地说。他还记得 Mr.PH 3 许下的愿望是"成年之后继续做奇遇协调员",不知丹璃的愿望会是什么呢?应该和她的老家莱克德大陆有关系吧?每次想到这件事,他就觉得自己身为临时工没有业绩可赚好像亏了,不然许个高考直升清华大学的愿望也不错啊……

言正礼来奇遇办是想借丹璃的权限向主计算机申请查阅最近发生的奇遇以及错误奇遇的数据。他非常在意时空裂缝的事,想看看最近又新增了多少起。还记得去年他第一次被卷入错误的奇遇,是因为时玖中学的地下室里出现了时空裂缝,连1931年的洪水都从那道裂缝里涌了进来……丹璃解释说时空裂缝是一种自然现象,有很多穿越类的奇遇都是依靠它的出现才发生的,但为了避免它对不同时空的人的生活造成太大的影响,协调员发现时空裂缝后会上报给主计算机,主计算机会派一些特殊的小机器人去修复它。

如果时空裂缝数量激增的话,主计算机还顾得过来吗?言正礼想起了前不久处理李渺渺的错误奇遇时发现的那些"神秘大章鱼",Mr.PH 3 说它们也是从时空裂缝里出现的……

刚想到这儿,挂在奇遇办墙上的显示屏就发出了警报声。

言正礼抬起头,看到近一半的显示屏都从各个不同角度展现了同一个很眼熟的场景——红色的砖墙、黑色的铁门、门口那块写了"武汉市时玖中学"的木牌……

可为什么砖墙内的那栋建筑物看起来不太像他熟悉的母校校舍呢?

"我们学校哪儿去了?"言正礼揉了揉眼睛,确认不是自己看错了,也不是夜色让他产生了幻觉。

这时,丹璃看向另外一块显示屏,上面出现了一个少年的头像和资料。

"奇遇当事人戈雷……纳尼,他是人家的老乡耶!奇遇强度2—3级,奇遇内容是穿越到武汉,错误的奇遇内容是……时玖中学与朝风教堂交换了位置?"

"交换位置?我们要让它们交换回去?"言正礼显得有些紧张。这种事情天一亮就会上新闻的,到时候消除记忆的工作量可就大了,只怕他一个暑假都做不完!然而紧张了几秒之后,他冷静下来,调出了当事人戈雷的生活画面进行分析。

戈雷是个19岁的少年,黑色头发,琥珀色眼睛,骁勇健壮。他生长在齐纳什卡山脉,也就是丹璃的妹妹梅薇思说过的"异教徒地盘",是一名紫月教武僧。

"紫月教与梅薇思信仰的青月教教义不同,彼此都视对方为异教徒,但其实两个教信的是同样的两位女神。"一说到家乡的事情,丹璃的语气就变了,完全不带装傻卖萌的伪日语腔。

言正礼不由得看了她两眼:"那你信哪个教?你妹妹和养父都是青月教教徒,你说过自己是齐纳什卡圣女……"看着丹璃长长的睫毛渐渐垂下去,言正礼识趣地收声了。

"恰当的时候,我会告诉你的。"丹璃抬起头,微微一笑,"我们还是赶紧观察戈雷,争取尽早把时玖中学换回来吧。"

只见戈雷从教堂外的公告牌上揭下了一张看起来像通缉令的东西,然后就开始追踪一个银发男人。

银发男人会魔法,还会使用看起来像烟幕弹的道具。戈雷追了两天,把男人逼进了荒原深处的一间破教堂里,然而银发男人还没跑出教堂,他们就已经随教堂一起被交换到武汉了。

紧接着,戈雷追出了教堂,投身于热气蒸腾的武汉,一副快要热晕过去的样子。

"注意看教堂和时玖中学交换位置的方式。"丹璃指着画面,并放大了细节,"看过渡表现,应该是时空裂缝意外扩大的特殊形式,并且之后裂缝自然缩小了。我记得去年有过一桩类似的案子,发生在黄鹤楼与千达尔星系之间……"

老实说,"过渡表现"和"自然缩小"之类的字眼言正礼完全没听懂,他直白地问:"能不能说简单点儿,我们该怎么做?"

"简单地说,我们必须人为地扩大时空裂缝,才能让它们再交换回来。当然,我们也可以上报主计算机,让它安排小机器人来完成,但是速度比较慢,上报也很费事。最省事的办法是使用 Mr.PH 3 的佩剑——斩空之剑。"

"Mr.PH 3?你最近见到他了?"

丹璃摇摇头:"完全没有,甚至无法通过'齿轮'联系,就连主计算机都说无法获悉他的踪迹。"

万能的主计算机都找不到他?

言正礼不由抬高了声音:"他没事吧?"

"我可以试着用魔法找一下,也许能触及主计算机看不到的死角,可这个当事人就……"

"我来应付他们!"言正礼连忙从丹璃手中接过齿轮。按他对莱克德人的了解,一旦他们穿越到武汉,只怕都不用等天亮,当晚就能上新闻。

[零二]

戈雷在齐纳什卡山脉出生长大,那里海拔很高,土壤贫瘠,环境恶劣,人们聚居在几块气候略好些的盆地和缓坡上,主业以采矿和打猎为生,只有少数人从事种植业和游牧业。

父亲去世的时候,戈雷才十岁。据说父亲是因矿井遭到异教徒的诅咒发生爆炸而死的。

之后由于家境贫困，他被母亲送进了紫月教教堂当武僧。

齐纳什卡山脉由各个教堂的长老和大长老们统治，这里绝大部分公共事务都在当地教堂的附属建筑物里完成。

由于生活环境封闭，教堂的讲师也不教，戈雷并不知道自己的生活少了些什么，他只知道从母亲的病情到自己的饭碗，再到妹妹的教育，全靠双神庇佑、教堂施恩和圣女垂怜。

他原本以为，自己只需要照顾好母亲和妹妹，尽力侍奉双神，打倒所有邪恶的异教徒，在紫月照耀之下度过自己虔诚的一生。谁曾想到，会有一个小小的私念在他心中扎根？

而后，他为了满足小小的私念，不但只身犯险追缉嫌犯，还因此莫名其妙抵达了一个完全陌生的奇怪城市……

这里究竟是什么地方？人这么多，深夜还这么亮，天气还这么热这么闷……身边的一切真的不是间谍施下的幻术吗？戈雷抹了一把汗，握着教会标志念了一句"双神庇佑"，开始思考对策。

"总之还是要先试试找到间谍。"他自语着，给自己施了一个增强五感的魔法，这是他最擅长的魔法。

结果还真让他在满街飘散的香辣味里分辨出了间谍身上的味道，那是紫月教教堂焚香的气味。戈雷顺着那味道拐进左手边的小巷，没走几步，就看到间谍趴在地上，身边还蹲着一个戴眼镜的少年。

那间谍还有同伙？戈雷二话不说，提矛而上，劈头就是一击！

"喂，我只是个普通的纪律委员啊！"眼镜少年喊了一句戈雷没听懂的话，滚在地上躲开了这一击。

戈雷迅速转身，挥矛又是一刺。

就在这时，眼镜少年掏出了一个奇怪的齿轮。

"什么玩意？"戈雷眼看着那齿轮在他面前迅速变大，愣了一下。

就在他发愣的这一刹那，眼镜少年举着齿轮冲了上来，把齿轮往他头上一套，他们就出现在了一个疾驰的"巨大方形怪物"的内部。

"这又是什么魔法？"戈雷茫然四顾，听到不知什么地方传来"车辆转弯，请坐好扶稳"的女声。而眼镜少年已经紧紧抓住了离自己最近的座椅椅背。紧接着天旋地转般猛地一颠，戈雷就顺着脚下的台阶滚了下去，脑袋撞在一楼的地板上，失去了意识。

他听到的最后一句话是那少年在说："欢迎感受武汉晚班双层巴士。"

戈雷再醒来时，首先看到的是一个泛着幽幽绿光、三面墙上都是齿轮的奇怪小房间。半空中飘着一个硕大的白色圆球——他当然不会知道那是正全神贯注使用魔法的丹琦为她自己做的"隔音茧"。同时，戈雷发现自己的手脚都被捆住了，长矛被扔在一旁。而那个银发间谍正坐在不远处，与可疑的眼镜少年说着话。

区区两根绳索，也太小看我了吧？戈雷立即低声念了一个魔法咒文，结果没有任何效果。

身为武僧，别的魔法他不擅长，但暂时增强身体能力的那几招记得很熟，不可能连这种魔法都使用失败！难道是那个间谍对自己做了什么？想到这里，戈雷生气地瞪大了眼睛，见间谍也正好看向自己。

间谍一脸和气地说："我也用不了魔法，可能是我们现在离青银石太远了。"

"你以为我会信吗？"戈雷警惕地说。

"唉，我都解释多少次了，一切都只是误会，可你们一听说我是帝国人就摇头，我也没办法啊。"间谍为难地挠了挠头，"趁你现在不能动，再听我解释一次，好吗？"

戈雷想拒绝也拒绝不了，只能继续生气地瞪大眼睛。

[零三]

被戈雷视为间谍的男人大概三十几岁的年纪，一头银发，高鼻深目，肤色瞳色都很浅，脱掉毛皮大衣后穿着一件刺绣装饰的丝质衬衣，看起来身份尊贵。

对于这样的成年穿越者，按奇遇办的规矩其实是可以不管他死活的，言正礼会把他捡回奇遇办治中暑，完全是爱管闲事的性格使然。

"我叫谢普罗，是个博物学家兼医生，来自东莱克德帝国。"银发男人慢慢地说，"我是跟着走私犯偷偷进入紫月教地盘的，可我真的不是间谍，而是来寻找药草的。"

戈雷皱起眉，显然不信："谁都知道现在局势紧张，之前就打了几场仗，现在你们帝国军都驻扎在我们家门口了，随时有可能打起来，你还找什么草药？"

"我也是没办法……"谢普罗叹了一口气，从口袋里掏出一个精致的蛋型小吊坠，打开盖子，里面是一张小男孩的画像，小男孩看起来只有两三岁，也是一头银发。

"这是我儿子以赛亚。他生了重病，我必须找到戎枝子才能治好他。"谢普罗认真地说。

"戎枝子就是有着红色细长花瓣的那种？"言正礼忍不住问。他想起上次去那个世界找丹璃时，她也在为妹妹找戎枝子。

谢普罗点了点头，又强调了一次："我真的不是间谍，不然刚才就趁你没醒直接将你杀死了。"

我才不会信异教徒的鬼话！戈雷想着，义正词严地说："你如果真的问心无愧，就先跟我回去！我领了你的通缉赏金，你再对通缉你的官差解释！"

"啊？看打扮你是武僧吧？紫月教的武僧……竟然会贪恋钱财？"谢普罗摆出夸张的惊讶表情，"是有什么缘由吗？赏金多少钱？我可以给你啊。"

缘……缘由？突然被问到这个问题，戈雷的脸忽地一下就红了。他怎么可能对着一个陌生的被通缉的异教徒说他需要赏金是为了买一份礼物呢？

"或者，你能不能告诉我你们到底为什么要通缉我？"谢普罗看他支支吾吾的，估计问不出什么，就换了个话题，"我简直是莫名其妙就被追杀了。"

"圣女萝妮失踪了，通缉令上说是被你诱拐了。"戈雷直白地说。

"圣女萝妮……"谢普罗努力回忆了一下，"啊，是在暮松隘口边帮过我的金发姑娘吗？原来她是圣女啊。"

他是真不知道，还是在装傻？戈雷怀疑地眯起了眼睛，但是得不出结论。

只听谢普罗又说："我和萝妮只见过一次面，我完全不知道她失踪的事。现在我儿子病重等着吃药，我真的没时间跟你回去自证清白……要不你先跟我回家一趟，再押送我去见你们的官差？"

谢普罗一脸真诚，但戈雷还是不肯相信："去了异教徒的地界我还能活着回来吗？"

眼看着两人僵持不下，一向冷静礼貌的言正礼也有点儿不耐烦了："算了，你们就先和平地一起通过时空裂缝回到莱克德，再解决你俩的内部矛盾吧。这样我的任务就算解决了一半，接下来可以专心处理建筑物交换的问题了。"

沉默片刻之后，戈雷开口道："忘了问，你是哪位？"

"我是你的奇遇协调员。"

[零四]

言正礼像平时一样费劲地向他们说明了自己的工作内容，并成功地威胁戈雷"你如果在这里动手，我立即把你传送到双层巴士里撞晕"，然后解开捆绑他的绳索，用齿轮传送门把谢普罗和戈雷直接送到了深夜的时玖中学内。

这时，喧嚣的人声已经褪去，四下里只有几盏幽幽的路灯，照着院内黄色的脚手架和青色的纱帐。

"教堂呢？"戈雷茫然道。

言正礼用手机照亮脚手架内部指给他看："里面就是啊。外面这层是我同事用魔法变出来掩人耳目的。"虽说是丹璃变的，但出主意的还是言正礼。他心思细密，担心明早来不及把时玖中学弄回来，又想到现在是最热的时候，连教职工都放假了，不如让丹璃做个"幻象"，变一堆脚手架围住教堂假装在维修，应该能起掩护效果。

然而戈雷不相信，站在脚手架外不肯进去。谢普罗也一脸疑惑，他念了一个咒文，手中随即腾起一团火焰，这才确信了言正礼说的是真话。

"到这里就能用魔法了，可见青银石也来到了这个世界。青银石在，教堂就在！"

这次轮到言正礼疑惑了："青银石是什么？施法道具？"

"是青银之月的碎片，也是我们莱克德大陆魔法文明的根本。"谢普罗给出了很有学者风格的专业解释，"它不是道具，而是触媒——在以一块青银石为中心若干米的范围内，只要念出正确的咒文，就能以语言驱使自然元素的力量。一旦超出了青银石的有效范围就不能施法，但全大陆遍布青银石，有效范围彼此交错，于是便形成了一张笼罩整个大陆绝大部分土地的'网'。"

"我明白了。"言正礼很快得出结论——青银石相当于 Wi-Fi，人必须待在它们的覆盖范围内才能搞事。

"可青银石是与土地融合的，是无法挪动的。所以不论青月教还是紫月教，都把宗教建筑修建在青银石上，以示占有。"谢普罗轻描淡写地说出了在戈雷看来有辱教嫌疑的发言，然后问，"言先生，你说朝风教堂和贵校交换了位置，为什么连地下的青银石也会跟着交换？"

"我也在想这个问题，难道交换的不仅仅是建筑物本身，而是一定范围内的整个空间？"言正礼想象了一下从这个世界硬生生挖走一个球形空间的情况，想到现在就连时玖中学的电缆、光缆、自来水管道和厕所下水管道都可能被"挖"过去了，他不由得莫名胃痛。

"那个'时空之缝'到底在哪里？"戈雷问。他没太听明白谢普罗与言正礼的对话。

"我们找找吧。"借着谢普罗的魔法火焰光亮，言正礼探头往前看。他已经见过很多次时空裂缝了，有时它真的就是肉眼可见的一条缝，在你面前的空气中突兀地出现；有时它无形无迹，但只要静下心来注意辨别，也能明确闻到来自另一个世界的气息。

问题是现在整个朝风教堂里都是异世界的气息，这该怎么找？

言正礼正发愁，忽然察觉正前方有什么东西破空而来。他连忙闪过，只见一个飞速掠过的黑影把戈雷撞倒在地，然后拉起谢普罗。

"有埋伏？"戈雷立即起身，提矛应战。

谢普罗似乎不知道发生了什么，一脸茫然。那黑影在半空中腾挪辗转避开矛尖，想与戈雷近身搏击，却终是不敌，被戈雷扑倒在地。斗篷落下，露出一张少女的面庞。

"梅……梅薇思！"言正礼连忙挡在戈雷和少女之间，"你怎么会来这里？"他注意到梅薇思额上戴着一个银质的镂空额饰，大概是用来遮掩她额上那双没睁开的眼睛的。

"你认识我？"梅薇思诧异地抬起头。

言正礼这才想起，在梅薇思的错误奇遇中，他根本没和她打过照面，只好解释："我帮你姐姐挖过戎枝子救你的命。"

"那我姐姐现在……"梅薇思刚说到这儿就被戈雷打断了："所以你们是一伙的？"

"我还想问你呢，就是你绑架了桑德伯格公爵？"梅薇思指着戈雷问。

戈雷一脸茫然："谁？什么公爵？"

"这……"梅薇思欲言又止。

此时，一直躲在旁边的谢普罗上前一步，开口道："哎呀，瞒不住了。"

[零五]

几个月前，戈雷确实听说过这么一件事：在齐纳什卡山脉的最北方，与帝国接壤的地方，有一座原本已经被废弃了的黑石要塞。帝国军大军压境之时，许多老弱妇孺自发地躲到了黑石要塞中，打开了勉强还能派上用场的魔法防护结界，等待总教堂指派的圣女赶来庇护他们。

结果圣女还没赶到，帝国军派来了一条可怕的钢铁巨龙，在黑石要塞前盘旋不去，怎么看都是要发动攻击的样子。可之后，或许是因为双神显灵，帝国军内部发生了矛盾，那条钢铁巨龙坠毁、爆炸，帝国军的攻势也因此延缓了一段时间。

现在，靠言正礼的调停或者说威胁，剑拔弩张的戈雷和梅薇思都坐下来做了自我介绍。戈雷这才知道，这个见面就打的女孩就是当时钢铁巨龙的操纵者——准神官梅薇思·勒卡·诺瓦德。她从前线神秘消失，是因为知道了一个战争背后的秘密，她想要找出真相，为自己的家人洗冤。

她一路从大陆最北端的公爵领地追到异教徒治下的齐纳什卡高原，就是为了问谢普罗一句话："公爵大人，你知道宰相当时指派我养父诺瓦德神官做了什么吗？"

"你说你只是个博物学家，她却管你叫公爵！"戈雷一脸气愤。

"唉……"谢普罗单手扶额，叹了一口气，"慢慢来，挨个说。"

他先看向梅薇思："我听说过你，但很抱歉，宰相与你养父之间的事情我不太清楚。"

他又转向戈雷："很抱歉刚才没对你说实话，重新自我介绍一次吧，我是谢普罗·艾斯·桑德伯格公爵。如你所知，你我两军已经在边境上对峙很长一段时间了，然而在我国国内，也并非所有人都支持这场战争。简单来说，挑起战争的是青月教总神官，而试图阻止战争的是宰相。至于最有决定权的皇帝陛下，我只能说，事情在他那里仍有转圜的余地。"

你怎么不直接说皇帝是个很容易被煽动的墙头草呢……怀着一种类似于"家丑不可外扬"的微妙心态，梅薇思没有把这句话说出口。

谢普罗顿了一下，继续说："我作为宰相的代理人，秘密抵达齐纳什卡山脉，是来与贵教大长老议和的。我的目标是说服长老们把贵教的宗教偶像，也就是齐纳什卡圣女嫁给我国皇帝陛下，达成和亲的目的，希望能以此阻止战争的全面爆发。可贵教长老团内部有分歧，争执不休，而且他们也像你一样不信任帝国人……恰好这时传来了圣女失踪的消息，我自然被当成了头号嫌犯。"

"教义规定圣女终身不婚，你一来就求亲，别说分歧了，把你打一顿都不亏！"戈雷气愤地说，"再说你这不是什么都知道，硬是要装傻吗？"

梅薇思也觉得他可能还有所保留，皱起了眉。

然而谢普罗只是疲惫地笑了笑，挠挠头："现在这个情况，我当然是先考虑保命……"

"但你刚才说的话我也不信。"戈雷怀疑地抱起胳膊，"虽然我不知道公爵到底是什么官，但和亲这种事我还是听说过的。教堂里的讲师教过，在皈依女神之前，历史上有很多部落相互争斗，有些部落首领会把自己的孩子送到其他部落去当人质，这两个部落之间就暂时和平了。可那种人质应该很少很珍贵吧？"

"对啊。"谢普罗点点头，不明白他想说什么。

"一个部落首领也就能生几个孩子吧？可我们现在如果把预备役小女孩也算上，统共有三四百名圣女，你们皇帝娶一个……能威胁谁？"

"哇……"梅薇思和言正礼异口同声感叹道，同时意识到这个耿直少年似乎说出了紫月教长老一直对谢普罗隐瞒的真相。

果然，谢普罗皱起了眉："我从来没听说过这件事。"

[零六]

按言正礼的理解，从三四百人里挑一个去和亲，对外宣称她是独一无二的贵重人质，不就相当于挑了个宫女王昭君去冒充公主吗？这紫月教看起来是个藏在深山里过着原始生活的顽固教派，没想到心机很深啊！但是，身为帝国要人的大贵族谢普罗，对这件事又是怎么考虑的呢？从他目前平静无澜的表情上，言正礼什么也看不出来。

只听谢普罗对着梅薇思和戈雷说："我有一个提议。我们现在先回到原本的世界，一起把失踪的那位圣女萝妮找出来，这样我就不是'嫌犯'了，我和贵教长老之间也能重新商讨一些问题。"

"我帮你！"梅薇思自告奋勇。

可这句话立即引起了戈雷的警惕，他提起长矛，直截了当地说："你们两个异教徒是准备联手了吗？"

这个充满火药味的问题让梅薇思愣了一下，但她随即握住自己胸前的教会标志，露出微笑："女神在上，接下来我说的句句属实。虽然你我信仰的教义不同，但刚才与你战斗纯属误会，是我不对，请你谅解。至于公爵大人，于公，我当然应该保护同胞，但不会偏向他与你作对；于私，说实话，我还有三个哥哥被关在流放地，而公爵大人与皇帝陛下交好，他是我救出哥哥们唯一的希望。"

"不敢当，我尽力。"谢普罗连忙说。

见梅薇思这么坦白，戈雷反而生不起气来了，他耸耸肩，放下手中的长矛。

"不过，我们现在在哪个世界？"梅薇思还不知道自己穿越了，刚才言正礼说的"交换位置"她也没听明白。

"这个嘛……"戈雷和谢普罗都望向自称奇遇协调员的言正礼。

言正礼只好又给梅薇思讲解了一遍，她穿越了一条类似于导致当初钢铁巨龙出现的那种裂缝，来到了异世界。另外，她姐姐现在在进行一项重要工作，完成后自然会与她见面。

梅薇思勉强接受了这个解释，带着谢普罗和戈雷原路返回，回到了他们的世界。

言正礼忙着回到奇遇办，首先联系了负责这个辖区的协调员想打听一下情报，结果像他联系绝大部分协调员时一样，那边又是一副忙得要死要活的样子："我的当事人和一头羊合体了，当地长老正打算宰了他献祭女神，等我处理完再联系你！"

"难道你们都没抓几个临时工来帮忙？"言正礼嘟囔着，指示显示屏继续跟进戈雷的情况。毕竟还得确保他活过30天呢。

[零七]

在梅薇思的指引下，戈雷和谢普罗穿过时空裂缝回到了自己的世界，这感觉非常奇妙。

明明刚才眼前还是教堂里那对倾颓的女神像，可忽然之间好像就进入了另外一栋建筑物中，而且再回头时，女神像已经完全消失了，四周只有古旧但整洁的石地板走廊、有着木百叶窗和木地板的房间和墙上挂着的不认识的人像……

这就是言正礼说的"时玖中学"吗？戈雷暂时放下了对谢普罗和梅薇思的警惕和敌意，好奇地打量着四周的一切。他走出装饰着彩窗的大门，外面又是那片熟悉而荒凉的景色了，身后这栋红白相间的建筑物在荒原与远山间显得非常违和。这让他立即想起了身边的一男一女都是可恨的异教徒，是一直试图占据齐纳什卡的侵略者。戈雷握了一下挂在胸前的教会标志提醒自己保持警惕。但另一方面，他也对自己的战斗力有信心，如果跟着谢普罗找不到圣女，他随时可以打晕他们拖回去交差，说不定还能多拿点儿赏金呢。

抱着这样的心态，戈雷与谢普罗、梅薇思一起来到了谢普罗最后一次见到圣女萝妮的地方——暮松隘口。

据谢普罗回忆，他这次来见紫月教大长老属于秘密会谈，因此会谈地点并不是总教堂，而是边境要塞。第一轮谈判结束之后，因为他是个博物学爱好者，对这里独特而神秘的环境很感兴趣，便申请随便逛逛，大长老同意了他的要求。

于是，一名当地人充任导游，驾着羚车陪同谢普罗在隘口附近观光。这里地势险要，有悬崖、峡谷、深流，更有各种谢普罗闻所未闻的植物动物，他看得非常开心。

然而拉车的羚马一时失足，他与导游连车带人掉进了峡谷底部的激流之中，就在那个时候，萝妮出现了。她用魔法轻巧地治愈了谢普罗、导游和羚马，将羚车修复如新，用风魔法将他们送回了高高的悬崖之上。

之后有大约两天时间，身边的一切看起来都还很和平，谢普罗从容地在原野上采集戎枝子标本——"儿子生病"是他临时编出来骗戈雷的，他采集标本就只是为了博物学研究而已。

可就在他采集戎枝子标本时，导游突然强迫谢普罗回去，并且神情紧张。谢普罗察觉情况不对，依靠随身携带的炼金术制品与魔法挣脱出来，从此踏上了逃亡之旅。

"说回萝妮。她救了我们之后，并没有跟着我们飞上来，而导游一落地立即朝着谷底的方向磕头拜谢，颂祷'双神庇佑'，并没告诉我她是圣女……现在仔细一想，她为什么会恰好出现在那里呢？是不是她原本就在那里做什么，不希望被我们这些路人发现？"

说这些的时候，戈雷、谢普罗和梅薇思已经靠着魔法缓缓降落在了峡谷底部。

谷底风声猎猎，禽鸟奔走，溪水潺潺涌动，完全不受峡谷之外的尘世战火所扰……简而言之，四望之下，一片宁静。

"可能有什么被隐藏起来了，我使用一下探查魔法。"梅薇思说。

谢普罗忍不住问："冒昧地问一句，你魔法等级考试考了多少级？"

"66级，本来打算18岁时挑战一下88级的。"

"和我差不多，那试一下这个吧。"谢普罗从口袋里掏出四张画着魔法阵的符纸，还有四块炽晶石。

"啊，那是——"戈雷突然提起长矛，"东西准备得这么齐全，你还说你不是间谍？"

炽晶石具有魔法增幅效果，看谢普罗拿出来的炽晶石的大小，戈雷全家一年的收入都买不了一块。而且，他想靠抓捕谢普罗领赏去买的礼物，刚好也是炽晶石。

"冷静点儿，冷静点儿。"谢普罗连忙挥挥手，"你想反了。我只是个世袭贵族，没什么特长，魔法水平也很一般，现在独自来你们紫月教的地盘，商谈议和这么重要的事，我当然得准备周详啦。不然说不定半路就被走私犯劫杀了。"他说着，把符纸和炽晶石按方位摆在地上，"这样就是一个简单的增幅魔法阵了，请用。"

戈雷觉得他说得好像有点儿道理，于是放下了长矛。

梅薇思谢过谢普罗，闭上眼睛念出咒文，开始感知四周的异样。有了增幅魔法阵的帮助，她觉得自己的探查范围和探查深度都提升了不少。

谢普罗和戈雷静待了五分钟后，她就给出了答案："西南方向的岩壁上有一个山洞，里面似乎有人。最可疑的是，洞口被人用魔法隐藏了起来。"

"应该就是那里了。"谢普罗收起符纸和炽晶石准备动身，"我们尽量不要与圣女发生冲突哦。我国魔法等级考试的最高级别是196级，一般人普遍在44—88级左右，但以前有学者研究过，如果让圣女参加这个考试的'实际操作'环节，平均水平应该有300级。"

[零八]

被魔法隐藏的那个洞口，从外观上就是一块普通的岩壁，与周围其他岩壁浑然一体、天衣无缝。但人的手轻轻一伸，就能穿过那层看得见摸不着的"岩壁"，进入黢黑的山洞深处。

他们不敢点火，用魔法变出的蓝色冷光照明。

山洞内幽暗寂静，石壁光滑平整，只有地面上散落着一些碎石。从山洞内的情况来看，这里明显是个最近才开凿的人工洞窟，内部没有分岔、洞室等任何多余的内容。

可是，开凿的目的是什么呢？

戈雷认为可能是有人在寻找宝藏，梅薇思觉得或许是有人在执行某个秘密任务，而谢普罗则关心方向，他掏出了指南针——如果指南针没错的话，他们现在正一路向北走，沿路没有遇到任何阻碍，顺利得让人不安，而且竟然就这样一路走到了山洞的尽头——

一个金发姑娘正背对着他们站在那里，全神贯注地使用魔法。空气在她手中汇聚，像是利刃，或者钻头，不断地粉碎着她面前的山岩，而被粉碎下来的岩石也被她所操纵的流风送到了她背后的牛皮袋中。

在奇遇办里旁观的言正礼看来，她简直就像一台正在挖掘地铁的人肉盾构机。

"请问你是圣女萝妮吗？"谢普罗问。其实他觉得她就是，只是希望能得到她的回应。

然而那个金发姑娘没有开口，好像根本就没发现他们在场。

"一边粉碎山岩一边搬运碎石，而且可能已经持续施法很长时间了，应该很累吧？"梅薇思说。

"那我们就在这儿等着她休……"戈雷话没说完，突然提斧转身！

紧接着是电光火石的一击，幽暗的山洞里金戈相交，几道火花闪过之后，戈雷被一个身材高大的女人用战斧逼倒在地。

"滚出去！否则我立即杀了他！"那女人低声吼道。

"等一下！误会啊！我是紫月教武僧！"戈雷连忙解释，但那女人的战斧并没有抬起分毫。

梅薇思故意装出满不在乎的样子："我和他不是一伙的，你拿他威胁我也没用。"

"况且就算真听你的话离开这个山洞，我们，包括那个武僧，出去之后还是会被你灭口吧。"谢普罗不紧不慢地说。

"你说什么？"戈雷没懂，挣扎着大喊。

那女人没有答话，金发姑娘在这时停止施法，回过了头："姐姐，他们是什么人？"

[零九]

金发姑娘确实是圣女萝妮，而用战斧的高大女人则是她姐姐纳莉。

谢普罗首先感谢了萝妮之前的帮助，然后自我介绍道："我是东莱克德帝国的密使谢普罗，目前被怀疑诱拐了你，遭到通缉。这位是偶遇决定帮助我的青月教神官梅薇思，这位是想缉拿我的紫月教武僧戈雷。"

"啊？诱拐？通缉？"萝妮显得很茫然，抬头看姐姐，纳莉没说话。

"总之我来找萝妮小姐是为了自证清白，结果就看到两位在这里挖密道。对于二位的目的，我绝不会多嘴。能不能麻烦二位先回一趟总教堂帮我说明情况呢？我还有很重要的任务必须完成。"

谢普罗气定神闲地说到这儿，热血耿直的戈雷才意识到现在的情况到底有多凶险。

从外貌上看，纳莉是萝妮的亲姐姐，看俩人互动的状态也不存在胁迫关系，也就是说她们是一伙的，现在要么是在探寻宝藏不想让人知道，要么是在执行秘密任务不想让人知道，要么就是打算挖掘通这座山叛逃去帝国不想让人知道……无论他们撞破的是哪一种，不都是要被灭口吗？纳莉的战力完全可以压制他，圣女的魔力远高于常人就更不用说了，他们完全没有胜算啊!"

谢普罗明明应该是比他更清楚这些的,却依然没有放弃劝说:"对于两位失踪的事情,我们可以解释成纳莉小姐生了急病或者受了重伤,萝妮小姐必须救她……我保证我们三个人绝对不会透露关于这条密道的事!只要能让我重新坐上谈判桌就行了,之后两位可以随意行动。"

纳莉显然还是不相信他们,握着战斧低声对妹妹说:"你继续挖,我带他们出去。"

这次连戈雷都看出来了,她绝对是想把他们拖出去灭口。

这时,萝妮却把手按在了纳莉的斧头上,抬头问谢普罗:"您这么执着想完成的,到底是什么谈判呢?"

"虽然现在被当成了诱拐圣女的嫌犯,可我还是希望能坐回谈判桌,与大长老诚恳共商,阻止这场战争。青月教与紫月教,虽然教义有别、争战千年,可其实都是两位女神的子民。比起为女神而死,我更希望大家都能为女神活着。"

"不是所有人都有资格为女神活着的。"纳莉在一旁冷冷地说。

萝妮闻言,神色黯然:"有没有既不需要我出面,又可以让您洗脱罪名的方法呢,比如写信或者发动魔法誓约?我们必须尽快离开齐纳什卡,现在实在没时间回去了。"

"你们果然是想叛逃到帝国去!"戈雷忍不住说。

梅薇思白了他一眼,都说了不要惹圣女了!

没想到萝妮被他这么一说,神情更悲伤了,宝石蓝的双瞳里满是矛盾和自责:"我也不是想叛投异教,只是想多活几年。而姐姐全都是为了帮我。"

[一〇]

萝妮说完这句话,密道里一片寂静。戈雷他们三个完全不知道该如何接话,彼此干瞪眼。

最后还是萝妮自己又开了口:"诸位知道圣女是怎么'制造'出来的吗?"

三个人一起摇头。还能怎么制造,树上结的果子里钻出一个圣女吗?

萝妮继续说:"本教所有的女性教徒,怀孕时都得去总教堂朝拜,然后喝圣水。圣水经过特殊处理,喝过圣水的孕妇生下来的孩子如果是女儿,就有一定概率成为圣女。而圣女天生就有着强大的魔力,并且无须咒文也能使用魔法。"

"哇,你就这样把这种国家机密告诉了我?"谢普罗眉头一挑。

透露机密这种事仿佛就是灭口的前兆啊!

萝妮微微一笑:"我还没说完呢,这种强大是要付出代价的。一个圣女的理想人生是:

6岁被送到总教堂，与其他圣女一起长大；10岁成为现役，会被派驻到各个分教堂；18岁左右光荣战死，这时候正好是我们的状态巅峰。如果能活到20岁，圣女就可以退役了，因为20岁之后圣女的魔力虽然还会继续增强，但身体却会日渐虚弱，失去知觉，难以行动，直至失明失聪，甚至精神崩溃……这就是'圣女病'。至今为止，没有圣女能活过30岁。我们拥有高强魔力的代价，就是对自己身体的提前透支。"

幽暗的密道又寂静了下来。握着战斧的纳莉补充："我教的大人物对'圣女病'总是避而不谈，所以我们能接触到的信息很少，只能根据见过的几个例子推测，越少使用魔法，存活时间就越长。但以圣女的日常工作状态来说，不用魔法就像不吃饭一样是不可能的。"

"你的意思是，所有圣女都会年纪轻轻就痛苦地死掉吗？"戈雷突然想起了一个人，他那张年轻而单纯的脸此刻神情变得很复杂。

"所以我们想逃走，只是为了让萝妮能再好好活个几年。"纳莉说，"也不是没有逃亡的前例，与萝妮一届的圣女有一个据说11岁时就带着全家逃走了，她的名字是叫……对了，丹里尔雅娜。"

"啊？"梅薇思轻轻地惊叫了一声，然后立即捂住了自己的嘴。

谢普罗叹了一口气："可你们就算逃离紫月教，也一定会因为圣女的身份而遭到其他势力的利用……说实话，对你们来说，逃走不一定比战死好。"

"可我还是觉得，就算自己选的歧路，也比别人定的死路好。"萝妮宝蓝色的双瞳里写满了真挚与热忱，以及对生命的渴望。

在旁观者言正礼看来，她这句话说得很对。可上一个说类似的话的人是江望萍，她最终选择了放弃身为现代人的一切留在汉末赎罪。想起这件事，就让他觉得心情复杂。混乱的时代容不下清澈的梦，凭她们的一己之力，真的能走上自己希望的道路吗？

与此同时，纳莉举起了手中的战斧，指向梅薇思："你认识丹里尔雅娜？"

"应该只是同名吧。"梅薇思小心地回答。

"不可能，'丹里尔雅娜'是附近山峰的名字，你们异教徒里根本不会有同名的人！"

"可……可是和我一起长大的姐姐是齐纳什卡圣女，这也不可能吧？"梅薇思说出这句话之后，纳莉愣了一秒，随即凶狠地拎起梅薇思的头发，把斧刃架在她的脖子上："她是五年前叛逃的？她对你透露了什么？"

"冷……冷静一下，你们不是也要逃走吗？还管丹里尔雅娜做什么？"谢普罗连忙说。

"我们只是想逃走，但并不想叛教！"萝妮喊道。

结果戈雷也生气了："你们是不是搞错了教义？逃走就是叛教！"

"没人知道就行了！"纳莉的斧刃上寒光一闪。

[一一]

戈雷这傻小子怎么又把圣女姐妹俩惹生气了啊！

谢普罗急得站了起来："诸位，冷静一下！先听我说完丹里尔雅娜的事情，再决定你们到底要不要逃走吧。"

梅薇思这次显得并不太吃惊："你果然……"

"对不起，又要为我没说真话道歉一次。"谢普罗看了梅薇思一眼，又看向萝妮和纳莉，"关于丹里尔雅娜，我所知道的情况和你们了解的不太一样。据我所知，她是在五年前从圣女的集体宿舍回家探亲时，遇上了诺瓦德神官。诺瓦德神官烧了她的家，杀死了她所有亲人，为了毁尸灭迹，还把她亲人的尸体都剁碎了喂了野兽。之后，她被带回帝国，洗去记忆，封印魔力，作为准神官培养。"

"什……什么？"梅薇思终于吃惊了，"公爵大人，您、您一定是哪里搞错了……"

"一个圣女……在回家探亲的路上被异教徒抓走了？"戈雷也陷入了沉思。他觉得这件事有点儿不太合理。

谢普罗没太在意他俩的内心动荡，继续说："可你如果问，诺瓦德神官与她有什么深仇大恨吗？并没有。那只是他与宰相一起策划的一个秘密项目，希望能在适当的时候解开她的魔力封印，证明齐纳什卡圣女的力量也可以为帝国所用。就像他另外还有三名养子，是三个具有召唤师血统的少年，那是另一个培养异教徒为己所用的项目。"

"怎么可能！"梅薇思站起身来大声喊道，"您是想说哥哥们的亲人也被我父亲……"

谢普罗点点头："对，他的五个孩子里只有你是普通人。加一个你，是为了掩人耳目。"

"这不是真的！您没有证据！"梅薇思大声说着，"您只是把您知道的一些碎片……拼合成似是而非的结论而已……"可说着说着，她似乎想起了什么，声音渐渐微弱，腿也软了，人又坐了回去。

"你是不是也想起了一些'碎片'，拼合出一个'结论'，并且完全印证了我的话呢？"谢普罗露出一抹苦笑，继续说，"去年，诺瓦德神官和丹里尔雅娜一起被派到齐纳什卡山脉和谈。然而因为青月教派人从中作梗，和谈没有成功，反而成了战争的导火索，他们也死在了一场人为造成的火山喷发之中。"

说到这里，他看向梅薇思："对了，我们待在那个十分炎热的异世界时，言先生对你说你姐姐还有重要任务……你还有其他姐姐吗？"

"和我失散很多年了。"梅薇思意识到他不知道姐姐没死，连忙含糊其词地敷衍了过去。

于是谢普罗又转过头去望向萝妮姐妹俩："唉，其实我不该说这些，更不该对你们说这些……我本该靠着祖荫在领地里舒舒服服闲一辈子，看看书、抱抱儿子……出使、谈判、被追杀这种事，真的不适合我。"他叹了口气，显得非常疲惫，"事到如今，我只希望大家都能好好想想，找到自己真正该走的路。"

听了他这番话之后，萝妮的心明显动摇了。她把头靠在姐姐肩上，轻声说："可我生为圣女，难道就注定得惨死吗？我想要的，也只是能在时代洪流中抓住点儿什么，我想七十岁的时候还能和姐姐一起坐在书房里喝下午茶……"

纳莉动了动嘴唇，想说点儿什么，却没有开口。梅薇思也想起了丹璃。

就连一直坚定反对她们的戈雷也沉默了下来。"为女神而死是身为紫月教徒的荣耀"，长老一直是这么教导他的，他也如此坚信着。然而当纳莉和梅薇思都心系着自己的姐妹时，他脑海中也浮现出了一个姑娘的笑容。将心比心，他不怕牺牲，可他不想她死。

"嗞——"就在山洞里的气氛陷于一片微妙的沉默中时，警报响起了，而且是同时三声。

戈雷以及圣女姐妹俩各自掏出了自己挂在胸前的教会标志。谢普罗和梅薇思不明所以，戈雷与姐妹俩则警惕地对视了一眼，然后各自把教会标志贴在了自己的额头上。

三秒钟之后，戈雷第一个开了口："总教堂被袭击了！"

"被八条腿的怪物……"萝妮接着说。

"就连异教徒那边也被……"纳莉话没说完，三人再次对视，这次他们不再互相怀疑了，因为三个人收到的警报里传来的是同一条信息。

三人争先恐后地冲出了密道，站在深邃的峡谷底部仰起脑袋。谢普罗和梅薇思慢了半拍跟上。

只见两只硕大无比的章鱼正闲庭信步般缓缓跨过峡谷，体型之庞大，就像两颗小行星从低空掠过，随时可以摧毁这片土地。它们有意无意地眨动着大脑袋上的十几只眼睛，每随意挥动一下触手，就有无数的碎石、泥土和动植物如暴雨般砸落。

萝妮张开了魔法防护壁来挡"雨"。

"那么大的……怪物……怎么可能呢……"

"哪里来的……那种东西？"

众人瞠目结舌地仰着头，只见萝妮制造的透明魔法防壁上已经砸满了各种物什，树枝、石块、章鱼的黏液，还有被碾扁的动物的内脏和残肢。

峡谷底端，曾经清澈的溪流被碎石与尸块堵塞，形成了一个噩梦般的沼潭。而峡谷顶部的天空中，巨大的怪物随意制造着无穷无尽的灾厄，就好像神话中的世界末日提前来临，铺天盖地，倾泻而下。

"姐姐，我想先回去一趟，帮助暮松隘口附近的人。"萝妮突然开口说道。亲眼看见了这等惨况，她的身体在不住地颤抖，眼睛却是一眨不眨，眼神坚毅。

"你考虑清楚了？失踪人士回归之后可就不再那么容易失踪了。"

萝妮点点头："现在的情况就像这位公爵先生说的，我们就算逃走，也不一定有明天。"

"我也要回坤泉教堂了！我们那边人手不够！"戈雷提起了他的长矛。

"带上我吧，我也想跟过去看看情况，也许还能帮上忙。"谢普罗说。

梅薇思自然也表示要跟去。

"你们没必要去吧？"戈雷有些感动但也有点儿疑惑，他看向谢普罗："尤其是你，我现在没空抓你了，你趁机逃走不是很好吗？"

"我怕的就是现在这个情况，不管逃走还是和谈，也许都没有意义了。"谢普罗叹了口气。

远处受惊的鸟群哀叫着，漫天逃逸。

[一二]

"丹璃，快出来！"言正礼使劲拍隔音茧的外侧，"时空裂缝泛滥了，大量的章鱼怪出现在了你老家！"

"我知道。"丹璃说这话时，白色的隔音茧渐渐消散了，言正礼看到她原本正抱着膝盖、蜷着身体飘浮在半空中。隔音茧完全消散的同时，她舒展开身体，缓缓落地。

此刻的她神情疲倦，却十分平静，甚至说是冷峻。

看到她的脸，言正礼突然愣了一下。现在才是她真正的样子吗？那个全家都被剁碎了喂野兽的女孩，那个在灭门仇人身边长大的女孩，那个与仇人一起"死去"的女孩，在过去的每一天里，到底是怎么伪装成那副开朗活泼模样的呢？

没想到的是，丹璃开口说的却是另一件事："我这边有个更糟糕的消息。我找到Mr.PH 3 了。"

奇遇办与斩空之剑(中)

ZHAN KONG ZHI JIAN

明明是一样的人,为什么不可以有一样的人生?

[零零]

他一直觉得自己的人生平淡得近乎乏味，直到那一天，他遇到了"镜像"。

那天清晨他刚值完夜班，疲惫地走在回家路上，来来往往见到的都是和他一样满脸疲倦的学生与上班族。这样的日子日复一日，似乎永远不会有尽头。回想起入职时新鲜激动的心情，仿佛已经是上辈子的事了……他漫无边际地想着这些，仰头打哈欠时正好看见最新型的太空战舰破空起航了。他正假想自己登上战舰的时候，撞上了一个人。

那人竟和自己长得一模一样。

直觉告诉他，千载难逢的机会出现了。

他紧紧地抓住了"镜像"的手。之后，他们就成了朋友。

他们一见如故，对对方的生活充满了好奇，并且觉得彼此都找到了互补的精神孪生子。

说"互补"，是因为俩人是以天差地别的方式长大的。他在一个普通家庭长大，有大腹便便的父亲、唠唠叨叨的母亲和一只宠物格拉兽；镜像则是很小的时候就被父母抛弃，之后当了娃娃兵，被 AI 教官抚养长大。他按部就班地升学就业，谈过两次恋爱，目前是个单身的监控系统程序员；镜像 8 岁就成了间谍，11 岁杀死战友，刀锋舔血般长大，现在是太空防卫军的战士。

除此之外，镜像还有一个特殊身份，原本并不打算告诉他，直到有一次他卷入了意外事故，镜像用一个看起来像齿轮的神秘道具救了他，在他的反复追问之下，镜像终于坦白——

"我是一个奇遇协调员，超龄的。"

之后镜像不止谈了奇遇办，还陆续讲了一些当时的他听不懂的话，比如"异次元双子星""宙域空间不稳"什么的，当时镜像很惊讶地发现——"你羡慕我？"

是的，他羡慕他。

奇遇办的主计算机一定是出问题了，不然为什么明明他和镜像长得一样、血型一样，甚至 DNA 都可能是相同的，他却从来没有经历过奇遇，也没成为奇遇协调员，更不要提什么刀锋舔血的精彩人生了。镜像所描述的惊险刺激的生活，他这辈子都不会有，这不公平。

"我有什么好羡慕的？唉，这些我本不该告诉你的，我应该消除你的记忆……"镜像有些不好意思地说，"可我总觉得，你就像是世界上的另一个我，如果抹去了你的记忆，也就抹消了我的一部分人生……"

那之后，镜像就很少出现在他面前了。

可他依旧不甘心——明明是一样的人，为什么不可以有一样的人生？

[零一]

丹璃带着言正礼穿过齿轮随意门，抵达了行星 ├├├┤┐┼ 的一处医院病房。

一进病房，言正礼就发现病床上躺着熟人。

"Mr.PH₃ 怎么瘦成这样了？"他连忙回头看丹璃，"你说的坏消息是什么？"

"他不是 Mr.PH₃，而是真正的奇遇协调员 ┼├│┬┌。"丹璃走近病床，床上那个消瘦的青年还在沉睡。

写在资料里的 ┼├│┬┌ 这个名字就和当初小胖的本名一样，在言正礼看来完全是乱码，丹璃念出的音节也很奇怪。

丹璃叹了一口气："随舰队去月球驻扎、调职为本辖区协调员、伪造英国国籍成为外教的那个人，一直是个赝品。"

搞什么啊，所以之前一边冷冰冰地说"我讨厌赝品"一边腰斩"纸片狐妖"的那个 Mr.PH₃，本身就是个赝品？

言正礼脸上没啥表情，心里却非常震惊，思考片刻之后才开口问："可那个赝品到底是怎么顶替他的呢？易容？整容？以主计算机的技术水平难道识别不出来吗？顶替的目的又是什么？"

"这件事得从我们星球的异次元双子星说起。"陌生的声音响起，一个长着绿色长发的黑皮肤女孩突然出现，"我是本辖区协调……"可她还没来得及报名字，联络提示音就响了起来。

绿发女孩摸出齿轮，接通对话，只听那边说："听说你们那边有个协调员出问题了？我的同事被打晕了，办公室里的算盘被破坏了54%，是他干的吗？"

言正礼认识那个声音，它来自一个熟悉而讨厌的……铁桶。

每个奇遇办的小黑屋里都有占据三面墙的巨大算盘，算珠都是放平的巨大齿轮，彼此咬合、缓缓转动。它们实际上都是主计算机的一部分，按21世纪初叶地球上流行的概念，可以说它是一台云计算机。

"为了维持运转，我已经把'算盘'和我颅腔内的辅助芯片相连了，不然连联系你们都做不到。"束蚀Ⅱ的合成音语气毫无波澜，但语速很快，能听出他很急切，"等一下，又怎么……德尔塔城A-42区奇遇办的算盘被破坏了83.5%。"

"什么意思？Mr.PH 3是想毁了主计算机？"丹璃摸着下巴，"可他只有一个人，他得毁掉多少'算盘'才能达到目的？"

"安全起见，我们还是先回辖区吧。"言正礼说。虽然他怀疑等他们回去时算盘已经被破坏掉120%了。

"我明白了。"绿发女孩恍然大悟，"我这几天都收不到其他协调员的联络信息，很可能是因为他们的'算盘'被破坏了！"

"能到处破坏别人的奇遇办，就说明他依然在使用齿轮行动吧？就不能让主计算机关闭齿轮或者通过齿轮定位到他吗？"

绿发女孩摇摇头："主计算机回复说无法锁定他的齿轮，他可能偷偷改写了齿轮的程序。"

这时，丹璃的齿轮里又传来了联络提示音，随后响起的人声断断续续，还带着杂音："你是……丹里尔……雅娜……吗？快……阻止他……抢……斩空之剑……"

那声音说到这里就消失了，不知是通信故障还是人出了事，留下言正礼和丹璃面面相觑，满头雾水。

"斩空之剑本来就是Mr.PH 3的佩剑吧？现在是要阻止谁从谁那里抢？"

"为什么那个协调员喊的是我的本名？我要确定一下他的位置……"

"谁都有可能被抢。"绿发女孩双眉深颦，"斩空之剑的正式名称叫╬╤╤╤，是╠╠╠╤╤━太空防卫军一线战斗人员的装备，一般人买不到，但本质还是高级量产军需，大概相当于你们地球的……"她想了一会儿，"誓约胜利之剑或者朗基努斯之枪吧。"

言正礼扶了扶眼镜："我觉得你对地球文化可能有误解。"

[零二]

戈雷是坤泉教堂所属的武僧，他家就在教堂附近。离开峡谷后，戈雷担心教堂附近的乡民，更担心母亲和妹妹。

"还是用魔法吧。"谢普罗又一次拿出了炽晶石和符纸，与梅薇思一人一边挽住戈雷的手，然后念出了飞行魔法咒文。

"谢谢你们。"让两个异教徒带着自己飞，戈雷有点儿不好意思，但一想到家乡正面临的危机，他也没空纠结了。

等他们用最快的速度飞到了坤泉教堂附近时，谢普罗和梅薇思已经累得双双倒下。

出现在他们眼前的，是一片惨况。一只大章鱼在天上飘，到处是倒塌的房屋和家畜的尸体，他们甚至还看到了一只被压在废墟下的手……戈雷越看越心慌，只能硬着头皮往大章鱼的方向跑。

等跑近了戈雷才发现，原来大章鱼在追一棵会移动的树。无须看脸他就能猜到，这里只有一个人能扛着树跑。

"艾博！"戈雷大声喊出妹妹的名字，"妈妈呢？安丽卡呢？"

"就知道惦记安丽卡！"艾博假装生气，"我扛着树当诱饵不辛苦吗？"

戈雷笑了："我来帮你！"

戈雷跑到大章鱼如乌云般巨大的阴影下，追上了艾博。兄妹俩扛着树继续跑了一段路，直到一道深深的地缝附近，才扔下树一起跳了进去。

在地缝底部抬头仰望，可以看到蓝天白云、飞鸟群群和紫月高悬。这么日常的景象，为什么会与长着触手的怪物混合在一起？简直像个诡异的噩梦。

大章鱼伸出两只触手往地缝里反复掏，然而鞭长莫及，它把地缝边缘都掏塌了，还是没抓住戈雷兄妹俩，之后似乎是觉得无聊，就这样离开了。

"这方法居然有用。"戈雷松了一口气。

"我的直觉从来没错过！"艾博朝着哥哥竖起了大拇指。

艾博一头黑色短发，有着一对浓眉与一双妩媚的琥珀色眼睛。艾博喜欢跳舞，丰满婀娜的体型像个舞者，但力气大得惊人，最近两年戈雷都不敢和她过招了。

话虽如此，为了充当诱饵扛着大树飞奔，艾博身上还是被施加了暂时提高身体能力的魔法。至于施法的人，自然就是派驻坤泉教堂的圣女安丽卡。

"安丽卡一边修复魔法防护结界，一边引导乡民们带着家畜避难，我就负责当诱饵。妈妈由邻居照顾着，你放心吧。"艾博一边沿着地缝的绝壁往上爬一边说。

"防护结界？是教堂里那个吗？结界坏了？"戈雷觉得奇怪。

"我们坤泉教堂附近倒是没问题，但是再往西一点儿，往朝风教堂那段就失效了，就像一个倒扣的碗破了一块。安丽卡说她没法照顾到朝风段，正试图把我们这边破损的地方补上，也就是优先保全坤泉段。"

"朝风教堂啊……我明白了。"戈雷意识到，朝风教堂附近的防护结界失效，很有可能是因为教堂以及底下的青银石现在都在异世界。没了青银石，附近的普通人无法使用魔法，就更不要提防护结界了。

"总之我们先去见安丽卡。"

戈雷见到安丽卡的时候，安丽卡正在临时搭建的帐篷里休息。他推开门帘，阳光从缝隙投进帐篷里，照在安丽卡的金发上，熠熠生辉，像在简陋的帐篷内点燃了一百盏明灯。因为连续使用魔法的缘故，她深紫色的双瞳显得有些疲倦，但在戈雷看来，却依然明亮得像总教堂朝拜殿中最璀璨的宝石。

在见到她之前，戈雷设想了千百种打招呼的方式，然而此时此刻，所有修辞都失去了意义，他说出口的只有最简单的"我回来了"四个字而已。

"你还好吧？"安丽卡见到他连忙站了起来，"昨晚我突然感应不到你，快担心死了！还好今天早上又有感应了……那个护身符是不是坏了？"

戈雷外出之前，没好意思告诉安丽卡自己是想抓通缉犯换钱送她礼物，只语焉不详地提了一句"有个紧急任务"，于是安丽卡给了他一个画着特殊魔法阵的护身符。靠着那个魔法阵，她可以远程感知到他的位置、知晓他是否安全。

戈雷心知昨晚她感应不到自己是因为自己去了异世界，可这说起来有点儿复杂。他正在想该怎么解释，谢普罗掀开门帘走了进来："我刚才注意到……"话说到半截才发现帐篷里有个陌生的金发姑娘，他愣了一下，梅薇思和艾博紧随其后，差点儿撞在他身上。

[零三]

五个人彼此介绍身份后，又交流了一下各自掌握的信息。听谢普罗他们说到圣女病时，帐篷里一时间陷入了可怕的寂静，没有人敢直视安丽卡的眼睛，最后还是她打破了沉默。

她笑出了声:"哈,活不到30岁?我从没想过30岁……现在这个局面,我觉得自己20岁左右就会战死吧。"可笑着笑着,她还是抬手抹了抹眼睛,"真羡慕萝妮能做那么美的梦,是因为她有姐妹吗?"

这话说得戈雷心里一痛。他知道安丽卡是孤儿,是虔诚的教徒,像他一样立志把一生奉献给双神。可他一直以为他们所展望的"一生"会是一样的长度,从没想到她会把其他圣女不切实际的梦想与不惜叛教的行为归因为有家人、有牵挂。

大家又沉默了。

艾博终于憋不住了,她试图转移话题,介绍了这一带目前的情况。如今天空中出现了两道奇怪的"裂缝",陆续有大章鱼从中涌出来,安丽卡已经消灭了其中一只,但是很累。相对来说,把乡民都转移到魔法防护壁内要更轻松省事。另外,艾博和安丽卡还在与大章鱼战斗时意外发现,它们失去目标后无聊地离开,并不是真的离开,毕竟光是它们"无聊"地四处扫荡时毁掉的农田、牧场和矿井就已经不计其数了,更别提因此丧生的乡民。

谢普罗轻咳了一声:"我刚进门时原本是想说我刚发现了一件事,大章鱼进进出出的地方,我无意瞥到了一眼,觉得很像召唤师召唤时召唤兽生活的'狱海'。"

梅薇思惊讶地问:"你见过召唤术?"

戈雷从没听说过召唤师,只能猜测:"你的意思是大章鱼是被人召唤过来的?"

谢普罗摇了摇头:"我怀疑有人偷出了花冢里埋的斩空之剑。"

"你还知道花冢?"安丽卡和戈雷异口同声。

戈雷不由得又警惕了起来。

"这说来话长……"谢普罗想了想,先给他们解释了什么是召唤师。

帝国把异教徒视为敌人,戈雷这样的紫月教徒是一种异教徒,召唤师是另外一种异教徒。现在绝大部分召唤师都生活在大陆最北边的孤岛与流放地上,包括梅薇思的那三个哥哥。有时帝国也会想要利用召唤师的力量,因为在青银石失效、大部分人无法使用魔法的情况下,召唤兽会成为非常珍贵的战力。而斩空之剑具有撕裂空间的作用,它可以让没有召唤师血统的一般人也能切开空间,使召唤兽从"狱海"中倾泻而出。

"也就是说,如果得到斩空之剑,就能绕过'邪恶的异教徒'利用召唤兽。至于我为什么会知道这件事……"谢普罗说累了,便让梅薇思讲了一遍丹璃的故事,并且问戈雷他们有没有发现这个故事里什么地方不太对劲。

"丹里尔雅娜被异教徒绑架了?"第一次听这个故事的安丽卡露出了难以置信的表情,"我们都以为她是逃走了……"

艾博还是一如既往的犀利:"真的很奇怪。她当时记忆被消除,魔力被封印,一方面无法给诺瓦德帮忙，另一方面，如果真的回到故乡想起什么，很有可能当场跳反吧？有什么必要派她来和谈？难道她还有其他特殊能力？"

这姑娘比她哥哥厉害多了啊。

谢普罗说："其他能力倒是没有，但有一个非圣女不可的秘密任务需要她——只有圣女才能打开花冢的石门，宰相本来是想操纵她去花冢偷斩空之剑的。可还来不及做这件事，他们就遇害了。"

"宰相和父亲真是用心良苦。"梅薇思苦笑。

"可花冢里为什么会有一把剑呢？"戈雷问。

"圣女下葬时会用平时珍视的物品陪葬。"安丽卡小声说，"还有些圣女下葬时只有残肢没有尸体，也只能埋点儿纪念物，一般是教典、首饰、玩具等。至于剑……也许是定情信物吧。"说到最后，她的声音几不可闻。戈雷心里又是一痛，随即想起了另一个问题，抬头瞪着谢普罗："你们连圣女坟里有什么陪葬品都知道？"

"这个就是真正的间谍的'工作成果'了，我只是转述而已。"谢普罗连忙说。

"倒不如说这位公爵先生愿意开口就已经很不得了了。"艾博用眼神示意哥哥冷静一点儿，"接下来，我们只要和安丽卡一起去花冢，用魔法探寻盗墓者的踪迹，不就可以抓到偷走斩空之剑的人、阻止大章鱼了吗？"

戈雷和安丽卡对视一眼，点了点头。

这时，艾博问谢普罗："您为什么愿意告诉我们这些机密？"

"我来这儿和谈本来就是为了救更多的人。"谢普罗看起来又疲惫又无奈，但双瞳深处仍闪烁着一点儿坚持，"现在这个局势，双方都会认为是对方放出的大章鱼，和谈只怕是个白日梦了。我是密使，总不能公然跑到前线的帝国军那里去为你们说话。那么，能救一点儿人是一点儿吧。"

[零四]

这季节的齐纳什卡山脉依然寒风料峭，然而天空湛蓝如洗，灌木郁郁青青，是一年中最好的时节，如果空中没有飘摇的怪物与深邃的裂缝就更好了。

几人商议之后，一致同意让戈雷和安丽卡去花冢，艾博、谢普罗和梅薇思则留在坤泉教堂附近守卫。

这还是戈雷第一次与安丽卡单独外出，两人之间的距离近得都可以闻到她身上的香味，这使得他特别紧张和拘谨。

他还记得自己初次见到安丽卡的时候。那是三年前的冬天，坤泉教堂的长老让他去迎接新到任的圣女。

齐纳什卡地区海拔很高，此时早已大雪封路，车马很难出入。如果不是因为前任圣女生病需要回总教堂休养，新的圣女也不会在这个季节来。

天色阴沉，寒风凛冽，茫茫天地间只有黑白灰三色。戈雷骑着羚马刚翻过山口，就看到圣女乘的羚车停在路边，他以为是出了什么事，上前去问车夫，才知道圣女经过坤泉湖，觉得结冰的湖面很美，便停车去祷告了。

这种天气去湖边祷告不会很冷吗？戈雷一边担心一边对圣女的虔诚感到钦佩，他下了羚马步行走到湖边，想感受一下令圣女也为之倾倒的美景。

他登临眺望，只见在一片白茫茫的湖面上，一个披着斗篷的人影正在灵活地……滑冰。

光天化日之下竟敢亵渎圣湖？戈雷顿时有些生气，提起长矛就想冲上去阻止。就是这个时候，滑冰的人停了下来，像表演致谢似的抬起双手——

斗篷兜帽落下，露出她灿烂的金发。

与此同时，方才她用冰刀在冰面上刻下的那些痕迹猛地隆起，冰面噼啪作响，甚至还冒出了一些尖利的冰凌。

很快，冰面重归平静。

站在山石上的戈雷惊讶地瞪大了眼睛。

他怎么都没想到，那个"亵渎圣湖"的女孩是用魔法与自己脚下的冰刀在湖面上画出了一幅画，不，是做出了一面浮雕——在星辰山川的环绕中，紫月与青月两位女神抵额携手，为虔诚的信徒们献上祝福。

如此辉煌壮阔的画面，他只在总教堂墙上的壁画群里见过。

此刻，冰面映着从乌云间洒落的阳光，晶莹闪烁，金发女孩站在浮雕的正中央，朝他露出了无瑕的笑容："你是坤泉教堂的武僧吗？我是安丽卡。"

安丽卡到任后工作认真仔细，帮戈雷的母亲缓解宿疾、教附近的孩子读书识字画画、修补破损的建筑物和结界、治愈受伤的家畜……

戈雷一直很想感谢她，但想不到合适的方法，还是艾博机智地提醒他："你觉不觉得安丽卡有点儿太朴素了？"

"对哦！"戈雷想起了总教堂朝拜仪式上看到的圣女们华丽的装束，他决定送安丽卡一颗炽晶石——那是他能想到的最贵重的礼物了。

于是，为了攒下买一小颗炽晶石的钱，戈雷揭下了教堂墙上的通缉令。

可他又怎么会想到，现在他会同意让通缉犯和妹妹一起保护自己的家乡，而自己则与安丽卡一起去开启圣女的公墓呢？

不知怎么的，戈雷突然想起了萝妮说的那句话——"我想要的，也只是能在时代的洪流中抓住点儿什么。"

他不禁攥紧了拳头，问自己，他想抓住的又是什么呢？

[零五]

那些大章鱼到底是来做什么的？其实在处理李渺渺的奇遇时，言正礼就问过Mr.PH 3这个问题。

那时候Mr.PH 3对言正礼解释，说他的母星有一颗异次元双子星，这两个星球之间的时空关系不太稳定，于是经常有生活在时空裂缝中的怪物，也就是"大章鱼"，从裂缝里钻出来袭击他们。后来，他们找到了大章鱼的巢穴之一，那是位于月球附近的一道又长又深的时空裂缝，之后就派驻舰队驻扎在月球背面，每次都趁着母体产卵后去觅食的空当，进入巢穴破坏它们的卵。

言正礼当时没弄明白，他们的母星到底在哪儿？为什么要为了保护母星跑去月球驻扎？Mr.PH 3给他打了个比方，说："你家附近有个下水道井盖，怪物盘踞在井盖下，经常钻出来袭击你们。如果你从这个口子钻进去反击它们，你可能就直接死在井盖口了。如果你在大马路上多走一公里，找到另外一个下水道井盖，发现里面都是怪物的卵……你肯定会选择蹲在那个井盖那里破坏卵，对吧？"

Mr.PH 3连说带比画，看言正礼似乎听懂了，就继续往下说。

他们的战舰驻留在月球背面是为了防范那些大章鱼，但之前因为返回母星处理内战而一时疏漏，遭到了它们的伺机反扑。战舰炸了，战友们死的死逃的逃，Mr.PH 3想起自己在地球上还存放了一些装备，那些章鱼又只攻击他这种"蓝血人"，于是乘着逃生艇躲了回来。没想到，追猎李渺渺的那群神经病把大章鱼当成妖怪了。

Mr.PH 3还说，其实李渺渺的奇遇结案时，他一些逃走的战友成功发出了求救信号，顺利得到了附近友舰的援助，已经控制住那些大章鱼了。

言正礼联系上行星⊢⊢⊢⊣⊣⊣的绿发协调员，向她转述了这些话，然后问："他这番话里有多少内容是真的？"

"都是真的。"绿发女孩说，"但一时疏漏、被怪物反扑可能是他自己策划的。"

"那么，只攻击'蓝血人'的大章鱼，在各个不同的世界肆意破坏，到底是为了什么？"

"那米亚星系的协调员解剖了其中两只，发现一只身体里被植入了那米亚榕会用的脑控芯片，另一只没有。也就是说，它们中的一部分被 Mr.PH 3 操纵了。至于没被操纵的那部分，以它们的体型，没有任何攻击性地随意散步也难免造成各种破坏。"

"所以他这么干到底是图什么？"言正礼思索着，"我听你的描述，还以为他就是嫉妒了，想体验协调员的生活爽一下……"

"我感觉他很有毅力，不止是想'爽一下'而已哦。"绿发女孩说，"奇遇办不摄录成年人的生活画面，我只能和同事一起想办法多方打听，而我们打听到的就是他做了很长时间的准备工作。他报了击剑、搏击和射击三个不同的兴趣班，可以说是竭力在往专业军人的素质靠拢。另外，他还在自己负责的城市监控系统里设置了对卄卜丨丅厂的脸的强化识别，只要卄卜丨丅厂出现，他就可以知道。

"在卄卜丨丅厂又一次出现在这座城市时，他用改装过的无人机袭击卄卜丨丅厂，使他昏迷、掉进河里，再抢走了他的齿轮，和他换了衣服。由于他和卄卜丨丅厂连 DNA 都是一样的，所以他骗过了主计算机的验证系统。直到最近他失踪了，丹璃到处找人探听消息，我们才发现了可疑之处，最后找到了沉睡在这里的卄卜丨丅厂本人。我们又请了一位会读心术的协调员来潜入他的脑中，才确认了事情真相。"

"连 DNA 都是一样的，你们这个双子星体系真特别……"言正礼嗫嚅道。

"一般人并不知道这件事，不过'镜像'确实是普遍存在的。我的镜像在双子星上当偶像歌手，我执行任务时偶尔还会被认错呢。"绿发女孩耸了耸肩。

对于"Mr.PH 3 的目的是什么"这个问题，他们没有结论。

[零六]

无论是走在地面上还是飞在半空中，都很难发现花冢，只能看到一座体积庞大的教堂遗迹，那是紫月教总教堂的旧址。

在遗迹中，原本属于庭院的位置可以看到一条水晶铺就的"河流"，实际上就是花冢的水晶穹顶。

由于古老魔法结界的保护，从地面上是不可能打破穹顶进入花冢的。安丽卡带着戈雷找到了花冢的入口——从外面看就是个山洞，进去后沿着层层台阶越走越深。这其实是个机关重重的迷宫，各种魔物野兽横行，专门等着袭击闯入的冒险者。

虽然戈雷有安丽卡这么强大的队友，但战斗起来也并不轻松。

"圣女每次搞葬礼，都要抬着棺材打怪吗？"戈雷一边挥矛驱赶大批涌现的蝙蝠一边气喘吁吁地问安丽卡。

"我们现在人手不够呀。"安丽卡笑着说，"我上次参加葬礼的时候来了十五个圣女，大家手拉手一起使用魔法，山洞内外就都安静了。"

"好吧。"戈雷老被艾博吐槽脑子死板转不过弯来，但这会儿还是察觉到了。与安丽卡谈论起圣女的葬礼，气氛似乎有点儿微妙。

戈雷一边刺穿一只独角怪，一边转过身问安丽卡："最近都没看到你画画了？"

"其实我最近在尝试做泥雕，等做好了才能拿出来哦。"安丽卡说着，挥手为他治愈被怪物咬伤的部位。

"你的作品好像都是围绕神话故事展开的？"

"嗯，我想用自己的手来诠释教典上所有关于两位女神的故事。"微弱的火光照耀下，安丽卡的金发在幽暗的洞窟中忽明忽暗地闪烁着，"如果有时间的话。"

这么普通的一句话，却使得戈雷一时间完全无法接话，甚至差点儿忘了战斗，几乎放下了长矛。

"如果有时间的话"这话是随便说说，还是意有双关呢？

戈雷怔怔的，直到安丽卡大声喊他的名字他才反应过来，继续投入了战斗。

唉，能和安丽卡一起并肩作战，本该是一件很幸福的事，如果他不想那么多的话。

很快，他们就抵达花冢真正的门口，那是迷宫深处一座高大巍峨的石门，门上有精致的石刻装饰，门外堆积的尘土中隐约可见或人或兽的枯骨。

"幸好我还记得上次来的近路！"安丽卡吐了吐舌头，"不然得在迷宫里绕两三天。"说着，她把手按在门扉石刻上的一个位置，注入魔力，巍峨的石门缓缓开启。

石门内是一副温暖明亮的景象，摇曳的阳光透过水晶穹顶洒下来，仿佛一条明亮的河，照耀着地面和墙壁上满满的墓碑，以及点缀在墓碑间那一朵朵鲜红的戎枝子花。

数百年间，多少女孩的青春、梦想和秘密，都埋葬在这里。那河水般温暖摇曳的阳光，就是一首永恒的悼歌。

安丽卡看着眼前的景象思绪万千，她长长地吁了一口气，转头看向戈雷："我下葬的时候，你会来吗？"

突然听到她问这么一句话，戈雷整个人仿佛被闪电击中。他注视着她深紫色的双眸，只觉得五内俱焚，灵魂恍惚，沉默良久还是想不出该如何回答。

他狼狈地转移了话题："被偷走斩空之剑的墓穴是哪一处？我看这里没有被破坏的墓

穴啊，难道偷剑的坏人管挖还管埋？"

"对哦，"安丽卡四处张望，"我记得那个圣女的名字是瑟莉雅……啊，找到了。"

瑟莉雅的墓碑就在西北方向的石壁上，完好无损。

"我来。"戈雷担心骷髅或者干尸会吓到安丽卡，自告奋勇地走上前去，用矛尖撬开了墓碑，结果里面除了一把长剑，什么都没有。

"怎么回事？这是斩空之剑？并没有被偷走啊！"戈雷小心地从墓穴中取出剑，递给安丽卡。

突然，一道迅疾的身影从石门缝隙中冲进了墓室。

在戈雷看到他的同时，安丽卡也察觉了他的存在，她条件反射地转头就扔出一个火焰球，没打中，只是炸裂了花冢的石门。

就在安丽卡搜寻目标企图再次攻击时，那人已经一把抓住安丽卡，把一个东西按在了她脖子上："谢谢你们帮我开门拿剑。"

安丽卡感觉被针扎了一下，只听那男人说："我给你注射了新型的'心率炸弹'，现在你是我的人质了。为防你听不懂，解释一下：你只能安静地站着，最好是躺着，一旦做了战斗、大声说话或者使用魔法之类让心跳加速的事情，你的心脏就会被掐碎。对了，还有这个'双重保险'……"说着，他从口袋里摸出一对臂镯套在安丽卡的双臂上，"百分百封禁型限幅器臂镯！这玩意儿真贵！"

"你是什么人？异教徒的刺客吗？"戈雷提着长矛，不敢贸然上前。

Mr.PH 3 摇摇头，不知从哪里拿出一把长剑架在安丽卡脖子上，那把剑与戈雷手中的一模一样："做个交易吧，用你手里的剑换这个姑娘。"

"你有一模一样的还要抢我们的？"戈雷警惕地用矛指着 Mr.PH 3，"之前那些大章鱼钻出来的时空裂缝是你制造的吗？"

"我是这把剑真正的主人……的同胞。一名几十年前的太空防卫军战士的佩剑，竟然成了齐纳什卡圣女的陪葬品，这其中大概有个复杂的故事吧。不过那不重要。"Mr.PH 3 笑了笑，"我需要这把旧型号破剑，只是因为我现在找不到地方补充它的能量，当然是换一把最省事。我都换了三把了。"

"戈雷！"安丽卡不敢大声说话，然而神色急切，"别管我，毁了那把剑。"

"可你……"戈雷攥紧了手中的长矛，没有出手。

"那对臂镯是真的，我现在用不了魔法。"安丽卡朝着戈雷露出了悲伤的笑容，"这里是花冢啊，本来就是我的归宿。"

"别这样，积极向上一点儿嘛。"Mr.PH 3 的口气像是在鼓励一个消极的学生，"听说你们圣女活不过30岁？那你就更应该把剑给我了。只要我完成目标，你们就能选择自己的命运了，我们这是互利行为。"

"如果会因此出现更多的大章鱼，带来更多的破坏……我宁可选择端正言行，无愧于女神。"安丽卡说。

Mr.PH 3气恼地跺了跺脚："真是不怕成绩差，只怕不努力！"随后他又看向戈雷："那你呢？你不希望她多活几年？现在这局势……你们干脆一起逃走不好吗？"

戈雷的脸涨得通红，半天就挤出来一句话："我曾向青银之月与紫辉之月两位女神发誓，要作为武僧奉献这一生。"

"十几岁的年轻人有点儿朝气行不行？"Mr.PH 3似乎是在认真地担心他们，"我总对学生说'No pain, no gain'，相信自己的命运自己去创造。"

说这些话的时候，他背后早已伸出一条细长的机械臂，像蛇一样沿着地面蜿蜒地爬行，正慢慢地接近戈雷手中的斩空之剑，眼看着就要得手——

一枚齿轮从石门外飞进来，套住了Mr.PH 3。

接着，齿轮孔迅速缩小，将他紧紧箍住。

Mr.PH 3一时间重心不稳，放开了安丽卡，跌倒在地，手里那把斩空之剑也掉在了地上。

戈雷连忙冲上去护住安丽卡，此刻的她脸色煞白，额上满是细细的汗珠。戈雷非常担心："还好吗？感觉怎么样？"

"还好……"安丽卡惊魂未定，费劲地朝他挤出一个微笑，"我更担心你。"

"跟我回去吧，你们害得我暑假学习安排滞后好几天了。"言正礼一如往常面无表情地说，就像今天也只是暑假里最无聊的一天。

"言同学，"Mr.PH 3笑笑，试图让跌倒的身体坐直，"我还记得你说过，'不管你遇到了什么问题，只要直说，我们都会帮忙的'。"

"嗯。"言正礼推了推眼镜，"回想起来，我认识的Mr.PH 3一直都是你，可你给我讲的却全是另一个人的故事。我想帮助你找回你应有的人生。"

"谢谢你。可我一点儿都不想要那个人生。"Mr.PH 3叹了口气，忽然又露出了刚才诱惑戈雷时的狡黠笑容，"要不我们做个交易吧？你放开我，我帮你实现一个……"

他一边说一边暗中驱动那条细长的机械臂，去够落在地上的斩空之剑，结果机械臂蛇行到半路就被言正礼发现了。

言正礼拾起斩空之剑，说："我想考清华，靠自己努力就行了。"

"行行行，不愧是受主计算机垂青的人。"Mr.PH3耸耸肩，然后猛地跳了起来。他身后竟还有一条机械臂，直接强行切断了箍住他的齿轮！

喂！那可是丹璃借给我的齿轮啊！

言正礼一愣神的工夫，Mr.PH3已经抢走了他手中的斩空之剑，转身冲向戈雷。

戈雷的反应速度要比言正礼快得多，立即提矛迎战，不仅没让他抢走另一把斩空之剑，甚至还近身刺中了他的肋骨。

"好吧，算了。"Mr.PH3本想继续和戈雷对峙，但眼看着自己的战斗服被鲜血染蓝，只能伸手捂住了伤口，"居然都不怕心率炸弹……算我倒霉，换个地方抢。"说着，他拿出齿轮，消失在了齿轮随意门的黑暗之中。

[零七]

Mr.PH3说的"不怕心率炸弹"的人当然不只安丽卡，还有之前联系丹璃并告诉她"快阻止他抢斩空之剑"的那位协调员。他来自齐纳什卡山脉，也被Mr.PH3注射了心率炸弹，威胁他"照我说的做，不然我随便捅你一刀也能让你应激性心率上升，说炸就炸"，逼迫他查阅最近五十年来本地区所有奇遇档案，只为寻找一个问题——有哪位当事人曾遇到过███████行星太空防卫军的战士。

协调员按他的要求输入了关键词，但没有得到答案。Mr.PH3意识到可能是查询方式不对，又让他搜索有没有太空防卫军少年兵穿越到齐纳什卡，重点是那把斩空之剑去了哪儿。

这一次，经过复杂的交叉搜索和分析线索，协调员最终得出了"在花冢"这个结论。然而任何世界都有一些通过"齿轮随意门"也无法抵达的禁地，花冢正是其中之一。

所以Mr.PH3只能躲在花冢外的迷宫中等待，等着圣女出现——如果安丽卡一直不去，他也可能会去绑架一个。

至于那位协调员，他拼着仅存的一点儿可能性，对自己使用了一个能暂时降低新陈代谢的魔法，然后以乌龟一样的心跳速度和行动速度挪动到奇遇办的显示屏前，联系了丹璃。

丹璃了解情况后对言正礼说："你去吧，我觉得最好不要让认识的人发现我还活着。另外，我留在这里可以预防Mr.PH3声东击西。"

可现在，安丽卡还是出现在了丹璃的面前——

丹璃对安丽卡使用了一个能降低新陈代谢的魔法，确保她心率不会超标，然后把这些人全部带回奇遇办，还用魔法打开了 Mr.PH 3 给安丽卡戴的限幅器臂镯，那也是丹璃最讨厌的东西。

"Mr.PH 3 的心率炸弹和机械臂应该都是从阿尔法城搞到的。不过没关系，我们这就送你去临近的德尔塔城做微创手术取出炸弹，那边有个超龄协调员是一位医学博士。之前那位受害的齐纳什卡协调员现在也在那里。"言正礼对安丽卡说。

他这段话里的陌生名词太多，安丽卡没听明白，她甚至觉得是不是因为魔法让脑子转得有点儿慢，她盯着丹璃："丹里尔……雅娜？你不是……已经……"

"别说话了，你会没事的。"丹璃一边说，一边施法修复自己的齿轮。

言正礼忍不住问："我一直以为齿轮是无坚不摧的，为什么他用个机械臂就切断了？"

"没那么神，每个协调员都有的量产品而已。他那个机械臂大概是精心挑选的高级材质吧？反正肯定不是束蚀Ⅱ身上的便宜货啦。"丹璃说着，让言正礼送安丽卡去德尔塔城做手术，她则负责教戈雷使用斩空之剑扩大时空裂缝，让时玖中学与朝风教堂可以重新交换位置。

"实际操作倒是不难啊，就挥挥剑……"戈雷觉得这工作技术含量太低，又担心安丽卡，思绪万千，做得很不上心。过了一会儿，他又想起来问丹璃："你就是梅薇思的姐姐？你没死？啊放心，我不会告诉那个异教徒公爵的！不过你妹妹她知道吗？"

丹璃不太想回答他的问题，只说："你注意一下操作精度，不然如果最后剩下一两根电线杆没换过来，我们这边也很难处理的。"

"这个嘛，我觉得就算你们学校能特别精确地交换回来也……"戈雷有点儿不好意思地挠了挠后脑勺，很快完成了裂缝的扩大工作。

眼看着朝风教堂外的风景又变成了荒凉的原野，丹璃一言不发地通过之前那条时空裂缝回到了时玖中学。

戈雷担心自己的猜测会应验，忍不住跟了过去，果然——

时玖中学红白相间的校舍已经变成了废墟，原本铺了彩色塑胶的篮球场上现在满是动植物的残骸以及大章鱼的黏液。

丹璃看着面前的惨相，双手捂脸，"让我修复这个我宁可去写暑假作业……"

"使用修复魔法很累吧，我记得上次安丽卡用了之后睡了三天。"戈雷见到丹璃后，下意识把她当作同乡来对待，讲话的口吻要比和谢普罗等人说话时放松许多，"对了，你们这边为什么没遭到大章鱼袭击？"

现在时玖中学已经回到武汉了，戈雷可以明确感到温度和湿度都升高了不少，热得令人窒息，然而仰望天空，只看到灰茫茫的一片，周围很安静。

"那是因为我设了一个魔法结界保护你们的教堂。"

丹璃挥挥手，灰茫茫的天空消失了，周遭的静寂随即褪去，大章鱼粗壮的触手就在戈雷头顶上挥舞，粗暴地折断了电线杆与法桐树枝。

戈雷正要提矛战斗，就听半空中有人大喊："我当诱饵！把它往江滩引！那边人少！"

循声抬头，只见一名脸上有刺青的少年踩着一个飞行装置，手持光线枪，朝着大章鱼不断地射击。原本盘踞在大厦上的大章鱼被他激怒，起身追着他飞走了。然而它在行动中胡乱摆动触手，似乎掀翻了学校围墙外的什么东西。

戈雷眼看着一个"金属大方块"飞进了校内，"方块"里有人，而且"方块"外也有人？

再仔细一看，原来是"方块"外那个人以不输艾博的力气接住了"方块"，救了里面所有人。

"笛衡大人徒手扛车！真不愧是汉口神奇女侠啊！"丹璃突然换了个非常欢快的表情冲上去，抓着那个救人的短发姑娘絮絮叨叨嘘寒问暖。

被救出的那些人本来就惊魂未定，这时又忽然集体发出了尖叫。

戈雷跟着转头，只见两只硕大的黑猫正在高楼大厦间轻盈地穿行，朝大章鱼的那个方向奔去。

"别怕，它们和沐星焰一样是来帮忙的！"笛衡安慰完获救者，一边引导他们离开校园一边转头问丹璃："你设的魔法结界解除了？你没事吧？"

"我没事！笛衡大人真是太体贴了！"此刻的丹璃面色绯红，娇羞无比。

戈雷都看愣了，等那个"笛衡大人"带着所有人离开后才问丹璃："那个会飞的'诱饵'、那两只大猫，还有这个男人婆，都是你们这边的战士？很厉害嘛。"

"也不算战士，只是路过的热心市民，看到大章鱼就来帮忙了……"丹璃收起迷妹的表情，恢复冷静，"总之我们这边没问题，安丽卡也会没事的，你担心故乡的话，可以尽快回去。对了，我还会教你使用斩空之剑消灭大章鱼的方法。"

"那你呢？你不担心你的故乡齐纳什卡？"戈雷忍不住问。

丹璃摇头，一脸严肃："我已经没有故乡了。"

[零八]

丹璃用魔法修复了时玖中学的校园，把它还原到穿越之前的样子。这个过程费时而复杂,以至于她两次忽略了言正礼用齿轮发来的联络信息,第三次才接听。

"我还担心你那边出事了,用齿轮孔往学校和奇遇办看了两眼,结果看到你在用魔法,悠着点儿啊。"言正礼还是老样子,没什么表情,但言语间藏不住关切和担忧,"再过几年,你也会圣女病发作吧?"

说到圣女病,言正礼突然想到很早之前丹璃说她的愿望是"与某个人再见一面",可为什么不是为自己治病呢?

"我没事的。"丹璃抹了一把汗,回到奇遇办,在她的桌前坐了下来,问言正礼,"安丽卡他们怎么样了?"

"已经在做手术了,所以我才有时间看你这边的情况。"

言正礼和丹璃交流了一下各自目前掌握的情况,终于忍不住吐槽了:"也就是说,你们那个魔法世界里靠血统才能驾驭的召唤兽,和├├├┬┐行星用宇宙战舰对抗的大章鱼,其实是差不多的东西?高科技量产货斩空之剑还成了宗教偶像圣女的陪葬品?这个魔法世界和科幻世界到底是怎么混搭的啊?"

"习惯就好。在有些情况下,魔法与科技是完全对立的,但有时候,它们只是对同一种东西的不同称谓而已。"丹璃边说边头也不抬地写着什么,"毕竟你想想,按地球的说法,我们圣女大概就是'发生了基因突变的超能力者',而你如果拿手机放个视频给戈雷看,他也会认为你在用魔法。"

说完这些,她发出了一份文件:"好了,我向主计算机申请提前修复这里的特大时空裂缝。"

"什么意思?修复裂缝还要排队?"

丹璃点头:"因为现在突发裂缝太多了,主计算机肯定会有个优先度的考量。对了,手术怎么样了?"

言正礼一脸无奈:"一言难尽,你自己过来看看吧。"

丹璃穿过齿轮随意门抵达德尔塔城的医院时,正看到那位医学博士协调员对着安丽卡气恼地挥手:"算了不管你了,你回去吧。"

"怎么回事?"丹璃问言正礼。

德尔塔城的技术水平比地球高,"微创心脏手术"可以在病人意识清醒的情况下做,手术做完后要求病人静卧观察72小时。

可安丽卡着急要回齐纳什卡,手术一做完就给自己用了一个痊愈魔法,使身体各项指标立即都达到了医院的要求。博士并不放心,就与她吵了起来,吵到最后不想再管她了。

"既然有这么方便的魔法，丹璃你当初直接给她施一个，不就连手术都省了？"言正礼有点儿疑惑。

"有些魔法看起来有相似之处，其实原理完全不一样。"丹璃解释，"我可以用修复魔法将被破坏的时玖中学恢复原样，但那个魔法不适用于有生命的物体。同样的，安丽卡这个提升身体自愈速度的魔法，不适用于体内有异物的情况，所以我不敢尝试——万一魔法使得她体内的'心率炸弹'也增殖了怎么办？"

"虽然不太能听懂你现在在说什么，可你举例子时那个认真的表情，还是和我们以前一起上课时一样啊，丹里尔雅娜。"安丽卡微笑着说。

丹璃闻言愣了一下，随即转身拿出齿轮："我们送你回去吧。"

就在丹璃转身的那一瞬间，言正礼清楚地看到，她的眼圈红了。

这时，齿轮随意门已经打开了，门的那一边就是坤泉教堂。

安丽卡走到随意门边，拉起丹璃的手，按在自己脸颊上："双神庇佑，希望我们还能再见。"说完她就穿过随意门，回到了齐纳什卡山脉。

而随意门的这一边，言正礼眼见着丹璃的肩背微微颤动，显然是在哭。

"你们以前是朋友吗？"他问。

"也不是很熟，一起上过课而已。"丹璃揉了揉眼睛，但还是没有回头看言正礼，"只是见到她们之中的任何一个人，都难免让我想起我们在出生前就注定的命运。"

[零九]

"所以说，他抢剑到底是为了什么？"安丽卡离开后，言正礼回想着之前花冢的事，又问了一次这个问题。

"我也在想。大章鱼不可能毁灭所有世界，单枪匹马到处毁'算盘'也不可能摧毁主计算机，他应该都明白啊。"说到这里，丹璃突然想起一件事："啊……Mr.PH 3那时候是不是说，只要他完成目标，他们就都能选择自己的命运了？"

言正礼沉思着："他要找到什么才能改变圣女的命运？戎枝子之类的药材？"

"吃药如果有用，我们早长命百岁了。"丹璃苦笑。

"或者依靠阿尔法城的高科技手段修改DNA？"

"也不可能帮助'每个人'吧，按莱克德人的思路，还不如向女神祈祷呢。"丹璃耸耸肩。

"那如果按我们这个世界的思路，还不如黑进相关系统改写自己的档案，再'制造'

一些文件保送清华，或者搞个假护照、出国开始新生活，不也是改写命……"言正礼随口说着，忽然停下，抬起头，与丹璃四目相对。

两人异口同声："他要找主计算机！"

因为奇遇都是由主计算机分配的，所以如果找到了主计算机改写程序，不就等于改变他的命运了吗？

"可我记得你说过，主计算机是一台云计算机，每个奇遇办的'算盘'都是它的一部分。破坏算盘可以达到他的目的吗？"

"它应该还有个中枢，存放着所有档案和主计算机最重要的部分。"

"事不宜迟，我们赶紧赶到中枢那里去！"言正礼正要行动，却被丹璃拉住了："可我也不知道它在哪里。"

言正礼露出难以置信的表情："你身为学生知道时玖中学校长室在哪里吧？身为协调员却不知道主计算机的中枢在哪里？"

"Mr.PH 3 权限比我高都不知道呢！不然他干吗到处找？"丹璃鼓起了腮帮子。

言正礼扶额思索："他如果需要斩空之剑，能不能靠齿轮穿越到'过去'的花冢去抢剑？比如就在那个圣女把斩空之剑作为陪葬品下葬的时候？"

丹璃摇摇头："很显然他不敢。他把'现在'闹成了这样，却丝毫不敢在过去搞事，就是因为他做了这么久的冒牌协调员，心里非常明白，改变历史造成的蝴蝶效应是不可控的，说不准因为没人注意到的渺小理由，连他自己都会消失。"

"说不定他现在已经找到了，只是我们不知道……"言正礼提出了更悲观的假设。

"我觉得如果真的出了那种情况，主计算机一定会设法通知我们的。"丹璃沉吟着，"我有一种微妙的感觉，我觉得主计算机可能什么都知道，只是需要它的执行者，也就是我们，在适当的时候出现在适当的地点。"

[一〇]

"现在情况怎么样？"戈雷一回到故乡就连忙去找妹妹问目前的局势。

一看艾博的表情他就知道，情势并不乐观。

"朝风教堂那段结界恢复了，但东边启空教堂段和仑虚教堂段的结界又坏了，那边的圣女说在想办法……"

"又坏了两处？难道也是青银石跑到其他异世界去了？"戈雷有点儿焦虑。

他开始怀疑连时玖中学和朝风教堂的交换事件都是那个 Mr.PH 3 搞出来的阴谋。

正在他着急时，安丽卡也回来了。

"你痊愈了？真的没事了？他们给你仔细检查过了？确定？"戈雷情不自禁地一把抱住了安丽卡问长问短。

艾博不明所以，只觉得哥哥的反应也太夸张了，好不容易他俩分开，才得以有空了解情况。

"剑没丢，就在我手里！"戈雷指了指自己的腰带，那里多挎了一把长剑。

"不如我现在用飞行魔法带你去那两处教堂看看，如果也发生了'空间交换'，就用那把剑把它们换回来。"安丽卡提议。

戈雷点头同意，但又觉得很纳闷。

如果真的是空间交换，怎么没有类似言正礼那样的怪人出现说点儿什么呢？

他不是会为这种一闪而过的念头反复纠结的人，很快，他的注意力又转移到了另外一件事上："我们离开之后，你要记得提防那两个异教徒。"他压低声音嘱咐妹妹，"他们现在在哪里？"

"他们轮班帮我防备大章鱼，现在很累了，在教堂里休息。"

"教堂？你怎么能让异教徒接近我教教堂？别忘了下面还有青银石！"戈雷不禁提高了声音。

他知道妹妹好奇心很强，经常从走私贩子那里弄来一些奇怪的书和小玩意，可没想到她奇谈怪论看得多了，竟然这么不把教义当回事，有空非得好好管教才行！

戈雷随即想起艾博现在已经能扛着树跑了，上个月还徒手打死了一头发狂的野牛……想到这里，戈雷又不得不冷静了下来。

"现在所有乡民都躲在教堂里避难，他们帮了我们那么多忙，难道我让他们睡马棚？"果然，艾博不高兴了。

戈雷压低声音，急切地说："不管怎么说他们也是异教徒啊！想想父亲是怎么死的！"

结果艾博反而提高了声音："父亲的死是因为技术落后矿井爆炸！别再学长老们自欺欺人，把所有责任都推给遥不可及的异教徒了！"

"喂，你别瞎说！"戈雷连忙伸手去捂妹妹的嘴。

然而艾博力气比他大，立即挣脱了，继续说："还有，你也不要再拿教义当借口掩饰自己的感情了！"她说这句话时指着安丽卡，又看向戈雷，"想清楚你自己到底想要什么吧！"

在戈雷与安丽卡离开后，谢普罗醒来，知道又有两处青银石失控的情况，提出的却是一个与戈雷完全相反的观点——

"我怀疑，你们这里有青月教的内应。"

奇遇办 与 斩空之剑(下)

ZHAN KONG ZHI JIAN

那时他们的手中一无所有，心中却有无限的希望。

[零一]

在启空教堂，一位十二三岁的圣女把防护结界与自己的痛觉相连，承受剧痛只为确保自己能立即修复每一寸损伤；在仑泉教堂，二十岁的圣女带病上阵，虽然还能维持魔力输出却失去了视力。

戈雷与安丽卡目睹这些惨相，心痛不已，更加仔细地调查青银石，结果还真让他们发现了问题——

各地教堂的设计差不多，搬开教会雕像就能看到青银石，上面通常摆着金质的祭祀器皿。然而这两个教堂的青银石上不仅有祭器，还有个奇怪的"装置"——外形类似圣女的额饰上还刻着疑似魔法阵的花纹。

安丽卡找来纸笔，将装置的样子画了下来，准备拿回去问谢普罗。他们刚飞回坤泉教堂，安丽卡的教会标志就传来了警报声。

"纳莉发来求助信息，说宁原教堂青银石失效，萝妮累晕过去了。"

"那我去吧，我有斩空之剑。"戈雷说，"万一接下来这里的青银石也失效了，你不在这里的话就麻烦了！"

这个假设说服了安丽卡，她为戈雷施了几个增幅魔法后目送他离去，然后才进了教堂。

这时艾博刚和梅薇思交班，谢普罗在帮避难的乡民治病。安丽卡把装置的画像拿给他们看。

"这想必就是我说的内应所铺设的了。"谢普罗说,"我在某个炼金术实验室里见过它的原型。据我所知,这是一种针对青银石的限制装置,作用就是让青银石失效,使得附近的普通人都无法用魔法,这时能战斗的就只剩圣女以及帝国控制下的召唤师了。"

安丽卡没听明白:"召唤师也潜入了?"

"只怕已经不需要召唤师了。"艾博说,"大章鱼和召唤兽不是一个类型的东西吗?"

[零二]

纳莉和萝妮所属的宁原教堂就在暮松隘口附近,位于盆地之中。这里气候温和,还拦河建坝制造了一个人工湖,可以说是齐纳什卡少有的富饶之地。现在却是一片狼藉,房屋倾颓,田地尽毁,大章鱼流出的黏液像黑色毒水一样流淌,垂死的家畜不断地哀鸣,一幅刚刚遭遇过龙卷风和地震摧残的景象。

戈雷乘着羚马极目四望,深感自己的无力,也忍不住在心底问,慈悲的双神啊,你们可看到子民此刻的悲苦?

仿佛是在回应他似的,耳边响起了孩子们的歌声:"时光川流,命运潮汐。愿如双月,矢志不渝……"古老的双神赞歌飘荡在饱受蹂躏的大地上,像阳光刺透厚重的阴霾。

戈雷沿路找了一圈,都没看到纳莉,最后才从一个孩子处得知,有只被魔法击中的大章鱼掉进了宁原湖,纳莉正在湖边警戒。

宁原湖地势较高,出水口在水坝上形成了一个瀑布。羚马匆匆奔驰,经过很长一段上坡路之后,湖面上渔船的桅帆渐渐映入眼中,戈雷看到了站在湖边的纳莉。她衣衫破烂,脸上不少擦伤,右臂还上了夹板,似乎骨折了,现在用左手握着战斧。

宁原教堂的青银石突然失效,大章鱼压垮了教堂,萝妮竭力消灭章鱼,还帮被大章鱼压伤的居民治伤,治完伤后就累得昏睡了过去。现在的宁原区既没有结界也没有圣女,就像赤裸的婴儿一样弱小无力。

在戈雷看来,宁原地区是他见过的最富裕的地方,他一直不能理解她们为什么要逃走。

"教堂亏待你们了?"

"之前说过了,问题不是待遇,而是出路。"纳莉露出苦涩的笑容,见戈雷不以为然的样子,她又说,"其实我还有个长姐,叫云尼娅,如果她还活着的话应该有39岁了。一家出了两个圣女,这本该是一件很光荣的事。"

云尼娅是23岁时"战死"的,那时家里与她几年不通音信,不知道具体情况。两年后萝妮进了总教堂，和其他圣女一起生活、学习。又过了两年，萝妮才有机会问四年前没有战争爆发，为什么姐姐会战死？可圣女更新换代很快，这时已经没有人记得云尼娅这个人了。

纳莉和萝妮四处打听，终于得知在云尼娅死的那一年，边境上有些偶发的抢地盘战役，异教徒的雇佣兵入侵之时，边境居民向总教堂求助，总教堂从一批圣女病晚期患者中抽签选中了云尼娅。

"于是她就在精神崩溃、失明失聪的情况下，被扔进敌军阵营'引爆'了自己。"纳莉一字一顿，咬牙切齿，"晚期的圣女病患者身体越差魔力越强，然而心智崩溃非疯既傻，引爆自己算是'废物利用'吧！"

这时，孩子们的歌声又被风断断续续地送了过来："命运潮汐……矢志不渝……"

悠缓的歌声，虔信的歌词，此时听起来像安慰，也像是讽刺。

纳莉顿了一下，继续说："云尼娅很少回家，但总对我们心心念念，尤其是年幼多病的萝妮……可能的话，我希望萝妮能够长命百岁，死有全尸。"

戈雷的神色有些复杂，沉默片刻之后开了口："如果你们只是要逃走的话，就赶紧走吧。这里交给我。"

"谢谢你。"纳莉露出了少有的笑容，但紧接着就用"骨折"的右手猛地抡起了战斧。

"结果还是……意料之中啊。"戈雷滚地一躲，起身的时候只见身边羚马的脖颈已被战斧砍掉一半，鲜血如骤雨般喷涌而出。

纳莉一击不中，旋即双手合握，挥斧又是一击！

戈雷以长矛顶住，一度与她僵持不下，最终纳莉的力气更胜一筹，硬是把他压倒在地。

然而戈雷早有准备，当即摸出一个小型烟幕弹扔向纳莉，趁着纳莉被烟雾呛到的那一瞬间，他捂住口鼻，几乎是连滚带爬地从纳莉身下逃出。他一手抓紧长矛，一手按在腰间挎的斩空之剑上——

要对一个人类挥出这把剑吗？说实话，他心底有点儿犹豫，可他知道，这一战在所难免。

[零三]

戈雷并没有听到谢普罗关于"内应"的猜测，而是事先就猜到了真相。

在他们带着"装置"的画像飞回坤泉教堂的路上，他问安丽卡："那两个异教徒讲丹里尔雅娜的故事时，你觉不觉得有个地方很不对劲？谢普罗想为他们皇帝娶一个圣女回去，但他连圣女到底有多少个都不知道，可见我们教会对圣女的情况非常保密。"

安丽卡点点头："我们从小就被教导，关于自身的情况要尽量保密。"

"可既然他们连圣女的数量都不知道，为什么那个绑架犯会知道一个11岁圣女的日程安排，知道她哪天返乡、返乡要走哪条路，甚至还搞清了谁是她的家人？你想，如果绑架者不是事先劫持了人质威胁她，而仅仅是偶遇她并决定绑架，她会输吗？"

"你的意思是……"冷汗顺着安丽卡的额头往下淌。

"我认为她被同胞出卖了。有哪些人会知道她那天的行程呢？"

"出卖？"安丽卡一时间思绪有些乱，"可那是五年前的事情了，我想想……"无数记忆碎片从安丽卡脑中掠过，"我想起来了，长老训诫我们平时行动不要太显眼，'不要没事满天飞'，所以那天丹璃是坐羚车回家的。帮她雇车的人是宿舍的守卫……纳莉！"

因此在收到纳莉的"求救信息"时，戈雷已经心中有数了。若按他以往的性子，遇到纳莉这样的叛教者，当然是二话不说竭力打倒。可面对这几天接触到的事以及眼下复杂的形势，让他也不由得想：纳莉的目的到底是什么？她背后还有没有其他操控者？萝妮知情吗？会不会还有什么阴谋？怀着如此的疑问，戈雷倾尽自己全部的演技装傻，但最终还是在宁原湖边与她展开了激战。

就在戈雷愣神时，纳莉纵身而起，一手牢牢抓住戈雷腰上斩空之剑的剑柄，一手猛力一推，当即把戈雷推进了宁原湖！

"你……"戈雷都来不及喊出声就落进了水里，他费劲地扑腾着，只看到纳莉骑着羚马远去的背影。

没走多远，她又停了下来，因为她面前，站着两个人。

艾博把匕首架在萝妮的脖子上。

[零四]

纳莉还记得，第一次知道白天也会出现紫月是在她三岁时。

那天云尼娅姐姐回来探亲，告诉她："紫月女神大人白天出现是为了提醒我们，'双神庇佑无时无刻，端正言行无愧女神'。"

"双神庇佑，无时无刻！端正言行，无愧女神！"三岁的纳莉认真地重复这句话，这句话在她心头缠绕了很长一段时间。

现在，晴空万里，紫月高悬，一如既往地静静照耀着规整的梯田与波光潋滟的湖面，纳莉却已经不信那句话了。

如果说两位女神真的无时无刻都庇佑着这片土地，注视着信徒的言行，那么千百年来圣女遭受的苦难，今时今日怪物的肆虐，又是被谁默许的罪恶呢？

纳莉一手握着战斧，一手握着斩空之剑，静静注视着挟持萝妮的黑发姑娘。

艾博显然是有备而来，笑得很从容："把剑交过来，然后随便你们逃！"

"不行，我还没问清楚真相！"戈雷总算赶了过来，举起长矛指向纳莉："你出卖丹里尔雅娜是拿了谁的好处？在其他神庙里放让青银石失效的装置是受谁的指使？现在抢斩空之剑又是想给谁？是谢普罗？青月教的总神官？还是那个宰相？"

"什么？出卖丹里尔雅娜？让青银石失效？"这次先吃惊的人是刚刚醒来的萝妮，"姐姐，他说的是真的吗？"

纳莉没有回答妹妹的问题，而是干脆放下战斧坐在了地上："其实我不是针对平民，我只是想毁了紫月教。"她拍了拍身边的位置，示意艾博和戈雷坐下来。但光是她比戈雷还要高大健壮的体型，都已经够让人不敢掉以轻心了，所以戈雷和艾博纹丝不动。

纳莉自顾自地继续说："我就说实话吧，你刚才问的三件事，背后的买家是两个不同的人。五年前，让我提供落单圣女信息的人就是诺瓦德神官。他给了我报酬，不过我图的并不是钱，之后他又给了我那些'装置'，我一直在等着装置启动的那一天。按理说，应该趁异教徒大举入侵那天启动，可现在异教徒自保都难，于是我自行决定启动了那些装置，一是为了分散我们教会的注意力，方便我行动。二就是为了毁掉紫月教。"说到这里，她又望向艾博和戈雷，"难道你们不会有类似的想法吗？至少青月教不制造圣女，更不会把被利用殆尽的圣女当作炸弹引爆。"

戈雷咬了咬嘴唇，没说话，反倒是艾博开了口："我也觉得这里需要改革，但改革的意思不是祸害无辜的平民。"说着，她的匕首在萝妮脖子上划出一道细细的血痕，"废话这么多，该不会是在拖延时间吧？"

"答对啦！"随着这个声音响起，半空中突然出现了一个黑窟窿，Mr.PH 3 从黑窟窿里冒了出来，迅疾地从纳莉手里拿过斩空之剑，随即又闪现在艾博旁边，一只机械臂随即伸出，制住了艾博拿匕首的那只手。

"这是什么？"艾博惊讶地瞪着那只机械臂，还来不及反击，Mr.PH 3 就给萝妮戴上了一对限幅器臂镯："尽量不用魔法，先保命，等我完成目标就来救你，Goodbye。"说完就带着斩空之剑和黑窟窿一起消失了。

事已至此，戈雷反而气笑了："你说这么多就是在等他？他许诺拿了斩空之剑就帮你救萝妮？"

"快给我打开限幅器！"萝妮朝着 Mr.PH 3 消失的半空中呼喊，"我必须去帮助那些竭力对抗怪物的圣女！"

然而纳莉战斧一挥横在胸前："醒醒吧！你现在帮了她们又能怎么样？让一切恢复常态吗？她们只会重蹈云尼娅的覆辙而已！"

萝妮朝着纳莉悲愤地喊："姐姐，如果齐纳什卡就此沦陷，所有圣女全部战死，无数平民肝脑涂地……就只是因为你想救我？"

"我的手就这么大，张开就这么长！"纳莉手持战斧，张开双臂，大声说，"臂展之内我能保护你，也不一定能保你活到30岁！臂展之外……"她说着，举目远望周遭规整的梯田和平静的湖面，虽然刚刚遭到怪物蹂躏但还是可以看出曾经的富饶，"知道刚才你为什么会累到昏睡吗？不就是因为他们想着万事都可以求圣女，自己懒得费心学魔法！不就是他们一代代啃着圣女的血肉苟活下来！不就是这齐纳什卡山脉的所有人，一起害死了云尼娅吗？"

"不，不是这样的。"萝妮咬了咬嘴唇，"不管怎么说，我不愿站在尸山骨海之上得救！姐姐，你一定知道解除装置的咒文，我们现在一起去修复那些青银石……"

就在她们争执的时候，人工湖中悄悄伸出了数只巨大的触手。

"湖里真的有大章鱼。"戈雷惊叫道。

"我以为它已经死了……"纳莉也很惊讶，看到戈雷已经提矛迎战，于是举起战斧也冲了上去。艾博对萝妮嘱咐了一句"你身体还没恢复别乱动"，就戴上拳刺跟过去帮忙了。

他们三个的战斗力在普通人中算是一流的，但也只是"一流的普通人"而已，再加上宁原教堂的青银石失效，他们无法使用任何辅助魔法，在大章鱼面前就仿佛三只张牙舞爪的蚂蚁。

他们似乎是想在它庞大的身体上找个弱点进行攻击，实际上却只能连跑带跳地在它不断挥舞的触手间奔逃。如果一不小心幸运地击中了它哪里，只会引发它愤怒的报复，狂舞的触手不断摧折四周，湖面上仅存的那几艘渔船立即粉身碎骨，桅杆的碎片像利刃般打得他们头破血流、左支右绌。

在宁静晴朗的蓝天白云与万里碧波的映衬之下，这画面显得既恐怖，又有些滑稽。天地亘古不变，紫月高悬如常，只有几个可笑的人类在注定的命运漩涡中挣扎……可，真的是这样吗？

萝妮握紧了胸前挂的教会标志，默默祈祷双神垂怜。她想起了小时候云尼娅对她讲过的"双神庇佑无时无刻，端正言行无愧女神"，长长地叹了一口气。现在究竟有多少地方遭到了怪物袭击，有多少信徒正等待着女神拯救呢？但那对臂镯使得她无法使用任何魔法。那种感觉并不是真的失去了魔力，而是想用魔法时被堵住了出口，就像一拳挥不出去，或者一口气呼不出来。

如果集中所有魔力攻击被堵住的那个"出口"呢？

萝妮闭上双眼，沉心静气，一时间，周遭的风声水声打斗声似乎都消失了。她把所有的注意力都集中在那对臂镯上，感觉自己仿佛在用力砸一扇紧锁的门，一下、两下、三下……十八下、十九下！门开了！

萝妮睁开双眼，那对限幅器臂镯自动碎裂脱落。

此时，纳莉正被大章鱼紧紧握住，不仅呼吸困难，还觉得全身骨头都快碎了，就在她觉得此生休矣的时候，一道刺眼的白光从她眼前掠过，径直轰掉了大章鱼的半个脑袋！

大章鱼放开了纳莉，庞大的身躯沉重地砸进湖水中，纳莉惊讶地望向白光射来的方向："萝妮，你魔力恢复了？但你魔力消耗太大了？"

萝妮已经连站都站不住了，满头金发都变成了干枯的白色，这就是魔力消耗过度的证明。纳莉不止一次见过这种情况发生在别人身上。她惊慌地奔向妹妹，扶住她："你怎么这么傻呢？"

看着萝妮疲倦不堪、纳莉心痛不已的样子，戈雷也忍不住安慰道："没事的，安丽卡也白过头发，休息几天后就好了。"

纳莉苦笑："可她会因为这一次的过度消耗而少活几年。"

"对，说到底都是你害的。"艾博直白地说。

"你……"纳莉顿时就要举起战斧，却被萝妮拉住了。

"姐姐，我……"这时萝妮脸色苍白，满头冷汗，原本是想对姐姐说点什么，然而湖面上的情况随即吸引了他们的注意力。

大章鱼的半截遗骸顺水漂流，重重地撞击在人工湖的水坝上。水坝原本就因为之前的战斗而开了个豁口，使得瀑布下行水量激增，再被这么一撞，大量坝石顿时随着瀑布滚落，整座水坝随时可能崩溃！

"下游就是教堂……还有好多孩子……"满头白发的萝妮又站了起来，现在她是这里唯一一个能使用魔法的人。

"你别急，我这就赶回教堂，让青银石重新生效，让所有人一起用魔法来帮你！"纳莉慌乱地站了起来。

然而萝妮笑着摇了摇头："来不及了。"说着，她就像一道耀眼的光一样飞身而起，开始了她最后一次翱翔。

[零五]

宁原教堂的孩子们也不唱歌了。他们站在河边，惊奇地仰望着眼前的景象。高高的瀑布顶端，一个庞然大物重重地撞击了水坝，水坝随即龟裂、倾倒，和着轰隆作响的瀑布，像山洪暴发般砸落。孩子们尖叫着四散奔逃，然而跑了没几步，却发现"山洪"突然停止了。

无论瀑布还是水坝，都像时空倒流般恢复了原状。

圣女萝妮被一团明亮的光芒所包裹着缓缓降落，那令人恍惚的景象就像女神化身现于人间。信徒们纷纷欢呼雀跃、顶礼膜拜，萝妮却倒下了。

她阻止了命运的洪流吞没宁原教堂的孩子们，却阻止不了自己的命运。

他们在瀑布旁找到被人群所簇拥的萝妮，她已经虚弱得话都讲不出了。

萝妮一脸微笑，细声说："姐姐，我有话……想和你说……"

纳莉俯身在萝妮身边，只见她轻轻张开毫无血色的嘴唇："其实……我上次参加葬礼时，偷偷探查了云尼娅姐姐的墓穴。因为我很好奇，她没有遗体……墓穴里是幸运物。她辖区的每一个信徒，都把自己的幸运物和护身符送给了她。大家都爱她，就像宁原教堂的信徒们爱我。"萝妮用最后的力气握住了姐姐的手，"凡事依赖圣女有什么错呢？他们从小就是被这样教育的啊。我们对他们来说，不就是女神的代行者吗？姐姐，不要迁怒……"

这句话没说完，萝妮闭上眼睛，手缓缓落下。

"我明白了。"纳莉重新握起妹妹的手，放在自己脸边，回忆起她还是个小婴儿时，也会像这样好奇地触碰自己的脸颊。

然而那一切都已成为过去，就像萝妮的手正在渐渐变凉。

"我明白了。"纳莉重复了一遍这句话，温热的眼泪落在妹妹脸上，"迁怒是我不对，我该憎恨的对象——只有一个。"

[零六]

蓝天白云，紫月高悬，艾博和戈雷躲过的那条地缝又迎来了两位"客人"——安丽卡和谢普罗。

安丽卡在值班时为了掩护被大章鱼追杀的行商冲出了结界，消灭大章鱼后深感疲惫，而且受了伤。谢普罗则是从行商处得知消息后连忙赶了过来，本想为她治伤，却忽然觉得头顶碧空深处出现了一条新的时空裂缝，四只大章鱼正从高空中笔直坠落。

"您退后，让我来……请把炽晶石借给我摆增幅魔法阵。"安丽卡已经相当疲倦，却仍想保护谢普罗这个异教徒，勉励制造出了一个小型防护结界。她能感觉到谢普罗是真心想帮助齐纳什卡人，他的存在可能是阻止战争、缔造和平的关键。

"你恢复好了吗？"谢普罗十分担忧，这时大章鱼的触角已经敲裂了结界，而安丽卡的头发正在一缕一缕地变白。

"不管怎么样,我要先把您送回结界内。"安丽卡已经连站都站不稳了,可她还是费劲地抬起了手。

突然,两道熟悉的白光闪过,恍惚间安丽卡差点儿以为是自己在使用攻击魔法,抬头一看,只见两只只剩半截身体的大章鱼重重落地,半空中出现了一个黑窟窿。

丹里尔雅娜站在黑窟窿边缘,她率先跳了下来;然后是戈雷,他看到安丽卡和谢普罗,高兴地大喊着"赶上了";最后是言正礼,他面无表情地扶了扶眼镜,看向远方。

"大白天怎么有人放焰火?"言正礼突然问。

"那是仓虚教堂在通知我们结界修复了!"戈雷非常兴奋,语速很快,首先抓住了安丽卡的手:"你还好吗?纳莉主动赎罪去修复教堂的青银石了,艾博在监督她!现在齐纳什卡所有失效的防护结界都在陆续恢复,我们只要解决掉目前结界里的这些……"

安丽卡打断了戈雷的话,问:"那……萝妮呢?"

听到这个问题,戈雷的眼睛黯淡了下来:"萝妮为了修复崩溃的水坝耗尽了自己的生命。"

"并不意外。"安丽卡叹了一口气,刚才她不也正打算为了保护谢普罗而牺牲自己吗?对圣女来说,牺牲是常态,萝妮曾经的梦想真的太过遥远了。

然而此时此刻,当她劫后余生,与戈雷再度相逢,看着他的眼睛,感受到他手心的温度,她的心里也起了波澜。哪怕一年也好,一个月也罢,难道就真的不能……拥有那样不切实际的梦想吗?

"戈雷,"安丽卡抓住他的衣襟踌躇难言,最后说出口的只是一句极轻的——"你没事……就好。"然后她就疲倦地闭上眼睛,沉沉睡去。

[零七]

在戈雷与纳莉斗智斗勇的时候,言正礼和丹璃的精力全都花在了对付肆虐于武汉的大章鱼上。虽然这边有沐星焰等人帮忙,其他辖区的协调员也出手了,但相比齐纳什卡山脉,在武汉这种人口密集的现代都市与怪物战斗,还要掩人耳目,又是另外一番麻烦。

等解决了这一波大章鱼,主计算机派来的机器人矩阵开始修复时空裂缝,丹璃也和其他协调员一起修复了黄鹤楼、长江大桥等受损建筑物,才算是稍微闲下来一点儿。

丹璃把言正礼拉回奇遇办休息,本来想灌两口汽水,结果一进门就听到显示屏发来提示,凑过去一看,竟然是戈雷站在瀑布边朝着半空中挥手:"那个谁,戴眼镜的协调员,你在吗？我有要紧事找你！"

安丽卡睡了没多久就被叫醒了。

醒来第一眼看到的是丹璃，丹璃说："我知道圣女在过度消耗魔力之后一般都会睡一两天，但是很抱歉，现在有急事要找你帮忙。"

戈雷露出了志在必得的笑容："这次就要靠我们联手抓住那个黑皮坏蛋了！"

原来，在花冢里近身刺伤Mr.PH 3的肋骨时，戈雷暗中把安丽卡给他的那个有定位功能的护身符塞到了Mr.PH 3身上。只要Mr.PH 3没发现它，现在安丽卡就能用魔法找到他的位置。

虽然言正礼觉得不靠谱，然而丹璃点了点头："也算是个办法，可以试试看。"

这次，安丽卡站在魔法阵正中央闭上眼睛，然后就抱着膝盖蜷着身体漂浮起来，就连那带着几缕银丝的金发也漫天飞舞。

大家屏息静气，没人敢发声打搅她的搜寻。

直到她再一次睁开眼睛，缓缓落地："我不确定我是不是找到了，感觉很怪。"

"你感觉到什么了？"戈雷连忙问。

安丽卡不答，出了房间，抬头望天。现在天已经黑了，她举起手，指向紫辉之月，疑惑地说："人怎么可能会在……女神那里呢？"

而丹璃却露出了恍然大悟的表情："原来如此……是我从前的信仰限制了我的想象力。"

[零八]

对紫月教徒来说，月亮就是"紫辉之月女神多萝西娅"的实体。所以丹璃从没想过主计算机的中枢会在女神"身上"。同时，这个发现也让她终于想明白了Mr.PH 3为什么要用斩空之剑到处制造时空裂缝——

"那就是他寻找主计算机中枢的方式，因为主计算机安排机器人矩阵修复裂缝是有优先级的。他只需要能观测到哪里的裂缝会最快被修复，就能猜到中枢大致在哪里。他从他们的战舰上开走了一个逃生艇，逃生艇电脑改装一下应该能起观测作用。"

"很显然，最快被修复的就是今天下午掉出四只大章鱼攻击安丽卡与谢普罗的那条裂缝，它位于这个世界的高空，离紫辉之月很近了。"言正礼说。

"你们告诉我这些是想喊我一起登月拯救主计算机吗？"言正礼和丹璃对面，束蚀Ⅱ冷漠地说。他们现在在束蚀Ⅱ所属的奇遇办里，他的同事还昏迷着，墙上的"算盘"依然破破烂烂，用七八条看起来像数据线的玩意与束蚀Ⅱ的铁桶身体连接在一起，使他看起来活像一个正在使用的充电宝。

"不，我们只是想请你帮忙看家。"

"为什么不找其他协调员帮忙？"

"要么联系不上，要么他们正和大章鱼打得一团糟。"言正礼说，"现在时间又紧，不如我俩先去中枢打探一下情况，有需要的话再呼唤大部队帮忙。"

"我主要是看上你有直连'算盘'的好功能，不能浪费嘛。"丹璃笑眯眯地说，"加油哦！束蚀Ⅱ，我写结案报告时会申请多给你算点儿业绩！"

"哼。"束蚀Ⅱ的合成音明显表达出了不屑，"滚吧，我会帮忙的。毕竟，如果你们拯救不了主计算机，我也就没什么'业绩'和'愿望'可谈了。"

"识时务者为俊杰！"丹璃朝束蚀Ⅱ眨眨眼，然后就打开齿轮随意门，用魔法制造出飞行气泡，与言正礼一起抵达紫辉之月表面。

乍看之下，紫辉之月与地球的卫星差不多，荒芜、安静，而且可以远远地眺望蓝绿相间的主星。但紧接着言正礼就发现，在紫月的明暗交接之处，似乎布满了……看起来像触手的东西？

"是大章鱼吗？"言正礼警觉地问。

"不太像，它们不会动……我们去看看吧。"说着，丹璃操纵魔法气泡飞向阴影部分，也就是月球背面。

飞得越近，他们就看得越清楚，那些像触手的东西其实是树根。

"月球上会有树？这里有空气？"言正礼刚说出这句话就想起自己怎么说也是个身经百战的代班协调员了。奇遇协调员潜规则第一条就是常识无用！

"应该是没有空气的。"丹璃说，"可如果说我曾经信仰的女神'身上'有奇遇办的主计算机中枢，有一棵树似乎也很合理。"

说这些的时候，他们已经完全置身于紫月背面的阴影中。他们现在能清楚地看到，整个紫月背面几乎都被盘龙错节的树根所覆盖，树根中还网住了许多奇奇怪怪的东西，言正礼能认出的有双神雕像、电视机、编钟、兵马俑、那米亚星系的飞船……这些沉默的存在，使得这张由树根结成的密网看起来像一片静止的洪流，席卷着来自不同世界、不同时代的一切。

再仔细看，树根之网上还有数道整整齐齐的斩痕，按常识判断应该是最近才留下的，然而"常识无用"，言正礼也不敢太确定。他左顾右盼了一会儿，问丹璃："既然有这么大的、覆盖了半个紫月的树根，树又在哪里？"虽说常识无用，可他还是按常识觉得，配这么广的树根就必须得有这么粗的树干、这么广的树冠。

丹璃指了指正前方："那个算不算？"

言正礼皱眉，眯起眼睛仔细打量："那是个……树桩？"

一个非常粗的树桩。树桩底部还有个红色的门，就是童话故事里那种修在树根缝隙间的可爱小木门，门口甚至长着蘑菇。不过靠近一看，那"可爱小木门"有三米高，蘑菇也比言正礼高。言正礼本打算据此推算一下那"树桩"的直径到底有多长，丹璃已经把手按在了门上。

门开了。

[零九]

等待他们的将会是什么呢？

在门开启的那一瞬间，言正礼脑中掠过了许多种想象，比如摆满了超级计算机主机的房间、科幻电影里一片铺天盖地银白色金属的极简风装潢，或者《爱丽丝梦游奇境》的兔子洞那种无穷无尽、奇奇怪怪的洞穴……

结果，里面只是一间图书馆。

"树桩"内部是挑高十几米的庞大空间，一排又一排、一圈又一圈的书柜静静地陈列着，仿佛一个看不到尽头的迷宫，也不知那些书都是些什么文字什么内容。大部分墙壁都被书架占据，也有一些空出来的墙壁上挂着熟悉的齿轮状显示屏，穹顶上吊着许多吊灯，书架旁还摆着不少供人爬到顶层的可移动木梯。这里不是主计算机中枢吗？谁会在这里看书？各地协调员？

言正礼边走边看，丹璃则是在确认室内有空气之后就关掉了"气泡"，首先试了一下齿轮，发现不能用："呀哒！那我们要怎么把其他协调员找来帮忙？"

"齿轮失效了？"言正礼接过齿轮查看，发现它现在完全失去了通讯、变大变小、随意门等一切功能，就是一个手表大小的普通齿轮，"是 Mr.PH 3 做了什么，还是进了中枢本来就会这样？"

"谁知道？我一个小时前连中枢在哪儿都不知道呢。"丹璃撇撇嘴，"总之如果我们现在想找人帮忙就得先飞回齐纳什卡地表……唉，小心点儿行动吧。"

小心点儿行动？那如果 Mr.PH 3 突然袭击过来怎么办？我们两个人硬打？不可能吧？就在言正礼想这些的时候，丹璃已经轻手轻脚地走远了。他想到俩人最好不要分开行动，连忙追过去，结果跑了没几步，突然看到了一个人。

之前言正礼一直想不明白，丹璃明知自己有圣女病，二十出头就会悲惨地死掉，为什么她的愿望不是治病，而是见某个人一面？

但在见到"他"的那一刻，言正礼立即理解了她。

在这座无穷无尽的图书馆里平凡的一隅，地上放了许多本书，摞成一座堡垒，"堡垒"中间坐着一个少年，怀里抱着一只猫。

是荆樊。

是那个会坐在他家窗台上，朝他露出泛着银辉微笑的少年。

言正礼停住脚步，不敢靠近，揉了揉眼睛才确认看到的不是幻觉，同时也忘记了自己来这里的目的。

他踟蹰着，荆樊也发现了他的存在，抬头露出了熟悉的笑容。

在那早已消逝的日日夜夜里，荆樊每次坐在窗台上说，我将来要学魔法当海盗造宇宙战舰时，露出的都是那样带着银辉的笑容，就像风中的一片白羽。

"你为什么……会在这里？"

他已经和当时的荆樊一样年纪了，荆樊却依然还是当年的那个少年。

这怎么可能呢？

仅存的一点儿理性仍在提醒着言正礼各种危险的可能性，但他还是一步一步地走到荆樊面前，握住了他的手。那只手的触感温暖熟悉，非常真实，使得言正礼几乎落泪，而荆樊此时开了口："你好，代班协调员言正礼。我是主计算机。你此刻看到的是，我根据你的经历生成的你最在意的人的样子。"

"果然如此啊……"言正礼长长地叹了一口气，"包括猫吗？"

"对，包括猫。"他刚说完这句话，那只猫就从他怀里蹿出来，坐到了言正礼头上。

"你为什么还是不愿意加入奇遇办呢？"他问。那语气也像荆樊，轻盈愉快，不带任何责难的意思。

"因为我一直觉得见证那一切不可思议的，不该是我，而应该是你……荆樊。"言正礼看着面前那张熟悉的脸，一瞬间有些恍惚。

"哪怕因此失去了攒业绩许愿的机会？"

"我的愿望都能靠自己实现。"言正礼笃定地说。

"不一定哦。"他笑了，猫跳回了他怀中，"等你看到丹璃的愿望时，你可能就不会这么说了。"

"对了，丹璃……"言正礼这才想起自己和搭档走散了，回头准备去找她，却听到荆樊喊出了声："不！不行！你不能这样！"

232

怎么回事？言正礼连忙转头，就看到了噩梦般的画面——

荆樊在挣扎，在击打着空气中某个看不见的敌人，然而他的身体正在像风中沙城般缓缓消失。

"怎么，Mr.PH 3 在攻击你？"就算知道他是主计算机，可看到那张熟悉的脸难受的样子，言正礼还是情不自禁地冲上前去试图帮忙。

"对，我没能困住他……倒是丹璃被幻象困住了……"这时候他已经只剩半张脸了，身体也不见了大半，这似曾相识的画面几乎要把言正礼的心撕裂。

我怎么能眼睁睁地看着朋友再一次消逝？

"怎么做？我要怎么做才能帮你？"言正礼拼命地试图抓牢他，就像想要抓住一缕青烟，然而他的身体已经没有任何分量。

"找到他……阻止他。"他说出这句话时，那只猫又出现了。

它蹦到言正礼手里，变成了斩空之剑。

与此同时，一段陌生的画面突然涌进了言正礼的脑中。

[一〇]

"原来如此。这整个紫月都是主计算机的中枢，树根的部分是和其他算盘联系的通信装置，而图书馆的部分是纪录档案。不过应该还有个可以与外部设备对接的地方……"Mr.PH 3 在大约两个小时前进了图书馆，一手握着斩空之剑，一手拿着平板电脑模样的设备，边走边四处查看，"我在哪个世界都找了，什么办法都试过，甚至差点儿在演唱会上绑架女装沐星焰……如果被什么青月紫月的神话故事洗脑，真是这辈子都想不到'女神'是台大电脑啊。"

"所以你就把树根部分破坏了？""镜像"坐在一个书架旁的爬梯上问他。

这出乎意料的问题与出乎意料的提问者都让 Mr.PH 3 吃了一惊，他防备地往后退了几步，立即拔出了斩空之剑："你追过来了？"

对方只是微笑，没有回答。他们有着一模一样的脸，现在都穿着太空防卫军的作战服，看起来就像在照镜子。

Mr.PH 3 沉默片刻，自己得出了答案："你不是他。我曾经偷偷去医院看过他几次，他现在很瘦。"

"我有一个问题。你既然想完全顶替他的人生，为什么不干脆杀死他呢？如果你杀了他，其他协调员就无法从他的记忆中发现真相，没人会阻止你抢斩空之剑，你可能早就成功了。"

"想给我父母留一个念想。"Mr.PH 3 露出了自嘲的笑容,"他们现在应该以为躺在医院里的是我吧!"

"你不怨恨父母把你生成了这么平凡的一个人吗?"

"说实话,在知道奇遇办之前,是有点儿恨的。"Mr.PH 3 一边说着一边缓缓走向镜像,"知道了奇遇办之后,就只怪主计算机没给我奇遇,也没让我当协调员了。"

"没有奇遇?你一直觉得自己没经历过奇遇吗?"镜像显得很惊讶,"我的程序设定是每个少年都会遇到一次奇遇,但最没有想象力、完全不相信奇遇的那一类人,会被请去当奇遇协调员。所以你要么是协调员,要么有奇遇……对了,你拿的是偷来的齿轮,他管的也不是你生活的那个辖区,所以你不可能看到自己的档案……稍等一下。"

他挥了挥手,离他最近的一块显示屏飞了过来,熟悉的档案画面出现了——

起始时间:⌐-----年⌐月⌐⌐日。

持续时间:0.5 天。

强度:1 级。

内容:穿越到太空战舰内。

他看到了十年前的自己,那时的自己还是个庸碌无为的平凡学生,有天晚上意外穿越到了朝思暮想的太空防卫军战舰内。发现自己穿越后,他一度慌乱,然后惊喜,还偷了一身作战服,混进餐厅里和其他士兵一起吃饭、训练……然而军队上级出现了,要带他们去执行任务,他怕露馅,借机溜回时空裂缝处,回到了自己的家。第二天早上醒来时,他以为一切都只是一个梦。再后来,时光飞逝,这个梦也像其他无数梦境一样,沉入了他记忆的深渊。

此时,当那个暌违十年的"梦"突然以影像的形式出现在他面前,当时所有真切的体验又都涌上了心头——亲手摸到精致细密的战斗装备时的惊叹、第一次看到战舰主炮发射时内心的激动、被其他人问"生面孔,你是哪里来的?"时的紧张不安……那一切怎么会是梦,他为什么会以为那是梦?

Mr.PH 3 怔怔的,不能自已的眼泪顺着他不再青涩的脸淌了下来,不知不觉中甚至松开了手,斩空之剑也掉在了地上。他愣了一下,连忙拾起剑,抹了抹眼睛,抬头看看面前那个和自己一模一样的年轻人,突然愤怒:"是当时分管我的协调员对我做了手脚,我才以为那是梦!"

对方摇摇头,笑得有些悲悯:"你做了这么久的奇遇协调员,这条简简单单的档案里那几行字的意思,你应该是很明白的。"

这句话使 Mr.PH 3 沉默了。

不得不说，站在当事人和协调员的双重立场上看这个奇遇，看到的真相其实是一目了然的。一目了然的平庸。

奇遇的持续时间最长可能是 30 天左右，是因为他自己浅尝辄止，所以才只有半天。奇遇强度分为三个等级，奇遇发生前，主计算机的预判只会写"1—2 级"或"2—3 级"这样的范围，有些时候预判强度只有"1—2 级"的奇遇也可能变成 3 级，是因为他自己转头就逃，选择了原本的平庸生活，所以一切才只是一场梦。

现在回头看，选择平庸也没有错，以他当时的身体素质，再加上没有齿轮这种外挂道具辅助，真的参加战斗也许第二天就会战死。反过来说，也是因为他当时选择了平凡的日常，才产生了后来顶替镜像的机会。

错的只是遗忘和后悔吧！

可就算理性上他明白，感性上，他还是不甘心。

"这样一个梦有什么意义？" Mr.PH 3 举起斩空之剑指向镜像，"你让我回想起这一切，就是为了讽刺我吗？"

一片寂静的图书馆里，一模一样的两个青年，一个怒气勃发，另一个脸上却带着微笑："我记得你最近经手过的案子里，有个少年是与他的明星父亲一起穿越到了那米亚星系对吧！他父亲当年的奇遇强度也只有 1 级，却使得当事人醒来后发奋努力，成为著名歌手。如果做梦没有意义，人们又为什么要把愿望称为'梦想'呢？"

"哈，你知道得真多。" Mr.PH 3 忽然笑了，"你果然不是他，你是这儿的管理员吗？"

对方摇了摇头，还想说点儿什么，Mr.PH 3 却突然挥动了斩空之剑。

一剑挥过，面前的男人、显示屏和两旁的书架都断成了几截，Mr.PH 3 皱起眉："手感好奇怪。你是幻象？"

"我……其实……"主计算机的声音在空气中渐渐飘散。

然而 Mr.PH 3 不耐烦地挥挥手："不用再说了，要不是为了给设备足够的时间找到主计算机，谁要和你聊这么久！"说着，他看了一眼手中那个貌似"平板电脑"的东西，里面出现了一张图书馆内外布局的扫描图。

"树根里的古董、门口的蘑菇、书架、书、墙上的显示屏……全是烟幕弹！"他顺着扶梯爬到书架顶端，"平板电脑"中随即发出了清晰肯定的提示音。

吊灯才是主计算机中枢接口真正的位置。

"我来了。" Mr.PH 3 把手按在自己的后脑勺下，那里有个不太显眼的小洞，他从小洞中抽出一根信息丝缆，丝缆随即探向吊灯。

[一一]

猫变成斩空之剑的时候，大量关于Mr.PH 3的画面涌进了言正礼脑中——从他走进图书馆，直到他通过显示屏看到了自己的奇遇，怔怔地把斩空之剑落到了地上。然而在斩空之剑落地的那一瞬间，言正礼看到了慢动作回放般的一刻——斩空之剑被替换了。

在这段画面中，可以非常清晰地看到，掉到地上的那把斩空之剑迅速飞到了主计算机手中，而Mr.PH 3以非常缓慢的速度捡起的，是凭空出现的另外一把。

也就是说，主计算机玩了什么小花招，偷走了斩空之剑，把它送到了我手上，上面还承载着Mr.PH 3的记忆……它为什么不自己动手呢？言正礼想着，又回忆起丹璃说过的"我觉得主计算机什么都知道，只是需要执行者"……对了，丹璃呢？

言正礼转过身，背后是看不到尽头的图书馆迷宫。

根据刚才看到的Mr.PH 3的记忆，他现在大致能判断Mr.PH 3在哪个方向，但另一个方向传来了丹璃的声音。

言正礼连忙奔向丹璃那边，可真的看见她时，他反而停下了脚步。

他看到那个一贯古灵精怪、活泼任性的女孩正颓然坐在地上，低着头，长发散乱，手中似乎捧着什么，可在言正礼看来只有空气。

自己看到了荆樊，Mr.PH 3看到了镜像，可她看到了什么？

"你还好吧？"言正礼略走近了一些，犹豫地问。

少女满脸是泪，抬起头，也抬起了空无一物的双手："你看，这应该是弟弟的手还是妹妹的手？我好不容易才把他们……找到了一半……"

手？找到一半？言正礼回想起之前谢普罗说过的话，心头忽然掠过了一些骇人的想象，蹲下身，扶住丹璃的肩膀："醒醒，你看到的都是幻……"

然而就在他碰到丹璃的那一瞬间，他也看到了丹璃所看到的一切。

黄昏时分，她正独自坐在荒凉的山谷中，满身是血，双手捧着一只小孩子的手臂。不止如此，她身边的地上也全是尸块，一眼扫过去看不出到底有多少名死者。空气中除了焚烧的焦糊味就是令人作呕的血腥味，不远处地势略高的地方有什么东西在冒着浓烟。

尽管心中有所预想，言正礼还是被眼前的惨景吓到了，但他很快又冷静下来。他与Mr.PH 3看到的都是单独一个人，孤立地出现在现有环境中与他们聊天。丹璃看到的却是一整个幻境，充满了恐怖与痛苦……这不会是主计算机做的，那是不是Mr.PH 3动了手脚呢？她现在看到的到底是真实的回忆还是更可怕的噩梦？不管是哪一种……

言正礼担忧地望向丹璃："你在这儿多久了？"

然而丹璃完全答非所问："是我相信了他说的……只要不反抗……他们就不会有事……结果……"她的话说得磕磕绊绊，哭得几乎喘不过气，"现在至少……我想给他们拼个全尸……"

"他"是指谁？言正礼不解，又问："那'他'人在哪里？"

"我把附近的野狼都杀了……挖开它们的胃……可为什么还是只有一半呢？"丹璃抬起满是血污的手抹了抹眼睛，"爷爷只找到一只脚……还有爸爸妈妈、弟弟妹妹、姑姑……就六个人，为什么凑不齐？你看那些肠子，到底是人的还是狼的？"

言正礼还是第一次看到这样的丹璃。

她经常故作天真，有时也冷漠沉着。她曾是虔信而强大的圣女，如今却直言早已背弃了信仰。她不在乎自己注定要发作的绝症，却会在预想到同类少女的未来时眼圈微红。她从来没有像现在这样……绝望地恸哭着，身体抑制不住地颤抖，困惑地、甚至有些嫌恶地望着自己的双手："我不是会魔法吗？不是圣女吗？为什么……谁都救不了呢……"

言正礼实在听不下去了，一把抱住了她："冷静点儿，那都是幻觉，我才是真的。你仔细想想，当年那些事和我是不能并存的，对不对？"

"啊，言殿……"丹璃仿佛刚刚注意到他是谁，朝他露出一个悲伤的微笑，"可你要怎么证明……你不是幻觉？"

言正礼努力思考了一下："我证明不了。只有你自己才能证明什么是真的。如果我放开你，也许我看到的这满地残尸就都会消失，可我也不知道怎么才能让你走出去。"他只是本能地觉得，抱着她、陪着她，能让她好受一点儿。

结果丹璃推开了他。

果然，就在与丹璃断开身体接触的那一瞬间，幻境消失了，周围又变成了图书馆，丹璃身上的血也不见了，可她依然悲伤地坐在地上，对他露出自嘲的笑容："再给我一点儿时间吧。哪怕是幻境也好……至少这次……我想安葬他们。"

所以说，你现在依然在那个地狱般的幻境里吗？

言正礼欲言又止，可看她至少不再哭了，人总得自己收拾心情自己走出来，对不对？

"那你可得快一点儿！我这就去阻止 Mr.PH 3，你的幻境就会完全消失了！"

丹璃露出了担心的表情："你一个人？"

"还有点儿胜算，主计算机给了我斩空之剑。"

"还是尽量避免独自战斗吧……再等我一会儿！"她连忙说。

"我怕再拖一拖就……"言正礼顿了顿，"让我先去打探一下情况吧，你尽快赶过来就行。"

"那……我先给你施几个增幅魔法。"丹璃抬起手。

言正礼想起她其实仍然身处幻境之中,觉得此刻她泪眼未干却坚持为他施法的样子,就像一个溺水的人拼命想把同伴推上岸。

[一二]

言正礼的身体素质一般,日常处理任务主要是依靠齿轮。经过丹璃施法后,他感觉身体各方面的能力都显著增强,但对独力阻止 Mr.PH 3 这件事,他依旧毫无信心。现在既不可能飞回齐纳什卡,也不能通过齿轮逃走,只能硬着头皮上了!

言正礼飞快地跑过了大约二十排书架,发现自己被一堆悬浮在半空中的齿轮显示屏所包围了。

"啥玩意?"他警惕地看向显示屏,只见里面有一个 Q 版小章鱼在扭动。

"欢迎使用奇遇自助选择系统 Beta 版。"显示屏里发出一道光扫描了言正礼的脸,"言正礼同学,请问你想选择什么样的奇遇?获得类、穿越类、变化类。"

言正礼疑惑地看着面前的显示屏,然后按自己的常识思考了一下:只要最后不点"确定",前面瞎选应该无所谓?

于是他按了一下"变化类"这个选项,小章鱼马上问:"请问你想变成什么?"

"周萤辉吧。"言正礼随口说,"银河少女队那个。"他知道那是沐星焰的假身份,现在已经弃用了,并且一度引发粉丝暴动,所以有点儿好奇给出这个答案的话,面前这个奇怪的系统会如何应对?

显示屏很快回应:"已搜索到周萤辉。您想选择怎样的变化方式?每周一变成周萤辉 24 小时、在戴上任意眼镜时变成周萤辉、永久变成周萤辉的外形或其他,请自行设定。"

言正礼愣了一下,所有的常识、理性以及经验都在脑子里咆哮,最后汇成一句话:"奇遇可以自选?这跟上街可以合法抢劫杀人有什么区别?"

"不愧是纪律委员,真是好严格呀!"随着 Mr.PH 3 的声音响起,那些显示屏消失了,言正礼循声抬头,看到他就坐在一盏吊灯上,脑后有一根线和吊灯的底座连在一起。

"那个系统是你做的?"言正礼走向他。斩空之剑现在又变成了猫,蹲在言正礼肩上。

"对,我去阿尔法城装了个颅腔内辅助芯片,连个线就可以黑进主计算机改写程序。"Mr.PH 3 笑嘻嘻地说,"你要不要也试一下?很方便的。"

"敬谢不敏。"言正礼意识到,主计算机制造的荆樊的幻象之所以会消失,肯定也是因为 Mr.PH 3 在改写程序,所以主计算机的最后一句话是"找到他,阻止他"——那么只要切断那根线不就能阻止他了吗？

现在自己已经暴露了，而Mr.PH 3似乎很快就要完成目标了，切断连线看起来还比较容易做到，言正礼一琢磨，觉得事不宜迟。

但还是要谨慎。他又问出下一个问题："你的目的是什么？"

"我没说吗？让每个奇遇当事人都可以选择自己的奇遇，到时候就不需要协调员了，所谓'愿望'也可以直接以奇遇的方式兑现嘛！"

言正礼又沉默了，心里已经得出了结论：这人脑子有病。

他仍试图说服他："很多人对自己的实力是没有正确认识的。如果让他们自选奇遇，又没有数量足够的协调员相助，他们开始奇遇的当天就会死。"

Mr.PH 3耸耸肩："交警数量再多也还是会有人出车祸啊。"

"再换个角度说，你有没有想过如果每个人都选择永久性地变成超人、恐龙、美国队长、奥特曼、联合国秘书长……世界会变成什么样子？如果当事人用自己的奇遇做了坏事，其他人岂不成了牺牲品？"他甚至想到，如果穿越到汉代的江望萍选择了成为蔡琰的替身，历史又会变成什么样？

"我觉得可以从两个角度来分析这个问题。"Mr.PH 3从容地说，"第一，不管因为什么原因，世上总有一些人是会被淘汰掉的。第二，你不是已经适应了'奇遇是一种由主计算机精心分配的自然现象'吗？那你为什么不能接受'奇遇是可以由当事人自由选择的自然现象'呢？别说利用奇遇做坏事了，就算当事人学会射击然后做坏事，不也一样会有人成为牺牲品？"

话说到这儿，言正礼觉得说服工作已经没什么意义了，而且相当生气。他抬起右手，猫跳到他手心里随即变成了斩空之剑："至少，如果不是你放出大章鱼践踏齐纳什卡，萝妮不可能力竭而死！"

"斩空之剑？"Mr.PH 3连忙看向自己腰间，那里现在已空空如也。

"这调包计厉害啊！"说着他抬起双手，他身侧的书架竟然也像巨掌般抬了起来，笔直地压向言正礼！

言正礼赶紧挥剑，锋利的剑锋随即将袭向他的书架一分为二，他踩着书架借力跃向Mr.PH 3，再度挥剑："如果不是你设下幻境，丹璃也不会那么痛苦！"

就算知道Mr.PH 3正在践行足以毁灭世界的疯狂计划，言正礼的剑还是没有挥向他，而是砍向他脑后那根线。

"我提防她是因为她狠！你会冲过来倒是让人意外。"Mr.PH 3飞快地避开了，又一抬手，无数的书架飞了过来，排山倒海般压向言正礼。

糟糕！言正礼忙着挥剑斩断那些书架，实在来不及以一敌多，它们仿佛崩落的山石，眼看就要将他碾为齑粉！

危急时刻，言正礼本能地用手臂护住了脑袋。突然，他听到了一个熟悉的声音："每个世界发展到现在，都有自己的一套应对机制。个别青少年获得力量之后做了坏事，世界是可以自行消化掉的。如果你执意认为让每个当事人都获得任意程度的超能力或其他奇遇才叫'自由'，这超过了各个世界的应对极限，会引发……一切的毁灭。"

荆樊站在言正礼身前，用并不壮硕的双臂为他挡住了所有攻击。

有那么一两秒，言正礼以为自己在做梦，但随即反应过来，他现在看到的又是主计算机。

明知是幻象，眼前的这一幕仍让他差点儿落泪。

然而 Mr.PH 3 的声音也随即响起："懒得跟你废话。"

更多的书架随即袭来，甚至就连图书馆外那些树根都抬动根须探入门窗，笔直地刺向言正礼。

言正礼连忙挥剑，与此同时荆樊又朝着他开了口："我不能直接行动。变猫换剑，说几句话，帮你一把……已经是极限了。"

不能直接行动！是权限不够吗？这个念头飞快地从言正礼脑中闪过，还来不及细想，只听荆樊又喊了一声："退后！"

言正礼依言后跳，只见荆樊仅凭双臂承受着如山的重量，不住地颤抖，然后就像一根被压断的火柴一样消失了。

大量的书架轰然砸落，但一句微弱却清晰的话语还是飘进了言正礼耳中："再不阻止他就……来不及了。"

"我也想啊！"言正礼苦笑了一下，趴在那堆书架边上，悄悄地探出脑袋，寻找 Mr.PH 3 的踪迹——那家伙倒是很悠闲，依然连着线坐在吊灯上，闭着眼睛，估计还是在忙着改程序。

虽然经过丹璃的魔法加持，但言正礼战斗了这么久还是难免疲倦，再加上右臂被树根刺伤，又疼又感觉使不上劲儿。好在这时暂时没有书架和树根袭击过来，言正礼猜想，可能是 Mr.PH 3 以为自己已经被刚才那轰隆隆的一压给压扁了。于是他轻手轻脚地行动，寻找偷袭的机会。

如果万不得已……主计算机那句"阻止他"里，是不是也暗含着让自己杀了他的意思呢？毕竟以自己的操作水平之低和斩空之剑的杀伤力之高，杀人好像是比砍断连线容易一点儿。

就算 Mr.PH 3 疯了，杀人这种事情对他言正礼来讲也不是有了大义就下得了手的啊！

再转念一想，他唯一的胜算就是斩空之剑，可之前Mr.PH3说过，它的能量是会耗尽的。现在这种情况下，他真的还有余力仁慈吗？

想这些的时候，言正礼已经大致看清了目前敌我双方的情况。再想到丹璃还在那个幻境里挣扎，他觉得自己没时间犹豫了——尽全力别后悔就行！

他用双手握住斩空之剑，像挥动球棒那样，朝着面前堆积如山的书架发出猛力一击！

被削断击飞的书架和书卷四散飞舞，击中了Mr.PH3所坐的吊灯。言正礼趁他闪避失衡，踩着倒在地上的书架一跃而起，在半空中猛地一挥剑。

Mr.PH3连人带吊灯摔落在地。

言正礼提剑赶到时，他正用左手揉着脑袋试图起身。

"别动！"言正礼用剑指着他的同时，注意到自己刚才那一剑实在准头不好，那根信息丝缆还连在Mr.PH3和吊灯之间，Mr.PH3的右臂却被他斩断了，被斩落的部分正在一旁书架上燃烧化灰。

"我原本是想帮你的，真的。"言正礼诚恳认真地说，"可我想给的你不想要，我也不知道该怎么帮起。"

Mr.PH3笑得很讽刺："因为说到底你还是个乖孩子。"

对话到这里已经没有进行下去的必要了。言正礼把剑举起："你自己把那根线拔下来。不然我下一剑就把你横切两段。"

这时突然响起了另一个熟悉的声音："言殿，等一下！"

[一三]

"丹璃！你靠自己走出幻境了？"言正礼又惊又喜，"你……安葬他们了吗？"

丹璃点点头："我也想通了。其实他说得对。"

"什么？"言正礼诧异地看着她，只见她的脸上写满了悲伤："我的过去满是戒律、仇恨和痛苦，他的奇遇只是一个转瞬即逝的梦境，而你最好的朋友也离开了这个世界，你不会觉得我们这样的人生……毫无意义吗？"

"可人生本来就没意义啊！"言正礼大声说。

"你会这么回答我倒是很意外。"Mr.PH3露出了兴致盎然的笑容。结果言正礼又说："我一直都这么想，意义都是自己找的！这就好像，钱只是一张纸，你能把它花出去它才有价值！"

这个奇怪的比喻听得在场两个人都笑了。笑完之后Mr.PH3又问："可如果怎么找都找不到呢？"

"那是你自己的问题。是你忘了自己的奇遇，奇遇强度低也是你自己的选择造成的。"言正礼很生气，他觉得与 Mr.PH 3 争论这些就好像在对着空气出拳，可他还是忍不住继续说，"难道被当作梦境遗忘的奇遇就没有发生过吗？"

丹璃长长的睫毛沾着泪珠，微微颤动："可我知道，就算在梦中看他们复活，那也不是真的……"

很难得的，言正礼打断了她的话："荆樊有一句话叫'故事是对生活的比喻'。他这个人，成绩、体育乃至打游戏水平都很高，是个很出众的少年，却死于车祸。那么，他过去的一切努力、梦想、愿望，是不是就都没有意义了？我一直在想这个问题——如果人既不能选择自己的出身，也不能选择自己的命运，那么，人还能做什么呢？"

"所以我才想让每个人都获得选择命运、选择奇遇的机会啊！"Mr.PH 3 露出了看到不成器的学生终于考及格了的激动表情。

"其实我觉得，我在旁观他人奇遇的过程中已经得到答案了。如果一个人既不能选择自己的出身，也不能选择自己的命运，至少还可以做到，尽全力，不后悔。"言正礼一边说一边踱着步，"我想，这也就是那句'故事是对生活的比喻'的意思——不管是我旁观的别人的奇遇，还是我们在书里、在网上看到的那些故事，还是自己做过的梦，都是对生活的比喻，映照、影射、指导和宽慰着我们的人生。"

说到这里，他突然转身挥剑，将丹璃一切为二："所以，你不是丹璃！"

"丹璃"像破碎的肥皂泡一样消失了，言正礼旋即转身迎战 Mr.PH 3。

刚才一时大意，忘了他还和主计算机连着线，"丹璃"只不过是他制造的幻境。那个在幻境中挣扎时都不忘为他施法的女孩，想在幻境中安葬家人也是为了帮助自己走出去，怎么可能沉溺其间、埋怨美梦没有成真！

一转身他就发现，Mr.PH 3 根本不在预想的位置。难道他装备了热光学迷彩？言正礼连忙回头，突然被人从背后抓住了双臂："你能想到丹璃是幻境，就没想到'我'也不一定真的是我？"

连他右手被砍断都是假的！

言正礼心里一凉，只见 Mr.PH 3 双手完好无损，一手制住他，一手抢过斩空之剑："你比我想象中更有趣，来当新系统的第一个用户吧！我要亲自为你选一个奇遇。你以前说你没啥愿望，只想考清华……"他凑到言正礼耳边笑嘻嘻地问，"如果我把奇遇设成'在你最重视的那一天循环一万次'，你是会后退到荆樊死的那一天，还是会前进到高考的那一天？"

言正礼觉得冷汗都下来了:"无论哪一种都会把人逼疯吧?"

"嗯?你不是说可以从中获得指导和宽慰吗?"Mr.PH 3挥挥手,竟真的招来了之前那些显示屏,扫描了言正礼的脸,开始扔出选项。

Mr.PH 3熟练地操作着,言正礼拼命挣扎但没有成功。就在Mr.PH 3强行拉开言正礼的眼皮打算通过虹膜验证按下确认键的时候,言正礼不见了,显示屏也不见了。

"怎么回……"Mr.PH 3突然发现连自己的身体都离地了,而且还被树根牢牢捆住,关在了一个透明气泡里,丹璃一手握着斩空之剑一手扶着言正礼,站在他对面的另一个气泡中。

"谢谢你给的幻境,虽然痛苦,却也……让我的一个遗憾得到了安慰。"

对啊,这才是丹璃会说的话!言正礼确认了这次突然出现还帮他治伤的是真丹璃,松了一口气。

Mr.PH 3也恍然大悟:"你用了什么魔法?"

"体感时间暂停,还挺难的。"丹璃语气轻松地说,手一挥,切断了两个气泡之间的语音交流,以免被听到,"接下来我还要用一个更难的,修复主计算机……"

"他改写了主计算机的程序!你有管理员权限吗,能让版本回滚吗?"言正礼急切地说。

丹璃露出了促狭的笑容:"你看我像特别懂电脑的人吗?"

"那你要怎么……"

"我可以用魔法修复齿轮和时玖中学,自然也能修复紫辉之月,把它还原到被篡改前的状态就行了!"

"用魔法回滚……算我开眼界了。"言正礼扶额,然后又说,"可是会很累吧?"

对圣女而言,"累"不就是折寿的意思吗?

"是我没能尽快走出幻境,才让他完成了程序改写,这是我的责任。"丹璃收起了笑脸,"累是难免的,我们得先测试一下哪个宙域可以用齿轮,等我施法完毕,会连这个气泡都无法维持,你要马上打开随意门让我们回到奇遇办。不然我们就会变成'魔法世界里的太空垃圾'哦。"

说这些话的时候,他们正乘着气泡飞出图书馆,越升越高,眼看着紫辉之月的地平线就变成了弧形,一些战斗中产生的碎片在半空中缓缓飘浮。

丹璃确认了齿轮能用,抬起双手准备施法,而另一个气泡中,Mr.PH 3还在徒劳地挣扎。

没用的。言正礼心想,我难道不会先搜一遍你全身把你那些机械臂、小炸弹、斩空之剑什么的全没收了吗!但想到这里,他又忍不住问丹璃:"怎么处理Mr.PH 3?"

"我进了奇遇办之后应该会累到马上睡着,不过束蚀Ⅱ在那里,你们两个足够制住他了吧？然后……等主计算机处理他就行了。"

说着，丹璃闭上眼睛凝神施法，长发微微飞扬。言正礼清楚地看见，之前被 Mr.PH 3 砍出深深剑痕的树根之网逐渐恢复了原状。

就在这个时候，Mr.PH 3 挣开树根，用什么东西划破了气泡，笔直地坠向紫辉之月。他嘴里似乎在喊什么，可言正礼听不见。

"怎么可能！他身上怎么还会有武器？"言正礼惊讶地望过去，又回头看丹璃，然而她此刻专注施法，长发开始一缕一缕地变白，显然已经没有余力顾得上 Mr.PH 3 了。

结果就在这一转头的工夫，紫辉之月在他们面前无声地炸裂。

图书馆附近发生了爆炸，这起发生在真空环境中的爆炸没有发出任何声音，却像个楔子一样深深地插进紫月深处，使它分崩离析，只剩密网般的树根依然藕断丝连。

"糟糕！"言正礼连忙回头看丹璃，她已经睁开了眼睛，惊讶、紧张又难过地看着面前破碎的紫月。也就因为她这一瞬间的分神，紫月的碎片更加散乱，言正礼正想说点儿什么，她看向他，点点头："相信我，我不会输的。"说完这句话时，她的满头长发已经枯白如纸，却神情专注，整张脸上唯一一点颜色是她把自己的嘴唇咬出了血。言正礼很想握住她的手给她一点支持，却又不敢——怕影响她施法。他只能站在一旁干看着，看她眉头紧皱、身体战栗，而紫辉之月像破碎的巨型拼图般迅速重组、复原，就连半空中飘浮的那些碎片都完全消失……

最后丹璃腿脚一软，立即坐了下去。言正礼连忙扶住她，发觉她身上都被汗湿透了，只听她艰难地动了动嘴唇："快用齿轮……"

差点儿忘了这事！言正礼赶紧拿出齿轮，在魔法气泡破裂的前一秒把丹璃带回了奇遇办。

[一四]

"你们是回来喊援军的？"幽暗的小黑屋里，束蚀 II 问。

"我们是回来开庆功宴的。"看到那个铁桶，言正礼就忍不住想斗嘴。

这时丹璃已经沉沉睡去。言正礼找到懒人沙发把她安顿好，然后跟束蚀 II 简述了紫辉之月上发生的事，最后说："你能不能帮我确认一下，主计算机是不是真的修复了？"

"稍等，正好顺便联系一下其他协调员。"束蚀 II 发出信号，显示屏上飞速闪过一排又一排数字，突然间，每个显示屏里都出现了一两个协调员的脸，有的见过，有的陌生。

"恢复通讯了？""裂缝修复了！""申请支援！""我们这儿还有 1.87 只大章鱼没

解决！""不行，实验室里的材料不能用啊！""哇，时隔三天第一次收到主计算机的消息！"……他们忙碌、喧闹、生气蓬勃，看起来应该没有大麻烦，这让言正礼略微放下了心，长呼一口气。

难以想象，短短几个小时里，自己竟然真的帮助丹璃干了"阻止世界毁灭"这么大的事情。

荆樊，如果你知道了的话，会称赞我吗？

"主计算机已经回滚到 6 小时前的状态了。"平静的合成音响起，"我会马上把已知情况都发送给它，以便它进行分析判断。"

"Mr.PH 3 呢？他也被'修复'了？"

丹璃说过，修复魔法用在生命体上会引发异常情况，在言正礼的想象中，大概就是《钢之炼金术师》里人体炼成失败后产生的怪物……应该不会更糟了吧？

"主计算机的回复是'被修复魔法波及，状态异常，已逃离'。我会通知每个协调员提防他。"

还能逃？言正礼想象了一下怪物行动的样子，觉得不寒而栗。

这时束蚀Ⅱ又说："至于那个'镜像'，可能暂时不会复职。"

"伤情这么严重？"

"不，他很喜欢 Mr.PH 3 的父母，打算享受一下亲情。"

"那他也算是因祸得福了。"言正礼有些感慨，在某些人眼里不值一提的日常，在另一些人眼里却是奢侈珍贵的幸福，这条定律似乎在哪里都不会变。

然后他又想起另一件事："有几点我想不明白，他攻击我们是为了什么？掉下去是故意的吗？紫辉之月炸裂是他造成的吗？高空是真空环境，他不可能听到我们在说什么，怎么敢贸然发动攻击？"

"真的不可能吗？"束蚀Ⅱ似乎在思考着什么，然后说，"你刚才说，他在阿尔法城做手术装了一个颅内辅助芯片，那个芯片里可能搭载了读唇功能。"

"读唇……"言正礼这才意识到，自己和丹璃说话时完全是面朝着 Mr.PH 3 的，"百密一疏啊……"

"我建议你也装一个辅助芯片，可以极大地提升思维周密程度。"束蚀Ⅱ说。

"你们是拿了医院的回扣吧……"言正礼嘟哝了一句，又问，"说到读唇，我们能不能设法读出 Mr.PH 3 最后掉下去时在说什么？"

"我找找附近有没有高空监测摄像头。"

结果还真让他找到一个摄像头，离紫月有一定距离，自带芯片储存的影像还没被丹璃

"回滚"掉。束蚀Ⅱ慢速回放了从Mr.PH 3 逃出气泡到紫辉之月炸裂的整个过程，发现他挣断树根和划破气泡靠的是右手，那是一只内置武器的高仿真义手，最后喊的话是"我就算毁了主计算机"。而他制造爆炸的主要道具，是他当初从战舰上开出来的那艘小逃生艇。

"原来已经舍弃部分肉体了。"束蚀Ⅱ平淡地说，"这点也要写进通知里。"

"他是真的做出了很多努力啊！"言正礼忍不住感慨道。

"你同情他？"

言正礼摇摇头："我觉得他很可笑。一想到还有人活了二十多年，却无法从梦与故事中获得任何感动，又觉得很可怜。而且……"

而且，如果没有被拉进奇遇办的话，他也许也会成为这样的人。

【一五】

大章鱼不再出现之后，坤泉教堂周边地区的生活又恢复了往昔的平静。戈雷忐忑不安地坐在安丽卡的房间外，等着她晨祷归来。

由于大章鱼的突然出现，帝国军与齐纳什卡两方面都有所损伤，暂时无法开战。谢普罗与本地长老都曾断言，就算不搞和谈，这种微妙的和平局面也很有希望继续维持下去。

然而戈雷不知道的事情是，就在昨天深夜，谢普罗原本正打算收拾行李回帝国，却收到了从总教堂那里传来的秘信，请他去和谈——因为纳莉潜入总教堂，刺杀了大长老。

任谁都没有想到的是，突然扭转了政治局面的，是一个宿舍守卫的愤怒。

群龙无首，紫月教高层开始内讧，部分人打算拥兵自立，而大长老生前指定的继任者邀请谢普罗去和谈，说白了就是想狐假虎威，以帝国的名义增强自己的势力。

在这种情况下进行和谈真的能成功吗？如果不去和谈又会发生什么呢？尽管明知局势微妙、危机重重，谢普罗还是决定赴约，梅薇思主动提出当他的保镖陪同前往。

这一切必须对旁人保密，所以在戈雷看来，他们只是结伴一起回帝国而已。此时的他对目前岌岌可危的政治局势还一无所知，满心惦记的只有一件事——安丽卡会喜欢他的礼物吗？

回想之前那段奔波惊险的日子，他没抓住"间谍"谢普罗，自然拿不到赏金。他还阻止了纳莉的阴谋，按说应该受到大力表彰，然而现在整个齐纳什卡上下不是忙着灾后重建就是准备征兵继续和异教徒对峙，没钱没精力，只有本地教堂的长老给他贴了两张表彰海报。

简而言之，戈雷还是那么穷。他翻箱倒柜找出自己仅存的私房钱，甚至跟妹妹借了一点儿，进银匠铺子讨价还价、软磨硬泡，总算是定做了一件比较合心的礼物。

现在，看着安丽卡出了祷告室笑盈盈地向他走来，戈雷的心也提到了嗓子眼。

"请坐。"进了房间，她为他泡了一杯戎枝子花茶，"有什么事吗？"

"我……一直……"戈雷忸怩片刻，终于捧出礼物，"谢谢你经常照顾我妈妈，我想送你这个。"

那是一枚小小的银戒指，上面镶着一块红色的石头。

"哇，从来没有人送我戒指！"安丽卡显得十分惊喜，戈雷却很不好意思："是红玻璃。我本来想送你炽晶石……我觉得炽晶石才配得上你。"

"只要是你送的，什么都好。"安丽卡这话说得戈雷心里又是一动，他终于忍不住把憋在心里的想法一口气说了出来："你逃走吧！我会掩护你的！你跟着走私犯去哪儿都行！不要再做圣女了，过几年开心日子。"话说到最后，戈雷声音都虚了。

安丽卡也愣住了，她沉默片刻说："叛教是重罪，死后会下熔岩海的。"

"那我还可以绑架你，强迫你在异教徒的地界隐姓埋名生活！这样就算要下熔岩海，也是我一个人下！"

戈雷认真的样子，在安丽卡看来有点儿傻，甚至有点儿好笑，她微笑着问："只有我一个人逃吗？"

戈雷垂下头："以我的本事只能顾到你一个。如果太多圣女同时逃走，教会一定会下大力气狠抓的。"

他和她都是紫月教的神职人员，都曾立誓要向两位女神奉献一生。然而短短几天时间里，他们经历了那么多次惊心动魄生死一线，如今劫后余生，戈雷望着安丽卡深紫色的双瞳，有千言万语堵在嘴边，却说不出口。

可能的话，他想把整个世界的璀璨美好都捧到她眼前，衬托她的美，让她过最好的生活。

可他只是个年轻的穷武僧，他觉得自己能给她的最大幸福，就是帮她逃离齐纳什卡，也许还能让她多活几年。

"我不是说这个……"安丽卡抿了一口茶，慢慢地说，"从小到大我只读教典，所以之前我画的画、做的雕刻，都是以双神故事为题材的。艾博给我讲过许多禁书里描绘的异教徒都市的奇异生活，我也不信。直到我去德尔塔城治疗心脏时，才信了世界上还有那样不可思议的城市、那么截然不同的生活。我也想把它们画下来、刻下来，永远记在心里。我希望能抓住自己最想要的东西，不管时光如何川流，命运如何潮汐。"

说到这里，安丽卡突然握住了戈雷的手："你明明也不笨，可为什么就是说不出我最想听的话呢？是怕我会拒绝吗？那就由我来说吧。"

"啊？"戈雷的脸急速变红，心脏狂跳不止。

"我不想一个人逃走，我想和你一起。"

"和我？"仅存的一点儿理性使他回答道，"可我还要保护妈妈和妹妹……"

"谁保护谁？艾博可比你能干多了。"安丽卡"扑哧"一笑，大胆地越过茶桌，俯身吻了戈雷的嘴唇。戎枝子花茶的香气从她嘴里一直钻进他心里，那一瞬间，整个世界都是恍惚的。

"我们一起逃走吧。"安丽卡把那枚戒指戴上无名指，眼神熠熠生辉，"我也想做不切实际的美梦。我想描绘所有我没见过的风景，我想和你一起堕入熔岩海。还有，我想结婚了。"

戈雷无声地站了起来，捧起她戴着戒指的手。清晨的阳光射进窗内，透过那枚红玻璃，映照着这对年轻的恋人青涩而绵长的吻。

那时他们的手中一无所有，心中却有无限的希望。

[归零]

丹璃醒来时，发现自己正躺在奇遇办的懒人沙发上，盖着毯子，手腕上还戴了一个运动手环。

"这是做什么的？"丹璃正疑惑，言正礼的声音响起："监控心率。你睡太久了，而且头发依然是白的，我一直在犹豫要不要去送你去医院，本来打算等你心率突然异常或者睡过72小时的时候，我就打'120'求救。"

"不愧是你，想事情就是周到。"丹璃还觉得有点儿困，懒洋洋的。

"结案报告、消除记忆的工作和暑假作业我都帮你做完了。"他轻描淡写地说。

"哇？真的？谢谢你！"丹璃突然精神了，一跃而起要过齿轮，按了两下，显示屏里出现了信息——"丹里尔雅娜 业绩积分：10032分"。

"业绩满了！走，陪我去实现愿望吧！"丹璃拉着言正礼的手，不容分说地穿过齿轮随意门，齐纳什卡山脉的景色再度出现在他们面前。

"这就是你的愿望？"言正礼看着圣女们一边唱歌一边抬着棺木进入花冢所在的洞穴。

"不，只是来凭吊一下。"丹璃这时带着言礼躲在一个隐蔽的角落里，神情肃穆。

听着那首歌颂双月女神姐妹情谊的圣歌，言正礼忍不住又问："你实现愿望……为什么找我而不是梅薇思见证？难道是因为奇遇办有什么特殊规定？"

"这是我愿意让你看到而不愿意让梅薇思看到的一面。这样说，你能理解吗？"

说实话，不能。言正礼心里想着，嘴里说："这还真是我的荣幸。"

之后，丹璃就用齿轮随意门把言正礼带到了另一处山谷中。这里不论山地还是建筑物都是灰白色的，让言正礼觉得似曾相识——对了！这不是之前丹璃带梅薇思看养父遗体的地方吗？

"在这里用魔法会被紫月教设下的结界探测到，我们只能靠齿轮之类的高科技行动。"丹璃说着，驾驭齿轮飞到教堂废墟外，毫不介意地在落满火山灰的阶梯上坐了下来，"讲个故事吧。"

言正礼心中所有预感，没有作声，只是也跟着她一起在阶梯上坐下，远眺着悬在半空中的紫月。

"我作为丹里尔雅娜·勒卡·诺瓦德最初的记忆是，我在一间温暖明亮的房间里醒来，想不起自己是谁，但诺瓦德神官就坐在我身旁，温和地对我说'从今天起你就是我的女儿了'，而三个傻乎乎的男孩子正在门外欢呼'我们有妹妹了'，现在回想起来，那一幕还挺温馨的。"丹璃的语气平淡从容，仿佛自己真的在说一些幸福快乐的回忆。

"我和哥哥们都没有魔法天赋，最后来到这个家的梅薇思则是全村唯一的幸存者，旁人经常嘲讽我们是低能儿、梅薇思是丧门星，我们也无法反驳……直到有一次父亲出差，有人讽刺父亲是滥好人，哥哥们才忍无可忍出了手。父亲回来之后没发脾气，他只是教导我们，不要在意流言蜚语，就算没有魔法天赋，只要虔信女神，一样可以度过堂堂正正的一生。

"父亲还对我说，他是在女神的指引下捡到我的。我想不起自己是谁，但我胳膊上戴着一对精美的臂镯，那对臂镯可能是身份的证明，他试过把臂镯拿下来却没有成功，于是叫我也别瞎动心思，老实戴着准备以后认亲。

"他说的话我都信了。之后我就和哥哥妹妹们一起在神学院里生活，每天认真读书，专心祈祷，低调做人。现在回想起来，那段日子也挺美好的。父亲工作忙碌，偶尔回家早，我们会在晚饭后唱圣歌……如果你见过我们全家六人一起唱圣歌的情形，你一定不会相信，其中四个孩子都与那位父亲有血海深仇。

"差不多真的有那么好几年，我相信自己是一个虔诚的青月教徒，有着幸福的家庭与光明的未来，注定要为女神奉献一生。直到那一天，我和大家一起去外地参加神学院组织的布道活动时，遇到一辆装着几个紫月教徒的囚车。他们在车里用异教徒的语言大声诅咒，其他人都没太当回事，只有我发现自己竟然听懂了。

"当天晚上，我就梦见了十一岁时的事，我雇了一辆羚马拉的车回家探亲。快到家门口时，我遇到了那个男人，他绑架了我的弟弟妹妹，他们是双胞胎，才六岁。那男人以他们为人质，逼迫我戴上了那对臂镯，他说'只要不反抗你的家人就不会出事'，而我愚蠢地相信了他。然后我就眼睁睁地看着他在我面前杀了我所有的亲人,烧了我的家,脸上和手上都溅满了我家人的血。我使不出任何魔法,还被捆住了手脚,只能声嘶力竭地诅咒他……

"然后我就惨叫着醒了过来,终于想起,我之所以能听懂囚车里的诅咒,是因为我也曾用差不多的词句诅咒诺瓦德。

"惨叫的我把同学们都吓醒了,她们照顾我,为我施展痊愈魔法,可我却说不出'谢谢'两个字。你明白我的意思吗?我是虔信的青月教徒,也是真挚的紫月教徒,这两种状态是不可能并存的。同学们对我的关爱让我感动,却也让我恶心和害怕。神官教育我紫月教都是疯子,长老教育我青月教污秽不堪,这两个念头同时在我心里打转,几乎快要把我撕裂。

"我难以忍受那种怪异的感觉,提前告假回家质问诺瓦德。结果他全都承认了,甚至把我的亲人剁碎喂野兽这种事都交代了,为什么?为了他的家国天下!"

说到这里,丹璃那种竭力压抑的平静语气终于变了,变得充满了仇恨:"想到他满手都是我家人的血,再想想当我被洗去记忆在他家中醒来时,他居然还能道貌岸然地对我说'从今天起你就是我的女儿了'!这么厚颜无耻的话他怎么能说得出口?

"然而他又对我说,有一个任务需要我和他一起完成,到时候我就能理解他所谓'爱国'是什么意思,完成任务后,他会为我打开限幅器,任我处置他。我当然不相信,但他说任务是去齐纳什卡和谈,让我有些好奇他的目的,所以最终还是同意了。

"进了齐纳什卡地界之后,他指给我看周遭乡民贫困危险的生活,让我把这里的情景与帝国人民的生活比一比,问我是不是也会因此觉得让他们放弃落后的信仰与生活,服从帝国统治,会过得比较幸福?

"'可笑!当狗吃肉就比当人吃草幸福吗?'——如果我只是一个紫月教徒,我一定会这么反驳他。可我不再是了。所以我想了很久,还是什么都没说。之后我们就到了和谈地点,也就是这里,浑然不觉自己踩进了一个阴谋里。突然,火山就爆发了,父亲……诺瓦德神官用他的身体保护了我。"说完这些,丹璃长吁了一口气,看向紫月,眼神苍茫。

言正礼一直静静听着,他觉得他不能切身想象被绑架、洗脑、灌输异教思想的体验,怕自己如果真的去设想就会陷进去,会无法保持现在的客观立场——可这种"理性的胆怯"又让他觉得自责。

纠结于种种想法之中,言正礼沉默了一下,问:"后来你就成了奇遇协调员?"

"对,我甩下这一切国仇家恨的烂摊子,成为异世界的中学生,过了几天开心日子。可我心里……始终有一个如鲠在喉的愿望。"说完,丹璃起身走进废墟内。里面是常见的紫月教教堂布置,有一座破碎的双女神像,神像周围倒着几具灰白色的尸体,其中有一位穿着青月教神官制服，腰上还有一把佩剑。

丹璃跪下身来扶起他，细心地擦去他脸上的灰尘，露出一张中年男人痛苦的脸。如果从丹璃讲的故事来推测，这些人都应该死了很久了，可丹璃怀中的男人毫无腐烂的痕迹，仿佛只是沉睡，让言正礼想起她之前说过"异教徒们用魔法保留了这个现场，使尸体不会腐坏"。

"我唯一想要实现的愿望就是，"丹璃看向言正礼，"让诺瓦德神官复活。"

啥，他不是你的仇人吗？让他复活难道不会干涉历史进程？言正礼刚想到这里，就看到一道光芒穿透天空、穿透云层，笔直地照到诺瓦德神官身上。

霎时间，周围的一切似乎都失去了光亮，只有那道光芒下的两个人在熠熠生辉。这画面庄严肃穆，仿佛正在举行某种神秘的仪式，看得言正礼都忘了说话。

"丹里尔雅娜……这是哪里？"诺瓦德神官睁开了眼睛，"我……好像差点儿死了……"

"这里是人世间，父亲。"丹璃谦恭地说，"您确实曾经死过，我也是。现在您重返人间，只是因为我的任性。"她白色的长发与白净的脸庞在强光照射下显得端庄慈悲，脸上挂着悲悯的微笑，仿佛女神化身。

"什么意思？"诺瓦德神官很茫然，又问，"和谈完成了吗？"

"真不愧是您会问出的问题。"丹璃温柔地注视着他，"现在看到您，我还是会想起那些温馨的日子，应付不了功课时您深夜陪我背诵教典，生病的时候您亲手喂我吃药……每当我想杀死您，那些美好的回忆就会涌上我的心头。"

"对不起。"诺瓦德脸上出现了羞愧而痛苦的神情，"之前我也说过，一旦完成任务，我任你处置。"

丹璃摇摇头："现在我经历了很多，也学会了换位思考。站在您的立场看您做的那些事，您真的是一个忧国忧民、心系天下、虔信坚贞、终日操劳的人。您对我们兄妹五人的关爱也是真诚的、发自内心的。至少，您自己是这样相信的。"

诺瓦德神官长长地叹了一口气："我本来觉得，我用自己的命换了你的命，应该能化解你心中的矛盾与仇恨吧。"

"父亲，您这是伪善哦。"丹璃笑着说，"不过没关系，我已经想明白了。"她飞快地拔出诺瓦德神官的佩剑，微笑着一剑刺穿了他的心脏，"谢谢您，但我是真的恨您。"

"丹……"不管是诺瓦德神官还是言正礼，此刻都非常惊讶。

诺瓦德艰难地转头看向丹璃，嘴里涌出血来，那把剑还插在他胸口，丹璃握着剑柄又往左拧了一下。

血像黏稠的瀑布般顺着剑尖淌了一地，诺瓦德神官什么话都没说出来，再一次停止了呼吸。

丹璃擦干净剑刃上的血，平静地对言正礼说："谢谢你陪我到现在。"

言正礼还没从方才的惊愕中回过神来："你复活他就是为了亲手杀死他？可你曾经大费周章证明你们不是叛国者……"

"这不矛盾。我刚才不是说过了吗？我感谢他，但也憎恨他。总神官的阴谋阻碍了我的复仇，但靠着奇遇办给的机会，我终于……"丹璃话还没说完，耳边突然响起了另一个熟悉的声音："都是你的错，都是你的错，都是你的错，都是你的错！"

是Mr.PH 3！

丹璃条件反射地张开魔法屏障挡下一击，然而周遭随即响起了探测结界的报警声。

言正礼连忙使用齿轮帮忙战斗，只见现在的Mr.PH 3衣衫褴褛，双目圆睁，大半张脸都是焦糊的，一边喊着"都是你的错！都是你的错！"，一边一个劲地攻击丹璃。最奇怪的是，他看起来好像长了三只手——右肩关节以下乱七八糟地连接着一只手臂，还有一只破破烂烂的仿真义手。

"他怎么回事？"言正礼又想起丹璃说过的"修复魔法不能对生命体使用"，觉得Mr.PH 3看起来不光是身体变成了怪物，似乎连脑子也烧坏了？对了，他脑子里还有辅助芯片，它难道也被回滚了？

"都是你的错！都是你的错！"Mr.PH 3还在大喊着胡乱地攻击丹璃，连义手都像火箭弹一样飞了出来。

丹璃无奈地叹了一口气："是我的错。我会对你负责到底的。"说完，她垂下眼帘抬起手，又一次对着Mr.PH 3使用了时间暂停魔法。

在言正礼看来，Mr.PH 3就像被按了暂停键一样，动作完全停止了。

丹璃打开齿轮传送门，把他扔了进去，仓促间，言正礼看到门的另一边有许多彼此咬合、正在转动的齿轮，似乎是什么机器内部。一个看起来像荆樊的人影接过了Mr.PH 3，他随即被那些齿轮所吞噬，可想细看，传送门就关闭了。

"你杀了他？"

"他没死，只是会永远遭到惩罚。"说完，丹璃只觉头晕腿软，"我不该刚醒就使用时间暂停这么难的魔法……"她疲倦地扶住额头，刚才飞出的那只义手却又冲着她飞了回来，丹璃勉强避开，义手却击中了还悬浮在半空中的齿轮，"轰隆"一声爆炸了。

齿轮破碎落地，丹璃和言正礼同时察觉不妙。就在这个时候，无数利箭破空之声纷至沓来——

"小心！"言正礼毫不犹豫地把丹璃扑倒在地，数支利箭刺入他的身体。紫月教徒的咒骂声、叫嚷声随即传来，让言正礼想起了刚才听到的结界报警声，只怕他们是把他和丹璃当成帝国军的奸细了……他本想低头看看丹璃的情况，然而喉头一甜，一口鲜血涌出，吐了她满身。

啊……我一个21世纪的高中生……会以这么野蛮原始的死法死在异世界吗……

剧痛和失血使得他的意识逐渐模糊，视线渐渐昏暗，最后看到的景象是丹璃一身是血，满脸是泪，一手打开防护结界一手还想对他使用痊愈魔法。

"你别再用魔法了……先求救吧……"言正礼费劲地说出了这句话，但又想起齿轮毁了，无法逃走也无法发出求救信号。同时他还想说，你哭着想保护我的样子比笑着杀人好看多了，然而身体又冷又重又疼，他已经什么都说不出来了。

他最后听到的一句话是："你不会死的！我不会让你死的！我看到的主计算机……它在我面前生成的幻象……是你啊！"

后记
HOU JI

回想《奇遇办》的创作动机，其实是因为遗憾。

我是从小接触动漫游戏和轻小说长大的。在每个不同的年龄段，我都能看到对应年龄段的主角，比如幼儿园拯救世界的飞天小女警，读小学就跟着柯南破案的少年侦探团，10岁去创界山冒险的瓦塔诺（战部渡），14岁成为美少女战士的月野兔，15岁打篮球的樱木花道，17岁拯救奥尔菲大陆的露菲雅·希尔达……

少年时的我，完全理解不了葛城美里和赤木律子口中"不该把拯救世界的重任压在未成年的孩子身上"的言论，并且，每一年每一年都在等待着——

我都10岁/11岁/12岁/13岁/14岁/15岁/16岁了，为什么还没被选为故事的主角，觉醒超能力、想起前世记忆、结识神秘伙伴和变身超级英雄呢？

就这么一直等到16岁，我终于不得不接受两件事：第一，我是个普通人，永远也不会成为英雄主角，再做梦就要耽误高考了；第二，我画漫画也画得不太行，感觉当不了漫画家，还是写小说吧。

但是，真的是这样吗？我真的从来没有经历过任何奇遇吗？每天夜里那些瑰丽的梦境里不可思议的惊险遭遇和乘风飞翔的真实感觉……真的就从未发生过吗？还是我已经成了《小飞侠》故事里的温蒂，"依然听得到永无乡的涛声，只是已经不再上岸"？

这个念头一直持续到现在，于是有了《奇遇办》的故事，有了一度不再相信任何幻想的言正礼，有了忘记自己曾经的奇遇的Mr.PH3，还有丹璃，她对我来说，是一个我其实从未离开永无乡的证明——

16岁的时候，我收起了蘸水笔和网点纸，开始尝试小说写作。不论使用哪种叙事方式，我所描绘的都是同一个世界和同一批角色，那就是我 14 岁时开始设定的莱克德大陆，还有艾博、安丽卡、戈雷、谢普罗、以赛亚……我称他们为 Seeker，可能的话，我也想把他们的其他故事讲给你听。

中学时代，一直沉迷于各种胡思乱想的我，就像言正礼和荆樊一样，理所当然地过得很孤独。一天又一天，我坐在十九中灰蓝色的木百叶窗旁，看着窗外的棕榈树，在活页本上写下角色设定，写下世界观，画出莱克德大陆的地图。是那些只有我知道的奇遇照耀着的平淡生活，是那些只有我知道的朋友一直陪伴着我，直到现在。回看这整本书，我最喜欢的剧情，是丹璃解除时玖中学的防护结界，戈雷看到大章鱼的触角就在头顶上挥舞，然而沐星焰来了，笛衡来了，李弩和李渺渺也来了——"只是一些刚好路过的热心市民而已"。

只要我愿意，只要你相信，这些朋友就永远都不会离去，直到……用我在短篇故事《朱玛》里的一段对话概括就是："直到死亡将你们分开？""直到他们来接我回去。"

这就是我永不谢幕的奇遇了。

也希望不论多久之后，你都还记得你的奇遇，和你的朋友。

注：最后一章中提到的"故事是对生活的比喻"出自罗伯特·麦基的写作教材《故事》。

还想了解《奇遇办》里的典故出处和历史考据等知识吗？关注"漫客小说绘"微信公众号回复"奇遇办机密档案"即可！

奇遇办
Adventure Management

作者
伊谢尔伦的风

封面绘图
空悗

内文插图
冬生

封面设计
杨小娟

内文版式
周沫

图片总监
杨小娟

特约编辑
万旭进

责任发行
周冬梅

出版社
中国致公出版社

总出品
湖北知音动漫有限公司

制作出品
知音动漫图书·漫客小说绘

官方微博
https://weibo.com/xiaoshuohui

平台支持

图书在版编目（CIP）数据

奇遇办 / 伊谢尔伦的风著. -- 北京：中国致公出版社，2019

ISBN 978-7-5145-1372-1

Ⅰ.①奇… Ⅱ.①伊… Ⅲ.①长篇小说—中国—当代 Ⅳ.①I247.5

中国版本图书馆CIP数据核字(2018)第268966号

本书由伊谢尔伦的风委托湖北知音动漫有限公司正式授权中国致公出版社，在中国大陆地区独家出版中文简体版本，并取得其他衍生授权。未经书面同意，不得以任何形式转载和使用。

奇遇办 / 伊谢尔伦的风 著

出　　版	中国致公出版社
	（北京市海淀区翠微路2号院科贸楼）
出　　品	湖北知音动漫有限公司
	（武汉市东湖路169号）
发　　行	湖北知音动漫有限公司
作品企划	知音动漫图书·漫客小说绘
责任编辑	孙兴冉
特约编辑	万旭进
装帧设计	杨小娟 周沫
印　　刷	武汉市新华印刷有限责任公司
版　　次	2019年4月第1版
印　　次	2019年4月第1次印刷
开　　本	710mm×1120mm　1/16
印　　张	16.5
字　　数	200千字
书　　号	ISBN 978-7-5145-1372-1
定　　价	36.80元

版权所有，盗版必究（举报电话：027-68887933）
（如发现印装质量问题，请寄本公司调换，电话：027-68890560）